Heine Bakkeid, Jahrgang 1974, ist in Norwegen ein renommierter Jugendbuchautor. Mit «Morgen werde ich dich vermissen» hat er seinen ersten Thriller vorgelegt. «Triff mich im Paradies» ist der zweite Band der Reihe um den ehemaligen internen Ermittler und Verhörspezialisten Thorkild Aske, die in 16 Ländern erscheint und in Skandinavien die Bestsellerliste erstürmte.

«Bakkeid ist ein Thriller-Talent.» (Aftenposten)

«Der neue Jo Nesbø.» (Verdens Gang)

«Ein Kriminalroman, der es mit den allerbesten aufnehmen kann.» (Harstad Tidende)

«Voller Spannung, Humor und Kraft. Faszinierend und hervorragend geschrieben.» (Dagbladet)

«Man will einfach nur schnell weiterlesen.» (Stavanger Aftenblad)

«Ganz schön spannend.» (Dresdner Morgenpost)

«Hochspannung aus dem hohen Norden vom neuen Thrillerstar Bakkeid.» (Hörzu)

Heine Bakkeid

Triff mich im Paradies

Thriller

Aus dem Norwegischen
von Ursel Allenstein
und Justus Carl

**Rowohlt
Taschenbuch Verlag**

Die Originalausgabe erschien 2018 unter dem Titel
«Møt meg i paradis» bei H. Aschehoug, Oslo.

Veröffentlicht im Rowohlt Taschenbuch Verlag,
Hamburg, Februar 2020
Copyright © 2019 by Rowohlt Verlag GmbH, Reinbek bei Hamburg
«Møt meg i paradis» Copyright © Heine Bakkeid 2018
Redaktion Julie Hübner
Covergestaltung bürosüd, München
Coverabbildung buerosued.de; Dan Chung/arcangel
Foto des Autors Harriet M. Olsen
Satz aus der Arno Pro
Gesamtherstellung CPI books GmbH, Leck, Germany
ISBN 978-3-499-29058-9

Das für dieses Buch verwendete Papier ist FSC®-zertifiziert.

Die norwegische Kripo führt ein zentrales Register über Vermisstenmeldungen. Jedes Jahr kommen ungefähr 1800 neue Einträge hinzu, das heißt fünf Vermisste pro Tag. In diesen Fällen gehen die Ermittler immer von vier verschiedenen Szenarien aus: Es gibt Menschen, die sich selbst das Leben nehmen. Menschen, die einfach abhauen. Menschen, denen ein Unglück widerfährt. Und Menschen, die anderen zum Opfer gefallen sind …

Robert Riverholts letzter Arbeitstag

Na? Was meinst du?» Milla Lind hatte die Beine übereinandergeschlagen. Sie trug einen Hosenanzug und hatte ihr Haar heute so frisiert, wie es Robert Riverholt von den Umschlägen ihrer Bücher kannte. Ihre Stimme klang immer sanft und angenehm, sie war nicht so anmaßend und geschwätzig wie seine übrige Klientel. Ihre Fragen waren nie mechanisch, eher eine nette Abwechslung von all den wichtigen Gesprächsthemen. Milla Lind fragte, weil sie etwas wissen wollte. Das mochte er am liebsten an ihr. Das, und ihre Augen.

«Gut.» Er gab ihr die Manuskriptseiten zurück und lehnte sich in seinem Sessel nach hinten. Dann fuhr er sich mit der Hand durchs Haar und lächelte. «Ich freue mich schon auf die Fortsetzung.»

«Genial!» Auf dem Sofa weiter hinten im Loft nickte Millas schwedischer Agent Pelle Rask enthusiastisch, ohne dabei von seinem iPad aufzusehen. Robert stellte fest, dass Pelle wieder einmal den Stil der Timesharing-Makler auf Gran Canaria imitiert hatte: halblange, nach hinten gegelte Haare und ein hautenges Hemd, dessen zwei obere Knöpfe offen standen.

Milla drehte sich zum Sofa, ohne etwas zu sagen, bevor sie sich wieder an Robert wandte. «Ich habe Lust, die Reihe damit zu beenden, wie Gjertrud in August Mugabes Leben tritt.» Sie nahm eine Strähne ihrer Locken und zwirbelte sie zwischen den Fingern. «Der Augenblick, in dem sich alles ändert.»

Als Robert Milla zum ersten Mal begegnet war, hatte er diese Angewohnheit als Zeichen von Unsicherheit gedeutet. Er hatte geglaubt, die nervösen Fingerspitzen zeugten von mangelndem Selbstvertrauen. Inzwischen wusste er es besser. «Das ist auch der Moment, in dem seine Tochter verschwindet, oder?»

«Ja», antwortete Milla.

Robert ließ seinen Blick durch eines der Dachfenster in den wolkenlosen Himmel über Oslo wandern. «Ich glaube, das wäre ein würdiges Ende für dieses Projekt.»

«Du erinnerst mich an August.» Milla ließ die Haare los und schob sich demonstrativ einen vergoldeten Kugelschreiber zwischen die Lippen, ehe sie ihn wieder herauszog und damit auf ihr Bein trommelte. Währenddessen betrachtete sie Robert. «Immer mehr.»

«Puh!» Robert zwang sich zu einem herzlichen Lachen. Ich habe es zu weit kommen lassen, dachte er und musste sich beherrschen, damit ihm seine Gesichtsmuskeln nicht entglitten. Viel zu weit.

Milla schaute ihn immer noch an. «Ich weiß nicht, ob das schon immer so war oder ob ich es mir einrede.»

«Tja, verrate es einfach niemandem.» Robert zwinkerte ihr zu und schlug sich abschließend auf die Schenkel, bevor er aufstand. Er nickte Pelle auf dem Sofa zu und nahm Kurs auf den Flur, wo er stehen blieb und sich noch einmal umdrehte. «Wir sehen uns heute Abend auf Tjøme. Du hast die Jungs zusammengetrommelt, oder?»

«Ja.» Milla kam ihm mit dem Manuskript in den Händen entgegen. «Sie kommen.» Sie blieb stehen und holte Luft. «Hast du etwas herausgefunden? Etwas Neues?»

«Heute Abend, Milla. Wir reden heute Abend.»

Draußen überflutete die Sonne den gesamten Himmel. Sie strahlte zwischen den Häusern hindurch und tauchte die Straßen der

Hauptstadt in ein schönes Licht. Seit er aus dem Hamsterrad ausgebrochen war und begonnen hatte, selbständig zu arbeiten, war Robert Riverholt vollkommen von der Stadt fasziniert. Und auch jetzt war er wieder so versunken in die Architektur, dass er nicht auf den Klang der zielstrebigen Schritte hinter sich achtete oder auf den Schatten, der auf ihn fiel, als er in eine von ehrwürdigen alten Stadtbäumen gesäumte Seitenstraße einbog. Im nächsten Moment registrierte er nur noch die Mündung an seinem Hinterkopf und das metallische Klicken des Bolzens, der gegen die Patrone schlug. Und dann war die Sonne verschwunden.

Teil I

Menschen, die vermissen

Kapitel 1

Ich habe den Übergang vom Winter zum Frühling noch nie leiden können. Die Bäume sind krumm und nackt und erinnern an mutiertes Gestrüpp, das nach einem Atomkrieg aus dem Boden sprießt. Ganz Stavanger ertrinkt in unendlichen Regengüssen, die alles algengrün und grau färben.

Die Arbeitsvermittlung in der Klubbgata im Zentrum der Stadt hat jetzt mehr Besucher als früher. Das Sofa im Wartesaal ist besetzt, die Gesichter wirken hart und vom Glauben ans eigene Scheitern gezeichnet.

«Thorkild Aske.» Iljanas Händedruck hat sich seit dem letzten Mal nicht verändert. Wenn überhaupt, ist ihr Griff noch kraftloser und die Berührung noch kälter geworden, als würde man einer tiefgekühlten Leiche die Hand schütteln. «Freut mich», sagt sie wenig überzeugend und sinkt auf einen neuen, blauen Bürostuhl mit einer ergonomischen Rückenlehne.

«Und mich erst», antworte ich und setze mich.

«Erinnern Sie sich noch an Ihre Geburts- und Personennummer?»

«Aber natürlich.» Zwischen uns steht die Schale mit den Plastikbananen, so traurig wie eh und je. Ich sehe, dass sie Gesellschaft von einem Haufen roter Plastiktrauben und einer künstlichen Birne bekommen haben, ohne dass das dem Zimmer eine fruchtigere Atmosphäre verliehen hätte als damals die Bananenimitate.

«Würden Sie sie mir auch nennen?» Leicht gereizt schaukelt sie auf ihrem Stuhl vor und zurück.

Ich nenne ihr die Zahlenfolge, damit Iljana endlich den Blick von meinem zerstörten Gesicht abwenden und auf den Computerbildschirm schauen kann.

«Sie möchten also als arbeitsunfähig eingestuft werden?»

«Ja.» Ich gebe ihr den Umschlag, den ich dabeihabe. «In Absprache mit meiner Verantwortungseinheit bin ich zu dem Schluss gekommen, dass das der einzig richtige Weg für meine Zukunft ist.»

Sie nimmt die Brille ab. «Nach dem, was passiert ist, als Sie ...»

«Als ich letzten Herbst meine Schwester in Nordnorwegen besucht habe, ja.»

«Sie haben versucht, sich ...», Iljana sieht mich zögernd an, «... das Leben zu nehmen?»

Ich nicke. «Sogar zweimal. Die Arztberichte finden Sie in dem Umschlag.»

Iljana zieht die Unterlagen hervor und blättert darin. «Ja, das eine Mal mit Hilfe einer ...» Sie sieht von dem Dokument auf: «Harpune?»

«Der Druck war einfach zu hoch.»

«Der Druck von ... uns? Von der Arbeitsvermittlung?»

Ich nicke wieder.

Ulf, mein Freund und Psychiater, ist zu dem Schluss gekommen, dass es an der Zeit ist, aufs Ganze zu gehen. Vollständige Arbeitsunfähigkeit. Mein Hausarzt und er haben einen gemeinsamen Brief verfasst, in dem sie behaupten, der Versuch der Arbeitsvermittlung, mich an ein Callcenter in Forus, dem Industriegebiet von Stavanger, zu vermitteln, hätte schließlich dazu geführt, dass ich mich habe umbringen wollen: das erste Mal durch einen Sprung ins Meer, das zweite Mal, indem ich mir selbst mit einer Harpune in die Hand und in die Brust schoss. Der Fall, in den ich im Norden verwickelt gewesen war, bleibt unerwähnt. Noch dazu hat Ulf damit gedroht, die Presse einzuschalten, sollte die Arbeitsvermittlung seinen hirngeschädigten, höchst suizidalen und hilfebedürftigen Patienten weiter unter Druck setzen.

«Nun gut.» Iljana blättert wieder durch die Papiere. «Ich glaube, dann hätten wir alles, was wir von unserer Seite aus dazu brauchen.» Sie ordnet die Blätter und legt sie zurück in den Umschlag, bevor sie ihre Hände im Schoß faltet.

«Was passiert denn jetzt?» Ich reibe mit den Fingern über die Narbe auf der Handfläche. Die Stelle, an der die Harpune eingedrungen ist, tut immer noch weh, besonders an regnerischen Tagen. Und davon gibt es in Stavanger viele.

«Also», seufzt sie und presst die Daumen aneinander. «Der nächste Schritt ist die neuropsychologische Untersuchung.»

«Worin besteht die?»

Sie dreht ihren Kopf in meine Richtung, ohne mich direkt anzusehen. «Das sind eine Reihe kognitiver Tests. Im Laufe des Frühjahrs werden wir Ihnen diesbezüglich eine Benachrichtigung zuschicken.»

«Danke.» Ich stehe auf.

Iljana zeigt mir ein eingeübtes Lächeln, das nicht bis zu den Augen reicht, bevor sie sich zu der Schale mit dem Plastikobst vorbeugt: «Ruhen Sie sich aus, Aske. Respektieren Sie Ihre Grenzen. Keine Reisen mehr, jetzt, wo wir Ihren Fall prüfen.»

«Nie wieder», sage ich. «Ausschließlich ruhige Abende zu Hause, in tiefer Kontemplation über die Tiefgründigkeiten des Lebens und der norwegischen Arbeitsvermittlung.»

Iljana schüttelt leicht den Kopf und wendet sich wieder ihrem Bildschirm zu, während ich mich umdrehe und hinausgehe.

Mein Handy klingelt, noch bevor ich das Gebäude der Arbeitsvermittlung verlassen habe.

«Fertig?» Ulfs Stimme ist angespannt, im Hintergrund kann

ich den Motor dröhnen hören, während Arja Saijonmaa singt, dass sie dem Leben danken will.

«Fertig.»

«Und?»

«Werde im Laufe des Frühjahrs einen Termin für eine neuropsychologische Untersuchung bekommen.»

«Gut, gut», brummelt Ulf. «Dann kann es losgehen. Schön, schön.» Es entsteht eine Pause, in der ich hören kann, wie Ulf den Blinker setzt, die Melodie mitsummt und wahrscheinlich wie ein Irrer auf einem Nikotinkaugummi herumkaut, während Saijonmaa von Glück, Trauer und Schmerz singt.

Als ich aus Tromsø zurückgekehrt bin, hat Ulf mir meine Medikamente weggenommen und gleichzeitig seinen Marlboros abgeschworen, um als gutes Beispiel voranzugehen. Das hat zu einem gewaltigen Überkonsum von Nikotinpflastern und Nikotinkaugummis geführt. Uns wurde beiden schnell klar, dass Ulf sich mit diesem Versprechen in eine ziemlich heikle Lage gebracht hatte. Seitdem kann er seiner Sucht nicht nachgeben, ohne gleichzeitig auch meinen Medikamentenbedarf neu bewerten zu müssen. Das Ganze hat sich zu einem unerklärten Stellungskrieg entwickelt, in dem ich warte und Ulf kaut.

«Hast du schon für morgen gepackt?», fragt Ulf schnell, bevor ich auflegen kann.

«Ja. Alles paletti.»

«Keine Kaffeemaschine und keinen anderen überflüssigen Schnickschnack wie beim letzten Mal? Du kannst es dir nicht leisten, dir das selbst zu versauen, Thorkild.»

«Nur Klamotten und gute Absichten. Kein Schnickschnack.»

«Diese Gelegenheit, die sich mit Milla Lind ergeben hat, ist vielleicht die letzte, die du bekommst, um ...»

«Ich verspreche es.»

«Doris freut sich übrigens sehr, dich kennenzulernen. Sie hat noch nie einen Isländer getroffen.»

«Halb-Isländer», antworte ich. «Ich bin halb isländisch, das weißt du auch, und ich war seit über zwanzig Jahren nicht mehr da.»

«Ist doch egal. Der Punkt ist, dass sie sich freut.»

«Ulf», setze ich an und kneife die Augen vor der grellen Frühlingssonne zu, die sich über dem Gebäude der Arbeitsvermittlung im Zentrum von Stavanger durch die Regenwolken kämpft. «Was das Abendessen angeht ...»

«Vergiss es. Ich lade ein, du kommst. Keine Ausreden dieses Mal ... *Und alle Lieder sind dieselben Lieder ...*», singt Ulf im Duett mit Arja. «Ach, noch was: Bring Kerbel mit.»

«Was?»

«Kerbel. Du sollst Kerbel kaufen.»

«Was ist denn Kerbel?»

«Na, Kerbel!», bellt er. Seine Kiefermuskeln arbeiten auf Hochtouren. «Das ist eine Art Petersilie. Fahr im Supermarkt vorbei, bevor du kommst, da kriegst du das.»

«Muss ich?»

«*Und alle Lieder, die wahr sind ...* Ja!», befiehlt Ulf und legt auf.

Kapitel 2

Ulf sagt, du wärst impotent?» Doris sieht mich fragend an, während wir am Küchentisch in Ulfs Haus in Eiganes sitzen. Seine neue Freundin ist eine siebenundfünfzigjährige deutsche Sexologin und Kolumnistin mit einem eigenen Blog. Er hat sie auf einer Konferenz in Bergen kennengelernt.

«Nein! Ulf glaubt es!» Auf der Kücheninsel direkt nebenan hackt Ulf den Kerbel, als ginge es um sein Leben. Er trägt eine weiße, ärmellose Tunika, und auf seinem Oberarm kann ich drei Nikotinpflaster ausmachen.

Doris zerrupft ein Brötchen mit den Fingern und legt die Stücke in einen Brotkorb neben der Suppenschüssel. Gleich darauf kommt Ulf mit einer Handvoll Kerbel und streut sie über ihre Suppe. Sie benutzt eines der Brötchenstücke, um die Kerbelblätter in der milchigen Brühe zu ertränken, bevor sie es sich in den Mund steckt, eifrig zu kauen beginnt und mich dabei fragt: «Sag mal, onanierst du oft?»

Ich starre angestrengt in meinen Suppenteller und tue so, als hätte ich die Frage nicht gehört.

«Thorkild onaniert nicht», springt Ulf mir bei und schenkt Wein in unsere Gläser, bevor er sich zwischen uns setzt.

Doris taucht ein neues Stück Brötchen in die Kerbelgrütze und betrachtet mich aus schmalen Augen. «Woher willst du das denn wissen?»

«Das ist ja genau der Punkt.» Ulf leckt sich die grüne Farbe von den Fingerkuppen. «Er weiß es nicht. Er schafft sich diese Hindernisse, unüberwindbare Hürden, damit er sich nicht in der Welt außerhalb seiner Wohnung engagieren muss. Aske ist auf der Flucht vor allem, was man als zwischenmenschliche Interaktion bezeichnen kann.»

«Der moderne Eremit», sage ich in einem verzweifelten Versuch, in diesem Albtraum einer sozialen Begegnung die gute Laune zu wahren. Ich reiße das Glas an mich und leere den Inhalt. Doris verschränkt ihre Hände unter dem Kinn. Das kurze, rot gefärbte Haar sträubt sich in alle Richtungen; eine moderne Frisur, die an ein von einem manisch-depressiven Floristen kreiertes Blumengesteck erinnert. Ihre Lippen sind schmal und tiefrot, die Haut in ihrem Gesicht ist weiß und hängt in losen Falten herab, ohne dass sie dabei übergewichtig oder aufgedunsen wirkt, eher so, als hätte sie vor kurzem abgenommen und ihre Haut hätte noch nicht genügend Zeit gehabt, sich anzupassen. Sie sieht zufrieden aus, sowohl mit sich selbst als auch mit dem tief ausgeschnittenen Oberteil, das sie für diese abendliche Befragung gewählt hat.

«Hast du schon mal versucht, dich selbst in ein erotisches Szenario hineinzuversetzen oder dir Situationen oder Menschen vorzustellen, die normalerweise eine sexuelle Reaktion mit anschließender Erektion bei dir auslösen?»

«Ich weiß nicht ...», antworte ich angestrengt und senke meinen Blick wieder in den Suppenteller. Der süßliche Geruch und die grüne, ölige Flüssigkeit lassen mich an algenverseuchtes Brackwasser denken. «Was ... ich meine ...»

Nach dem Essen fischt Doris eine Zigarette aus ihrer Handtasche und zündet sie an, während Ulf zornig und zugleich sehnsüchtig das glühende Ende des Glimmstängels anstarrt: «Du musst dich trauen, deine Phantasie einzusetzen», sagt Doris. «Deiner Lust wieder freien Lauf zu lassen.» Sie lehnt sich nach vorn und bläst eine Rauchwolke zur Decke. «Manchmal hat man sie weggepackt und glaubt, sie wäre nicht mehr vorhanden. Die Unterdrückung der eigenen Sexualität ist nicht nur ein weibliches Konzept. Sie wird einem auch nicht notwendigerweise von jemand anderem aufgezwungen.» Sie inhaliert noch mehr Zigarettenrauch und bläst ihn zufrieden wieder aus. «Ich kann dir ein paar Übungen mitgeben, die du mal ausprobieren könntest, wenn du alleine bist.»

«Danke», murmele ich und rühre sprachlos in der Suppe. «Das ist äußerst nett von dir.»

Ulf dreht sich verärgert von Doris und der Zigarette weg, während er mit einer Hand über die Pflaster auf seinem Oberarm streicht. Anschließend richtet er seinen Blick auf mich. «Vielleicht sollten wir noch ein letztes Mal alles durchgehen, was dich morgen in Oslo erwartet?»

«Okay», antworte ich, froh, endlich das Thema wechseln zu können und Ulf ebenso leiden zu sehen wie mich.

«Ich liebe ihre Bücher», schwärmt Doris. «Eine bessere Ge-

genspielerin als August Mugabes Frau Gjertrud findet man ja wohl selten. Hast du Milla Linds Bücher gelesen?»

Ich schüttele den Kopf.

«Also», fährt Doris fort, wobei sie den Suppenteller als Aschenbecher benutzt. «Milla Lind ist nicht nur die unangefochtene Krimikönigin im Norden, sondern auch in Deutschland sehr erfolgreich.»

Ulf mischt sich ein, während er weiter die Suppe in sich hineinlöffelt: «Sie hat zwölf Bücher über den melancholischen Ermittler mit dem seltsamen Namen August Mugabe geschrieben, dessen Frau zweimal versucht hat, ihn umzubringen.»

«Dreimal», korrigiert Doris ihn.

«Was?» Ulf lässt seinen Löffel fallen und schaut sie und ihre Zigarette ärgerlich an. «Nein, zweimal. Das erste ...»

«Mugabes Frau hat dreimal versucht, ihn umzubringen.» Doris schenkt sich Wein nach. «Im ersten Buch vergiftet sie ihn, im vierten zündet sie die Hütte an, während er mit Schlafmitteln vollgedröhnt auf dem Dachboden liegt. Und im achten ...»

«Nein, nein», unterbricht Ulf sie. «Der Auftragskiller, der ihn im achten Buch umbringen will, ist eindeutig von Mugabes Chef Brandt angeheuert. Er sagt ja selbst, das wäre ein Gruß von einem alten Freund, bevor er schießt. Wäre er von Gjertrud beauftragt worden, hätte er gesagt, dass der Gruß von jemandem ist, den August geliebt hat.»

Ulf schaut mich an und nickt heftig, als wolle er mich dazu bringen, seiner These zuzustimmen. Ich weigere mich, irgendeine Theorie des Mannes zu bestätigen, der zwischen mir und meinen Tabletten steht, weshalb ich ihn geflissentlich übersehe und mich wieder Doris zuwende.

«Gerade weil er das sagt, wissen wir doch, dass Gjertrud den Mörder beauftragt hat», gibt Doris zurück. «Zu sagen, dass der Gruß von einem alten Freund kommt, ist doch nur eine letzte Beleidigung dieser fast siebzig Jahre alten Frau, die nichts als Verachtung für den Mann übrighat, der ihr kein Kind schenken wollte. Das gilt auch für die kalten Kartoffeln, die sie ihm immer zum Essen serviert. Das ist die ausdrucksstarke Symbolik einer kinderlosen Frau, die sich in Trauer und bittere Reue hüllt.»

Ulf kaut schmatzend. «Hmm, ja, vielleicht hast du recht.» Er dreht sich wieder zu mir um. «Wie du weißt, wurde Millas letzter Berater, Robert Riverholt, vor einem halben Jahr auf offener Straße von seiner Exfrau erschossen. Milla Lind hat das schwer mitgenommen, sie hat seitdem nicht mehr gearbeitet. Über eine Fortbildung zum Thema Trauertherapie in Fornebu bin ich mit ihrer Psychiaterin in Kontakt gekommen. Milla und ihr ehemaliger Berater hatten gerade erst mit den Recherchen für ein neues Buch angefangen, als Robert starb, und jetzt braucht sie Hilfe dabei, sie zu beenden, bevor sie das letzte und entscheidende Buch über August Mugabe in Angriff nimmt. Leser auf der ganzen Welt warten auf dieses Buch, Aske.»

«Und hier komme ich ins Spiel?», folgere ich. «Als Krimiberater, was auch immer das nun ist.»

«Zehn Tage mit der besten Krimiautorin des Landes, für 3500 Kronen am Tag», fügt Ulf hinzu und hebt das Glas zu einem stillen Prost.

«Lieber das als Kerzenziehen in einer Fabrik in Auglendsmyrå unter der Aufsicht der Arbeitsvermittlung», antworte ich.

«Es sind sowieso noch ein paar Wochen, bis du zur neuropsychologischen Untersuchung musst, und einen ruhigeren und sichereren Job als diesen gibt es gar nicht. Eine Rundreise mit Milla Lind höchstpersönlich – so ein Rezept kann ich wahrlich nicht all meinen Patienten ausstellen.»

«Danke», antworte ich trocken und leere das Weinglas. «Ich brauche das Geld.»

«Ja verdammt, das brauchen wir alle», stimmt Ulf mir zu und wendet sich an Doris: «Ich glaube übrigens, dass Gjertrud im letzten Teil noch einen finalen Versuch wagen wird, August Mugabe zu töten. Und dass das Buch damit endet, dass sie es schafft. Oder? Wäre das nicht was?»

«Auf jeden Fall.» Doris nimmt sich eine neue Zigarette. «Alles andere wäre eine Enttäuschung.»

Ulf lehnt sich demonstrativ auf seinem Stuhl zurück, nimmt den Suppenteller in die Hände und schlürft den Rest der Suppe direkt aus der Schüssel. «Du triffst sie morgen um ein Uhr im Bristol», sagt er, als er endlich fertig ist. Er kramt eine Packung Nikotinkaugummis aus der Hosentasche und drückt zwei, drei Stück heraus, die er sich in den Mund steckt. «Der Flug nach Oslo geht um halb neun, also denk dran und stell dir einen Wecker. Ich rufe trotzdem an, um zu hören, ob du fertig bist. Wir können außerdem noch deine Medikamentenliste durchgehen, wenn du magst. Falls da etwas ist, worüber du mit mir sprechen willst.»

«Du weißt, was ich will», sage ich kalt und stelle das Glas ab.

«Die Zeiten sind vorbei», erwidert Ulf, während er seinen Mund von innen mit der Zunge säubert und mit den Fingerspitzen auf das Porzellan trommelt. «Für uns beide.» Dann steht er auf und fängt an, den Tisch abzuräumen. «Das hast du dir da oben in Tromsø selbst eingebrockt. Aber wenn du noch nicht bereit für so etwas bist, dann habe ich allen Respekt davor, es ist trotz allem weniger als ein halbes Jahr her, dass du durchs Feuer gehen musstest, und wir können das auch gerne ...»

«Nein, ich will», antworte ich. «Ich dachte nur, dass es gut wäre, etwas in der Hinterhand zu haben, zumindest vielleicht ein Blister OxyNorm, oder ...»

«Vergiss es. Neurontin, Risperdal und Cipralex gegen die Angst. Kein Sobril, keine Oxys. Das ist die Abmachung.»

«Cipralex ist was für Kinder.»

Ulf zieht eine Grimasse und spuckt die Kaugummis ins Spülbecken, dann drückt er zwei neue aus der Packung. «Na, was zur Hölle glaubst du denn, was DAS ist?» Er hält mir die Kaugummis auf seiner Handfläche entgegen. «Wir haben uns beide entschieden, unserer Gesundheit zuliebe Opfer zu bringen. Wenn ich das schaffe, dann bekommst du es ja wohl auch hin.»

«Und wenn ich nicht schlafen kann?»

«Dann trinkst du eine Tasse Kamillentee und schreibst ein Gedicht darüber.»

Doris löscht die glühende Zigarette wieder in der Suppenschüssel. «Ist das nicht ein bisschen gefährlich, Ulf, ihn ohne etwas anderes als Cipralex dahin zu schicken?»

Schnaubend wirft sich Ulf die Kaugummis in den Mund. «Überhaupt nicht. Genau wegen dem, was beim letzten Mal passiert ist, bekommt er doch keine von den Pillen, die er haben will.»

Deprimiert schüttele ich den Kopf und stehe auf, um zu gehen. Doris kommt zu mir und legt mir eine Hand auf die Schulter. «Was unser vorheriges Gespräch angeht ... Du solltest die Zeit nutzen, um herauszufinden, ob du nicht einen Weg zurück zu deiner eigenen Sexualität finden kannst, solange du unterwegs bist. Vielleicht traust du dich ja, ein bisschen neugieriger zu sein, deine Phantasie spielen zu lassen und das anschließend zu reflektieren.» Sie hält kurz inne und schaut mich mit einem schiefen Lächeln an, ehe sie mich fragt: «Glaubst du, du hättest Lust dazu?»

«Ulf sagt, dass Phantasien gefährlich für mich sind», erwidere ich.

«Na dann.» Sie schürzt ihre Lippen so, dass sich die Falten in den Mundwinkeln ein winziges bisschen zusammenziehen. «Man muss sich immer bewusst machen, wohin einen die Phantasie bringt, und nicht zuletzt, welchen Phantasien man sich hingibt. Aber man darf sie auch für sich selbst behalten, im Inneren, weißt du. Solange du fühlst, dass sie dir etwas geben und dir und anderen keinen Schaden zufügen.»

«Du hast recht.» Ich ringe mir eine Art Lächeln ab und drücke kurz ihre Hand. «Solange sie niemandem schaden.»

Kapitel 3

Der Bus 9 nach Tananger ist leer bis auf mich und den Fahrer. Draußen ist es dunkel, gelb leuchtende Straßenlaternen gleiten an den Fenstern vorüber, und der Bus schaukelt leicht hin und her, wie ein Schiff, das durch den milden Frühlingsabend treibt. Die Bäume haben neue Blätter bekommen, und der Huflattich sprießt zwischen Asphalt und Bordstein hervor, als wir aus der Stadt hinaus in Richtung Westen rollen.

Ich steige an der Haltestelle direkt vor der alten Kapelle aus. Der Parkplatz ist leer, durch die Hecken hindurch sieht man kleine Kerzen flackern.

Sobald ich an dem Pfad ankomme, der zum Friedhof führt, bleibe ich stehen. Vor mir sehe ich frische, braune Erdhügel mit Blumengestecken, Grabsteine mit goldener Aufschrift und von Grablichtern und Fackeln schwach beleuchtete Engel und Vögel. Am mondlosen Himmel treiben in hastigem Tempo grauschwarze Wolkenbänke vom Meer heran. Ich bin oft hier gewesen, seit ich aus Tromsø zurückgekommen bin. Das erste Mal bin ich an dieser Stelle stehen geblieben, ohne den eigentlichen Friedhof zu betreten.

Ich halte mich am Rand und folge dem Pfad zwischen den Gräbern, bis ich zur richtigen Seite komme. Ein leichter Luftzug lässt mich innehalten, als ich ihren Grabstein erblicke. Es ist vom Weg aus gesehen der vierte, auf beiden Seiten steht eine Kerze. Nur eine von ihnen brennt. Ich bleibe reglos stehen und starre den schwarzen Stein an.

«Im Dunkeln ist er am schönsten», sagt plötzlich eine Stimme hinter mir.

«Wie bitte?» Ich drehe mich abrupt um und schaue in die schmalen Augen eines älteren Herrn mit braunem Mantel und Hut. Er steht ein paar Schritte hinter mir und hält einen struppigen Hund an der Leine. «Entschuldigung, was haben Sie gesagt?»

«Der Friedhof», antwortet er ruhig. «Ich komme auch am liebsten abends hierher. Im Dunkeln kommt er einem nicht mehr so kahl vor. Außerdem finde ich ihn bei Kerzenschein besonders schön, selbst wenn es windig und regnerisch ist.»

«Ja.» Ich ziehe den Jackenkragen enger um den Hals. «Die Kerzen sind schön.»

«Haben Sie Familie hier?»

«Nein, sie ...», beginne ich, stocke dann aber.

«Meine Frau.» Der Mann deutet mit dem Kopf auf eine der Gräberreihen auf der anderen Seite. «Bin seit bald sieben Jahren Witwer. Meine Tochter hat mir vorgeschlagen, mir einen Hund anzuschaffen.» Er lächelt das Tier zu seinen Füßen an. «Als Gesellschaft. Es ist gut, jemanden zu haben, der die Leere füllt, bis zu dem Tag, an dem wir uns wiedersehen.» Sein Blick strahlt eine fromme Gewissheit aus. «Im Paradies.»

Ich nicke schwach.

«Haben Sie einen Hund?»

«Was?»

«Einen Hund. Haben Sie ...»

«Nein, ich versuche es mit Glückspillen.»

«Oh? Hilft das?»

«Weiß ich nicht genau», murmele ich, während meine Augen nach Freis Grab suchen.

«Also dann», sagt der Mann, als der Hund an der Leine zerrt. Im nächsten Moment verschwinden beide in der Dunkelheit.

Ich warte einen Augenblick, bevor ich auf das weiche Gras trete. Mit einem Mal fühlt sich der Boden viel kälter an, als hätte der Winter seinen Griff hier immer noch nicht richtig gelockert, und ich eile wieder auf den Weg. Und haste zurück zum Parkplatz.

Kapitel 4

In Oslo ist es feucht, die Frühlingsluft ist aber kälter als zu Hause in Stavanger, wo sich das Aroma des Kuhmists von Jæren aus schon langsam über der Stadt ausbreitet. Im Restaurant des Hotel Bristol werde ich zur Garderobe dirigiert, wo eine Frau meinen Mantel entgegennimmt und mir einen Zettel zum Abholen gibt. Ich gehe zurück zum Eingang. Der Wintergarten und die Bibliotheksbar sind voller Leute, im Hintergrund läuft Klaviermusik, und es riecht stark nach gerösteten Kaffeebohnen und Frikadellen mit gebratenen Zwiebeln. Ich lasse den Blick über die Menschenmenge schweifen, bis ich an einem Tisch, der teilweise von einer Reihe Topfpflanzen verdeckt wird, eine Frau und zwei Männer entdecke. Die Frau lächelt und winkt in meine Richtung, während die beiden Männer mich mit verhaltener Neugier betrachten.

Ich winke linkisch zurück und gehe ihnen entgegen.

«Sie müssen Aske sein», sagt die Frau und steht auf, als ich an ihrem Tisch angekommen bin. «Wir haben auf Sie gewartet.»

Ich nicke und schüttele ihre Hand.

«Eva», sagt sie. «Ich bin Millas Lektorin im Verlag.»

«Thorkild Aske.»

«Pelle Rask», sagt der jüngere der beiden Männer, ohne aufzustehen. «Ich bin Millas Agent. Wir sind bei Gustavsson für die Auslandslizenzen zuständig.»

«Halvdan», sagt der andere Mann und steht auf, um mich zu begrüßen. «Verleger.»

«Sie fahren nachher weiter nach Tjøme?», will Eva wissen, nachdem wir uns alle gesetzt haben.

«Ja ...», antworte ich. «Das ist der Plan.»

«Schön, schön.» Halvdan nimmt seine Gabel und macht sich an einem zweistöckigen Sahneschnittchen zu schaffen. «Sie werden sehen, das wird gut laufen.»

«Ich glaube, sie freut sich, Sie kennenzulernen», sagt Eva. «Aber ich dachte trotzdem, es wäre besser, wenn wir vier ein paar Dinge besprechen, bevor Sie sich treffen.»

Der Kellner serviert mir ein kleines Kännchen Kaffee und eine Tasse.

«Nun denn», fängt Halvdan mit vollem Mund an. «Sie waren früher also Vernehmungsleiter bei der Spezialeinheit für interne Ermittlungen der Polizei.» Er hält die Gabel in der Luft und sieht mich unter seinen buschigen Augenbrauen in der Erwartung an, dass ich etwas dazu sage.

«Das stimmt. Aber jetzt nicht mehr», erkläre ich. Alle drei schauen mich prüfend an und nicken. Anscheinend sind sie über meine Vergangenheit informiert. «Ich wurde nach einem Zwischenfall vor ein paar Jahren entlassen und musste etwas mehr als drei Jahre im Gefängnis von Stavanger verbüßen.»

«Und jetzt sind Sie Freiberufler», schließt der Verleger und widmet sich wieder der Sahneschnitte. Er füllt seinen Mund und deutet mit der Gabel auf Eva. «Hat nicht Viknes-Eik ein Essay darüber geschrieben, dass man für seine Sünden büßen muss?»

«Ja, *In Ungnade gefallen*», antwortet Eva und nippt an einem Glas Wein. «Packend.»

«*In Ungnade gefallen*, genau. Aufreibende Lektüre.» Wie ein Zepter schwingt er die Gabel zwischen uns. «Haben Sie es gelesen?»

Ich schüttele den Kopf. Ich hätte zwar sagen können, dass ich das eine oder andere darüber weiß, wie man auf die Schnauze fliegt und sowohl seine Karriere als auch sein Seelenleben zerstört. Oder dass ich daheim in Stavanger einen Psychiater habe, der meint, dass ich immer noch falle, aber ich bin nicht in der Stimmung, schon beim ersten Date ungesellig zu wirken. Und noch weniger finde ich, dass der Wintergarten und die Bibliotheksbar der richtige Ort für als trockener Smalltalk getarnte, schonungslose Ehrlichkeit sind.

Der Verleger dreht die Gabel vorsichtig um ihre eigene Achse und schließt die Augen. «Er erklärt sein grundlegendes Misstrauen gegenüber Strafe und Sühne und romantisiert eine Gesellschaft, in der der Verbrechensbegriff von innen kommt.»

«In den Augen sollst du meine Grenzen erkennen», ergänzt Eva.

«Ja, ja», sagt der Verleger freudig. «Genauso ist es, ja.»

«Sie werden eine Verschwiegenheitserklärung unterschreiben müssen», erklärt Milla Linds schwedischer Agent. «Sie umfasst nicht nur die volle Verschwiegenheit über alles, was Sie über Millas nächstes Buch erfahren werden und worum es darin geht, sondern auch Stillschweigen über alle Informationen, die Sie über sie und ihr Privatleben sammeln werden.»

Ich nicke. «Erzählen Sie mir etwas über Robert Riverholt», sage ich und trinke einen Schluck Kaffee. «Milla Linds letzten Berater. So wie ich es verstanden habe, wurde er ...»

«Erschossen», unterbricht mich der Verleger. «Schlimme Sache. Hat uns alle sehr getroffen.»

«Riverholt war ein ehemaliger Polizist mit einem schwierigen Privatleben.» Pelle streicht mit einem Finger über den Henkel seiner Kaffeetasse. «Seine Frau war krank, sie hat ihn auf offener Straße erschossen, bevor sie sich auf einem Parkplatz am Maridalsvannet selbst umgebracht hat.»

Behutsam legt Eva ihre Hand auf meine. «Die Tragödie hatte nichts mit dem Verlag oder Milla zu tun. Aber ich verstehe, dass Ihnen das Sorgen macht. Milla hat das auch sehr mitgenommen, sie hat seitdem keine einzige Seite ...»

«Nun gut», Pelle zieht einen Haufen Papiere hervor und schiebt sie über den Tisch. «Wenn Sie die einfach schnell durchsehen und unterschreiben würden, bevor wir weitermachen ...»

Ich nehme die Blätter und lese, während der Verlagschef einer Gruppe von Männern zunickt, die gerade vorbeigehen.

«Es geht erst einmal um eine Woche», sagt Pelle, als ich fertig bin, und gibt mir einen Stift. «Wir bezahlen die Hälfte des Honorars als Vorschuss und den Rest, wenn der Vertrag erfüllt ist. Sollten sich Verzögerungen ergeben oder Milla Sie länger benötigen als geplant, machen wir mit den gleichen Bedingungen weiter, wenn das für Sie in Ordnung ist. Reisekosten werden auch gedeckt, heben Sie also die Quittungen auf.»

«Also gut.» Der Verleger legt die Gabel auf seine Untertasse, nachdem ich die Verschwiegenheitserklärung unterschrieben und zurückgegeben habe. «Sie sind sicher gespannt, worum es bei der ganzen Sache eigentlich geht?»

Ich nicke. Ich bin tatsächlich gespannt, wobei sich diese Milla Lind eigentlich Hilfe von mir erhofft. Aber am meisten bin ich auf das gespannt, was, so meine Hoffnung, im Anschluss an diesen Job passiert. Insgeheim hoffe ich, dass Ulf mich mit offenen Armen am Flughafen begrüßt, die Hosentasche voller Rezepte, und sagt: *Ja so was, da ist er ja, der kleine Thorkild, so ein braver Junge, hier hast du dein Sobril und deine Oxys wieder, mach dich locker, grüß mir Frei und deine Wohnung, ich seh dich dann im Jenseits.* Denn das ist der einzige Grund, warum ich zugestimmt habe, meine Wohnung zu verlassen. Ich glaube nämlich, dass es tatsächlich etwas verändern wird.

«Kennen Sie die Bücher über August Mugabe?»

«Nein, eigentlich nicht.»

«Also. Milla Lind ist eine unserer erfolgreichsten Autorinnen, ihre Bücher sind in über dreißig Ländern erschienen, weltweit hat sie etwas mehr als zehn Millionen Bücher verkauft. Bei der Veröffentlichung ihres letzten Krimis, *Schwalbenherz*, haben wir vom Verlag eine Pressemitteilung herausgegeben, dass Milla mit der Arbeit am letzten Teil der Reihe um August Mugabe angefangen hat. Sie war gerade erst mit dem Projekt in Gang gekommen, als Robert starb.»

«Seitdem hat sie nichts mehr geschrieben», sagt Eva. «Milla ist in eine schwere Depression gefallen und hat sich erst in letzter Zeit wieder stark genug gefühlt, um das Projekt in Angriff zu nehmen.»

«Milla und Robert waren auf einen realen Vermisstenfall gestoßen», sagt Pelle. «Sie wollten ihn als Vorlage für das Buch benutzen.»

«Welchen Fall?», frage ich.

«Letzten Herbst verschwanden zwei fünfzehn Jahre alte Mädchen aus einer Einrichtung für Jugendliche außerhalb von Hønefoss. An einem Morgen stiegen sie vor dem Wohnheim in ein Auto, und seitdem hat sie niemand mehr gesehen. Die Polizei glaubt, sie wollten nach Ibiza, weil sie im Jahr zuvor schon einmal dorthin abgehauen waren.»

«Das ist eigentlich ganz pfiffig», sagt der Verleger und schmunzelt. «Es stellt sich nämlich heraus, dass dieser Fall in Millas Buch direkt mit dem Plot um August Mugabe und seine Frau verknüpft ist, die zweimal versucht hat, ihn zu ermorden.»

«Waren es nicht dreimal?», frage ich.

«Sie haben sie also doch gelesen», sagt der Verleger und lacht schallend. «Wie Sie wissen, will Milla selbst weder bestätigen noch dementieren, dass es seine Frau ist, die hinter dem Schuss in *Ein Bett aus Veilchen* steht.»

«Seit Robert ermordet wurde, liegt alles auf Eis», sagt Eva, um das Gespräch wieder in die richtigen Bahnen zu lenken. «Und es ist wichtig, dass Milla die Arbeit wieder aufnimmt.»

«Genau da kommen Sie ins Spiel», ergänzt Pelle. «Sie übernehmen Roberts Rolle. Es geht darum, Polizeiberichte zu interpretieren, bei technischen Fragen zu helfen und so weiter. Ich will aber darauf hinweisen, dass das keine Ermittlungen sind, sondern lediglich Nachforschungen für Millas Buch.»

«Das hört sich wahnsinnig spannend an», lüge ich.

«Ja, nicht wahr?», antworten alle drei im Chor, bevor sich der Verleger erhebt. «Pelle, Eva, Sie beide kümmern sich um den Rest. Ich habe um zwei Uhr ein Meeting.» Er lehnt sich über den Tisch. «Viel Glück, Aske!» Mit einem festen Händedruck verabschiedet er sich von mir und geht.

Kapitel 5

Die Busfahrt nach Tjøme dauert zweieinhalb Stunden. Es ist vereinbart, dass ich dort abgeholt und zu Milla Linds Sommerhaus gebracht werde, das irgendwo weit südlich zwischen den Felsen dieser Inselgemeinde auf der Westseite des Oslofjords steht. Ich nutze die Zeit im Bus, um eines von Milla Linds Büchern zu lesen. Es heißt *Tintenfischarme* und handelt von dem tief melancholischen, pensionierten Polizisten August Mugabe und seiner Frau, die es liebt, ihn zu hassen.

Als wir im Zentrum von Tjøme ankommen, habe ich ungefähr die Hälfte des Buchs geschafft und schon eine Art Beziehung zu dem abgehalfterten Ermittler aufgebaut, der mit krummem Rücken durch das mit Holzhäusern bebaute Sandefjord wandert und den Mann jagt, der die einzige Tochter des Reeders verführt und gekidnappt hat.

«Neimen, hejsan!», sagt ein Mann auf Norschwegisch, dieser besonderen Mischsprache aus Norwegisch und Schwedisch, im selben Moment, in dem ich aus dem Bus steige. In der einen Hand hält er zwei Einkaufstüten voller alkoholischer Getränke. Er entblößt zwei Reihen gebleichter Zähne, die einen Kontrast zur sonnengebräunten und botoxbehandelten Gesichtshaut bilden. «Sind Sie ... Thorkild? Der Polizist?»

«Expolizist.» Ich ergreife die freie Hand und drücke sie schwach. «Angenehm.»

«Joachim», sagt der Mann enthusiastisch. «Joachim Börlund. Ja, Millas Lebensgefährte.»

Wir bleiben stehen und schauen uns einige Sekunden lang an, er immer noch glucksend und lächelnd, während ich mein Gesicht zu dem entgegenkommenden Halblächeln verziehe, das ich mir in der letzten Zeit antrainiert habe.

«So», sagt Joachim und zögert, als wäre seine Energie plötzlich verpufft. «Wir werden nur zu dritt sein», fährt er fort, als er seine innere Glut endlich wiederfindet. «Leider ist es noch zu früh, um Netze für die Taschenkrebse auszulegen. Vor Mittsommer fängt man meistens nur Wasser und ekliges Zeug. Aber ich habe stattdessen ein paar gute, richtig saftige Biester aus dem Laden besorgt», sagt er und deutet mit dem Kopf auf ein Geschäft in der Nähe. «Man kann ja nicht ohne frische Krebse und Weißwein ins Sommerhäuschen fahren, oder?»

«Das wäre unerhört», sage ich.

Joachim hebt die Tüten zwischen uns hoch und sieht aus, als wollte er etwas Lustiges über den Alkohol sagen, lächelt dann aber nur angestrengt, bevor er sich umdreht und auf das Auto zeigt. Es ist ein roter SUV von Volvo mit strahlend sauberen Felgen und glänzendem Lack.

«Bis Verdens ende ist es nur eine kurze Tour», sagt Joachim, nachdem wir uns ins Auto gesetzt haben.

«Wie bitte?» Ich drehe mich zu ihm um. «Bis Verdens ende?»

«Ja.» Joachim drückt auf einen Knopf, und das Auto springt an. «Die Hütte liegt an der Südspitze von Tjøme. Der Ort heißt tatsächlich so. Ende der Welt.»

«Wollen Sie mich auf den Arm nehmen?»

«Nein.» Joachim sieht aus, als hielte er die Luft an, während er bemüht lächelt und das Lenkrad mit den Fingern knetet. Es scheint, als wäre er dauerhaft nervös, aber vielleicht ist er das nur in meiner Nähe. «Das stimmt wirklich», fährt er angestrengt fort. «Ich schwör's.»

«Komischer Name», sage ich und schaue wieder nach vorne.

«Ja, vielleicht.» Joachim atmet schwer aus, nimmt die eine Hand vom Lenkrad, um einen Gang einzulegen, und fährt vorsichtig vom Parkplatz.

«Und was machen Sie so beruflich?», frage ich, als wir auf der rechten Straßenseite einen Golfplatz passieren. Das Gras auf der Anlage ist grün, die Bäume rundherum auch. Es wirkt, als wäre der Sommer in diesem Teil des Landes schon längst angekommen.

«Ich?» Er schielt kurz zu mir herüber, bevor er antwortet. «Im Moment helfe ich zum Großteil dabei, Millas Karriere zu organisieren. Interviews, Pressetermine, Lesungen, Reisen, Fan-Mails aus der ganzen Welt und eine ganze Menge andere Drecksarbeit. Vorher hatte ich ein Reisebüro in Stockholm. Rucksacktouren nach Asien und Südafrika. Auf einer solchen Tour habe ich Milla vor fünf Jahren kennengelernt.»

«Liebe auf den ersten Blick?»

«Auf jeden Fall. Milla ist das Beste, was mir je passiert ist.» Er nickt vor sich hin, als wolle er das Gesagte zusätzlich unterstreichen.

«Erzählen Sie mir etwas über meinen Vorgänger, Robert Riverholt», sage ich im selben Augenblick, in dem Joachim abbremst und den Blinker setzt. Er erinnert mich an eine alte Oma in einem viel zu großen Auto, die sich beim Fahren vor Angst am Lenkrad festklammert.

«Milla hat der Verlust von Robert schwer getroffen», sagt Joachim. «Sie hat es seitdem nicht geschafft, zu schreiben oder überhaupt irgendetwas zu tun, und ich musste den Laden am Laufen halten.» Er holt tief Luft: «Aber jetzt sind Sie ja da. Jetzt sind wir wieder bereit.»

Das Ferienhaus ist eine riesige Villa im Schweizerstil, umgeben von einem großen Garten und hohen Bäumen. Durch das Blattwerk erahne ich Felsen und Meer.

«Kommen Sie», sagt Joachim, als ich vor der Steintreppe, die zum Haupteingang hinaufführt, stehen bleibe. «Mal sehen, ob wir Milla finden.»

Der Boden besteht aus Steinfliesen, und die Wände sind zur Hälfte holzvertäfelt. Weiter innen kann ich mehrere große Räume erkennen, die alle durch die großen Fenster von Licht durchflutet werden. Die Möbel sind teils neu und weiß, teils alt und unbehandelt; jedes Zimmer verströmt eine derartige Rustikalität, wie man sie nur für Geld kaufen und von einem Einrichtungsdesigner zusammenstellen lassen kann.

Ich folge Joachim durch das Wohnzimmer mit Esstisch, Kamin und Glastüren bis in die Küche, die einen eigenen Ausgang zur Hinterseite der Villa hat. Er legt die Tüten mit dem Essen auf die Sitzbank und stellt die Weinflaschen daneben auf den Boden.

«Da bist du ja», sagt eine sanfte Stimme hinter mir. Ich drehe mich zur Tür nach draußen um und blicke in das Gesicht einer Frau in meinem Alter, die schlank und schön ist und frisch blondiertes Haar hat. Doch irgendetwas in ihrem Blick, in ihren Augen passt nicht zum Rest ihrer Erscheinung. Sie blickt mich an, als würde sie durch mich hindurchsehen.

«Ja.» Joachim nimmt ihre Hand in seine. «Das ist Thorkild Aske.» Behutsam führt er sie in meine Richtung.

«Hei, Thorkild», sagt sie und nimmt eine der Weißweinflaschen, um das Etikett zu studieren. «Alle warten auf ein Buch», fährt sie fort. «Aber mir geht es schon so lange schlecht, und ich finde einfach keine Kraft, irgendetwas zu Ende zu bringen.»

«Ich verstehe, was Sie meinen», sage ich.

Milla sieht mich neugierig an. «Tun Sie das?»

Ich nicke. «Manchmal passieren Dinge, die die Zeit verlangsamen oder sie ganz anhalten, und man findet nur schwer heraus, wie man die Uhren wieder zum Ticken bringt.»

Sie schüttelt leicht den Kopf, ohne den Blick von mir abzuwenden. «Und was kann man da machen?»

Ich zucke die Achseln. «Einen Weg finden, die Wartezeit herumzubringen.» Ich merke, wie sich der Geschmack von Gelatine auf meiner Zunge ausbreitet, wenn ich bloß an die Tabletten denke, die ich einmal hatte. Ich hätte noch hinzufügen können, dass nur wenige Dinge besser dazu geeignet sind, die Wartezeit herumzubringen, als Psychopharmaka, aber ihre verengten Pupillen, ihre verlangsamten Bewegungen und der Ton ihrer Stimme verraten mir, dass sie das schon längst weiß.

«Wenn ich es richtig verstanden habe», Milla stellt die Weinflasche wieder zurück und stützt sich an der Kücheninsel ab, «waren Sie wegen einer Frau krank, die gestorben ist?»

«Ja.»

«Vielleicht glauben die anderen deshalb, dass mit Ihnen jetzt alles anders wird. Two wrongs will make a right? Oder was glauben Sie?»

Ich will etwas antworten, aber Milla hat sich bereits umgedreht. Sie zeigt auf eine der Weinflaschen und sagt zu Joachim: «Den kannst du zurückbringen. Der schmeckt nicht.» Dann wendet sie sich wieder mir zu, nimmt meinen Arm und führt mich durch die Glastür auf eine geräumige Terrasse. «Alle diese Menschen, die auf ein Buch warten, um zu erfahren, was am Ende mit einer Figur geschieht, die ich erfunden habe ... In der Zwischenzeit liegt Robert auf einem Friedhof, keinen halben Meter von der Frau entfernt, die ihn auf dem Gewissen hat. Niemand versteht das», sagt sie und lässt meinen Arm los. «Aber ich werde ihnen das geben, worauf sie warten», fährt sie fort. «Ich werde die Arbeit zu Ende bringen, das Buch fertig schreiben. Und dann, danach ...» Sie hält kurz inne, und ihr Blick wandert an den hohen Bäumen vorbei, zum unruhigen Wasserspiegel weiter draußen. «Ist es genug ...»

Milla geht zu einem Nebengebäude, das Wand an Wand mit dem Haupthaus steht. Ihr Blick ist jetzt offener. Als habe der kleine Spaziergang das vertrieben, was noch vor kurzem zwischen uns lag. «Kommen Sie», sagt sie. «Dann erzähle ich Ihnen, woran Robert und ich gearbeitet haben.»

Kapitel 6

Milla schiebt die Glastüren zur Seite und winkt mich in ihr Büro im Anbau. «Die Schreibwerkstatt ist mein ganz eigener Ort.» Sie schließt die Türen, setzt sich an den Schreibtisch und richtet mit der einen Hand ihre Frisur, während sie mit der anderen den Computer einschaltet. «Robert und ich hatten gerade erst mit den Recherchen für das neue Buch angefangen.» Sie beugt sich vor und tippt das Passwort ein. «Wir sind auf einen Vermisstenfall gestoßen, den wir als Vorlage für das Buch verwenden wollten.»

«Ist an diesem Fall denn etwas besonders außergewöhnlich?»

Milla schüttelt kurz den Kopf, ohne vom Bildschirm aufzusehen. «Er war in den Medien, zwei junge Mädchen, die vor sieben Monaten aus einem Jugendheim außerhalb von Hønefoss abgehauen und bis heute verschwunden sind. Irgendwie stach der Fall heraus, als Robert und ich nach aktuellen Fällen suchten, die wir für die Recherche gebrauchen konnten. Weil die Mädchen so jung waren, erst fünfzehn Jahre alt.»

«Und wie soll ich dabei helfen?»

«Wir werden mit den Angehörigen und der Polizei reden, und Sie können mir dabei helfen, mir den Ablauf in einem solchen Fall erklären. Ich weiß, dass Sie früher als Vernehmungsleiter gearbeitet haben. Das ist im Hinblick auf den psychologischen Aspekt bestimmt nützlich, denke ich.»

«Was sagen die Angehörigen dazu, dass wir mit ihnen sprechen wollen?»

«Robert hatte die Eltern des einen vermissten Mädchens schon getroffen. Sie wissen jede Hilfe zu schätzen und sind froh, dass der Fall nicht in Vergessenheit gerät.»

«Und das andere Mädchen?»

Milla schüttelt den Kopf. «Sie hat keine Angehörigen.»

«Niemanden?»

«Nein. Ich habe übrigens ein paar Unterlagen für Sie.» Millas Gesicht verschwindet hinter dem Bildschirm, und ich höre sie in einer Schreibtischschublade wühlen, bevor sie wiederauftaucht. Sie zögert einen Augenblick, dann schiebt sie einen Ordner zu mir herüber.

«Warum hat sie ihn getötet?», frage ich und nehme mir den Aktenordner mit der Aufschrift *Robert Riverholt*. «Roberts Frau. Warum hat sie ihn erschossen?»

Milla will etwas sagen, schüttelt dann aber doch nur den Kopf. Sie zwirbelt ein paar Haarsträhnen zwischen den Fingerspitzen. «Camilla war krank», sagt sie schließlich.

«Krank?»

«ALS, das ist eine degenerative Erkrankung, die die Nerven im Rückenmark und im Gehirn lähmt. Sie hatte die Diagnose erhalten, als Robert noch bei der Polizei war. Robert hat erzählt, dass sie schon damals dabei waren, sich zu trennen, aber er ist bei ihr geblieben, solange er konnte. Zum Schluss hat er es nicht mehr ausgehalten.»

«Sie hat ihn also umgebracht, weil er sie verlassen wollte?»

«Ja», antwortet Milla, bevor sie sich halb von mir abwendet und betroffen auf die Bücher im Regal an der Wand starrt. «Sie konnte ohne ihn nicht leben.»

«Warum glaubt die Polizei, dass die vermissten Mädchen nach Ibiza geflohen sind?», frage ich und blättere in Roberts Ordner über den Vermisstenfall.

«Sie sind schon früher einmal abgehauen.» Milla räuspert sich, als sich unsere Blicke schließlich wieder treffen. «Damals waren sie auf Ibiza.»

«Okay.» Ich blättere weiter in den Unterlagen. «Wie sieht der Plan aus?»

«Morgen fahren Sie und ich nach Hønefoss und statten der Kinder- und Jugendeinrichtung einen Besuch ab, wie auch der

Mutter von Siv, so heißt das eine Mädchen. Wir werden erwartet.»

«Warum?» Ich lege den Ordner zwischen uns auf den Schreibtisch.

«Wie bitte?»

«Ich meine, wenn es gar nichts zu ermitteln gibt und wir nur in der Vergangenheit dieser beiden Mädchen herumschnüffeln sollen, warum brauchen Sie mich dann eigentlich, und warum haben Sie Robert gebraucht? Kann eine Schriftstellerin so etwas nicht selbst machen, hier in ihrem Büro?»

Milla sieht mich lange an, bis ihr Blick zum Schluss an der vernarbten Linie in meinem Gesicht hängenbleibt, die am Auge anfängt und kurz zwischen Kieferknochen und Jochbein verweilt, bevor sie in einer gespaltenen Oberlippe endet, die die Unterlippe nie ganz berührt, selbst wenn der Mund geschlossen ist. «Woher haben Sie die?»

«Die stammt von dem Unfall.» Ich wende die entstellte Seite meines Gesichts von ihr ab. «Ulf sagt, ich brauche nicht mehr darüber zu reden.»

«Tut es weh?»

«Nur wenn ich alleine bin. Oder mit anderen zusammen.»

Endlich lächelt sie. «Sie haben recht», sagt sie und lehnt sich auf dem Stuhl zurück. «Eigentlich hätte ich das alles hier schreiben können. Mich im Internet in ein paar Vermisstenfälle einlesen und dann aus dem Unterbewusstsein ein paar passende Schatten hervorholen und ihnen Namen, Gesichter und eigene Geschichten geben können. Aber dieser Fall ist anders.» Sie will eigentlich noch etwas sagen, holt stattdessen aber Luft und schaut aus dem Fenster, wo sich die Baumkronen draußen leicht im Wind wiegen, der vom Meer hereinweht.

«In welcher Weise ist er anders?»

«Er ist es einfach», sagt Milla und blinzelt mehrmals angestrengt. «Joachim hat übrigens das Bootshaus für Sie hergerichtet.» Sie deutet auf den Wald unten vor der Schreibwerkstatt, wo ich bei den Felsen die Konturen eines weißen Gebäudes erkennen kann. «Morgen früh fangen wir an zu arbeiten.»

Kapitel 7

Das Zimmer im Bootshaus besteht aus einer Gruppe von Korbsesseln, die um ein riesiges Panoramafenster mit Aussicht aufs Meer platziert sind. Die einzige Bootsausrüstung sind ein paar maritime Dekorationsgegenstände, die an den weißen Wänden oder von den freiliegenden Dachbalken hängen. Ich habe mich in einen der Korbsessel gesetzt und blättere den Aktenordner durch, den ich von Milla bekommen habe. Darin befinden sich mehrere Zeitungsausschnitte, Fotos von den vermissten Mädchen und einige Ermittlungsunterlagen.

Siv und Olivia waren beide fünfzehn Jahre alt, als sie am 16. September des letzten Jahres vor einem Jugendheim außerhalb von Hønefoss verschwanden. Zuletzt wurden sie gesehen, als sie sich an einer Bushaltestelle gegenüber der Einrichtung in ein unbekanntes Auto setzten. Die Polizei hatte zuerst angenommen, die Mädchen seien nach Ibiza gereist, da sie schon einmal dorthin abgehauen und von der Polizei und den Verantwortlichen im Jugendheim eine Woche später wieder nach Hause geholt worden waren. Aber seit sie sich am Morgen ihres Verschwindens in dieses Auto gesetzt hatten, fehlte jede Spur von ihnen.

Ich schaue mir die Fotos der beiden Mädchen an. Siv hat schulterlange, blonde Haare und ein schmales, überschminktes Gesicht. Olivias Haar dagegen ist dicht, rabenschwarz und kurz geschnitten, sie hat markante Wangenknochen und schöne Augen, die von einem dicken Strich Eyeliner betont werden. Alle Bilder von Siv und Olivia sehen nahezu identisch aus: zwei Teenagermädchen mit tonnenweise Make-up im Gesicht, die ihre Null-Bock-Einstellung zur Schau tragen und ungeschickt versuchen, ihre Idole zu imitieren, natürlich mit weit aufgerissenen Augen und obligatorischem Kussmund. Einzig ihre Blicke scheinen nicht dazu zu passen: Sie sind zu kalt, zu leblos, Blicke von Mädchen, die zu viel gesehen, erlebt und verloren haben.

Zu wissen, dass wir in diesem Fall nicht einmal ermitteln sollen, macht alles nur noch schlimmer. Ebenso, dass ich jetzt dazu degradiert bin, auf der Suche nach einer guten Geschichte in den Schicksalen anderer Menschen wühlen zu müssen. Mir wird schlagartig klar, dass das alles ist, was diese Woche mit Milla Lind mir bringen wird: eine Verlängerung meiner Unglücksserie.

Ich lege die Fotos auf den Tisch und sinke tiefer in den Sessel. Frei hat mich nicht wieder besucht, nicht einmal, nachdem ich aus dem Krankenhaus in Tromsø entlassen worden und zurück nach Stavanger gefahren bin. Ulf sagt, das sei ein Zeichen dafür, dass sich der Hirnschaden in der Amygdala nicht verschlimmert habe, und dass sie nun endgültig in ihrem Grab liege und ich sie nicht mehr mit Oxycodon und Benzodiazepinen heraufbeschwören könne. Er meint, die fehlenden Pillen und die Abwesenheit von Frei hätten mich einsam gemacht, und ich würde aufgrund des Mangels an zwischenmenschlicher Interaktion verrosten. Ich hätte sagen können, ich sei zwar alleine, aber nicht einsam, und das wäre durchaus ein Unterschied, aber wir wissen beide, dass das eigentliche Problem woanders liegt.

Als ich mich im Korbsessel aufrichte, fällt mein Blick wieder auf die Fotos von Siv und Olivia auf dem Tisch. «Wo wolltet ihr an dem Tag hin?», murmele ich und schließe die Augen.

Kapitel 8

Auf diesen Tag habe ich gewartet, seit ich drei Jahre alt war. Siv ist unruhig, sie steht neben mir, raucht und umklammert das leere Zigarettenpäckchen, während sie ununterbrochen redet. Die Sonne ist schon aufgegangen und lässt den Frost schmelzen, der sich im Gras auf den Wiesen unterhalb der Bushaltestelle festgebissen hat. Bald wird sie auch auf den Parkplatz auf der anderen Straßenseite scheinen, wo unter den Fenstern des Gemeinschaftsraums das Auto des Nachtwächters steht.

Ich öffne meinen Rucksack. Er ist beinahe leer. Siv hat ihren mit Kuscheltieren, Schminkzeug und Klamotten vollgepackt. In meinem ist dagegen fast gar nichts, denn ich weiß: Wenn heute Abend die Sonne untergeht, wird all der alte Scheiß nicht mehr wichtig sein. Dieser Herbsttag ist das Einzige, was etwas bedeutet, denn er ist gleichzeitig der erste und der letzte.

«Da.» Siv drückt die Zigarette am Haltestellenhäuschen aus, als ein schwarzes Auto um die Kurve biegt und auf uns zufährt. Sie wirft das leere Zigarettenpäckchen weg und hebt ihren Rucksack auf.

«Bist du so weit?»

«Ja», sage ich und werfe einen letzten Blick auf das Gebäude auf der anderen Straßenseite. «Ich bin so weit.»

Kapitel 9

Ich muss im Sessel eingeschlafen sein. Als ich aufwache, ist die Sonne verschwunden. Das Meer kräuselt sich und rollt auf die Felsen zu. Die Bäume knacken und rascheln mit den belaubten

Ästen. Mir ist kalt, ich habe schlechte Laune und vermisse Stavanger und meine Wohnung.

Ich ziehe meine Schuhe an, gehe nach draußen und nehme Kurs auf das Haupthaus. Als ich das Ende des Waldstücks zwischen dem Bootshaus und dem Grundstück erreicht habe, entdecke ich plötzlich Milla in ihrem Büro in der Schreibwerkstatt. Sie lehnt über dem Schreibtisch, das Gesicht zur Tischplatte und die Arme nach vorne gestreckt. Ihre Augen sind weit aufgerissen, und sie schnappt augenscheinlich nach Luft.

Ich will gerade zwischen den Bäumen hervortreten, da sehe ich einen Mann hinter ihr. Er zieht sie an den Haaren nach oben, hält sie für ein paar Sekunden so und stößt sie dann wieder auf die Tischplatte. Millas Gesichtsausdruck wechselt zwischen Panik und Ekstase. Als er sie erneut nach oben zerrt, reißt ihre Bluse so, dass eine Brust herausfällt. Joachim ergreift sie mit der freien Hand und drückt zu.

Mit einem Mal ist es so, als ob Milla mich direkt ansieht. Joachim lässt die Brust los und packt ihren Hals. Milla öffnet den Mund, und ihr Körper versteift sich. Kurz bevor sie das Bewusstsein zu verlieren droht, löst Joachim den Griff um den Hals. Mit der anderen Hand hält er ihre Haare, sodass Milla mit dem Kopf voran über dem Schreibtisch hängt.

Erst jetzt wird mir klar, dass sie nicht mich ansieht, sondern dass sie durch mich hindurch in die Dunkelheit hinter mir starrt. Joachim lässt ihre Haare los, und sie fällt schwer auf den Schreibtisch, während Joachim nach hinten in den Schatten verschwindet.

Ich bleibe einen Moment stehen, ehe ich schließlich auf das Haus zugehe. Durch die Glastür zur Schreibwerkstatt erblicke ich Milla. Sie ist dabei, ihre Bluse zuzuknöpfen, und wendet sich ab, als sie mich sieht.

«Brauchst du etwas?» Joachim fährt sich mit den Fingern durch das dünne, frisch gebleichte Haar, als er in der Türöffnung auftaucht.

«Den Koffer», antworte ich. «Ich habe ihn im Flur vergessen.»

«Warte hier.» Er verschwindet durch die Küchentür ins Haupthaus.

Ich gehe hinüber zur Schreibwerkstatt, bleibe aber stehen, als ich Milla in der Glastür stehen sehe. Sie lässt die Rollos herunter, und ich höre, wie die Tür abgeschlossen wird. Kurz darauf kommt Joachim mit meinem Koffer zurück.

«Tut mir leid», entschuldige ich mich. «Ich wollte nicht ... »

«Ihr wisst nicht, wie sie ist», sagt Joachim. «Was sie braucht.»

«Was braucht sie denn?», frage ich, als wir die Bäume zwischen der Villa und dem Bootshaus erreichen.

Joachim bleibt vor mir stehen und stellt sich auf einen Grashügel, sodass er beinahe so groß ist wie ich. Er lächelt. Seine Zähne leuchten im Halbdunkel. «Kontrollverlust.»

Er schüttelt den Kopf, als ich nichts erwidere, und steigt wieder vom Grashügel. «Jemand wie Milla braucht einen bestimmten Typ Mensch. Einen bestimmten Typ Mann, keinen ... »

«Ja, ich verstehe schon», sage ich. «Keinen wie mich.»

Joachim geht weiter durch das Waldstück, ohne zu antworten.

«Oder Robert», füge ich hinzu.

«Bitte?» Er bleibt stehen. Diesmal findet er keinen Hügel zum Draufstellen, aber er weicht einen großen Schritt zur Seite, als wolle er den Größenunterschied durch den Abstand ausgleichen. *«Was hast du gesagt?»*

«Du hast ‹ihr› gesagt», antworte ich. «*Ihr* wisst nicht, wie sie ist. Ich nehme an, du meintest solche wie Robert und mich?»

«Ich habe auf Anhieb gesehen, was für ein Typ Robert war. Habe ihn direkt durchschaut.»

«Mit anderen Worten: Du bist ein richtiger Menschenkenner?»

«Um das herauszufinden, wirst du nicht lang genug hierbleiben, Kumpel. Da.» Joachim lässt den Koffer auf den Boden zwischen uns fallen. «Den Rest kriegst du alleine hin», sagt er und geht zurück zum Haus.

Kapitel 10

Beim Frühstück am nächsten Morgen wechseln Joachim und ich kein Wort miteinander, nur einen kurzen Blick und einen Handschlag im Flur, als Milla und ich losfahren wollen.

«Jetzt sind wir beide also allein, Thorkild, du und ich», sagt Milla, nachdem wir uns in ihr Auto gesetzt haben, um nach Hønefoss zu fahren.

«Ja.» Ich umklammere das Lenkrad. Ich bin nicht mehr Auto gefahren, seit mir vor über drei Jahren der Führerschein entzogen wurde, habe es aber nicht über mich gebracht, Milla davon zu erzählen, als sie mir nach dem Frühstück die Schlüssel gab.

«Früher bin ich wirklich gern gereist», sagt Milla und lächelt mich an. «Auf die Buchmessen überall auf der Welt, Shoppingtrips und Großstadtwochenenden.»

«Erzähl mir von deinem Buch.» Ich habe schon beschlossen, dass ich Millas Stimme mag. Sie ist mild und gelassen, und sie dominiert das Gespräch nicht. Milla wirkt auf mich nicht wie jemand, der die volle Aufmerksamkeit braucht, wenn sie spricht. Irgendwie reicht es, dass man da ist und auf seine eigene Weise zuhört.

«Es soll von dem jüngeren August Mugabe handeln», beginnt Milla. Die Straße schlängelt sich unter einer grauen Wolkendecke durch alte Wälder und kahle Weizenfelder. «Ich will meinen Lesern den Mann zeigen, der er war, bevor er Gjertrud traf. In der Zeit, die er mit einer anderen Frau verbrachte, mit der er auch ein Kind bekam, die ihn aber nicht haben wollte. Sie nahm das Kind und verließ ihn, ehe er ihr einen Antrag machen konnte.»

«Interessant», murmele ich.

«Ich glaube, ich werde ihn ein bisschen wie dich sein lassen.» Sie mustert die zerstörte Hälfte meines Gesichts in Erwartung einer Reaktion.

«Oh», sage ich, ohne die Augen von der Straße abzuwenden.

«Allerdings in einer jüngeren Ausgabe.» Milla schmunzelt unbefangen. «Mit kurzen Haaren und mit Augen, so grau wie die Regenwolken da draußen.» Sie kichert. «So wie ich mir deine vorstelle. Bevor es Ernst wurde.»

«Vor den Narben?»

Ihr Blick verharrt auf den Furchen mitten in meinem Gesicht. «Ich mag Narben», sagt sie, streckt die Hand aus und berührt mit den Fingerspitzen leicht die gezackte Linie in meinem Gesicht. «Sowohl die, die alle sehen können, als auch die inneren.»

«Auf ein paar davon könnte ich gut verzichten», entgegne ich trocken.

«Ach ja?» Sie zieht die Hand wieder zurück. «Auf welche?»

«Camilla, Roberts Frau», sage ich, um das Thema zu wechseln, und merke, wie Millas Blick hart wird und sie sich von meinem Gesicht abwendet. «Kanntest du sie?»

«Ein bisschen.» Milla sieht aus dem Seitenfenster. «Wir haben Camilla ein paarmal getroffen, Robert brachte sie mit hierher, aber ich kannte sie nicht näher.»

«Du hast gesagt, dass sie ohne ihn nicht leben konnte.»

«Ja. Robert war gerade ausgezogen und hatte eine kleine Wohnung gefunden. Er war ein guter Mensch, kein Mann, der einfach abhaut, wenn seine Frau krank wird. Das darfst du nicht denken. Er hat sich so lange bemüht, wie er konnte, aber am Ende hielt er es nicht mehr aus. Er sagte, er könnte nicht bei ihr bleiben, nur um darauf zu warten, dass sie stirbt. Das wäre keinem der beiden gegenüber gerecht gewesen.» Sie sieht immer noch aus dem Fenster, als versuche sie sich auf etwas zwischen den Bäumen zu konzentrieren.

«Sie wollte ihn wohl mit auf die andere Seite nehmen. Damit sie beide gemeinsam mit den Geistern hätten Karten spielen und Tee trinken können?»

«Sag so was nicht.» Sie verzieht ihren Mund.

«Tut mir leid», sage ich, als wir an einem kleineren Industriegebiet vorbeikommen, wo das Gras von einer grauen Schicht Asphaltstaub bedeckt ist.

«Robert und ich hatten so ein Spiel», sagt Milla und lehnt ihren Kopf an das Seitenfenster. Auf der rechten Seite tauchen größere Äcker und frisch bestellte Felder auf, flankiert von einzelnen Bauernhöfen mit Kuhställen, Schuppen, Landmaschinen, Silos und dem einen oder anderen aufgerissenen Ballen am Rand, aus dem das Heu hervorquillt. «Wir nannten es das ‹Was-wäre-wenn-Spiel›. Wir sind alle Erkenntnisse zu dem Fall durchgegangen und haben geschaut, ob wir etwas davon für den Plot in meinem Buch gebrauchen konnten.»

«Sucht August Mugabe auch nach zwei vermissten Heimkindern?»

«Nein. Er sucht nach seiner Tochter. Sie verschwand mit siebzehn Jahren, also zu der Zeit, als August Gjertrud traf. Er kannte sie nicht, denn ihre Mutter hatte ihm den Kontakt mit ihr untersagt, aber August hat sie all die Jahre beobachtet, ohne mit ihr in Verbindung zu treten. Und als er endlich doch bereit war, den Schritt zu wagen und sie zu treffen, verschwand sie. Der letzte Roman soll zwei Zeitebenen haben, eine erzählt vom jüngeren August zu der Zeit, als seine Tochter verschwindet, die andere spielt in der Gegenwart, zwanzig Jahre später, als er wieder nach ihr zu suchen beginnt.»

«Und, findet er sie?» Der Geruch von Frühling und frisch gepflügter Erde strömt durch die Lüftung des Autos herein.

Milla schaut mich mit so etwas wie einem Lächeln an. «Ich habe mich noch nicht entschieden, wie das Buch enden soll», antwortet sie.

«Also, dass seit fast sieben Monaten niemand etwas von den beiden Mädchen gehört hat», sage ich und drehe die Lüftung herunter. «Das verspricht nichts Gutes.»

«Du glaubst also, sie sind tot?» Ihre Stimme hat plötzlich einen schneidenden Unterton.

«Spielt das irgendeine Rolle?»

Sie sieht mich wieder an. «Ja.»

«Warum?»

Sie lässt ihren Blick auf den Furchen und dem Narbengewebe meiner zerstörten Gesichtshälfte verweilen. «Erzähl mir von ihr, von der Frau, die du zu Tode gefahren hast. Hast du sie geliebt?»

Ich schüttele den Kopf. «Ich denke nicht mehr an sie», antworte ich, selbst wenn das die Mutter aller Lügen ist. Ein halbes Jahr ist vergangen, seit ich versucht habe, auf Freis Seite zu gelangen, und gescheitert bin. Sechs lange Monate, seit ich ihre Kälte an meiner Haut gespürt habe, aber das heißt nicht, dass ich aufgehört habe, an sie zu denken. Das Leben geht zwar weiter, aber nicht etwa, weil die Sehnsucht weniger geworden wäre, sondern weil es schmerzt, sterben zu wollen. Und während man sich die Spirale hinabarbeitet, braucht man Medikamente, die den Schmerz betäuben. Es gab Tage, Stunden spät in der Nacht, in denen ich alleine in meiner Wohnung gelegen und vergebens versucht habe, zurück in die Spirale zu finden, bevor das Morgenlicht wieder anfing gegen die Fleecedecke vor dem Fenster zu drängen. Ulf sieht darin wohl ein Zeichen meiner Besserung, ich selbst glaube eher, dass ich mich noch nicht genug angestrengt habe.

«Ich glaube dir nicht», flüstert Milla sanft und lehnt sich näher an mich. «Ich weiß, wie das ist, Robert ...»

«Ich bin nicht Robert Riverholt», erwidere ich kalt und greife das Lenkrad weiter oben, damit meine Schulter die Narben verdeckt.

Milla sieht mich lange an. «Nein», wispert sie, und ihr Blick gleitet wieder aus dem Seitenfenster. «Das bist du nicht.»

Teil II

Menschen, die lügen

Kapitel 11

«Warum haben sie eigentlich zugestimmt, mit uns zu reden?», frage ich und setze den Blinker, als ich das Schild mit der Aufschrift Åkermyr entdecke, dem Namen des Jugendheims. Den letzten Teil der Strecke haben wir kaum miteinander gesprochen. Milla wirkt angespannt und unruhig, aber nicht wegen unseres vorherigen Gesprächs. Es steckt irgendetwas anderes dahinter, und ich merke, dass ich mit jedem zurückgelegten Kilometer frustrierter werde. Nicht nur, weil sie all meine Fragen mit Gegenfragen zu mir selbst beantwortet, sondern weil mit diesem Auftrag etwas nicht stimmt und ich nicht dahinterkomme, was es ist.

«Weil sie glauben, dass es etwas bringt», antwortet sie, während ich das Auto vor dem Haupteingang parke. «Das ist eine Möglichkeit, den Fall nicht zu vergessen und die Hoffnung nicht aufzugeben.»

«Was sagen denn die Ermittler der Polizei dazu?»

Milla schnallt den Sicherheitsgurt ab und öffnet die Autotür. «Die finden das großartig.»

«Wirklich? Die Polizisten, die ich kenne, wären von einer solchen Einmischung in ihre Arbeit nicht besonders angetan.»

«Diese schon.»

Ich schüttele resigniert den Kopf darüber, dass sie sich weigert, mir auch nur irgendetwas über den Fall zu erzählen. «Werden wir bei unseren Nachforschungen auch mit ihnen reden?»

«Schon möglich», antwortet sie und steigt aus.

Das Jugendzentrum Åkermyr ist ein einstöckiges Gebäude, das ganz nahe an der Autobahn 7 nach Veme und Sokna liegt. Auf der Treppe werden wir von einer großen und schlanken, etwa fünfzigjährigen Frau empfangen. Sie heißt Karin und hat Raucherfalten im Gesicht, das durch ihre nikotingelbe Bobfrisur ein wenig lang wirkt. Ihre Augen liegen zu eng beieinander. «Sie sind ... Milla Lind, oder?», fragt sie und streckt Milla vorsichtig eine Hand entgegen.

Milla lächelt, und auch die Raucherfalten in Karins Gesicht straffen sich zu einem Lächeln. «Kommen Sie doch rein.» Sie zeigt uns den Weg ins Gebäude. «Wir gehen in den Gemeinschaftsraum, der wird während der Schulzeiten nicht genutzt.»

«Wohnen viele Jugendliche hier?», frage ich, während wir einen weitläufigen Flur durchqueren und den Türschildern zufolge an einem Bewegungsraum und einem Musikzimmer vorbeikommen.

«Wir haben eine Wohngruppe und eine Tagesgruppe für akute Fälle.» Karin bleibt an einer angelehnten Tür stehen. «Im Moment sind sechs unserer Zimmer bewohnt.» Sie atmet durch die Nase ein und öffnet die Tür ganz. «Das hier ist unser Gemeinschaftsraum. Treten Sie ein.»

In dem Raum befindet sich eine kleine Küchenzeile, auf der eine Kaffeemaschine vor sich hin gluckert, dahinter stehen ein Esstisch und eine Sitzgruppe aus braunen Ledermöbeln mit einem IKEA-Tischchen auf jeder Seite. Der Gemeinschaftsraum ist modern eingerichtet, und irgendetwas am Geruch erinnert mich an die psychiatrische Abteilung im Gefängnis, aber selbst meine Wohnung unter der Stadtbrücke daheim in Stavanger riecht so. All diese viel frequentierten Orte haben den gleichen faden Geruch, der an ein geschmacksarmes Fertiggericht erinnert, bei dem die Gewürze fehlen.

«Haben Sie hier gearbeitet, als die Mädchen verschwanden?», frage ich, nachdem wir auf der Sitzgruppe Platz genommen haben, Karin auf der einen Seite, Milla und ich auf der anderen.

«Ja. Damals hatte ich Dienst», sagt Karin. «Wollen Sie vielleicht einen Kaffee? Ich glaube, er ist gerade fertig geworden.»

Ich nicke, während Milla dankend ablehnt. Karin steht auf und schenkt in der kleinen Küche Kaffee in zwei knallgelbe Tassen.

«Was können Sie uns über die Mädchen erzählen?» Ich lächele, als sie mir eine Tasse reicht und sich wieder setzt.

Karins Blick ruht auf Milla, ihre Ellenbogen sind auf die Knie gestützt, sodass der Kaffeedampf aus der Tasse direkt in ihre Nase zu steigen scheint. «Siv und Olivia waren gute Freundinnen, seit sie sich hier kennengelernt haben. Siv kam ja erst später zu uns, sie war zur Entlastung hier und wohnte zeitweise daheim bei ihren Eltern in Hønefoss.»

«Und die beiden sind schon einmal abgehauen?», frage ich weiter. «Nach Ibiza?»

«Ja, das stimmt. Letztes Jahr. Da haben sie aber nach einer Woche hier angerufen. Ich glaube, sie hatten plötzlich Bammel bekommen. Sie waren jedenfalls froh, als wir dort hinkamen, um sie abzuholen.»

«Wissen Sie noch, was an dem Tag sonst noch geschah, an dem sie verschwanden?», frage ich und trinke einen Schluck Kaffee. «Ich meine, beim zweiten Mal, letzten Herbst.»

«Wir haben nicht bemerkt, dass sie weg waren. Bis sie am Nachmittag nicht aus der Schule zurückgekommen sind», antwortet Karin. «Wir haben erst später erfahren, dass sie gesehen wurden, wie sie an der Bushaltestelle direkt hier draußen in ein Auto gestiegen sind. Einer unserer Jungs hat das beobachtet.»

«Hatten sie gepackt? Sachen mitgenommen, die sie an einem normalen Schultag nicht gebraucht hätten?» Ich werfe einen Blick auf Milla, die nicht wirklich zuzuhören scheint, sondern einfach nur reglos und stumm neben mir auf dem Sofa sitzt, während sie durch die Fenster hinter Karin in den immer blauer und heller werdenden Himmel starrt.

«Nur ein paar Kleider und persönliche Gegenstände», erzählt mir Karin. «Aber nicht so viele wie beim letzten Mal, als sie davonliefen.»

«Was haben Sie unternommen, als Sie gemerkt haben, dass die beiden weg waren?»

«Na ja, ich habe natürlich die Polizei verständigt.»

«Dieser Junge, der sie beobachtet hat», fahre ich fort. «Wohnt er immer noch hier?» Ich merke, dass meine Fragen einfach so aus mir heraussprudeln, ganz ungeordnet, und dass sie viel zu beschränkt sind. Die ganze Zeit warte ich darauf, dass Milla sich einklinkt und nach dem fragt, was sie für ihr Buch braucht, aber sie bleibt nur weiter schweigend sitzen. Ihr Gesichtsausdruck ist abwechselnd panisch und zerstreut, sie ist zwar da, aber gleichzeitig auch abwesend.

«Ja», antwortet Karin. Sie schaut zu Milla herüber, ehe sie ihre Tasse auf den Tisch zwischen uns stellt. Auch sie scheint zu bemerken, dass Milla zerstreut wirkt.

Da sie keine Anstalten macht, sich am Gespräch zu beteiligen, beschließe ich, weiter Fragen zu stellen, um wenigstens meine eigene Neugier zu stillen. «Sie haben gesagt, Sie hätten mit Millas ehemaligem Berater Robert Riverholt gesprochen?», will ich wissen. «Direkt nachdem die Mädchen verschwunden waren?»

«Ja, das war nur wenige Tage danach. Er hat erzählt, dass es vielleicht eine Fernsehsendung über die Mädchen geben würde, und dass Milla Lind höchstpersönlich ...» Sie räuspert sich und hält die Tasse vor ihr Gesicht. «Es ist ja so schrecklich, was mit ihm passiert ist. Ich habe ihn nur einmal getroffen, bevor ...»

«Haben Sie ihre Sachen noch hier?», fällt ihr Milla plötzlich ins Wort.

«Wessen Sachen?», wundert sich Karin.

«Olivias?»

«Äh, ja. Ich glaube schon, aber ...»

«Kann ich ihr Zimmer sehen?»

«Ich ...» Karin holt Luft und legt den Kopf leicht auf die Seite. «Warum? Kenny hat gesagt, dass das nur ...»

«Wer ist Kenny?», frage ich verwundert und schaue Karin an.

«Tut mir leid», seufzt Milla und steht abrupt vom Sofa auf. «Ich schaffe das nicht.» Sie hastet zum Ausgang und verschwindet nach draußen.

«Was ist denn hier los?», frage ich, nachdem ich sie auf dem Parkplatz wieder eingeholt habe. «Ermitteln wir jetzt doch?»

«Nein.» Milla dreht sich ruckartig zu mir um. Ihr Gesicht ist grau, die Augen sind feucht und kurz vorm Überlaufen. «Aber wenn wir das täten ... Wenn wir ...» Sie beißt sich fest in die Unterlippe, während ihr Blick in Richtung der Bushaltestelle wandert.

«Dann würde ich sagen, dass das alles merkwürdig ist», antworte ich schließlich.

«Was denn?» Milla schaut zur Bushaltestelle und hält ihre Hände dicht vor der Brust, als würde sie dort drüben etwas sehen, das nur sie sehen kann, etwas, das ihr Angst macht. «Was ist merkwürdig?»

«Dass zwei fünfzehnjährige Mädchen in ein fremdes Auto steigen und einfach verschwinden. Dass sie auf eine spanische Insel gekommen sind, ohne auf dem Weg auch nur eine einzige Spur zu hinterlassen. Dass ihre Handys nicht zu orten waren, da sie seit ihrem Verschwinden offenbar nicht mehr benutzt wurden.» Ich zögere, bevor ich weiterspreche: «Und dass das nur Recherchen für ein Buch waren, die du mit Robert betrieben hast.»

Milla ist kurz davor, etwas zu sagen, entscheidet sich dann aber anders. «Komm», sagt sie schließlich. «Wir müssen mit Sivs Mutter reden, bevor es zu spät wird.» Anschließend eilt sie zum Auto und setzt sich auf den Beifahrersitz.

Die Frühlingssonne beleuchtet die Fichten und den Boden jenseits der Straße. Ich atme tief ein und spüre, wie die Luft in meine Lunge strömt, ohne etwas zu bewirken, bevor ich zum Auto gehe und mich hineinsetze. Milla hält immer noch etwas vor mir geheim, und ich weiß nicht, wie lange ich dieses Spiel noch mitspielen will, anstatt mich ins Flugzeug zu setzen und heimzufliegen. Andererseits mag ich den Gedanken nicht, davonzulaufen, bevor ich nicht weiß, was ich eigentlich zurücklasse.

Kapitel 12

Siv sitzt hinter mir im Auto und hat ihren Oberkörper in die Mitte gelehnt, sodass ich sie im Rückspiegel sehen kann. Sie starrt aus dem Fenster, während Autos, Busse, Lkw, Lieferwagen, Pendler und gestresste Eltern, die vor der Arbeit noch schnell ihre Kinder abliefern müssen, die Straßen verstopfen. Eigentlich reise ich nicht gern. Ich muss dabei immer an Vieh denken, das in dunklen Anhängern transportiert wird, ohne zu wissen, was es am Ende erwartet. Aber diesmal ist alles anders. Diesmal weiß ich, was mich erwartet, wenn wir ankommen.

«Bist du aufgeregt?» Siv schaut auf.

«Ja», antworte ich, als wir eine Haltebucht passieren, wo ein Lkw-Fahrer neben seinem Sattelzug hockt und etwas zwischen den Rädern kontrolliert.

Ich kann mich immer noch an meine erste Reise erinnern, die schlimmste von allen. Wir saßen am Küchentisch, die Sonne fiel durch das Fenster und wärmte die ganze Wohnung. Ich habe ihr angesehen, dass etwas nicht in Ordnung war. Sie war so weit weg, obwohl sie direkt neben mir saß. Sie blieb auf der Treppe stehen, als mich der Mann zum Auto führte. Es war, als würden das Gesicht, die braunen Augen und die warmen Hände im Sonnenlicht ertrinken. Mama, ich habe dich nie fragen können: Hast du gelächelt, weil du traurig warst oder weil du dich gefreut hast?

Kapitel 13

Sivs Eltern wohnen in einem rot gestrichenen Achtziger-Jahre-Haus mit Walmdach und einer Kelleretage, die zur Hälfte aus dem Boden herausragt. An der Tür werden wir von Sivs Mutter empfangen, deren abstehende, rabenschwarze Haare kurz geschnitten sind. Sie erinnert mich an Liz, doch im Gegensatz zu meiner Schwester offenbart sie nicht die typischen Anzeichen von Furcht, wenn sie einen fremden Mann an der Tür empfängt.

«Hei, ich heiße Synnøve.» Ihre Augen strahlen, als sie Milla wiedererkennt und ihr die Hand schüttelt.

«Thorkild Aske», stelle ich mich vor, nachdem sie endlich den Blick von Milla abwendet.

«Herzlich willkommen», sagt Synnøve. «Kümmern Sie sich nicht um das Chaos. Mein Mann ist bei der Arbeit, und der Kaffee ist fertig. Und Teewasser auch», fügt sie hinzu. «Er hat darauf bestanden, dass wir Tee servieren müssen, weil doch alle Künstler lieber Tee als schwarzen Kaffee trinken. Ich habe mehrere Sorten gekauft.» Sie presst die Hände gegen die Brust, während sie auf der Schwelle zwischen Flur und Wohnzimmer steht.

«Danke, das klingt wunderbar», sagt Milla, als sie endlich ihre Jacke aufgehängt hat und Synnøve an einen kleinen Tisch folgt, auf dem eine riesige Glasschüssel steht, die bis zum Rand mit Teebeuteln in allen erdenklichen Geschmacksrichtungen gefüllt ist. Mitten im Zimmer steht ein Korb voller Wäsche, und über den Stühlen rund um den Esstisch daneben hängen frisch gewaschene

Wäschestücke. Das ganze Wohnzimmer riecht nach einer Mischung aus frischer Zitrone und verschwitzten Kleidern.

«Siv ist ja meine Älteste.» Synnøve gießt heißes Wasser in unsere Tassen und deutet dann mit dem Kopf auf den Unterteller mit Zitronenscheiben. «Sie war ein Einzelkind, bis sie eingeschult wurde, dann kamen die Zwillinge.» Sie zögert einen Moment und senkt den Blick, während sie nachdenkt, ehe sie wieder Milla ansieht. «Ab da hat sie sich verändert. Sie wurde schwierig, wütend.»

«Was meinen Sie damit?», frage ich. Millas Augen haben wieder diesen blassen Schimmer. Sie sucht nach etwas, worauf sie sich konzentrieren kann. Es ist so, als müsste sie darum kämpfen, nicht die Kontrolle über ihre Sinneseindrücke zu verlieren.

«Sie konnte die Jungs nicht ertragen», fährt Synnøve fort. «Wollte nicht mit ihnen spielen, war zornig und eifersüchtig, wenn ich sie gestillt habe. Dann wurde es immer schlimmer. Sie war nicht nur den Jungs gegenüber aggressiv, sondern auch in der Schule, und irgendwann brauchten wir einfach Hilfe. Mit sieben wurde bei ihr eine Verhaltensstörung diagnostiziert, und als sie in die dritte Klasse kommen sollte, haben wir es nicht mehr allein bewältigt. Das Jugendamt hat uns einen Entlastungsplatz in Åkermyr organisiert, und Siv hat unter der Woche dort gewohnt und ist am Wochenende zu uns gekommen.» Sie holt schwer Luft. «Es wurde nicht besser. Wir haben es nicht ausgehalten, sie zu Hause zu haben, wir haben es einfach nicht geschafft ... Die Jungs hatten Angst, wenn sie hier war, und ... und ...»

Synnøve seufzt. Ihr Mund hat sich zu einem schiefen Strich verzogen. «Es war nicht so, wie es sein sollte», sagt sie. «Mit dem eigenen Kind. Sie glauben sicher, dass ich eine Rabenmutter bin, die es nicht einmal schafft, sich um ihr Kind zu kümmern, aber ... diese Wut. Mein Mann und ich haben nie verstanden, woher sie kam. Was wir getan hatten, dass sie immer so wütend auf uns war.»

Milla schüttelt den Kopf. «Das ist bestimmt nicht leicht gewesen.»

«Haben Sie Kinder?», fragt Synnøve mit geneigtem Kopf.

«Nein», flüstert Milla beinahe unhörbar, und plötzlich fürchte ich, sie könnte nach draußen stürmen und mich hier wieder wie einen Idioten sitzenlassen. Das Telefon klingelt.

«Einen Moment, bitte.» Synnøve steht auf und verschwindet nach draußen.

«Was ist los mit dir?», frage ich und beuge mich zu Milla hinüber, während Synnøve in der Küche telefoniert. Zwischendurch steckt sie ihren Kopf durch die Türöffnung, als wollte sie sichergehen, dass wir nicht abhauen.

Milla faltet die Hände im Schoß und holt tief Luft, bevor sie sich mir zuwendet. «Tut mir leid», sagt sie, während sie ihre Finger knetet. «Ich werde mich zusammenreißen.»

«Dich zusammenreißen? Ich verstehe nicht, was ...»

«Das war mein Mann.» Synnøve ist wieder in der Türöffnung aufgetaucht. «Er wollte nur wissen, ob Milla Lind heute wirklich gekommen ist. Ich habe ihm gesagt, dass sie hier sitzt, in unserem Wohnzimmer, und Tee trinkt. Mein Gott», schluchzt sie plötzlich und hält das Handy wie eine Trophäe in die Luft. «Das ist wirklich kaum zu glauben.»

Milla muss mehrmals heftig blinzeln, bevor sie sich zu einem Lächeln zwingt und Synnøve fragt: «Ich hoffe, Sie haben ihn von uns gegrüßt?»

«Glauben Sie auch, dass die Mädchen in Spanien sind?», frage ich, nachdem Synnøve wieder im Sessel Platz genommen hat.

Synnøve nickt energisch und lächelt. «Sie ruft an, wenn sie bereit ist, wieder nach Hause zu kommen. Das weiß ich. Das hat sie letztes Mal ja auch getan. Damals hat sie Angst bekommen und weinend bei Mama und Papa angerufen, damit wir sie abholen.» Wieder lächelt sie so, als würde sie ihre wahren Gefühle hinter einer Maske verbergen.

«Damals hat sie uns gebraucht. Man muss ihr nur Zeit geben, dann ruft sie an. Wir beide, Jens und ich, haben unsere Handys immer eingeschaltet, rund um die Uhr. Sie ruft bestimmt an, Sie werden schon sehen.»

«Sie haben doch sicher mit Millas letztem Berater Robert Riverholt gesprochen, nachdem Siv verschwunden war», werfe ich ein, als das Gespräch erneut zu verstummen droht.

Synnøve schenkt sich Teewasser nach und drückt sechsmal auf den Süßstoffspender, bevor sie den Tee umrührt. «Ja, er kam vorbei, ein netter Mann. Aber dann habe ich nichts mehr von ihm gehört.»

«Robert ist gestorben», sagt Milla. Sie richtet sich auf und greift nach der Teetasse, die bisher unangetastet auf dem Tisch gestanden hat. Die Haut an ihren Händen ist ganz weiß an den Stellen, an denen Milla ihre Finger und Nägel hineingedrückt hat.

«Puh.» Synnøve nimmt ihre Tasse, stellt sie aber wieder ab und atmet hörbar aus. «Aber ich hätte ja wissen müssen, dass ihm etwas zugestoßen ist, als der Polizist vorbeikam.»

«Welcher Polizist?», frage ich neugierig.

«Wir waren gerade aus Bulgarien nach Hause gekommen. Der Urlaub war schon gebucht gewesen, als die Mädchen verschwunden sind, da konnten wir doch nicht einfach ... Aber wir hatten ja unsere Handys dabei», fügt sie schnell hinzu, als würde das rechtfertigen, dass man in den Urlaub fuhr, obwohl die eigene Tochter vermisst wurde. «Jedenfalls», fährt sie fort, «stand der Beamte eines Tages hier vor der Tür und sagte, er wüsste, dass ich mit Robert geredet hätte, nachdem die Mädchen verschwunden waren. Und er wollte wissen, worüber wir gesprochen hatten.»

«Wissen Sie noch, wie er hieß?»

«Nein. Leider nicht.»

«Und du?» Ich drehe mich zu Milla um. «Weißt du, wer dieser Polizist ist?»

Sie schüttelt den Kopf, ohne mich anzusehen. «Das ist sicher jemand, der etwas mit den Ermittlungen zu seinem Tod zu tun hatte. Robert wurde erschossen, während wir diesem Fall nachgingen.»

«Er wurde erschossen?», fragt Synnøve und reißt die Augen auf. «Das ist ja schrecklich!»

«Aber wirklich», antworte ich. «Von seiner Exfrau. Ein klarer Fall, wie es scheint.» Als Milla mich nicht ansehen will, schüttele ich entmutigt den Kopf und wende mich wieder an Synnøve. «Erinnern Sie sich an etwas Auffälliges aus der Zeit, als die Mädchen verschwanden? An etwas Außergewöhnliches?»

«Wir hatten beschlossen, es noch einmal mit den Wochenendbesuchen zu versuchen. Dass Siv jedes zweite Wochenende hier zu Hause schlafen konnte, wie auch schon vorher. Wir hatten das ein paarmal getestet, und da war sie immer nett und lieb gewesen. Aber den Rest der Woche war sie ja mit diesem Mädchen, dieser Olivia zusammen.» Ihr Blick verhärtet sich plötzlich. «Als sie das erste Mal nach Hause gekommen ist, habe ich denen vom Heim gesagt, dass meine Siv nichts mit ihr zu tun haben soll. Dass sie nur Ärger macht, aber sie wollten nichts davon hören.»

«Haben Sie sie kennengelernt?», fragt Milla aufgeregt. Auf einmal scheint ihre Neugier geweckt zu sein. «Olivia?»

Synnøve nickt. «Siv hat sie ein paarmal mit hergebracht. Sie haben nach Geld gefragt oder nach etwas zu essen, wenn sie aus der Schule abgehauen waren. Wir mussten im Heim anrufen und sie abholen lassen. Ich konnte sie nicht ausstehen, mir war klar, was für eine sie war.»

Milla rutscht unruhig auf ihrem Stuhl hin und her. «Was konnten Sie an ihr nicht leiden?»

Synnøve seufzt noch einmal. «Siv hat erzählt, dass ihre Mutter sie weggegeben hat, als sie noch klein war, die Arme. Sie hatte niemanden, der ihr den rechten Weg zeigen oder ihr helfen konnte, wie wir das bei Siv getan haben, und das hat man gemerkt. Sie war leicht zu durchschauen. Ich habe Siv auch gesagt, dass dieses Mädchen nur Ärger machen wird, aber sie hat nicht auf mich gehört, sie wollte es nicht einsehen, und jetzt, jetzt ...» Sie schnappt nach Luft. «Wenn sie anruft, werde ich es ihr sagen, dieses Mal wird sie es wirklich zu hören bekommen.»

«Was zu hören bekommen?», frage ich verwundert.

«Dass sie wieder nach Hause kommen darf, wenn sie aufhört, sich mit diesem Mädchen zu treffen.»

Kapitel 14

Ich habe mich entschieden», sage ich, während wir von Sivs Elternhaus zu unserem Auto gehen. Vom Ådalselva aus weht ein kalter Lufthauch über die Eisenbahnschienen hinauf zum Wohngebiet, in dem wir uns befinden. «Ich fahre wieder zurück nach Stavanger.»

«Was?» Milla lässt sich zurückfallen und zieht den Cardigan enger um sich. «Wir haben doch gerade erst angefangen, wir ...»

«Wie soll ich dir helfen, wenn ich nicht einmal weiß, was wir hier eigentlich genau machen?»

«Wir recherchieren», sagt sie wenig überzeugend, als wir am Auto ankommen, «für ein Buch.»

«Hör mal zu, mein Bullshitdetektor hat schon Alarm geschlagen, als ich dich zum ersten Mal getroffen habe. Diese Tour, Robert Riverholt, die ganze Sache. Irgendetwas verschweigst du mir.»

Entmutigt schüttelt Milla den Kopf. «Ich verstehe nicht, warum du dich so auf Robert eingeschossen hast. Was mit ihm passiert ist, hat nichts mit dem zu tun, womit wir uns hier gerade beschäftigen.»

«Dieses ‹Was-wäre-wenn-Spiel›, von dem du erzählt hast, ist etwas, das Ermittler bei der Polizei spielen, um Dinge aufzudecken, wenn sie etwas daran stört, wenn etwas damit nicht stimmt. Wenn Roberts Geist jetzt hier wäre und wir das gleiche Spiel über seine Ermordung spielen würden, was, glaubst du, hätte er über seinen eigenen Tod gesagt?»

«Bitte nicht», wispert Milla. Ihre Augen sind ohne Glanz, wie zwei verglimmende Kerzen. «Bitte ...»

Ihr Flehen kümmert mich nicht mehr, ich habe es satt, hier zu warten und grundlos in fremden Schicksalen herumzuwühlen, habe es satt, zum Narren gehalten zu werden. «Ich glaube, er hätte sich gewundert, dass Camilla ihn kaltblütig hingerichtet und ihm dabei nicht einmal in die Augen gesehen hat. Er hätte gesagt, dass es wohl nichts Unpersönlicheres gibt, als jemandem auf offener Straße in den Hinterkopf zu schießen. Eine gnadenlose Hinrichtung.»

«Na gut.» Milla lehnt sich gegen das Auto und verschränkt die Arme. «Was hätte ein Experte wie du denn an Camillas Stelle mit Robert gemacht?»

Ich schüttele den Kopf über ihren harten und verächtlichen Gesichtsausdruck. «Ich hätte ihn zur Rede gestellt und alles gesagt, was ich hätte loswerden müssen, in meinem Auto, seiner Wohnung, zu Hause, wo wir einmal alles miteinander geteilt haben, und danach hätte ich mich so nah an sie geschmiegt wie möglich, mir die Pistole in den Mund gesteckt und abgedrückt. Peng! Für immer zusammen.»

«An sie?»

«Wie bitte?»

«Du hast ‹an sie› gesagt.»

«Ist doch egal. Wenn ich raten müsste, würde ich sagen, dass dein Agent Pelle und vielleicht auch der Verlag hinter dieser Tour stecken. Die würden alles dafür tun, dass du mit deinem Buch in die Gänge kommst. Aber ich glaube, dass du wegen etwas ganz anderem hier bist, Milla.»

«Es ist nicht so, wie du denkst.» Milla dreht mir den Rücken zu.

Irgendwo hinter den Bäumen können wir die Lautsprecheransage hören, dass der Zug nach Bergen in fünf Minuten von Gleis eins abfährt.

«Was denke ich denn?»

«Dass wir nach Roberts Mörder suchen», flüstert sie.

«Wer sind *wir*?»

«Ich, Kenny und Iver, wir ...»

«Sind das die Ermittler von der Polizei?»

«Ja.»

«War es einer von den beiden, der nach Roberts Tod hier war?»

«Ja.»

«Und er war nicht da, um in Roberts Todesfall zu ermitteln?»

Sie schüttelt den Kopf.

«Warum dann? Was genau wollt ihr denn herausfinden?»

Endlich dreht sie sich um. «Komm mit nach Drammen.»

«Was ist denn in Drammen?»

«Komm einfach mit», flüstert sie. «Bitte.»

Irgendetwas ist mit diesen Situationen, in denen die Menschen um mich herum darauf bestehen, dass wir alle im selben Team spielen, und ihre Geheimnisse trotzdem für sich behalten. In denen jeder Wortwechsel ein Kampf ist. Irgendetwas lösen sie in mir aus, machen mich neugierig, und ich will wissen, was dahintersteckt. Ich habe dieses Spiel so gern gespielt, bevor ich alleine in der Wohnung unter der Stadtbrücke in Stavanger gelandet bin.

Auf der anderen Seite des Waldstücks hört man den Zug herannahen, und ich werfe einen kurzen Blick auf das Haus, aus dem wir gerade eben gekommen sind. In einem der Fenster steht Sivs Mutter mit einem Aschenbecher in der Hand und raucht eine Zigarette. «Na gut, Milla Lind», seufze ich schließlich und öffne ihr die Autotür. «Lass uns nach Drammen fahren.»

Kapitel 15

Wir parken vor dem Polizeigebäude in Drammen und gehen zum Haupteingang, wo wir im Foyer einen großen und schlanken Polizisten erblicken. Nervös schreitet er mit großen Schritten auf und ab, bis er uns schließlich entdeckt und zur Tür kommt.

«Schön, dich wiederzusehen, Milla», sagt er, nachdem er die Tür geöffnet und uns hereingelassen hat. Sein graues, stufiges Haar steht an einer Seite ab, ein bisschen wie das Dach des Polizeigebäudes, sein Gesicht ist schmal und schweinchenrosa. Außerdem hat er einen kleinen, aber fülligen Fischmund.

«Iver Isaksen», sagt er und streckt mir seine Hand entgegen. «Ich bin der stellvertretende Abteilungsdirektor hier im Haus», erklärt er mit festem Händedruck.

«Angenehm», erwidere ich.

«Na ja, eigentlich bin ich nur dem Titel nach stellvertretender Abteilungsdirektor, jetzt wo das Revier Søndre Buskerud Teil des Großreviers Sør-Øst mit Hauptsitz in Tønsberg ist. Aber wir Führungskräfte durften nach der Umstrukturierung wenigstens unsere Titel behalten.» Er lächelt großspurig über seine eigene Zusammenfassung und drückt meine Hand noch fester. Iver Isaksen erinnert mich an ein Gebäude zwischen vielen anderen Gebäuden. Er wirkt wie einer dieser Polizeiesel, die ihren Stall nur dann verlassen, wenn er brennt. Ein Polizeipolitiker, ein Amtsschimmel, der sich selbst Strafzettel ausstellt und an jedem Feiertag in die Kirche geht.

«Sie haben also Roberts Platz eingenommen», sagt Iver, während er uns zum Aufzug führt.

«Kannten Sie ihn?», will ich wissen.

«Ja. Er hat schließlich hier gearbeitet.»

«Ach ja? Wann?»

«Er kam von der Kripo und war bis etwa 2011 bei uns, dann hat er sich um eine Versetzung nach Oslo zur Ermittlungseinheit am Grønlandsleiret beworben.»

Wir fahren mit dem Aufzug einige Etagen nach oben und folgen Iver in ein Büro am Ende eines Korridors.

«Wann haben Sie zuletzt mit ihm gesprochen?», frage ich, nachdem wir Platz genommen haben. Die Bücher im Regal, die Gegenstände auf dem Schreibtisch, die Plakate von alten Kampagnen und die Bilder von Kollegen in Uniformen an der Wand sind pedantisch genau im Zimmer angeordnet.

«Also.» Iver setzt sich auf seinen Bürostuhl und dreht Däumchen, während er mich aus zusammengekniffenen Augen beobachtet. «Ich glaube, das war kurz bevor er starb, aber konkret kann ich mich so aus dem Stand daran nicht erinnern.»

«Aber Sie sitzen doch.»

«Wie bitte?» Seine Daumen halten inne. «Wie meinen Sie das?»

«Sie haben gesagt, dass Sie sich aus dem Stand nicht mehr daran erinnern können. Aber Sie sitzen doch gerade. Polizisten, die sich nicht erinnern können ...» Ich lasse den Rest des Satzes in der Luft hängen.

Iver lehnt sich auf seinem Stuhl zurück und lächelt. «Was ist mit denen?», fragt er herausfordernd. Plötzlich wird mir klar, dass in Iver doch mehr als einfach nur ein lahmer Polizeiesel stecken könnte.

«Die gibt es nicht», antworte ich und lege nach: «Wer ist Kenny?»

«Ähm.» Iver wirft Milla einen kurzen Blick zu. Sie wirkt unruhig und rastlos. «Kenny kommt bald. Er war hungrig und wollte sich etwas zu essen kaufen.»

«Donuts?»

«Wie bitte? Nein, ich denke ...»

«Sag es einfach», flüstert Milla und bewegt ihren Kopf, ohne aufzusehen. «Erzähl ihm alles.»

Iver windet sich auf seinem Bürostuhl. «Aber ...»

«Er weiß Bescheid», entgegnet Milla. Sie wiederholt ihre Kopfbewegung, ohne uns anzusehen.

«Okay, okay.» Iver richtet sich auf und räuspert sich. «Was ich Ihnen jetzt erzählen werde, fällt unter die Verschwiegenheitserklärung, die Sie unterschrieben haben, als Sie den Job angenommen haben, okay?»

«Ja, ja.»

«Milla und Robert haben nicht nur Material für Millas Buch gesammelt. Sie hat ihn nicht deswegen angestellt.»

«Das habe ich mir gedacht.»

«Er wurde angeheuert, um jemanden zu finden.»

«Die beiden Mädchen aus dem Jugendheim», folgere ich. «Warum?»

«Olivia», sagt Milla kleinlaut. «Sie ist meine Tochter. Robert sollte sie für mich finden.»

«Was?»

«Sie ist meine Tochter», wiederholt Milla. Es scheint, als müsste sie es nicht nur mir, sondern auch sich selbst sagen. «Ich habe eine Tochter. Nein», flüstert sie, «ich hatte eine Tochter. Dann musste ich sie weggeben.» Ihr Gesicht ist verändert, unter ihrem Make-up kommen plötzlich Linien und Furchen zum Vorschein. Vielleicht waren sie schon die ganze Zeit da, und ich habe mir nur nicht die Zeit genommen, sie zu bemerken.

«Vor siebzehn Jahren bin ich vergewaltigt worden. Ich wurde schwanger und habe versucht, ihr eine gute Mutter zu sein. Ich habe es versucht, so lange ich konnte, aber am Ende ... am Ende habe ich sie weggegeben.»

«Und die Vergewaltigung, was ...»

«Das ist einfach passiert.» Milla presst ihre Hände aneinander. «Als ich nach einem Abend mit ein paar Kollegen auf dem Heimweg war. Letzten Herbst habe ich beschlossen, endlich nach ihr zu suchen. Ich, oder besser wir, haben Robert beauftragt, mir dabei zu helfen, und er hat sie gefunden, aber bevor ich mit ihr reden und ihr sagen konnte, wer ich bin, ist sie verschwunden.»

«Du hast Robert also schon mit der Suche beauftragt, bevor sie verschwunden war?», frage ich erstaunt.

«Ja, ich wollte sie finden, weil sie meine Tochter ist. Eigentlich hat man ja gar keine Erlaubnis, das zu tun, nur das Kind darf die Identität der Eltern erfahren, wenn es volljährig ist. Aber ich konnte nicht mehr warten, ich habe es Iver erzählt, und er hat den Kontakt zu Robert hergestellt.»

Ich schüttele den Kopf und schaue hinüber zu Iver. «Und Sie, woher kennen Sie Milla?»

«Ich war für die Ermittlungen im Vergewaltigungsfall verantwortlich, ich war damals auch als Erster am ... Tatort. Viele Jahre später hat mich Milla kontaktiert. Sie war nach Oslo gezogen und hatte mit dem Schreiben angefangen. Sie hat gefragt, ob ich ihr bei einer Polizeifrage helfen könnte, für ihr Buch. Die Jahre flogen dahin, und nach und nach wurden es immer mehr Bücher über August Mugabe ...», er sieht Milla mit einem warmen Blick an, «und wir haben uns besser kennengelernt, also richtig gut kennengelernt, nicht wahr, Milla?»

Milla erwidert den Blick, lächelt und nickt.

«Wussten Sie, dass durch die Vergewaltigung ein Kind entstanden ist?»

«Das habe ich erst später erfahren», erklärt Iver. «Und als sie es mir erzählte und sagte, dass sie Olivia finden und ihr erzählen will, wie ... na ja, da habe ich versucht, ihr zu helfen, so gut ich konnte. Aber wie Sie wissen, haben wir eigentlich keine Befugnis ...»

«Der Dritte im Bunde, dieser Kenny», frage ich nach einer langen Pause, «wie passt er ins Bild?»

Im selben Augenblick poltert es draußen im Gang, und die Tür wird vorsichtig geöffnet.

«Das können Sie ihn gleich selbst fragen», sagt Iver und steht auf.

Kapitel 16

«Hallo», sagt der Mann, der in der Tür auftaucht und auf uns zugeht. «Kenneth.» Er ist Mitte fünfzig, hat gräuliches, krauses Haar und tiefe Geheimratsecken. Aus dem Kragen seines viel zu engen Pullovers quillt eine üppige Brustbehaarung hervor. Er erinnert an einen griechischen Adonis in Polizeiuniform, dreißig Jahre nach der Strandparty. «Freunde nennen mich Kenny. Wollen wir uns nicht einfach duzen?»

«Thorkild.» Ich gebe ihm die Hand. «Bevor wir weitermachen und ich zu irgendetwas ‹Ja› sage, lasst uns von vorn anfangen. Iver, wie fing alles an?»

«Milla hat Robert im letzten September beauftragt, nach Olivia zu suchen. Das ist der Anfang.»

«Okay.» Ich wende mich an Milla. «Wann hat Robert herausgefunden, wo sich deine Tochter aufhielt?»

«Zehn Tage später», antwortet sie.

«Und eine Woche nachdem ihr sie gefunden hattet, ist sie verschwunden?»

«Ja.»

«Warum?»

Milla schüttelt den Kopf. «Wir wissen es nicht.»

«Wusste sie, dass ihr nach ihr sucht?»

«Nein. Robert und ich sind zu ihrer Schule gefahren, und er hat sie mir in der kleinen Pause gezeigt. Ein paar Tage später bin ich noch einmal alleine zur Schule gefahren. Ich wollte sie einfach wiedersehen, aber sie war nicht da. Auch nicht am nächsten Tag. Dann rief Iver an und erzählte, dass sie ... verschwunden ist.»

«Okay. Und warum konntest du mir das nicht von Anfang an sagen?»

«Es tut mir leid», sagt sie. Sie hat die Arme eng um den Körper geschlungen und sieht aus, als würde sie frieren. Ihre Augen sind von derselben dunklen Leere erfüllt wie kürzlich, als ich Joachim und sie durch die Bäume in der Schreibwerkstatt beobachtet habe. «Aber jetzt weißt du alles über mich, Thorkild», wispert sie zum Schluss.

«Nicht alles», entgegne ich. «Aber es ist immerhin ein Anfang.»

«Heißt das, du bist dabei?» Iver lächelt schwach. «Du hast also auch angebissen?»

Eigentlich hatte ich schon beschlossen, wie dieser Tag enden sollte, als ich morgens in Millas Bootshaus aufgewacht war. Recherchen für ein Buch und reale Vermisstenfälle sind nichts für mich. Nach dem Besuch in Åkermyr und bei Sivs Mutter bleibt mir eigentlich nur noch, mich zu verabschieden, Ulfs Drohungen über das Kerzenziehen unter der Aufsicht der Arbeitsvermittlung in Auglendsmyrå zu trotzen und den ersten Flug zurück nach Stavanger zu nehmen.

Die Luft in Ivers Büro wird langsam stickig, und das Atmen fällt mir schwer. Ich bin es nicht gewohnt, mit anderen Menschen als meinem Hausarzt, den Arbeitsvermittlern oder Ulf in engen Büroräumen zusammen zu sein. Als ich ergründen will, warum ich mich nicht sofort in ein Flugzeug nach Hause setze, wird mir schlagartig klar, dass es nicht daran liegt, dass wir jetzt doch ermitteln oder nach Millas Tochter suchen, sondern, weil immer noch irgendetwas faul ist.

«Über eine Sache haben wir immer noch nicht gesprochen», sage ich, nachdem ich das Ergebnis meiner Grübeleien verarbeitet habe. «Robert Riverholt. Er wurde auf offener Straße erschossen, während er an diesem Fall arbeitete.»

«Von seiner Exfrau», sagt Kenny schnell und fügt hinzu: «Sie war krank.»

«Wie gesagt, Aske», erklärt Iver schließlich, «es deutet nichts darauf hin, dass Roberts Tod etwas mit unserem Fall zu tun hatte. Wir haben es vielleicht kurz befürchtet, einen Moment oder auch zwei, aber sowohl die Ermittlungen der Osloer Kollegen als auch unsere eigenen Untersuchungen haben eindeutig bewiesen, dass diese Theorie ausgeschlossen werden kann. Er wurde von seiner Exfrau ermordet, das steht außer Zweifel.»

«Verstehe, verstehe.» Ich streiche mit den Fingern über die Narbe in meinem Gesicht, um zu fühlen, ob sie immer noch weh tut. «Dann passiert es wohl nur in Filmen oder Büchern, dass Menschen sterben, wenn sie einer heiklen Sache auf der Spur sind. Aber ihr wisst bestimmt, was dem widerfährt, der einen Fall übernimmt und in der Vergangenheit anderer Menschen herumstochert?»

«Wir arbeiten in derselben Branche», entgegnet Kenny säuerlich.

«Das ist ein schwacher Trost», bemerke ich und drücke fester auf die raue Haut.

«Also», sagt Iver und ist im Begriff, aufzustehen. «Hast du noch mehr Fragen?»

«Eine ganze Menge», antworte ich, nehme die Finger aus dem Gesicht und falte die Hände im Schoß. «Im Grunde verdammt viele. Was habt ihr drei zu dem Zeitpunkt gemacht, als Robert erschossen wurde? Was habt ihr bis jetzt über das Verschwinden der Mädchen herausgefunden? Wer außer uns hier in diesem Zimmer wusste über die ganze Sache Bescheid? Und zu guter Letzt: Was soll ich eurer Meinung nach sechs Monate später noch tun, was ihr nicht schon längst getan habt?»

Iver holt Luft und sinkt wieder auf seinen Stuhl. «Was Robert angeht, verstehe ich, dass du dir Sorgen machst, wenn man bedenkt, dass du in seine Fußstapfen trittst, wenn ich es so sagen darf.»

«Darfst du», antworte ich.

«Aber es gibt wirklich keinen Grund zur Annahme, dass sein Tod etwas damit zu tun hatte. Seine Frau war krank, und sein schwieriges Privatleben hat einen tragischen Ausgang genommen.

Wir drei kannten Robert gut, und sein Tod hat uns schwer getroffen. Aber ich betone gern noch einmal, dass das, was passiert ist, eine Sache zwischen ihm und seiner Frau war. Eine private Tragödie, nicht mehr und nicht weniger.»

«Und zu deiner Frage, was wir zu diesem Zeitpunkt gemacht haben», sagt Kenny. «Robert, Milla und ich waren erst eine Woche vor Roberts Tod aus Spanien zurückgekommen. Wir hatten auf Ibiza nach Olivia und Siv gesucht, allerdings ohne Erfolg. Wir waren alle ziemlich niedergeschlagen und wollten uns ein paar Tage freinehmen, um neue Kräfte zu sammeln. Eigentlich wollten wir uns an dem Nachmittag, als Robert erschossen wurde, alle noch bei Milla auf Tjøme treffen, um das weitere Vorgehen zu besprechen.»

«Und danach? Was habt ihr seitdem getan oder herausgefunden?»

«Wir stecken fest», seufzt Iver.

Ich wende mich an Kenny. «Du hast mit Sivs Mutter gesprochen?»

Kenny nickt.

«Und?»

«Ist schon eine tolle Mutter, die mit dem Rest der Familie in den Urlaub fährt, obwohl die Tochter vermisst wird», sagt er zynisch, bevor er Milla einen kurzen Blick zuwirft. «Entschuldige, Milla. Ich wollte nicht ...» Er beißt sich auf die Lippen.

«Wer weiß, dass ihr daran arbeitet?»

«Niemand», antwortet Kenny.

«Na ja.» Iver blickt verstohlen zu Kenny hinüber. «Das ist vielleicht nicht ganz korrekt.»

«Wie meinst du das?», frage ich.

«Milla hat doch ein Fernsehinterview gegeben, bevor ihr nach Spanien geflogen seid», sagt Iver. «In dem sie über das nächste Buch der Mugabe-Reihe gesprochen hat, dass es um sogenannte Vermisstenfälle gehen soll und sie den Fall von Siv und Olivia als

Vorlage benutzen will. Das war eine gute Tarnung für die Suche nach ihrer eigenen Tochter.»

«Und was kann ich eurer Meinung nach konkret in diesem Fall tun?»

«Wir wollen, dass du uns dabei hilfst, Olivia zu finden», sagt Milla. «Dass du aufklärst, was mit ihr passiert ist, und sie wieder nach Hause bringst.»

«Nach Hause?» Entmutigt schaue ich jeden von ihnen an. «Merkt ihr eigentlich, was ihr da sagt? Die Mädchen sind seit über einem halben Jahr verschwunden, ohne ein Lebenszeichen. Ihr seid ja überhaupt nicht weitergekommen.»

«Thorkild», flüstert Milla. «Bitte. Ich brauche Hilfe. Sie kann nicht für immer verschwunden bleiben. So darf das nicht enden.»

Milla trocknet ihre Augen, dann streckt sie mir flehend ihre Hand entgegen, während Iver mit seinem Bürostuhl kippelt und Kenny verstohlen zu mir herüberschielt.

«Okay», seufze ich und ergreife ihre Hand. «Ich bin dabei.»

«Großartig!» Iver steht schnell auf. «Wie wäre es, wenn wir uns morgen nach Feierabend treffen, vielleicht in deiner Wohnung, Milla? Dann besprechen wir dort alles Weitere.»

«Nein», sage ich.

«Wie bitte?» Iver ist dabei, sich in einem Schwung die Jacke anzuziehen und den PC auszuschalten. Er sieht mich verwundert an.

«Wir müssen zurück ins Jugendheim. Ich muss mit dem Zeugen reden, diesem Jungen, der die Mädchen an dem Morgen ihres Verschwindens unten an der Bushaltestelle gesehen hat. Dazu brauche ich einen Polizisten mit Dienstmarke.»

«Kenny?» Iver sieht seinen Untergebenen fragend an. «Kannst du?»

«Ich bleibe auch lieber hier», sagt Milla schnell. «Ich habe keine Lust, noch mal dorthin zurückzufahren, ich bin total erschöpft und …»

Kenny seufzt resigniert. «Na, super», sagt er und fischt die Autoschlüssel aus der Tasche «Dann lass uns fahren.»

Mich plagen nicht nur das Stechen im Zwerchfell und der Mangel an frischer Luft, als ich endlich aufstehe. Iver und Kenny haben beide gemeinsam mit der Mutter einer Vermissten und einem privaten Ermittler an dem Fall gearbeitet. Sie müssen gewusst haben, dass sie damit weit in die Grauzonen dessen gerieten, was man als normale Polizeiarbeit bezeichnen kann. Abgesehen davon, dass sie wirklich dafür brennen, Milla bei ihrer Vergangenheitsbewältigung zu helfen, fällt mir kein einziger guter Grund ein, warum sie ihr zugestimmt haben sollten, jemanden wie mich, der früher bei der Spezialeinheit für interne Ermittlungen war, bei dieser Sache mit ins Boot zu holen. Und je mehr ich darüber nachdenke, während ich Kenny aus dem Büro und zum Aufzug folge, desto klarer wird mir, dass ich mich hätte verabschieden und nach Hause fahren sollen, solange es noch die Gelegenheit gegeben hatte.

Kapitel 17

Draußen dämmert es allmählich, die Straßenlaternen sind eingeschaltet, und gemeinsam mit den Lichtern aus der Stadt verleihen sie dem Horizont eine helle, blaue Farbe, die nach oben hin immer dunkler wird. Die Stimmung im Auto ist so ausgelassen wie bei einem Schlichtungstermin im Jugendamt. «Woher kennst du Milla?», frage ich, als Kenny an einer roten Ampel hält.

«Iver und ich waren die Ersten am Tatort», antwortet Kenny und trommelt mit den Fingern aufs Lenkrad, während wir darauf warten, dass die Ampel auf Grün springt. «Als sie vergewaltigt wurde.»

«Und dann?»

«Wir haben sie ein paar Jahre später wiedergetroffen. Da hatte sie mit dem Schreiben angefangen.»

«Hast du ihre Tochter getroffen? Bevor sie sie weggegeben hat?»

Er schüttelt den Kopf.

«Nie?»

«Nein.» Kenny gibt Gas, als die Ampel umspringt. «Milla ist ja nach Oslo gezogen und hat nichts davon erzählt, dass sie schwanger war und eine Tochter bekommen hat. Das hat sie erst viel später getan.»

«Warum habt ihr Milla nicht selber geholfen, ihre Tochter zu finden?»

Er schaut mich an und grinst. «Wir haben keine Befugnis dazu.»

«Hat sie darum gebeten?»

«Worum?»

«Um Hilfe?»

«Ja.»

«Stattdessen habt ihr Milla einen ehemaligen Kollegen vorgestellt, der als Privatdetektiv arbeitete, und er hat Olivia gefunden und sie Milla sogar auf dem Schulhof gezeigt. Und dann ist sie einfach verschwunden.»

Kenny rutscht irritiert auf dem Fahrersitz hin und her. «Korrekt.»

Polizisten können es nicht leiden, Fragen beantworten zu müssen, am liebsten wollen sie selbst welche stellen, und Kenny bildet da keine Ausnahme.

«Wann hast du erfahren, dass Robert sie gefunden hatte?»

«Ein paar Tage bevor sie verschwunden ist.»

«Und dann? Was ist dann passiert?»

«Ich arbeite bei der Streife, und sobald die Vermisstenanzeige eingegangen war, sind wir losgefahren und haben mit Jugendlichen in Drammen und Umgebung gesprochen.»

«Habt ihr etwas herausgefunden?»

«Die Mädchen waren ab und zu im Drogenmilieu von Drammen unterwegs, waren dort aber schon eine ganze Weile nicht mehr gesehen worden.»

«Okay. Kanntest du Robert von früher?»

«Nicht persönlich. Wir haben beide zur gleichen Zeit hier in Drammen gearbeitet, aber Robert saß weiter oben in der Hierarchie, in einer anderen Abteilung.»

«Mit anderen Worten bist du ein Fußsoldat?» Wir passieren eine Tankstelle, wo ein paar Jugendliche in T-Shirts und Sneakers auf den Motorhauben ihrer Autos liegen und Zigarettenrauch in den immer dunkler werdenden Abendhimmel blasen. «Einer, der die Drecksarbeit macht.»

Kenny rutscht wieder auf seinem Sitz hin und her. «Nenn es, wie du willst», grunzt er.

«Warum fährst du Streife?»

«Ich bin gern unter Leuten.»

«Also keiner, der die Karriereleiter hochsteigen will?»

Kenny lächelt in sich hinein. «Warst du nicht mal einer von den ganz dicken Fischen? Einer von den Typen in der Spezialeinheit, die in Anzug, Hemd und Schlips herumlaufen und uns anderen das Leben schwermachen?»

«Euch nicht», sage ich und zwinkere ihm zu. Wir haben den Stadtkern schon verlassen, rund um uns sind die Häuserblocks und Bürohäuser größeren Waldstücken und staubgrauen, frisch gepflügten Feldern mit kleineren Wohngebieten dazwischen gewichen. «Nur den bösen Polizisten. Den Fliegen in der Polizeisuppe.»

«Fliegen in der Polizeisuppe.» Er lächelt und schaltet das Fernlicht ein. «So nennt ihr uns?»

«Ja, ausschließlich Namen von Insekten und Spinnentieren», antworte ich, bevor ich ergänze: «Aber nur die Bösen, wie gesagt.»

Er sieht mich wieder an. «Hat dir das gefallen? Die Karrieren von Kollegen zu zerstören? In Verfahrensfehlern und Dienstversäumnissen herumzustochern, anstatt nützliche Polizeiarbeit zu leisten?»

«Ich habe es geliebt», erwidere ich. «Der kleinste Anlass, um euch festzunehmen, war ein Festtag für die Spezialeinheit, Abteilung West.»

«Meine Güte», stöhnt Kenny und blendet wieder ab, als sich auf der anderen Fahrbahn mehrere Schwertransporter nähern. «Du bist Robert ähnlicher, als du ahnst.»

Kapitel 18

Wir treffen Karin wieder an der Tür, nachdem wir vor dem Eingang des Jugendheims Åkermyr geparkt haben.

«Hei Kenny», sagt sie mit einem breiten Lächeln. «Was führt dich zu uns?»

«Aske würde gern ein bisschen mit André sprechen», antwortet er. Wir folgen Karin in ihr Büro.

«Er macht gerade Hausaufgaben, aber wir können ja mal nachfragen, was er davon hält.»

«Allein», sage ich. «Könnte ich allein mit ihm reden?»

«Tja.» Kenny schaut zu Karin hinüber. «Karin? Für mich ist das in Ordnung.»

«Ich weiß nicht.» Karin zögert. «Als Sie vorhin hier waren, habe ich nicht so ganz verstanden, was Sie mit der Sache zu tun haben?»

«Aske ist Vernehmungsleiter», erklärt Kenny. «Er hilft uns.»

«Oh», sagt Karin. «Na, dann.»

Kenny zwinkert mir zu, als Karin und ich ihn im Büro zurücklassen. Karin folgt mir durch einen langen Gang bis zu einer Tür, neben der ein Namensschild an der Wand hängt. Sie klopft vorsichtig an und öffnet die Tür.

«André?» Sie steckt den Kopf hinein. «Hier ist ein Mann von der Polizei. Er will mit dir über Siv und Olivia reden. Ist das in Ordnung?»

Ich höre, wie der Junge eine Antwort murmelt, bevor Karin zur Seite tritt und mich hereinwinkt. «Kommen Sie einfach wieder in mein Büro, wenn Sie fertig sind.»

Ich trete ins Zimmer und bleibe an der Tür stehen, bis ich Karins Schritte weiter entfernt auf dem Korridor hören kann. Das Zimmer ist ein typisches Jungenzimmer. André sitzt mit einem Stapel aufgeschlagener Bücher vor sich am Schreibtisch, er hat ein schmales, schönes Gesicht und halblange, braune Haare. Seinen Rücken hat er mir halb zugekehrt, während er mit einem Bleistift herumspielt und so tut, als läse er in einem der Bücher.

«Welches Fach?», frage ich, ohne meinen Platz an der Tür zu verlassen.

«Mathe», antwortet er und bewegt sich dabei nicht.

«Aha», sage ich und sehe mich um. «Warum hast du keine Poster an den Wänden? Rockbands, Mädchen im Bikini, Matheformeln oder etwas anderes Cooles?»

Er lächelt schwach. «Ist nicht erlaubt.»

«Also mein Schlafzimmer war mit Postern tapeziert. Ich hatte viele, auf denen Sängerinnen mit großen ...», ich lege eine Kunstpause ein, bevor ich fortfahre, «... Stimmen waren. Samantha Fox, Sabrina, Sandra. Ich glaube, die meisten hatten einen Vornamen, der mit S anfing.»

Wieder huscht ein Lächeln über sein Gesicht, nur einen kurzen Moment, dann ist es wieder verschwunden.

«Hast du die schon mal singen gehört?»

«Nein.»

«Tja, schade für dich. Ich sage nur ... nach größeren Stimmen wirst du lange suchen müssen.»

Dieses Mal kann er das Grinsen nicht mehr zurückhalten. «Ich weiß, wer die sind», sagt er und schüttelt den Kopf. «Mein Vater hat mir von ihnen erzählt.»

«Die Poster, von denen ich geredet habe, hast du auch nicht gesehen?»

«Nein», sagt er desinteressiert.

«Geschenke Gottes», sage ich. «Also, die Stimmen», füge ich mit einem Lächeln hinzu, als sich unsere Blicke schließlich treffen.

Er dreht sich wieder zu seinem Mathebuch um, aber ich kann erkennen, dass er immer noch grinsen muss.

«Sind Sie von der Polizei?»

«Das war ich mal.»

«War?»

«Wurde gefeuert.»

Erneut schauen wir uns an. Dieses Mal länger als zuvor. «Warum?»

«Habe einen Unfall gebaut, bei dem eine Frau ums Leben gekommen ist, ich war auf Liquid Ecstasy.»

«Mussten Sie in den Knast?»

«Drei Jahre und sechs Monate.»

«Wie war es ... im Gefängnis?» André hat das Mathebuch endlich vergessen und sich mir ganz zugewandt.

«Langweilig. Jeden Tag das Gleiche.»

«Hört sich an wie hier», sagt er und schnippt mit dem Finger gegen den Radiergummi am Bleistift.

«Na ja.» Ich lehne mich mit dem Rücken an die Tür. «Wenn man jung ist, ist alles langweilig.»

«Was ist mit Ihrem Gesicht passiert?» Er deutet mit dem Bleistift auf die Narbe, die von meinem Auge bis hinab zum Mund verläuft.

«Vom Autounfall.»

«Hat es weh getan?»

«Kann mich nicht erinnern», antworte ich und setze mich auf die Bettkante.

«Wer war sie?», fragt André und folgt mir mit dem Blick. «Die Frau, die Sie umgebracht haben?»

«Eine Frau, die ich geliebt habe.»

«Vermissen Sie sie?»

«Jede Sekunde.»

André sitzt vornübergebeugt mit den Ellenbogen auf den Oberschenkeln, während er den Bleistift zwischen den Fingern rollt. Sein Zimmer erinnert mich an ein anderes Zimmer. Mein Zimmer bei der Spezialeinheit für interne Ermittlungen der Polizei in Bergen. In Zimmern wie diesen kann man sich selbst wirklich denken hören. Alles wird komprimiert auf uns zwei, auf ein Gespräch mit nur einem Antrieb, alles andere bleibt außen vor. Plötzlich merke ich, wie sehr ich diesen Raum vermisst habe, diesen Teil von mir selbst.

«Hast du die beiden gut gekannt?», frage ich schließlich und lehne mich an das Fußteil seines Betts.

«Eigentlich nicht», antwortet er und unterbricht sein Bleistiftjonglieren für einen kurzen Augenblick. «Wir waren in derselben Klasse, aber ...»

«Männer sind vom Mars und Frauen von der Venus?»

Ihm entfährt ein kurzes, nervöses Lachen. «So was in der Art.»

«Erzähl mir von dem Tag, an dem sie verschwunden sind, aus deiner Perspektive. Was hast du an diesem Tag gemacht?»

«Ich bin aufgestanden, habe gefrühstückt und bin wieder ins Zimmer gegangen. Wir haben an dem Tag eine Arbeit geschrieben.» Während er spricht, zücke ich einen kleinen Schreibblock, in den ich Notizen eintrage.

«Welches Fach?»

«Mathe.»

«Mussten Siv und Olivia die auch schreiben?»

«Ja. Aber sie ... sie haben sich nicht groß für die Schule interessiert.»

«Wofür haben sie sich denn interessiert?»

André zuckt mit den Schultern. «Ich weiß es nicht.»

«Jungs?»

«Sicher.»

«Irgendwelche bestimmten?»

«Glaube ich nicht.»

«Okay. Was ist dann passiert?»

«Ich gehe gern rechtzeitig an die Haltestelle. Die anderen kommen normalerweise ein bisschen später, kurz bevor der Bus kommt. Ich habe meinen Rucksack gepackt und bin in die Waschküche gegangen, um meine Sportsachen zu holen. Da habe ich sie durch das Fenster gesehen.»

«Wo waren sie?»

«Da unten», sagt er und deutet nach draußen. «An der Bushaltestelle. Sie waren schon dort.»

«Waren Siv und Olivia immer so früh an der Haltestelle?»

«Nein, sie kamen immer als Letzte.» Er lächelt. «Sie mussten oft vom Personal in die Schule gefahren werden, weil sie den Bus verpasst hatten.»

«Aber an dem Tag waren sie früh dran?»

«Ja.»

«Erinnerst du dich daran, was sie da unten gemacht haben?»

«Sie standen neben einem Auto. Die Beifahrertür war offen, und sie haben mit dem Fahrer geredet.» Er holt tief Luft und umklammert den Bleistift. «Dann sind sie eingestiegen, und das Auto ist losgefahren.»

«Was für ein Auto war das?»

Er atmet jetzt schwerer und hat wieder angefangen, mit dem Bleistift herumzuspielen. «Ich habe nicht so viel Ahnung von Autos.»

«Erinnerst du dich an die Farbe?»

«Schwarz.»

«Kannst du mir noch mehr über das Auto erzählen?»

«Es sah neu aus. Außerdem war es ganz sauber.»

«Hast du den Fahrer gesehen?»

Er schüttelt den Kopf.

«Aber du bist dir sicher, dass es Siv und Olivia waren?»

«Ja.»

«Du hast ein gutes Gedächtnis, André», sage ich. «Hat sich eine von ihnen nach vorne gesetzt?»

«Ja. Olivia. Siv ist hinten eingestiegen.»

«Das Auto hatte also vier Türen?»

«Ja.»

«Kennst du den Unterschied zwischen einem SUV und einem Kombi?»

«Es war ein Kombi.»

«Bist du sicher?»

«Ja. Die Polizei hat mir Bilder von verschiedenen Autos gezeigt.»

«Aha.» Ich lächele. «Was hast du getan, nachdem du beobachtet hattest, wie sie weggefahren sind?»

«Ich habe meine Sporttasche fertig gepackt, dann bin ich zum Bus gegangen. Das war das letzte Mal, dass ich sie gesehen habe.»

«Hast du dir nichts dabei gedacht?»

«Nein, sie sind oft getrampt, wenn sie irgendwohin wollten und kein Geld für den Bus hatten.»

«Okay. Ist noch etwas Ungewöhnliches an dem Morgen passiert, außer dass sie früh draußen waren?»

André schüttelt den Kopf.

«Und am Abend davor?»

«Wir haben einen Film im Fernsehzimmer geschaut.»

«Wer?»

«Siv, Olivia und ich.»

«Und war da irgendetwas besonders?»

«Neeein.» Er zieht die Antwort in die Länge.

«Irgendetwas. Was fällt dir als Erstes ein, wenn du an diesen Abend zurückdenkst?»

«Olivia hatte gute Laune.»

«Okay. Besser als gewöhnlich?»

«Ja.»

«Inwiefern?»

«Nein, einfach … keine Ahnung. Sie war nicht so zickig.» Er zuckt mit den Schultern, bevor er hinzufügt: «Sie hat gelächelt.»

«Und warum, glaubst du, hatte sie so gute Laune?»

«Ich weiß es nicht», antwortet er.

«Danke für deine Hilfe, André.» Ich stecke Block und Stift zurück in meine Jackentasche. «Ach, noch was», setze ich an, als ich wieder vor ihm stehe. «Was denkst du, wo sie sind?»

André schaut mich an, während er mit dem Stuhl kippelt. «In Spanien, denke ich mal», sagt er schließlich.

«Auf Ibiza?»

Er zieht die Schultern kurz nach oben. «Wo sollten sie sonst sein?» Dann dreht er sich wieder zu seinem Schreibtisch um.

Auf dem Weg zurück zu Karins Büro denke ich darüber nach, wie gut es eigentlich tut, mit anderen und über andere Menschen zu reden, sich eine Pause von sich selbst zu nehmen. Als ich noch mit Ann Mari verheiratet war, war das meine Rettung, nachdem sie krank geworden war. Die Verhöre waren etwas, in das ich mich nach einem anstrengenden Abend, nach einer schlimmen Nacht zu Hause oder den Tagen mit ihr im Krankenhaus flüchten konnte. Die Geschwüre in ihrer Gebärmutter verschwanden, sobald ich die Tür zum Verhörzimmer hinter mir schloss. Nachdem die Ärzte ihr mitgeteilt hatten, dass sie niemals Kinder bekommen könnte, nach der Operation und unserer Scheidung, ging ich für ein Jahr in die USA, um noch mehr Abstand zu gewinnen. Doch als ich schließlich zurückkehrte, war das gleiche Zimmer zu einem Gefängnis geworden. Als ich jetzt an der Tür zu Karins Büro ankomme, bin ich zu dem Schluss gekommen, dass diesmal meine Hilfe bei der Suche nach Siv und Olivia mein Ausweg werden kann, und sei es nur für kurze Zeit.

«Alle brauchen einen Ausweg», murmele ich vor mich hin, bevor ich die Türklinke herunterdrücke und eintrete.

Kapitel 19

Du hast Augenringe», sagt Siv und stochert mit einem Löffel in ihrem Eisbecher herum. Wir sitzen in einem Café in der Nähe des Drammenselva. Draußen läuft eine Gruppe Jugendlicher auf dem Weg zur Hochschule vorbei. Ich mag dieses Café, auch wenn ich vorher noch nie hier gewesen bin. Ich glaube, ich mag es, weil ich im Vorbeigehen immer die Gesichter der Menschen auf dieser Seite der Scheibe gesehen habe, wie sie dicht beieinander an den kleinen Tischen saßen.

«Wie eine kaputte Hure», bemerkt Siv und lacht.

«Danke», *antworte ich und ziehe eine Grimasse. Sie sieht sich im Café um und schneidet ebenfalls eine Fratze.*

«Meinst du, sie ist reich?» *Siv schaut kurz zu den Toiletten hinüber.* «So wie Jo Nesbø?»

Ich zucke mit den Achseln und schiebe den Eisbecher weg. Siv streckt ihren Löffel nach vorne und schaufelt das letzte halbe Eisbällchen in ihren Becher.

«Ich glaube, sie ist eine Bitch», sagt Siv. «So muss es sein, immerhin hat sie dich weggegeben. Ich meine, wer macht so was?»

«Sie sucht nach mir.»

«Glaubst du echt?» *Wieder späht sie zu den Toiletten in der Ecke des Cafés, während sie die Eiscreme von ihrem Löffel leckt. Eine der Türen öffnet sich, und ein Mann kommt heraus. Er lächelt der Dame hinter dem Tresen zu und kommt in unsere Richtung.*

«Ja», *antworte ich und rutsche näher ans Fenster.* «Das hat er doch gesagt.»

Kapitel 20

Ist es gut gelaufen?» Karin steht auf, als ich zurück ins Büro komme, wo sie und Kenny gewartet haben.

«Ein netter Junge», antworte ich und gebe Kenny zu verstehen, dass wir fahren können.

Die Sonne ist verschwunden und einem dämmrigen Halbdunkel gewichen, das sich auf die Felder und Fichten legt. Ich bleibe mitten auf dem Parkplatz stehen und blicke zur Bushaltestelle hinüber, an der Olivia und Siv zuletzt vor einem halben Jahr von André gesehen worden sind.

«Sie waren früh dran an dem Tag», sage ich, als Kenny neben mich tritt. «Sind in ein Auto gestiegen und nach Ibiza geflogen, und seitdem hat niemand mehr etwas von ihnen gehört. Das ist also die Theorie, von der wir ausgehen?»

«Ja», antwortet Kenny.

«An dem Tag, als Robert ermordet wurde», fahre ich fort, «hast du da mit ihm gesprochen?»

«Nein, am Tag davor.»

«Was hat er gesagt?»

«Er wollte, dass wir uns am nächsten Nachmittag alle auf Tjøme bei Milla treffen.»

«Weshalb?»

«Vielleicht wollte er, dass wir die Ibiza-Theorie auf Eis legen und nach anderen Möglichkeiten suchen.»

Ich nicke. «Bei Vermisstenfällen geht ihr immer von vier Szenarien aus, oder? Es gibt die Menschen, die sich selbst das Leben nehmen. Menschen, die einfach abhauen. Menschen, denen ein Unglück widerfährt. Und die Menschen, die anderen zum Opfer gefallen oder Opfer einer Straftat geworden sind.»

«Ich nehme an, du möchtest momentan nicht über Unfälle oder Selbstmord reden», schnaubt Kenny und tritt kräftig auf den Boden.

Ich schüttele den Kopf.

«Eine Straftat also.»

«Du hast es ja selbst gesagt: Robert wollte die Ibiza-Theorie wahrscheinlich verwerfen. Und bei jeder kriminellen Handlung gibt es einen oder mehrere Verdächtige. In Fällen wie diesem können wir sie in zwei Kategorien einordnen ...»

«Herrgott, Thorkild. Ich weiß das alles, ich kenne ...»

«... entweder reden wir von einem zufälligen Treffen», fahre ich fort, ohne auf Kennys Einspruch einzugehen, «oder von einer Person, die sie gekannt oder vorher schon einmal getroffen haben. In Olivias Fall kann diese Definition auf Personen erweitert werden, die ihre Mutter gekannt haben und wussten, dass sie Robert damit beauftragt hatte, ihre Tochter zu finden.»

«Glaubst du das wirklich?» Er steht so nah neben mir, dass ich seinen warmen Atem auf meiner Haut spüre, doch ich drehe mich nicht zu ihm um. «Bist du immer noch so geil darauf, Polizistenkarrieren zu zerstören, dass du glaubst, Iver oder ich hätten etwas damit zu tun ...»

«Ich sage lediglich», ich drehe mich zu ihm um, sodass wir uns direkt in die Augen schauen, «dass es auf mich so wirkt, als hätte ihr absichtlich alle anderen Möglichkeiten außer der freiwilligen Reise in den Süden ausgeschlossen. Und dabei wissen wir doch im Grunde nur, dass sie durch die Eingangstür hinter uns und auf dem Weg, wo wir gerade stehen, bis nach dort drüben gegangen sind», sage ich und zeige auf die Bushaltestelle. «Und dass sie dort in ein Auto gestiegen sind. Wir haben keine Ahnung, ob sie den Fahrer kannten oder ob sie mit einer Person getrampt sind, die zufällig vorbeikam und sie mitgenommen hat. Wir wissen aber, dass Robert nicht mal einen Monat später von einer Kugel in den Hinterkopf getötet wurde, und zwar am selben Tag, an dem er alle beteiligten Personen zusammengerufen hat, um über den Fall und eine eventuelle Planänderung zu reden.»

«Roberts Tod hat mit der ganzen Sache nichts zu tun.»

Ich werfe einen letzten Blick auf die Straße und die Bushaltestelle. «Das sagt ihr alle immer, wenn ich danach frage.»

Kapitel 21

Eineinhalb Stunden später parken wir vor Ivers Haus, einer Doppelhaushälfte in einem Wohngebiet südlich von Drammen, wo Milla und Iver auf uns warten. Kenny geht sofort hinein und zieht im Flur seine Schuhe aus. Ich folge ihm.

In der Küche steht Iver mit dem Rücken an den Kühlschrank gelehnt, Milla sitzt am Esstisch. Beide betrachten uns ungeduldig und erwartungsvoll, als wir eintreten.

«Thorkild möchte etwas sagen.» Kenny lässt sich Milla gegenüber auf einen Stuhl sinken.

«Ach ja?» Iver blickt mich neugierig an. «Habt ihr etwas herausgefunden? Etwas, womit wir weitermachen können?»

«Die Mädchen haben ihre Flucht geplant», beginne ich und nehme am Küchentisch Platz. Iver bleibt am Kühlschrank stehen. «Diesen Teil kaufe ich euch ab. Entweder haben sie auf das Auto gewartet, oder sie sind getrampt, aber sie wollten an diesem Tag nicht in die Schule, so viel können wir festhalten. Der Junge, mit dem ich geredet habe, hat mir erzählt, dass Olivia am Abend vorher gute Laune hatte, außergewöhnlich gute Laune. Das passt auch zu dem Szenario, von dem ihr ausgegangen seid. Aber», füge ich hinzu.

«Aber?», fragt Milla angespannt und greift nach meiner Hand.

«Wenn sie getrampt sind, wo ist dann der Fahrer, der sie mitgenommen hat? Warum hat er sich nicht gemeldet? Hier müssen wir alle Möglichkeiten in Betracht ziehen, auch dass der Betreffende selbst zu ihrem Verschwinden beigetragen hat. Also eine Entführung, im schlimmsten Fall sogar ein Mord. Noch dazu bin ich davon überzeugt, dass ihr am falschen Ende gesucht habt.»

«Was?», entfährt es Iver schrill, bevor er seine Arme vor der Brust verschränkt und seine Stimme wieder in eine tiefere, autoritäre Stimmlage bringt. «Wie meinst du das?»

«Alle Spuren enden an dieser Bushaltestelle. Selbst wenn sie vorher schon einmal bis nach Ibiza gekommen sind, seid ihr lediglich von einer Vermutung ausgegangen, und das ist nie eine gute Idee.»

«Wir haben nicht bei Ibiza angesetzt», sagt Iver und stampft gereizt mit dem Fuß auf. «Wir sind den Spuren nachgegangen, die wir hatten, und haben dieses Szenario als das wahrscheinlichste angesehen.»

«Robert hat dasselbe gesagt, als wir damals nach Hause gekommen sind», wirft Milla ein. «Dass es an der Zeit wäre, Alternativen in Betracht zu ziehen. Deshalb hat er an dem Tag, an dem er starb, auch dieses Treffen vorgeschlagen, glaube ich. Um von vorn anzufangen.»

«Hat er gesagt, warum?», will ich wissen.

«Nein.» Sie umklammert meine Hand. «Dazu kam er nicht mehr.»

«Ich glaube, Robert war einer Sache auf der Spur. Siv und Olivia hatten nur für einen kleinen Ausflug gepackt, eine Tagestour, oder in jedem Fall für eine Reise, von der sie ihrer Meinung nach bald wieder zurückkommen würden. Das passt nicht zur Theorie, dass sie nach Ibiza geflogen sind, um dortzubleiben, also für immer.»

«Was sollen wir deiner Meinung nach machen?», fragt Kenny, der das Gespräch verfolgt hat, ohne etwas zu sagen. «Wie lautet der Plan?»

«Ich will dieser Möglichkeit nachgehen, also ein Szenario annehmen, in dem nicht das passiert ist, was sie geplant hatten. Um herauszufinden, wo sie jetzt sind, müssen wir zuerst erfahren, wohin sie unterwegs waren, was sich geändert hat, und zu guter Letzt: ob diese Änderung freiwillig geschehen ist oder andere Einflüsse dafür verantwortlich waren.»

Iver nickt mit gesenktem Kopf, ehe er zu Milla aufblickt. «Wie wäre es, wenn wir uns alle morgen nach Feierabend wiedertreffen? Dann können wir ein bisschen mehr über das weitere Vorgehen reden.»

«Wollen wir uns in meiner Wohnung in Oslo treffen?», fragt Milla. «Ich habe einen Termin mit dem Verlag und schaffe es heute Abend nicht mehr, bis nach Tjøme zu fahren.»

Iver nickt erneut. «Klingt das wie ein guter Plan?»

«Wunderbar.» Ich stehe auf, um zu gehen. «Dann machen wir das so.»

Während Milla und ich im Flur unsere Jacken anziehen, denke ich daran, dass ich kaputt war, völlig zerstört, körperlich wie auch geistig, als ich vor etwas mehr als vier Jahren nach Norwegen zurückkam. Das war nach meiner Zeit mit Dr. Ohlenborg, in der wir gemeinsam kriminelle Polizisten in amerikanischen Gefängnissen verhört hatten. Jetzt, da ich spüre, dass mein Polizistenhirn allmählich wieder erwacht, darf ich auf keinen Fall vergessen, was passierte, als ich damals wieder nach Hause kam. Was passiert, wenn ich mich zu sehr in einen Fall vertiefe, und welche Folgen das für mich selbst und die Menschen um mich herum hat.

Kapitel 22

Es ist Abend, als wir das Auto vor Millas Wohnung in der Nähe des Alexander Kiellands plass in St. Hanshaugen abstellen. Es fühlt sich so an, als würde es bald regnen. In den Bäumen am Straßenrand kann ich zwischen frischgrünen Blättern schwarze Schatten hin und her flitzen sehen und das Flattern der kleinen Vögel hören, die sich dort bald zur Nachtruhe niederlassen.

«War es hier?», frage ich, nachdem wir unsere Sachen aus dem Auto geholt haben. «Wurde Robert hier erschossen?»

«Da vorne.» Milla stellt ihre Tasche ab und geht zur nächsten Straßenecke, wo die Vögel im Halbdunkel zwitschern. Sie bleibt mit hängenden Armen stehen und starrt auf den Boden.

Ich stelle mich neben sie. «Habt ihr ihn gefunden?»

«Als ich den Knall hörte, habe ich sofort an Robert gedacht. Ich weiß nicht warum, es war nur ein Knall, es hätte alles Mögliche sein können, aber trotzdem ist mir das Geräusch mitten ins Herz gefahren. Als wir nach draußen kamen, hatte sich schon eine Menschenmenge um ihn gebildet. Er lag mit dem Gesicht nach unten, die Hände unter sich.» Sie holt tief Luft: «Alle sagen, es sähe aus, als würde er schlafen.» Milla sieht mich an: «Das stimmt aber nicht.»

«Nein», pflichte ich ihr bei. «Das stimmt nicht.»

«Robert war anders.» Plötzlich lächelt sie. «Du hättest ihn kennenlernen sollen. Robert hatte etwas Zärtliches an sich, sein Atem war immer ganz ruhig, so frei, selbst als es Camilla schlechtging und wir ihr helfen mussten.»

«Wie gut kanntest du sie?»

«Als er sie die paar Male mit nach Tjøme genommen hat, haben wir zusammen gegessen, ein bisschen geredet, aber sie war immer schnell erschöpft. Sie war depressiv, und nach einer Weile hat Robert sie nicht mehr mitgebracht ...»

«War das, nachdem ihr beide angefangen hattet, miteinander zu schlafen?»

Ich sehe, wie sie Luft holt und sich ein wenig aufrichtet, ehe sie etwas erwidern will, doch sie sinkt wieder in sich zusammen. «So war das nicht, nicht hinter Camillas Rücken. Er war gerade ausgezogen, er ... Es kam nicht oft vor. Wir hatten sofort eine Verbindung zueinander. Es ist einfach passiert, und wir sind wie erwachsene Menschen damit umgegangen. Wir haben nichts falsch gemacht, aber es hätte trotzdem nicht passieren dürfen.»

«Und Joachim?»

«Er hätte das nicht wissen müssen.»

«Also weiß er es jetzt?»

«Ja. Ich habe es ihm später erzählt. Nach der Beerdigung.»

«Und?»

«Nichts. Er hat ein paar Tage lang geschmollt, dann war es okay.» Ihr Blick ist jetzt härter. «Es war nicht das erste Mal. Joachim weiß, wer ich bin und was ich erlebt habe, und er hat seinen Weg gefunden, damit zurechtzukommen.»

«Krebse fangen?»

Milla zieht den Mantel enger um sich und wendet sich zum Gehen. «Komm», sagt sie.

Ihre Wohnung liegt im obersten Stock. Sie ist minimalistisch eingerichtet, beinahe steril. Über einer Sitzgruppe befinden sich vier große Fenster, die bei Tag sicherlich das Licht vom Himmel hereinströmen lassen und einem das Gefühl geben, auf einem Dach zu sitzen. Milla geht in die Küche und kommt mit einer Flasche Wein und zwei Gläsern zurück. «Ich dachte mir, wir sollten uns ein bisschen besser kennenlernen», sagt sie und schenkt uns Wein ein. «Jetzt, wo du weißt, was wir eigentlich tun.»

«Erzähl mir von der Vergewaltigung.»

«Direkt zum Punkt, also.» Milla erhebt ihr Glas zu einem gefühlskalten Prost. Ich erwidere die Geste und probiere den Wein.

«Ich hatte gerade einen Job als Friseurin in Drammen gefunden und war mit ein paar Kollegen unterwegs gewesen, ein bisschen feiern. Ich habe nicht gemerkt, dass mir anschließend jemand gefolgt ist, und plötzlich bekam ich einen Schlag gegen die Schläfe. Als ich wach wurde, lag ich in einem Hofeingang auf dem Boden. Über mir lag ein Mann, während ein anderer meine Hände festhielt.» Sie sieht nach unten und lässt den Blick über ihren eigenen Körper gleiten. «Ich erinnere mich daran, dass ich die Augen geschlossen und sie so lange zugekniffen habe, bis der Druck auf meinen Armen, meinem Oberkörper und meinem Unterleib verschwunden war. Als ich sie endlich wieder geöffnet habe, waren die Typen weg, und draußen war es fast hell. Kurz danach hat in der Nähe ein Auto gehalten und dann noch eins. Mehrere Gesichter sind über mir aufgetaucht. Zum Schluss kam ein Polizist und hat sich neben mich gekniet. Er hat mich etwas gefragt, hat seine Jacke über mich gelegt und die Gesichter gebeten, weiterzugehen, sodass wir nur noch zu zweit waren, bis der Krankenwagen kam.» Milla sieht endlich wieder zu mir auf, schenkt sich Wein nach und führt das Glas an die Lippen. «So habe ich Kenny und Iver kennengelernt.»

«Haben sie die Täter gefunden?»

«Würde das etwas ändern?», fragt Milla mit sanfter Stimme und betrachtet mich mit fast geschlossenen Augen. «Ich habe es versucht, Thorkild», sagt sie und schenkt sich mehr Wein ein. «Versucht, ihr eine Mutter zu sein. Drei Jahre lang, dann habe ich sie weggegeben. Ihre eine Hälfte kam schließlich von mir, aber am Ende konnte ich nicht mehr so nah bei der anderen Hälfte leben. Nach der Geburt, nein, nach der Vergewaltigung, während der Schwangerschaft und in der Zeit danach war ich ein anderer Mensch, als ich es heute bin.»

«Wie denn?»

Milla wirft ihr Haar zurück und nimmt noch einen Schluck Wein. «Tabletten, Wein, ein paar missglückte Selbstmordversuche. Erst nachdem ich sie weggegeben, mit dem Schreiben angefangen und August Mugabe gefunden hatte, habe ich das alles hinter mir gelassen, oder nein, verarbeitet.» Sie wirft mir einen kurzen Blick zu, bevor sie erneut zum Weinglas greift. «Du denkst an das, was du am ersten Tag bei mir und Joachim gesehen hast, nicht wahr? Du glaubst, dass du ein bisschen von all dem, was mit mir passiert ist, gesehen hast, als du zwischen den Bäumen standest?»

«Und, habe ich?»

Milla lächelt schief und spielt am Weinglas herum, mit einem Finger streicht sie über die Kante, dann schließt sie ihre Augen fast ganz. «Es gab Momente mit Olivia, in denen ich dachte, wenn ich sie nicht irgendwie loswerde, dann lasse ich das alles auch an ihr aus.» Wieder schüttelt sie den Kopf, als wolle sie diese Bilder damit verdrängen. «Vielleicht hatte ich damit schon angefangen», wispert sie. «Vielleicht war es deswegen.» Sie nickt vor sich hin und lässt ihre Finger wieder über das Glas gleiten. «Ja, ich denke schon.» Schließlich öffnet sie die Augen: «Glaubst du, sie erinnert sich daran? Dass sie sich jetzt immer noch daran erinnert, wie ich mit ihr war?»

«Ich weiß nicht», antworte ich. Mir fällt auf, wie sie, gerne auch in ein und demselben Satz, zwischen schutzloser Aufrichtigkeit und völliger Abschottung hin- und herwechselt, ihre Augen sind dabei wie Schwingtüren. Ich bin mir nur noch nicht darüber im Klaren, ob sie die Türen selbst kontrolliert oder ob sie von ihnen kontrolliert wird. Ob diese Türen ihr Innerstes gegen ihren eigenen Willen offenbaren und entblößen, so wie meine es tun.

«Später wurde es einfacher, ich zog hierher, nach Oslo, habe mit dem Schreiben angefangen und Wege gefunden, meine Tochter und dieses Erlebnis auf Abstand zu halten. Dann trat August Mugabe in mein Leben und wurde zu einer Art Ersatz, er wurde zum Träger meiner Schmerzen, durch den und mit dem gemeinsam ich existieren konnte. Bis es nicht mehr genug war und das Verlangen nach meinem Teil in ihr zu stark wurde, und ich begriff, dass es an der Zeit war, dem, was passiert war, Auge in Auge entgegenzutreten und um Vergebung zu bitten. Ich wollte sehen, ob nicht doch etwas Gutes dabei herauskommen könnte.»

«Warum ich?», frage ich nach einer langen Pause, in der keiner von uns etwas sagt. «Von allen, die ihr hättet anheuern können, um euch zu helfen. Warum ausgerechnet ich?»

Milla schenkt sich Wein nach. «Meine Trauertherapeutin ist auf dich gekommen, sie hat gesagt, sie kennt einen Psychiater in Stavanger, der mit dir arbeitet. Ich habe etwas in mir gefühlt, als sie von dir gesprochen hat. Etwas, das mir gesagt hat, dass du derjenige bist, der sie finden wird. Ein Omen.» Milla entfährt ein kurzes, verrücktes Lachen, und sie schüttelt den Kopf. «Glaubst du an so was?»

«Vielleicht», antworte ich und wende mich ab. «Was haben Iver und Kenny gesagt, als du ihnen erzählt hast, dass du mich beauftragt hast?»

«Iver fand es nicht gut. Er hat mir erzählt, was mit dir und dem Mädchen in Stavanger passiert ist. Dass du krank wärst und man dir nicht vertrauen könnte, aber ich …»

«Er hat recht», unterbreche ich sie. «Ich bin krank.»

«Du hast einen Hirnschaden, nicht wahr?» Ihr Blick sucht den meinen, als würde sie versuchen, die Intimität der vorigen Momente wieder herbeizuzwingen. «Von einem Selbstmordversuch?»

«Ja», antworte ich schließlich. «Vom ersten.»

«Was ist passiert?»

«Sauerstoffmangel. Wenn man sich erhängt, wird die Sauerstoffzufuhr zum Gehirn gekappt. Ich habe so lange am Seil gehangen, dass die Amygdala beschädigt wurde, das ist der Teil des Gehirns, der die Sinneseindrücke verwaltet. Manchmal passiert es, dass plötzlich Dinge, Menschen, ein Geruch oder ganze Ereignisse auftauchen, direkt vor meinen Augen, aber sie sind nicht real. Das ist nur der Hirnschaden, der sich einen Spaß mit mir erlaubt.»

«Nimmst du Medikamente?»

«Einige, aber nicht genug.»

«Ja?»

«Es war schwer», erwidere ich angestrengt, «die richtige Balance zu finden.»

«Was nimmst du?»

«Cipralex.»

«Glückspillen?»

Ich nicke.

«Du hast recht», sagt Milla. «Die bringen nichts. Ich bin zu einer Trauertherapeutin gegangen, nachdem ich Olivia weggegeben hatte. Sie hat mich zu einer Schmerzklinik hier in der Hauptstadt überwiesen, wo sie mir endlich helfen konnten.» Sie spielt mit den Fingern am Weinglas, während sie mich betrachtet. Ihr Lächeln will nicht ganz verschwinden, dann beendet sie das Fingerspiel und stellt das Glas auf den Tisch. «Hast du schon einmal von Somadril gehört?»

«Nein.» Ich höre, wie vereinzelte Regentropfen auf die Dachfenster über uns fallen.

«Es wirkt, Thorkild», sagt Milla und dimmt die Lampen an der Decke mit einer Fernbedienung, sodass sich das Dunkel von draußen mit dem hier drinnen vermischt. «Das Medikament wurde eigentlich 2008 vom Markt genommen, aber wir sind eine große Patientengruppe, und meine Psychiaterin Dr. Aune versorgt uns mit Rezepten. Vielleicht kann ich sie bitten, deinen Psychiater auf die Klinik hinzuweisen?»

«Ulf ist momentan nicht in der Stimmung, über Alternativen zu den Glückspillen zu diskutieren.»

«Na gut», erwidert Milla. «Dann kann ich dir vielleicht helfen, wenn wir uns ein bisschen besser kennengelernt haben?»

«Ja», sage ich. «Vielleicht.» Als ich mein Gesicht berühre, ist es schweißnass. «Es ist spät», bemerke ich und stehe auf.

«Du kannst auch hierbleiben», sagt Milla.

«Ich denke nicht», entgegne ich. «Ich habe ein Hotelzimmer in der Nähe gebucht.»

«Na dann», sagt sie und streicht eine Haarsträhne beiseite, die ihr ins Auge gefallen ist. «Ich bin froh, dass wir ein wenig reden konnten, nur du und ich, und dass du weiter dabei sein willst.» Sie lehnt sich auf dem Sofa zurück und lächelt müde. «Froh», wiederholt sie.

Ich bleibe in der Tür zwischen Wohnzimmer und Flur stehen. «Ich bringe Geheimnisse ans Licht, Milla. Das ist das, was ich tue. Deine, Joachims, Kennys und Ivers, Roberts, die von Siv und Olivia – ich werde sie alle finden.»

«Das weiß ich», flüstert sie.

«Ihr werdet mich hassen.»

«Nein», sagt Milla und beugt sich nach vorn. In der Dunkelheit ist ihr Gesicht grau.

«Doch», widerspreche ich und bedeute ihr, sitzen zu bleiben. «Früher oder später werdet ihr mich alle hassen.»

«Warum?»

«Weil», seufze ich und lehne den Kopf mit der vernarbten Haut gegen den Türrahmen, «ich nicht mehr aufhören kann, wenn ich einmal damit angefangen habe.»

Dieser letzte Satz ist eher als Warnung an mich selbst gedacht.

Kapitel 23

Ich kann ihn gerade so durch die Bäume erahnen. Hinter ihm rauschen in beiden Richtungen Autos vorbei. Siv hockt direkt neben mir und hat die Hosen bis zu den Knien heruntergezogen.

«Hast du Klopapier?», fragt sie, als sie endlich fertig ist.

«Nein», antworte ich.

Sie schaut mich entmutigt an.

«Was denn?», *frage ich und schneide ihr eine Grimasse.* «Ich habe keins. Nimm Moos oder so.»

«Iih.» *Siv sucht den Boden um uns herum ab, bevor sie wieder mich anschaut.* «Das ist eklig.»

«Dann halt den Jackenärmel.»

«Nein!», *protestiert sie.*

«Mit den Fingern?»

«Hör auf», *sagt Siv lachend, wobei sie sich anstrengen muss, nicht das Gleichgewicht zu verlieren und umzufallen.* «Ich will keine Pisse an meinen Fingern.»

«Das hättest du dir überlegen müssen, bevor du zum Pinkeln hierhergegangen bist. Du hättest ja im Café in Drammen aufs Klo gehen können oder warten, bis wir in Tønsberg sind.»

Siv lehnt sich gegen einen Baumstamm und starrt durch das Gebüsch auf das Auto, das mit laufendem Motor oben an der Straße steht.

«Kannst du ihn fragen?»

«Frag selber.»

«Nein!» *Siv versucht mit einer Hand meinen Pulli zu fassen, ohne dabei umzukippen.* «Ich bin nackt, verdammt noch mal.»

«Pech für dich», *sage ich lächelnd und gehe einen Schritt zurück, sodass sie mich nicht erreichen kann.*

«Olivia», *winselt Siv, während sie sich gleichzeitig an ihrer Hose und dem Baumstamm festhält.*

Plötzlich hören wir, wie sich die Autotür öffnet, und sehen den Fahrer um die Motorhaube herumkommen. Er stellt sich an den Straßenrand. «Ist alles in Ordnung da unten?», *ruft er durch den Verkehrslärm.*

«Nein», *antworte ich gemeinsam mit Siv, die meinen Pullover zu fassen bekommt und mich an sich zieht.* «Sie braucht etwas zum Abwischen.»

Der Fahrer nickt und verschwindet im Auto. Als er wieder herauskommt, hält er ein Reisepäckchen mit Toilettenpapier in der Hand. Er dreht sich kurz zur Straße um und geht dann auf das Waldstück zu, in dem wir warten.

Kapitel 24

Der Himmel hat sich verdunkelt, nur ein vager Schimmer bricht durch die dünnste Wolkenschicht und trifft auf die oberen Fenster der gegenüberliegenden Gebäude. Ich laufe langsam zu der Stelle, an der Milla Robert gefunden hat, und gehe in die Hocke. Nachdem ich mich vergewissert habe, dass ich alleine bin, lege ich mich flach auf den Boden.

Die Pflastersteine sind kalt, es ist beinahe so, als läge ich auf einer Eisfläche. Die Kälte der Straße schmerzt an der Wange, schneidet sich in das zerstörte Gewebe und bringt meine Nase zum Triefen. Ich bleibe so lange liegen, bis ich höre, dass sich ein Auto nähert. «Kein würdiger Tod», flüstere ich mir selbst zu und stehe wieder auf.

Ich eile in eine Seitenstraße und gehe in Richtung Grünerløkka. Irgendetwas zieht mich zu Milla, denke ich, während ich der Route zu meinem Hotel mit Hilfe des Handys folge. Wir haben beide über den Rand des Abgrunds geschaut, eine Weile dort verbracht und wieder herauskriechen müssen. Deshalb wissen wir zu viel über uns selbst. Das Einzige, dessen ich mir immer noch nicht ganz sicher bin, ist, ob es mich nur deshalb zu ihr hinzieht oder ob da noch etwas anderes lauert.

Plötzlich bemerke ich ein lautes Geräusch vor mir, und als ich aufsehe, blicke ich direkt auf die Front eines Autos. Die Stoßstange trifft mich an der Seite und schleudert mich über die Motorhaube und das Autodach, bevor ich auf den Asphalt knalle.

Ich bleibe liegen und japse nach Luft, während ich darauf warte, dass die Schmerzen einsetzen. Das Auto ist etwa fünfzehn bis zwanzig Meter von mir entfernt stehen geblieben, und der Fahrer wendet gerade. Dann heult der Motor auf, und der Wagen rast direkt auf mich zu.

Ich weiß, dass ich nicht mehr aufspringen kann, ehe das Auto mich erreicht. Stattdessen strecke ich mich und rolle an die Bordsteinkante, wo ich den Kopf und den Körper gegen den harten und kalten Straßenbelag presse. Der Fahrer hält weiter auf mich zu, dann schlägt das eine Vorderrad gegen die Bordsteinkante und das Metalltier ist über mir.

Ich spüre nichts, merke nur, wie ich unter dem Auto über die Straße geschleift werde, während ich die Hände schützend über meinen Kopf halte.

Plötzlich bleibt der Wagen stehen, während ich noch darunter hänge. Direkt über meinem Kopf brüllt der Motor, ich rieche Öl und Benzin. Der Fahrer legt den Rückwärtsgang ein, ich falle zurück auf die Straße, und das Auto bleibt einige Meter hinter mir stehen. Ich kneife die Augen zusammen und rechne mit einem neuen Versuch, mich zu überfahren, aber nichts geschieht. Nach einer Weile setzt der Fahrer den Wagen hastig zurück und rast durch eine Seitenstraße davon.

Ich bleibe unbeweglich liegen, bis jemand herbeirennt und versucht, meinen Körper umzudrehen.

«Geht es Ihnen gut?», höre ich eine Stimme sagen, wage es aber nicht, die Augen zu öffnen oder zu antworten. Bald vermehren sich die Stimmen, und nach einer Weile höre ich irgendwo das Geräusch von Sirenen. Ein eiskalter Wind bläst mir ins Gesicht, und ich krümme mich zusammen.

«Was ist passiert?», fragt eine neue Stimme.

«Er wurde überfahren», antwortet eine zweite.

«Sie haben versucht, ihn umzubringen», sagt eine dritte in dem Moment, in dem ich zwei kalte Finger an meiner Halsschlagader spüre. Inzwischen sind die Sirenen ganz nah und schrillen in meinen Ohren.

Im nächsten Augenblick hält ein weiteres Auto direkt neben mir. Türen werden geöffnet, und weitere Menschen kommen hinzu und knien sich neben mich. Vorsichtig hebt mich jemand vom kalten Boden und legt mich auf eine Trage, die in einen Krankenwagen geschoben wird.

Kapitel 25

«Sie haben Glück gehabt», sagt der Arzt, als er endlich in das Zimmer kommt, in das ich nach der obligatorischen Untersuchung verlegt worden bin. «Ein paar Schürfwunden und zerrissene Kleidung, aber keine Anzeichen für Brüche oder innere Verletzungen. Wie fühlen Sie sich?»

«Ich habe Schmerzen», sage ich.

«Wo?»

«Im ganzen Körper.»

«Sie haben auf jeden Fall eine Schädelprellung abbekommen, deshalb behalten wir Sie bis morgen zur Beobachtung hier auf der Station, nur um sicherzugehen, dass sich keine Schwellungen oder Ähnliches bilden.»

«Das ist in Ordnung, aber dann brauche ich etwas gegen die Schmerzen. OxyContin oder vielleicht lieber OxyNorm?»

«Solche Schmerzmittel geben wir hier nicht. Sie können Paracetamol oder Ibuprofen bekommen, wenn Sie das brauchen sollten.»

«Vergessen Sie's», antworte ich beleidigt und drehe mich auf den Rücken.

«Draußen warten übrigens zwei Polizisten auf Sie, die gerne mit Ihnen reden würden. Soll ich sie bitten zu warten, bis Sie sich besser fühlen, oder sollen wir ...»

«Schicken Sie sie rein.»

«Alles klar.» Er geht zur Tür und winkt jemandem auf dem Gang zu. «Anschließend wird ein Krankenpfleger nach Ihnen schauen und Ihren Blutdruck messen. Ich kann ihn bitten, ein paar Paracetamol mitzubringen, für den Fall ...»

Ich nicke, während ich versuche, mir das asphaltfarbene Hemd überzuziehen. Meine zerrissene Jacke hängt über einem Stuhl neben dem Bett, auf dem Boden liegt ein einzelner Schuh.

«Wo ist mein anderer Schuh?», frage ich.

Der Arzt zuckt mit den Schultern. «Ist er vielleicht beim Unfall abhandengekommen?» Er lächelt schief, bevor er verschwindet und ein Mann und eine Frau in Polizeiuniform eintreten.

«Wie geht es Ihnen?», fragt die Polizistin, nachdem sie die Tür hinter sich geschlossen hat. Die Frau redet, während der Mann einen Notizblock und einen Stift umklammert.

«Wie an einem weiteren sonnigen Tag im Paradies», antworte ich, beuge mich vor und sehe nach, ob der andere Schuh nicht vielleicht unter das Bett gerutscht ist. Mein Kopf fühlt sich an, als würde er gleich explodieren, und ich gebe die Schuhsuche auf.

«Thorkild Aske», sagt die Frau. «Sind Sie das?»

«Korrekt», stöhne ich.

«Was können Sie uns über das erzählen, was passiert ist?»

«Ich bin erst gegangen, dann geflogen, und am Ende wurde ich über den Asphalt geschleift.»

«Wissen Sie, wer hinter dem Steuer saß?»

Ich zucke mit den Achseln.

«Keine Vermutungen?»

«Doch, mittlerweile einige, aber ich weiß trotzdem nicht, wer es war. Ich habe den Fahrer nicht gesehen. Ein schwarzer Audi-Kombi, das Nummernschild habe ich nicht erkannt. Gibt es Zeugen?», frage ich, während er mitschreibt und sie mich beobachtet.

«Ja», antwortet der Polizist.

«Und?»

«Der Fahrzeugtyp wurde bestätigt.»

«Was ist mit dem Fahrer?»

Beide schweigen.

«Was arbeiten Sie, Aske?», fragt der Mann mit dem Block und dem Stift schließlich.

«Aha. Sie glauben, dass das etwas mit meinem Job zu tun haben könnte?»

«Was denken Sie?», fragt die Polizistin.

«Ich bin arbeitslos», sage ich.

«Verheiratet?»

«Geschieden.»

«Gibt es jemanden, von dem Sie glauben, dass er ...»

«Mich möglicherweise umbringen will?»

Beide nicken.

«Offensichtlich ja», antworte ich. «Aber ich habe keine Ahnung, wer oder warum.»

«Okay. Ich möchte Sie noch etwas anderes ...»

«Nicht jetzt», flüstere ich und schließe die Augen. «Nicht noch mehr jetzt. Ich bin erledigt.»

Ich höre, wie die Tür geöffnet und geschlossen wird, bevor sich ihre Schritte entfernen und Stille einkehrt. Ich bleibe mehrere Minuten still liegen, dann öffne ich die Augen. «Raus aus den Federn, du Sonnenschein», flüstere ich mir selbst zu und setze mich auf. Ich beiße die Zähne zusammen, als der Kopf von der Bewegung zu schmerzen beginnt. Noch einmal beuge ich mich über die Bettkante auf der Suche nach dem anderen Schuh, kann ihn aber nicht finden. Dann ziehe ich die Jacke zu mir herüber und fische das Handy aus der Tasche.

«Hei, Thorkild», grunzt Ulf missmutig, als er abnimmt. «Wie ist das Leben mit der Kulturelite?»

«Ach, einfach herrlich! Ich musste wirklich mal raus aus meiner Wohnung und aus Stavanger. Viele Menschen, spannende Erlebnisse und viel Verkehr. Ich glaube, Oslo ist im Begriff, zu meiner zweiten Heimat zu werden.»

«Was willst du?»

«Rauchst du, Ulf? Es hört sich so an, als ob du …»

«Nein, natürlich rauche ich verdammt noch mal nicht. Du weißt, dass …»

«Gut, ich glaube dir.» Ich weiß, dass er durchhält. Ich höre es an seiner Stimme, der Rastlosigkeit darin. Aber ich frage trotzdem. Um ihn daran zu erinnern, dass er nicht raucht, und ihm so mitzuteilen, dass ich meine Pillen immer noch vermisse.

«Was treibst du gerade?»

«Ich liege im Bett und denke über Millas Recherche-Fall nach», sage ich. «Darüber, ob ich weitermachen soll.»

«Willst du nach Hause?»

«Nein, aber es gab da ein paar Dinge …»

«Wir ändern nichts an deiner Medikamenteneinstellung», erwidert Ulf verärgert.

«Warum nicht?»

«Komm nach Hause, dann erkläre ich dir das gerne, während ich dich zum Kerzenziehen fahre.»

«Weißt du was? Das Schlimmste ist, dass ich nicht einmal glaube, dass es eine Kerzenfabrik unter der Aufsicht der Arbeitsvermittlung gibt. Du verwendest das gegen mich, um mich dafür zu bestrafen, dass du nicht mehr rauchst …»

«Komm nach Hause, dann werden wir schon sehen», entgegnet Ulf herausfordernd. «Du hast lange nach dem Abgrund gesucht, Thorkild, und dort wirst du ihn finden. Tief unten in den von der Arbeitsvermittlung subventionierten Stearinfässern draußen in Auglendsmyrå.»

«Und wenn mir etwas zustoßen würde? Wenn ich zum Beispiel einen Unfall hätte und sterben würde ...»

«Sterben?» Ulfs Stimme bekommt mit einem Mal einen ganz anderen Unterton. Sie ist wachsamer. «Was meinst du?»

«Leute haben doch Unfälle, Menschen sterben.»

«Menschen sterben, ja», antwortet Ulf. «Manche versuchen sogar selbst, den Prozess ein wenig zu beschleunigen. Worauf willst du eigentlich hinaus?»

«Wenn mir irgendwann einmal etwas zustoßen würde, rein theoretisch, was würde dann mit meinem Körper passieren? Wo würde ich begraben werden?»

Dieses Gespräch ist vollkommen außer Kontrolle geraten, und ich muss mich sehr anstrengen, wieder dorthin zu kommen, wo ich eigentlich hinwollte.

«Fragst du, wo du beerdigt werden wirst, wenn du stirbst, Thorkild?»

«Ja.»

«Warum?»

«Es ist nicht so, wie du denkst, mir geht es ausgezeichnet. Aber Millas Arbeit, Menschen, die einfach verschwinden, das hat mich zum Nachdenken gebracht.»

«Darüber, wo du beerdigt werden willst?»

«Gibt es einen bestimmten Friedhof? Gehört er auch zu meinem Stadtviertel? Solche Dinge.»

«Wo möchtest du denn beerdigt werden?»

«Ich weiß es nicht, das ist ja die Sache. Ich bin schließlich nirgendwo so richtig zu Hause und ...»

«Was ist mit Tananger?»

«Nein, Ulf. Es geht hier nicht um Frei.»

«Es geht immer um Frei», kontert Ulf.

«Nein, nein, das hier ...»

«Okay. Wie wäre es, wenn ich dich einäschern ließe und die Urne mit Askes Asche auf meinen Kaminsims stellte, als Erinnerung an meine größte therapeutische Niederlage, ein Symbol der Schande, zu Ehren des einzigen Patienten, dem man unmöglich helfen konnte, dem man verdammt noch mal unmöglich auch nur ein klitzekleines bisschen Verstand ins Hirn prügeln konnte ...»

«Weißt du was, Ulf? Ich rufe dich als Freund an. Wenn ich mich umbringen wollte, hätte ich nicht angerufen. Das hier ist etwas anderes, und wenn du so beschissen drauf bist und keine Lust hast, mir zu helfen, dann lass es einfach. Wir reden, wenn ich nach Hause komme. Tschüs.»

Ich lege auf. Ulf ist noch nicht bereit. Wenn ich jetzt zurück nach Stavanger fahre, erwarten mich nur noch mehr Glückspillen ohne Glück und neue Ziele und Teilziele auf dem Weg zur völligen Medikamentenunabhängigkeit. Ich kann einzig und allein hoffen, dass ihn dieses Gespräch frustriert und so wieder ein kleines Stück näher zu dem Marlboropäckchen führt, oder ihn zumindest williger stimmt, eine rationale Diskussion über meine Medikamentensituation zu führen, wenn ich mit dem Fall fertig bin.

Ich hole tief Luft und rufe Ulf wieder an.

«Ich bin's», sage ich, als Ulf endlich abnimmt.

«Das weiß ich», erwidert er. Er hört sich schon etwas ruhiger an. Beinahe zu ruhig. Marlboro-ruhig.

«Dieser Job», setze ich an.

«Ja?»

«Das ist kein Job. Also nicht so, wie wir geglaubt haben.»

«Was meinst du?»

«Das sind keine Recherchen, Ulf. Wir suchen nach Millas Tochter.»

«Milla Lind hat gar keine Tochter.»

«Doch. Sie wurde als junge Frau vergewaltigt, später hat man ihr das Kind wegen ihres psychischen Zustands weggenommen. Deshalb hat sie Riverholt angeheuert. Um Olivia zu finden. Eine Woche nachdem die beiden sie gefunden hatten, sind Olivia und eine Freundin aus einer Jugendeinrichtung abgehauen. Und jetzt suchen Milla und ein paar Freunde von der Polizei nach ihr. Sie wollen, dass ich ihnen dabei helfe.»

Ulf bleibt still. Es entsteht eine lange Pause, in der ich unsicher abwarte, ob ein Wutausbruch bevorsteht oder ob er mich einfach nach Hause kommandieren wird. «Mugabe hatte auch eine Tochter», sagt er schließlich.

«Was?»

«August Mugabe, die Hauptfigur in Millas Büchern. Er bekam eine Tochter, als er jung war, lange bevor er Gjertrud traf. Die Mutter wollte nichts mit Mugabe zu tun haben, verweigerte es ihm sogar, seine Tochter zu sehen, aber August verfolgte alles aus der Distanz, träumte von ihr und davon, Vater zu sein. Das Mädchen verschwand ungefähr zu der Zeit, als August Gjertrud kennenlernte. Ich habe die ganze Zeit vermutet, dass sie etwas mit dem Verschwinden zu tun haben könnte.»

«Soll ich weitermachen?»

Wieder Stille. Es hört sich so an, als würde Ulf gar nicht überlegen, ob ich weitermachen soll, sondern was diese neue Information für das Universum von Millas Büchern und für die Charaktere darin bedeutet. «Ihr sucht also nach Millas Tochter?», sagt er schließlich. «Du, Milla und ein paar ... Polizisten, die wissen, wer du bist? Oder warst? Und es in Ordnung finden, dich im Team zu haben?»

«Zumindest einer von ihnen», antworte ich.

«Nun ja, es ist auch nicht gerade einfach, dich zu mögen. Einer von zwei ist in deinem Fall überraschend gut, würde ich sagen. Besonders wenn sie Polizisten sind.»

«Du willst also, dass ich weitermache?» Ich habe mich dazu entschlossen, ihm ansonsten nichts zu erzählen, weder von den Ungereimtheiten beim Tod meines Vorgängers noch von dem Attentat auf mich.

«Und die ganzen Fragen, wo du beerdigt werden wirst, wenn du stirbst, wo kamen die her?»

«Selbst in meinem Zustand ist es doch erlaubt, darüber nachzudenken, wenn etwas aus dem Unterbewusstsein an die Oberfläche kommt. Ich glaube, so hattest du einmal Fortschritt definiert?»

«Ja, das ist gut», sagt Ulf. Es klingt fast so, als wäre er von seiner eigenen Antwort überrascht. «Solange die Dinge nicht eskalieren. Dann rufst du mich an. Okay?»

«Selbstverständlich», antworte ich und lege auf. Ich schlüpfe in meine Hose und die Jacke, die nach der Asphalttour unter dem Auto auf der Rückseite fast entzweigerissen ist, dann ziehe ich den einzelnen Schuh an, fahre mir mit der Hand durchs Haar und verlasse das Zimmer auf der Suche nach dem Ausgang.

Der Korridor vor meinem Zimmer ist leer. Aus einem der anderen Behandlungszimmer höre ich jemanden wimmern und eile zu der offenen Tür hinüber. Drinnen stehen ein Arzt und ein Krankenpfleger über ein Bett gebeugt, in dem ein Mann liegt. Es sieht so aus, als wären sie gerade dabei, sein eines Hosenbein aufzuschneiden.

Ich hole ein paarmal tief Luft und versuche, mich auf meine Atmung und meinen Blick zu konzentrieren. Ich folge dem Gang bis zu einem Schild, das mir den Weg zum Ausgang weist. Im Wartezimmer sitzen ein paar erschöpfte Seelen, deren Abend ebenfalls eine unglückliche Wendung erfahren hat. Alle starren mich an, als ich im Türrahmen auftauche. Als sie sehen, dass ich nicht der diensthabende Arzt bin, drehen sie sich schnell wieder weg, möglicherweise aus Angst.

Die Frau hinter dem Schalter am Empfang muss natürlich genau in dem Moment vom PC-Bildschirm aufschauen, als ich vorbeigehe. «Hallo! Ich wollte eigentlich ins Kon-Tiki-Museum, aber da habe ich mich wohl verlaufen», sage ich mit einem bescheuerten Grinsen, bevor ich durch die Tür schlüpfe und zum Taxistand laufe.

Eigentlich habe ich keine andere Wahl, denke ich, als ich in eines der Taxis steige und den Fahrer bitte, mich ins Hotel zu bringen. Ich muss mich endlich zusammenreißen und dem Ernst der Lage ins Auge blicken. Ich muss mit jemandem reden, sobald es draußen hell wird und bevor ich Milla und Konsorten wiedertreffe. Und auf der ganzen Welt gibt es nur eine Person, mit der ich darüber reden und die mir helfen kann.

Das wird ihm nicht gefallen, denke ich. Ich lehne mich auf dem Rücksitz des Taxis nach hinten und schließe die Augen. Das wird ihm ganz und gar nicht gefallen.

Kapitel 26

Sobald es draußen hell ist, verlasse ich das Hotelzimmer in Grünerløkka und mache mich auf die Suche nach einer Apotheke und einem Geschäft, in dem ich mir eine neue Jacke und neue Schuhe besorgen kann. Aus finanziellen Gründen fällt meine Wahl auf einen Secondhandladen der Heilsarmee in der Nähe. Die Frau an der Kasse ist geradezu ekstatisch, als sie mir erzählt, dass ich mit meinem Einkauf drei Fliegen mit einer Klappe geschlagen habe: eine Vintage-Herrenjacke mit Lammfell aus den Siebzigern und ein Paar einzigartige, passende Schuhe zu einem unschlagbaren Preis. Und durch den Kauf von gebrauchter Kleidung habe ich, quasi als Sahnehäubchen, gerade einen wertvollen Beitrag zum Schutz unserer Umwelt geleistet.

Als ich zurück ins Hotelzimmer komme, ziehe ich mich aus und gehe direkt unter die Dusche. Anschließend stelle ich mich vor den Spiegel. Die Linien in der zerstörten Hälfte meines Gesichts werden von Tag zu Tag bleicher, mein Haar ist graubraun und strähnig wie die Borsten einer ausrangierten Zahnbürste. Ich nehme ein paar frische Pflaster aus der Apothekentüte und überdecke damit die Schrammen und Wunden, die vom Spektakel der letzten Nacht übriggeblieben sind. Dann verlasse ich das Badezimmer und setze mich aufs Bett. Kalte Wassertropfen rinnen vom Haar und meinen nackten Rücken hinab.

Ich atme ruhig, die Muskeln in meinem Nacken und in der Brust entspannen sich ein winziges bisschen und dämpfen den Schmerz in der Wange. Ich massiere meine Schläfen und presse die Finger vorsichtig gegen Nasenwurzel und Lippen. Ich drücke fester zu, aber die Schmerzwellen, die dadurch entstehen, bringen keine Antwort mit sich, keine Augenblicke voller Klarheit oder Zeichen, die mir sagen, was ich tun soll. Zuletzt gebe ich es auf, packe meine Sachen zusammen, gehe hinunter an die Rezeption und bestelle mir ein Taxi zum Grønlandsleiret 44.

Das Polizeipräsidium beherbergt verschiedene Abteilungen, unter anderem die Führungsebene, die Einsatzzentrale und die Bereitschaftstruppe. Auf dem Weg hinein begegnen mir mehrere Polizisten und Leute von der Spezialeinheit Delta, die alle neugierig in meine Richtung blicken, ohne mich jedoch anzusprechen. Am Empfang nenne ich meinen Namen und wen ich zu treffen wünsche. Der Mann hinter dem Schalter begegnet meiner Bitte mit einem misstrauischen Blick und einem langen, höchst demonstrativen Schweigen, bevor er mich endlich in ein leeres Wartezimmer bittet.

Vierzig Minuten später wird die Tür so hart und brutal aufgestoßen, als würde in der nächsten Sekunde ein Sondereinsatzkommando hereinstürmen. Ein breites, kahl geschorenes Muskelpaket betritt den Raum.

«Alter Adler», sage ich ruhig und stehe auf, während Gunnar Ore die Fäuste in die Hüften stemmt und sich vor mir aufbaut.

«Was hast du hier zu suchen?», fährt mich mein ehemaliger Chef bei der Spezialeinheit an. «Du musst zu den dümmsten Menschen auf dieser ganzen weiten Welt gehören, wenn du glaubst, du könntest einfach ankommen und …»

«Robert Riverholt», werfe ich ein, bevor Ore Zeit findet, sich in Rage zu reden.

«Was?» Gunnar Ore weicht einen Schritt zurück, als hätte der Name ihn aus dem Gleichgewicht gebracht.

«Kanntest du ihn? Ich weiß, dass er hier gearbeitet hat.»

«Ich habe ihn nicht gekannt. Hat er nicht aufgehört und sich ein leichtes Leben als Privatdetektiv gemacht?» Gunnar Ore schaut mich an, während er nachdenkt. «Warum fragst du überhaupt?», will er schließlich wissen. «Nein, warte», fährt er fort, bevor ich antworten kann. «Du hast seinen kinderleichten Job übernommen und erst jetzt erfahren, dass er letzten Herbst abgeknallt wurde, und jetzt kommst du zu mir, weil du Angst hast, dir könnte das Gleiche passieren? Sag, dass das nicht wahr ist, Thorkild. Ha-ha-ha.» Gunnar Ore bricht in Gelächter aus. «Bitte. Oh mein Gott, Thorkild. Das ist das Lustigste, was ich heute gehört habe.»

«Die Leute sagen, seine Frau hätte ihn erschossen», sage ich, während Gunnar weiter lacht.

«Sagen sie das?», japst er. «Tjaa, vielleicht war er ein Mistkerl. Was weiß denn ich? Aber trotzdem danke fürs Gespräch, Thorkild. Das war ja wirklich erheiternd.» Er wendet sich zum Gehen.

«Du hast recht», rufe ich ihm nach.

Gunnar Ore bleibt zögernd in der Tür stehen. «Womit recht?»

«Du hast recht, dass ich seinen Job übernommen habe. Ich berate die Schriftstellerin Milla Lind und muss mehr über Riverholt wissen.»

Gunnar Ore macht kehrt und kommt zurück zu mir. «Warum? Du hast doch eben gesagt, er wäre von seiner Frau erschossen worden?»

«Könntest du mir die Akten zu dem Fall besorgen?»

«Warum?», wiederholt er. «Wonach suchst du?»

«Ich weiß es nicht», antworte ich. «Er hat an einem Vermisstenfall gearbeitet, als er erschossen wurde ...»

«Warum?», wiederholt Gunnar Ore mit noch mehr Nachdruck.

«Ich wollte einfach ...»

«Komm schon, Aske.» Gunnar Ore ist jetzt ganz dicht vor meinem Gesicht. «Sag es! Ich weiß, dass du es willst.»

«Okay», seufze ich und atme schwer aus. «Da stimmt etwas nicht.»

«Na also», sagt Gunnar Ore mit einem Lächeln und stellt sich neben die Bücherregale, die die eine Wand des Wartezimmers zur Hälfte bedecken. «War das denn so schwer?»

Ich schüttele den Kopf. «Kannst du helfen?»

«Auf jeden Fall», erwidert Gunnar Ore. «Das ist das Mindeste, was ich für dich tun kann.»

«Verarschst du mich?»

«Warum sollte ich mir die Mühe machen? Du bist doch längst im Arsch.»

«Okay», sage ich zögernd. «Danke.»

«Was ist? Dachtest du, ich würde dir nicht helfen?»

«Ich weiß nicht», setze ich an, werde aber von Gunnar Ore unterbrochen: «Ich *mag* es, dir zu helfen, Thorkild. Obwohl du ein Schwächling und Versager bist und nicht mit dir selbst klarkommst, warst du immer ein guter Polizist. Wenn du also zu mir kommst, obwohl du mir schon so oft versprochen hast, mir nie wieder unter die Augen zu treten, vor allem nicht hier an meinem Arbeitsplatz, um über einen Fall zu reden, in dem es um einen ehemaligen Kollegen geht, der auf offener Straße niedergeschossen wurde, dann will ich mehr darüber wissen. Wissen, wonach du suchst und was du herausgefunden hast.»

Gunnar Ore zieht einen Stuhl heran, setzt sich rittlings darauf und deutet mit dem Kopf auf ein Dreiersofa. «Also. Jetzt ist die Sache erfasst und analysiert. Wo steckst du fest?»

«Das ist ja gerade das Problem, ich habe mir den Fall noch nicht ansehen können», sage ich und setze mich. «Ich weiß nur das, was mir erzählt worden ist.»

«Okay.» Gunnar Ore nickt. «Was stinkt an der Sache?»

«Die emotionale Ausgangslage. Sie passt nicht zum Handlungsverlauf. Riverholts Frau hatte ALS, sie war krank und wusste, dass sie sterben würde. Robert und sie wollten sich scheiden lassen. Alle behaupten, sie hätte nicht ohne ihn leben oder sterben können, also nahm sie eine Pistole und erschoss ihn auf offener Straße, bevor sie den Tatort verließ und sich einen ruhigen Parkplatz am Maridalsvannet suchte, wo sie sich selbst das Leben nahm.»

«Eine Hinrichtung und ein Selbstmord», murmelt Gunnar Ore und beißt sich dabei in die Backentaschen. «Und die emotionale Ausgangslage sagt dir was?»

«Er wurde von hinten auf offener Straße erschossen. Das ist entweder eine kaltblütige, professionelle Hinrichtung oder ein feiger und unpersönlicher Angriff aus dem Hinterhalt.»

«Und?»

«Dann verlässt sie ihn, setzt sich ins Auto und erschießt sich.»

«Sie hat ihn gehasst.»

«Aber alle sagen, dass sie ihn geliebt hat und nicht ohne ihn leben oder sterben konnte.»

«Dann irren sie sich.»

«Okay. Mal angenommen, es war so. Sie hat ihn gehasst. Er war ein Mistkerl, der sie verlassen hat, und sie wollte ihn mit auf die andere Seite nehmen. Aber – wo ist da die Konfrontation?»

«Vielleicht hat sie aus einem Impuls heraus gehandelt?»

«Das Einzige, das hier impulsiv wirkt, ist der Parkplatz, auf dem sie sich selbst das Leben genommen hat.»

Gunnar Ore nickt. «Ist das alles?»

«Riverholt hat an einem Fall gearbeitet, einem sogenannten Vermisstenfall ...»

«Was für ein Fall?»

«Eine Vermisstenmeldung aus dem letzten Herbst. Milla Lind betreibt Recherchen für den letzten Roman über August ...»

«Mugabe, ja. Weißt du, wie das Buch ausgeht?»

«Was? Nein.»

«Okay, erzähl weiter.»

«Jemand hat heute Nacht versucht, mich mit einem Auto zu überfahren. Zwei Mal.»

Gunnar Ore mustert die Pflaster und Schrammen in meinem Gesicht, während seine Kiefer wie Mühlsteine mahlen. «Ach, *so* siehst du also normalerweise gar nicht aus?», fragt er ironisch und verschränkt die Arme.

«Na ja», setze ich an, aber mir fällt keine witzige Antwort ein.

«Okay», sagt Gunnar Ore und steht auf. «Ich werde diese Sache mal überprüfen, sobald ich dazu komme. Die Unterlagen zum Riverholt-Fall kannst du vergessen, die gibt die Polizei nicht einfach an irgendjemanden raus.» Er deutet mit dem Kopf auf mich, um mir klarzumachen, dass ich das Musterbeispiel eines typischen Irgendjemand bin. «Aber ich werde die Akten lesen und Nachforschungen anstellen, und wenn ich damit fertig bin, rufe ich dich an und erzähle dir, was ich davon halte.»

«Danke», sage ich und strecke meine Hand aus. «Wie läuft es denn eigentlich mit ...»

Gunnar Ore blickt mich eiskalt an, ohne meine Geste zu erwidern. Anschließend dreht er sich um und geht wortlos aus dem Zimmer.

Kapitel 27

Draußen vor dem Polizeipräsidium steht eine Frau. Sie ist schön, schlank und genauso elegant gekleidet wie damals vor zwanzig Jahren, als ich meinen Wehrdienst im Haakonsvern ableistete und sie das erste Mal sah. Meine Exfrau Ann Mari hat schon immer ein Faible für den Look der reichen Vorstadtdamen gehabt.

Kleider, Frisur, Nägel und Make-up passen wie angegossen. Alles, was ihr fehlte, um ihrem perfekten Äußeren den letzten Schliff zu geben, war der richtige Mann. Ich habe das Gefühl, dass Gunnar Ore eine entschieden bessere Partie ist, als ich es je war.

«Hallo», sage ich, als sie zu mir herüberkommt. Ann Mari bleibt direkt vor mir stehen, sodass wir uns ein wenig zu nahe kommen. Sie riecht frisch, nach Mango oder irgendetwas in dieser Richtung. Sie ist nur zwei Jahre jünger als ich, sieht aber um Jahrzehnte besser aus. Lediglich in ihren Augen sehe ich all das, was sie hinter Kleidern und Schminke zu verstecken versucht. Es hat sich in der Iris festgesetzt und verleiht ihren Augen diesen kalten metallischen Glanz, den ich sofort wiedererkenne, als sich unsere Blicke treffen.

«Was machst du hier?», fragt sie, während sie in ihrer Handtasche nach der Zigarettenschachtel sucht. Sie findet sie schließlich, wendet den Oberkörper ein Stück von mir ab und zündet sich eine Zigarette an.

«Wusstest du nicht, dass ich in der Stadt bin?»

«Woher hätte ich das wissen sollen?»

«Ist auch egal», sage ich. «Musste nur mit Gunnar über einen Fall sprechen.»

«Einen Fall? Bist du wieder bei der Polizei?»

«Nein. Du weißt, dass ich das nicht bin.»

Sie nickt und bläst den Zigarettenrauch weg von uns, während sie nervös von einem Bein aufs andere tritt.

«Und du?», frage ich.

«Gunnar und ich werden heiraten.» Ihre unruhigen Bewegungen hören abrupt auf. «In Paris, im Sommer.»

«Oh, gratuliere», entgegne ich und versuche überrascht und froh zu wirken. «Das hast du wirklich verdient.»

«Verdient?» Sie neigt ihren Kopf zur Seite. «Wieso habe ich das verdient?»

«Ich meine nur, dass du es verdient hast ...»

«Glücklich zu sein?» Sie lächelt schief.

«Hör auf», flüstere ich, bevor sie weitersprechen kann.

«Aber ich habe doch aufgehört», erwidert Ann Mari ruhig. «Ich habe aufgehört, dir und mir Vorwürfe zu machen, habe aufgehört, zu trauern, selbst wenn ich von anderen hören muss, dass du in Nordnorwegen herumrennst und dich sofort wieder umbringen willst, nachdem dein letzter Selbstmordversuch gescheitert ist. Ich habe mit allem aufgehört, Thorkild, mit allem. Bis auf eine Sache. Eine einzige Sache. Also komm nicht her und sag mir, ich soll aufhören. Denn du hast keine Ahnung, wie oft ich in den Jahren, nachdem du abgehauen warst, aufhören musste.»

Ann Mari zieht an ihrer Zigarette. «Du siehst alt aus», sagt sie. Ihr Blick gleitet über die Pflaster auf dem Nasenrücken und den Ohren, bevor sie bei der eigentlichen Krönung meines zerstörten Gesichts ankommt. «Die Narbe steht dir wirklich gar nicht.»

«Ich *bin* alt», antworte ich. «Dass du dich so gut hältst, verstärkt den Kontrast nur umso mehr.»

«Was?», sagt Ann Mari mit einem halben Lächeln. «Du findest mich hübsch?»

«Tja, du bist nun mal hübsch», sage ich, bereue das armselige Kompliment aber sofort, weil wir beide wissen, dass ich es nur gemacht habe, um das Gespräch wieder auf eine oberflächliche Ebene zu führen.

«Genauso hübsch wie *sie*?» Ann Mari lächelt immer noch. «Wie diese Frei?»

«Hör auf ... »

«Nein, Thorkild. Ich habe dir schon gesagt, dass ich nicht damit aufhören werde, dich zu lieben. Ich liebe dich, und das kannst du mir nicht nehmen. Ich habe es verdient, genau dich zu lieben, einen Mann, der mich nicht haben will, einen, der mir so verdammt weh tut, selbst wenn er meilenweit weg ist. Der lieber mit einer Leiche zusammen ist, als in meiner Nähe zu sein. Du bist *meine* Frei, Thorkild. Meine Strafe.»

Ich weiß nicht, was ich sagen soll, daher bleiben wir beide stehen, bis sie mit der Zigarette fertig ist. Ann Mari wirft den rauchenden Stummel auf den Boden, bevor sie sich zu mir herüberbeugt und mich auf die Wange küsst, wo sich das vernarbte Gewebe zu einer harten, sternförmigen Erhebung zusammengezogen hat. «Damit musst du einfach leben», sagt sie und streicht vorsichtig mit der Hand über meine Brust, ehe sie zur Eingangstür des Polizeipräsidiums geht.

Kapitel 28

Milla trägt eine schwarze Hose und eine beige Chiffonbluse, als sie die Tür öffnet. «Was ist denn mit deinem Gesicht passiert?» Heute wirkt ihre Erscheinung viel wärmer und weicher, und sie sieht nicht mehr so ausgemergelt aus.

«Ich bin gestürzt», antworte ich und streiche mit den Fingern über das Pflaster auf meiner Nase. «Als ich mich gerade rasiert habe.»

Milla grinst. «Puh.» Sie betrachtet mich weiter, während sie mich dann doch in die Wohnung lässt und im Flur wartet, wo ich die neuen, alten Schuhe und die Lammfelljacke ausziehe, die jetzt schon juckt, obwohl ich noch etwas darunter trage. «Joachim und Iver warten im Wohnzimmer. Kenny kommt später, er musste zu einem Einsatz.»

Iver sitzt in einem Sessel im Wohnzimmer und hält eine Tasse in der Hand, Joachim steht an der Kücheninsel und liest eine Zeitung. Als er mich entdeckt, stellt Iver die Tasse auf den Tisch.

«Was ist passiert?», fragt er und steht auf.

«Thorkild sagt, er ist gestürzt», antwortet Milla. «Beim Rasieren.»

«Ach, wirklich?» Iver bleibt dicht vor mir stehen, wobei Joachim uns neugierig von der Kücheninsel aus beobachtet.

«Ich wurde angefahren», sage ich. «Heute Nacht, nachdem ich Millas Wohnung verlassen hatte.»

«W-was?», fragt Milla. «War es ein Unfall oder …?»

«Schwer zu sagen», beginne ich und setze mich hin. «Ich wurde einen oder zwei Blocks von hier entfernt auf dem Bürgersteig angefahren, dann hat der Fahrer angehalten, gewendet und mich noch mal attackiert.»

«Ab-aber …», stottert Milla.

Joachim hat die Zeitung beiseitegelegt und kommt zu uns.

«Ich habe außerdem mit einem Freund gesprochen», fahre ich fort.

«Worüber?», will Milla wissen. «Über uns?»

«Nein, nicht über uns», antworte ich. «Über Robert.»

«Mit wem hast du geredet?», fragt Iver neugierig.

«Gunnar Ore.»

«Ore?» Iver schüttelt fassungslos den Kopf. «Ist der nicht bei der Bereitschaft? Was soll der denn mit …»

«Ore war mein Chef bei der Spezialeinheit», erwidere ich. «Er kann uns helfen.»

«Wobei?», fragt Iver weiter. «Wobei soll Ore uns …»

«Ich glaube», unterbreche ich ihn ruhig, während Joachim seinen Arm um Milla legt und sie an sich zieht, «ich würde mir ganz gerne Robert Riverholts Handyverbindungen und alle E-Mails ansehen, die er in der Zeit vor seiner Ermordung verschickt und empfangen hat. Außerdem würde ich gern ganz genau wissen, was er in den letzten Tagen vor seinem Tod getan hat.» Ich hole Luft, bevor ich hinzufüge: «Ich könnte wirklich eine Tasse Kaffee gebrauchen. Schwarz.»

Iver bleibt einen Moment vor mir stehen, schüttelt dann den Kopf und geht zur Kücheninsel. Er schenkt sich Kaffee ein und lässt sich in den Sessel neben mir sinken.

«Thorkild», setzt er an. «Das mit Robert ...» Er lehnt sich zu mir herüber. «Telefonverbindungen, E-Mails, woher sollen wir die denn bekommen? Wir können nicht einfach ...»

«Ich nehme an, ihr habt Olivias und Sivs Handys überwacht?»

«Ja, aber ...»

«Das heißt, ihr habt einen Freund bei Telenor, der euch bei solchen Dingen hilft, oder?»

Iver antwortet nicht. Joachim lässt Milla los und geht zur Kücheninsel, holt eine neue Tasse aus einem der Schränke, schenkt einen Kaffee ein und bringt ihn mir. «Hier», flüstert er und stellt sich wieder neben Milla.

«Wer hat euch den Zugriff verschafft?», frage ich, nachdem ich mich bei Joachim für den Kaffee bedankt habe.

«Runa», antwortet Iver widerwillig. Er weiß, was meine ehemaligen Kollegen bei der Spezialeinheit von diesem Vorgehen gehalten hätten. «Das ist die Kontaktperson des Polizeipräsidiums, sie heißt Runa.»

«Rufst du sie an?»

«Ja», antwortet Iver.

«Jetzt sofort?»

Iver sieht mich lange an, bevor er schließlich nickt und aufsteht. Er nimmt sein Handy und geht hinaus in den Flur.

«Was machst du da?», flüstert Milla mir zu, während Iver telefoniert.

«Das ‹Was-wäre-wenn-Spiel›», sage ich und ringe mir ein Lächeln ab.

«Was ist das?», fragt Joachim.

«Was wäre, wenn das, was mir heute Nacht passiert ist, damit zusammenhängt, dass ich Roberts Job übernommen habe?», sage ich. «Wenn Robert etwas herausgefunden hätte, das er euch nicht erzählt hat? Wenn er nicht von seiner Exfrau erschossen worden ist, sondern ermordet wurde, weil er nach Olivia gesucht hat? Und last, but not least: Was wäre, wenn Olivia und Siv gar nicht nach

Ibiza abgehauen sind wie im letzten Jahr? Was wäre, wenn ihnen etwas zugestoßen ist, worüber sie keine Kontrolle hatten?»

Joachim schaut abwechselnd zu mir und in den Flur, wo Iver telefoniert. Milla sagt nichts, sie starrt mich nur an.

«Was wäre für dich der ideale Ausgang?» Ich merke, dass ich sie erschreckt habe, und versuche, sie dazu zu bringen, sich auf Olivia zu konzentrieren. «Das beste Ende, das diese Geschichte bekommen kann.»

Milla zögert einen Moment, während sie überlegt. «Dass ich sie finde. Olivia. Lebend. Dass ich ihr sagen kann, wer ich bin und warum ich das getan habe, was ich getan habe.» Ich kann sehen, wie sich ihr Puls beim Reden beruhigt. Joachim legt erneut einen Arm um sie und streicht ihr die Haare aus den Augen. «Dass wir uns mit der Zeit kennenlernen, vielleicht sogar einmal Mutter und Tochter werden ...»

«Und was wäre das Schlimmste?»

«Na, das», antwortet sie zuletzt. Alle Farbe ist aus ihrem Gesicht gewichen, und sie hat den gleichen Blick wie damals, als ich sie und Joachim in der Schreibwerkstatt beobachtet habe.

«Was meinst du damit?»

«Genau das, was du gerade in deinem Szenario beschrieben hast», antwortet Milla heiser und presst Joachims Hand fest an sich. Iver kommt aus dem Flur zurück und hält sein Handy in der Hand.

«Hast du etwas herausgefunden?», frage ich und will aus dem Sessel aufstehen.

«Eine Nummer», antwortet Iver und bedeutet mir, sitzen zu bleiben. «Es gibt eine Nummer, die Robert in den Tagen vor seinem Tod angerufen hat, und die heraussticht.»

«Und was ist das für eine?»

«Die Nummer ist vom Büro des Polizeichefs in Orkdal. Die zuständige Beamtin dort oben war gerade in einer Besprechung, bekommt aber Bescheid, dass sie mich anrufen soll, sobald sie fertig ist. Der Mann, mit dem ich telefoniert habe, konnte mir inzwischen bestätigen, dass sie zurzeit an einem Fall arbeiten.» Er atmet tief ein, ehe er weiterspricht: «Ein Leichenfund bei Baggerarbeiten an einer Ladestation für Elektroautos.» Iver zögert kurz, dann fügt er hinzu: «Eine junge Frau.»

«Nein.» Milla wendet sich von uns ab, vergräbt ihr Gesicht in Joachims Halsbeuge und flüstert wieder und wieder das gleiche Wort: «Nein, nein, nein.»

Kapitel 29

Zwischen den Ästen über uns kann ich die letzten Strahlen der Herbstsonne sehen. Mir ist eiskalt, der Wind sticht im Gesicht. Siv liegt direkt vor mir auf dem kalten Boden. Ihr Mund ist halb geöffnet, ein paar blonde Haarsträhnen liegen über den Lippen. Ihr Haar und die kalten Augen erinnern mich an eine der Sozialarbeiterinnen, die beim Trauma-Screening immer so bescheuerte Fragen gestellt und mich dabei so durchdringend angeschaut hat, als ob sie in mich hineinsehen wollte. «Denkst du immer noch an sie, Olivia? Was möchtest du ihr über dich selbst erzählen?»

Ich habe nie darauf geantwortet, habe einfach nur mit den Schultern gezuckt und meinen Blick an den Stromkabeln in ihrem Büro entlangwandern lassen. Wie zur Hölle hätte ich ihr erklären können, was es bedeutet, den Menschen zu verlieren, der die Sonne eingefangen und die Wolken vertrieben hat? Sie hätte es nie verstanden, wenn ich ihr gesagt hätte, dass du ein Gespenst bist, das mit jedem Mal, wenn ich dich in mir hervorhole, immer weiter verblasst. Und dass du, wenn ich dich nicht bald finde, auch ganz aus meinen Erinnerungen verschwinden wirst.

«Siv», *flüstere ich, strecke meine Hand nach ihrem Gesicht aus und streiche mit den Fingerspitzen über ihren Mund. Es sieht aus, als schliefe sie mit offenen Augen. Einen unendlichen, traumlosen Schlaf. «Bitte, Siv. Du musst aufwachen.»*

Ich streichle weiter ihr Gesicht und schließe dabei die Augen. Ich versuche, dich noch ein letztes Mal heraufzubeschwören. Mama, so sollte dieser Tag nicht enden.

Teil III

Menschen, die nie zurückkommen

Kapitel 30

Keiner von uns sagt etwas, während wir um den Wohnzimmertisch in Millas Wohnung herumsitzen und warten. Als Ivers Handy endlich klingelt, springen wir alle auf. Iver räuspert sich und hält das Telefon ans Ohr. «Sie waren letzten Herbst für einen Fall zuständig», sagt er, nachdem er sich vorgestellt und sein Anliegen erklärt hat. «Es ging um eine Frau, die Sie gefunden haben.»

«Was sagen sie?», fragt Joachim ungeduldig und drückt Millas Hand.

«Sie erinnern sich also an das Gespräch mit Robert Riverholt?» Iver wendet sein Gesicht halb von uns ab, während er spricht. «Und Sie sind sicher, dass es um diesen Fall ging?»

«Ist es Olivia?», wispert Milla. Joachim wechselt den Griff und legt seinen Arm um sie, als fürchte er, dass sie zusammenbrechen könnte.

«Okay», sagt Iver und schaut bedrückt zu Milla und Joachim hinüber. «Wissen Sie, wer sie ist?»

«Iver», wiederholt Milla. Ihre Stimme ist kurz davor, sich zu überschlagen. «Ist es Olivia?»

Iver legt eine Hand über das Handy. «Sie ist es nicht», flüstert er und lauscht weiter der Stimme am anderen Ende der Leitung.

«Wer ist es dann?» Milla reißt sich aus Joachims Griff los und starrt Iver mit Tränen in den Augen an: «Siv?»

«Nein. Ein Mädchen von dort.» Iver setzt das Telefongespräch fort und bedankt sich am Ende für die Hilfe. Nachdem er aufgelegt hat, geht er einen Schritt nach vorne, sodass er in unserer Mitte steht. «Liv Dagny Wold», beginnt er und räuspert sich, «hat ihre Wohnung am 20. September letzten Jahres im Laufe des Vormittags verlassen und wurde drei Wochen später tot aufgefunden. Sie galt als depressiv und psychisch instabil. In der Zeit vor ihrem Verschwinden erzählte sie ihrer Schwester, dass sie darüber nachdenke, sich das Leben zu nehmen, weil ihr das Jugendamt ihre Tochter weggenommen hatte und sie in eine Pflegefamilie geben wollte. Die Leiche wurde bei Baggerarbeiten an einer der Ladestationen für Elektrofahrzeuge in der Nähe eines Campingplatzes gefunden. Es war ein Suizid.»

«Ein Suizid?», frage ich verblüfft. «Warum sollte Robert sich nach den Ermittlungen zu einem Selbstmord erkundigen?»

Iver zuckt mit den Achseln. «Keine Ahnung.»

«Habt ihr euch andere Vermisstenfälle aus dem gleichen Zeitraum angesehen, in dem auch Siv und Olivia verschwunden sind?» Ich folge Iver mit dem Blick, als er den Kreis verlässt und zum Sessel und seiner Kaffeetasse zurückgeht.

«Wir sind alle Vermisstenfälle aus dem letzten Jahr bis zu Roberts Tod durchgegangen.» Er nimmt einen Schluck von dem kalten Kaffee, verzieht das Gesicht und schluckt ihn angestrengt hinunter. «Aber da war nichts zu finden, nichts Außergewöhnliches jedenfalls. Ich meine, das ist verdammt noch mal ein Selbstmord, was sollte der denn damit zu tun haben? Wenn wir jetzt anfangen, jeder einzelnen Tragödie auf den Grund zu gehen, die tagtäglich in diesem Land passiert, dann würden wir ja ...»

«Okay, okay», sage ich. «War die Leiche in Orkdal schon identifiziert worden, als Robert angerufen hat?»

«Ja.»

Ich hebe die Arme. «Warum hat er dann dort angerufen?»

«Eine falsche Fährte.» Iver steht wieder auf und geht zur Kücheninsel, wo er den Wasserkocher einschaltet. «Das ist eine falsche Fährte, die uns von dem wegführt, was wir eigentlich herausfinden wollen. Das ist doch total ...»

«Und was, wenn es nicht so ist?», unterbreche ich ihn.

Iver schaut mich über die Kücheninsel hinweg an. «Du willst also nach Orkdal fahren?»

«Ja», antworte ich.

«Dann bist du genauso verblendet wie Robert», knurrt er gereizt und umklammert seine Kaffeetasse. «Und du?» Er wendet sich an Milla, die immer noch dicht neben Joachim steht und mich ansieht. Ihr Blick wandert dabei über mein Gesicht, die Augen, die Narbe auf der Wange und die Lippen, als wollte sie einen Zugang zu meinem Kopf suchen, zu meinen Gedanken.

Schließlich dreht sie sich zu Iver um und sagt: «Was wäre, wenn?»

«Oh Gott», stöhnt Iver und holt sein Handy hervor. «Wohin führt das alles nur, Kenny?» Er scrollt durch seine Kontaktliste und hält sich das Telefon ans Ohr.

«Das ist ein Strohhalm, Milla», sage ich ihr, während Iver telefoniert.

«Es ist immerhin etwas.» Sie schaut Joachim an. «Findest du nicht auch?»

«Doch», antwortet er zögerlich. «Es muss ja einen Grund gehabt haben, weshalb Robert sie wegen dieses Falls kontaktiert hat.»

«Seid ihr euch sicher?», frage ich. «Die Dinge werden ab sofort schwieriger werden. Wir reden hier von echten Menschen, echten toten Menschen. Man bleibt nicht unberührt davon, tote Menschen so nah an sich heranzulassen.»

«Joachim hat recht. Robert hatte bestimmt einen Grund für sein Interesse», erwidert Milla und zwingt sich zu einer Art Lächeln. «Wir müssen es tun.»

«Ein Selbstmordfall», stöhne ich und schlage die Hände vors Gesicht. «Warum muss es ausgerechnet ein Selbstmordfall sein?»

Kapitel 31

Die Glut in Sivs Augen ist einem stumpfen Blick gewichen. Der Eyeliner ist verlaufen und hat tropfenförmige Linien auf Nase und Wangen hinterlassen. Selbst ihr Haar hat seinen Glanz verloren, es wirkt beinahe so weiß und bleich wie ihre Haut.

Ganz in der Nähe kann ich ihn graben hören, er schnauft jedes Mal schwer, wenn er den Spaten in die kalte Erde rammt. Ich wage es nicht, hinzusehen, ich liege einfach nur da und lausche, während ich Sivs Gesicht anstarre. Plötzlich wirft er den Spaten zur Seite, klopft sich die Erde von den Kleidern und kommt zu uns herüber. Er sieht mich nicht einmal an, als er zu unseren Füßen in die Hocke geht, tief einatmet und Sivs Beine packt.

Ein kräftiger Ruck geht durch ihren Körper, als er sie wegzieht. Dann gleitet ihr Gesicht von meinem fort.

Kapitel 32

Ich denke an Robert, als ich im Hotelzimmer sitze und meine abendliche Medikamentendosis einnehme. Die Tabletten schmecken eklig, und die Gelatine bleibt an der Zunge kleben, was das Herunterschlucken erschwert. So stellt man sich den Geschmack von Glück nicht gerade vor.

Robert muss am Schluss verzweifelt gewesen sein. Verzweifelt auf der Suche nach etwas, das sie in den Ermittlungen weiterbrachte. Warum wäre er sonst einem Selbstmordfall am anderen Ende des Landes nachgegangen? Ich lege mich ins Bett und drehe mein Gesicht zur Wand.

Eigentlich müsste ich Ulf zurückrufen und ihm von dem Attentat auf mich erzählen. Ich könnte ihm außerdem sagen, dass mein Bedürfnis nach etwas Wirksamem stärker geworden ist, dass dieses Verlangen schon viel zu lange in meinem Magen gärt und immer heftiger wird. Könnte ihm sagen, dass sich die verrücktesten Bereiche meines Gehirns wieder melden. Ich bin schon dabei, mir den Anfang eines solchen Gesprächs auszumalen, als das Handy klingelt. Es ist eine unbekannte Nummer.

«Thorkild, ich bin's.» Ihr Atem geht schwer, als würde selbst das Reden sie anstrengen. «Ann Mari.»

«Was willst du?»

«Reden.» Sie bringt ein gezwungenes, nervöses Lachen hervor.

«Du kannst mich nicht anrufen, Ann Mari.»

«Wieso nicht?»

«Das weißt du.»

«Können wir uns dann treffen?»

«Nein.»

«Warum bist du so kalt? Nach zwanzig gemeinsamen Jahren mit mir, im gleichen Bett, willst du dich nicht einmal mit mir treffen? Kannst du mir wenigstens sagen, warum? Was habe ich denn getan, dass ich so wenig verdiene?»

«Du hast gar nichts getan, das weißt du.»

«Und trotzdem willst du mich nicht sehen? Mit mir reden?»

«Du hättest nicht anrufen sollen», sage ich und lege auf. Ann Mari ruft sofort wieder an. Als sie es das dritte Mal versucht, schalte ich das Handy aus. Allein der Klang ihrer Stimme verursacht ein Hämmern in meinem Schädel, den ich zu beschützen versuche, seit ich aus Nordnorwegen nach Stavanger zurückgekommen bin. Und das mit Ann Mari verkrafte ich jetzt nicht auch noch. Ich kann nicht über das reden, was war, wenn es doch schon schwer genug ist, mit dem zu leben, was ist.

Auch das haben Robert und ich gemeinsam, wie mir klar wird,

als ich mein Gesicht wieder der Wand zuwende und mir die Decke über den Kopf ziehe. Ein dysfunktionales Verhältnis zu den Frauen in unserem Leben. Mir fällt auf, dass ich mit jedem Mal, das ich an Robert Riverholt denke, mehr über ihn erfahren will; ob er vor seinem Tod in Bestform war oder ob er am Abgrund stand. Ob das, was ihm zugestoßen ist, unumgänglich war, weil es sich über einen langen Zeitraum zusammengebraut hatte, ein Sturm, der sich zwangsläufig entladen und tödlich enden musste. Ich muss wissen, ob ihn diese Kugel traf, weil er nach etwas suchte oder weil er vor etwas floh.

Als ich es endlich schaffe, aus der Gedankenspirale auszubrechen, zittere ich am ganzen Körper.

Kapitel 33

Auf dem Flug nach Trondheim male ich mir verschiedene Szenarien aus, in denen der Metallvogel entweder explodiert oder als Feuerball zur Erde stürzt. Die Zeit vergeht langsam, wenn man das Fliegen hasst, aber zum Schluss landen wir trotzdem und treten in die kalte Frühlingsluft hinaus, wo unser Mietwagen wartet.

Das Büro der Polizeichefin von Orkdal teilt sich das Gebäude mit einer Zahnklinik. Die Polizeichefin kommt uns mit einer dampfenden Tasse Kaffee in den Händen entgegen und führt uns in ihr Büro. Neben ihrem Schreibtisch hängt eine Pinnwand aus Kork, die übrigen Wände bedeckt eine Glasfasertapete.

«Ingeborg Larsen», stellt sich die Frau vor und folgt Milla mit dem Blick, bis sie sich die Hand geben. Mir nickt sie kurz zu und streckt mir ebenfalls die Hand entgegen, nachdem sie die Kaffeetasse auf dem unordentlichen Schreibtisch abgestellt hat, auf dem rund um die Tastatur und den Bildschirm unzählige Post-its kleben.

Milla setzt sich der Polizeichefin direkt gegenüber und nimmt ihre Handtasche auf den Schoß. Ich gehe zu einem kleineren Tisch, um mir einen Stuhl zu holen.

Ingeborg Larsen schaut Milla an. «Ich muss gestehen, dass ich meiner Tochter erzählt habe, dass Sie heute kommen würden. Sie hat mich gebeten, Sie als Allererstes zu fragen, wann denn Ihr nächstes Buch herauskommt.»

«Oh», sagt Milla freundlich. «Sie liest meine Bücher?»

«Ja, sicher. Das tun wir alle drei. Mein Mann ist auch ganz begeistert von der August Mugabe-Reihe, und wir warten schon gespannt auf den nächsten Teil.»

Milla wickelt sich eine Haarsträhne um den Finger.

«Keiner von uns will, dass die Reihe zu Ende geht», sagt Ingeborg Larsen. «Wir möchten nämlich unbedingt wissen, wie es mit August und seiner Frau Gjertrud weitergeht.» Sie greift nach ihrer Kaffeetasse. «Schafft sie es dieses Mal? Oder finden sie vielleicht trotz allem, was passiert ist, wieder zusammen? Sie können mir ruhig glauben, dass wir zu Hause schon die eine oder andere Diskussion darüber hatten.» Plötzlich lacht sie laut auf. «Ja, ich habe meinem Mann sogar gesagt, ehe er sich's versieht, komme ich vielleicht sogar im nächsten Buch vor.»

«Was können Sie uns über den Vermisstenfall sagen?», frage ich in einem Versuch, dieses Treffen und unseren Fall voranzubringen. Allein der Gedanke daran, so weit im Norden zu sein, macht mich unruhig und lässt in mir den Wunsch aufkommen, mich so bald wie möglich wieder südwärts zu bewegen. «Erzählen Sie doch gern alles, von dem Zeitpunkt, als die Vermisstenmeldung reinkam, bis zum aktuellen Stand.»

Ingeborg Larsen stellt die Kaffeetasse ab und zieht einen Ordner hervor. Sie nimmt eine Excel-Tabelle heraus und reicht sie mir.

Darauf sind ein Name, die Fallnummer und einige Stichpunkte vermerkt.

«Ihre Schwester hat sie als vermisst gemeldet. Wir haben sofort eine Suche gestartet. Wir hatten auch eine Facebook-Gruppe, aber sie brachte keine Ergebnisse. Ihre Leiche wurde erst später gefunden, als man eine Ladestation für Elektroautos versetzt hat.» Sie deutet auf einen roten Kreis auf der Landkarte. «Dort.»

«Die Todesursache?»

«Eine Überdosis. In ihrer Jacke wurden mehrere leere Tablettenblister gefunden.»

«Erzählen Sie mir etwas über den Fundort.»

«Zur Zeit ihres Verschwindens wurde eine neue Ladestation für Elektrofahrzeuge gebaut, und wir vermuten, dass sie in die Baugrube gestürzt ist und es nicht geschafft hat, wieder herauszuklettern. Wir gehen auch davon aus, dass die Bauarbeiter ihre Leiche wegen der starken Regenfälle in dieser Zeit nicht sehen konnten, als sie das Loch wieder zugeschüttet haben. Es war reiner Zufall, dass sie so früh gefunden wurde. Eine Wasserleitung war geplatzt und musste ausgetauscht werden. Deshalb hat man schließlich entschieden, die gesamte Ladestation zu verlegen.»

«Haben Sie ... Fotos?»

Ingeborg Larsen schaut erst mich und dann Milla an, die zerstreut wirkt, während sie sich die Landkarte und die Excel-Tabelle mit den Stichworten über die Tote ansieht.

«Ja, selbstverständlich, aber ich weiß nicht, ob Frau Lind sie sehen sollte. Die Zeit, Wasser, Feuchtigkeit, so was setzt dem menschlichen Körper zu ...»

«Aske war früher Polizist», sagt Milla, ohne dabei den Blick von der Karte zu wenden. «Zeigen Sie ihm die Bilder.»

Ingeborg Larsen nickt, ehe sie schließlich einen braunen Umschlag öffnet und mir die Aufnahmen vom Fundort überreicht. Auf dem ersten Bild sehe ich lediglich eine Baugrube und den Arm eines Baggers. Das nächste zeigt einen Erdhaufen und ein paar

Bauarbeiter, die rings um die Grube stehen. Auf einem weiteren Bild kann man einen menschlichen Hinterkopf auf dem Boden der Baugrube erkennen. Der komplette Oberkörper ist freigelegt und mit einer ausgewaschenen Jeansjacke bekleidet. Die Leiche liegt bäuchlings, die Hand am Ohr, daneben befindet sich eine Nummerntafel zur Markierung. Auf der Liste kann ich lesen, dass das Opfer ein Handy umklammert hielt, als hätte es dort gelegen und mit jemandem telefoniert.

«Wie Sie wissen, sind wir hier, weil Sie von einem Freund von Milla angerufen worden sind. Robert Riverholt.»

Ingeborg Larsen nickt. «Wir haben aus den Nachrichten erfahren, dass er von seiner Exfrau erschossen wurde. Eine schreckliche Sache.»

«Was wollte er von Ihnen?»

«Liv war gerade gefunden worden, und er sagte, er hätte es im Fernsehen gesehen. Und dass er selbst in mehreren Vermisstenfällen aus dem gleichen Zeitraum ermitteln würde und ein paar Informationen über den Fall und den Fund von Livs Leiche bräuchte.»

«In mehreren Vermisstenfällen?», frage ich. «Nicht nur in einem?»

Ingeborg Larsen faltet die Hände auf dem Schreibtisch. «Er sagte, mehrere. Ich habe ihm jedenfalls mitgeteilt, dass der endgültige Obduktionsbericht zu dem Schluss gekommen ist, es würde sich um eine persönliche Tragödie handeln, um einen Selbstmord.»

«Er hat zwei Tage später wieder angerufen?»

«Korrekt.»

«Warum? Wenn der Fall doch schon als Selbstmord zu den Akten gelegt worden war?»

«Ich weiß es nicht, ich war nicht im Dienst. Er hat dem Sekretariat gesagt, er würde wieder anrufen.» Sie schüttelt den Kopf. «Wirklich eine schreckliche Sache.»

«Danke», sage ich und stehe auf, um zu gehen. Dieses Treffen ist nicht so gelaufen, wie ich es mir vorgestellt hatte.

Ingeborg Larsen verabschiedet sich mit einem festen Händedruck von mir, ehe sie sich an Milla wendet. «Entschuldigen Sie», sagt sie und holt ein Buch aus einem der Regale. «Könnten Sie das noch signieren, bevor Sie fahren?»

Kapitel 34

Ich verstehe einfach nicht, welche Spur Robert verfolgt hat», sage ich, während das Flugzeug sich mit Passagieren füllt. «Warum hat er sich so sehr für diesen Fall interessiert, für einen Selbstmord? Und vor allem: Warum hat er noch mal angerufen, obwohl man ihm bestätigt hatte, dass es sich um eine persönliche Tragödie handelt?»

«Ich verstehe nicht», sagt Milla im selben Moment, als das Flugzeug losrollt, «warum keiner sie gefunden hat, bevor sie das Loch wieder zugeschüttet haben?»

«Die Polizeichefin hat etwas von starken Regenfällen gesagt. Wahrscheinlich hat sich das Wasser am Boden gesammelt, vielleicht war sie auch von Erde oder Schlamm bedeckt», antworte ich, während eine Lautsprecherdurchsage verkündet, dass die Stewardessen uns nun zeigen wollen, wie man hoch über den Wolken eine Schwimmweste anlegt. «Das wäre nicht so ungewöhnlich.»

«Dann ist da noch das Handy», spricht Milla eifrig weiter. «Was für ein unheimlicher Gedanke, dass sie dort unten in dem Loch als Letztes versucht hat, jemanden zu erreichen. Vielleicht hat sie es bereut und wollte Hilfe rufen?»

«Außerdem verstehe ich nicht», murmele ich abwesend, während ich zuschaue, wie die Flugbegleiterin uns die Notausgänge zeigt, «warum Robert der Polizeichefin erzählt hat, dass er an mehreren Vermisstenfällen gearbeitet hat, nicht nur an einem.»

«Siv *und* Olivia», erwidert Milla.

«Aber das wäre trotzdem *ein* Fall, nicht mehrere.»

«Vielleicht hat sie sich nicht richtig erinnert?»

«Vielleicht.»

Milla beugt sich zu mir herüber und grinst schief: «Was wäre, wenn?», fragt sie.

Ich lächele zurück. «Aha! Du meinst, was wäre, wenn er etwas herausgefunden hätte?»

«Ja.» Milla kommt mir näher. «Jetzt fühlt sich das, was wir tun, wie richtige Polizeiarbeit an. So wie bei Robert und mir.» Dann wendet sie sich ab und sieht aus dem Fenster. «Und diesmal geben wir nicht auf, bis wir sie gefunden haben», flüstert sie in das graue Wetter hinaus. «Diesmal geben wir nicht auf ...»

Milla lehnt ihre Wange an die Sitzlehne und starrt verträumt hinaus. Ab und zu wirft sie mir einen kurzen Blick zu.

Da *ist* etwas in ihren Augen, mir fehlen zwar noch die Worte, um zu beschreiben, was genau es ist, aber wenn sie mich lange genug ansieht, ist es, als würde ein wenig von der Farbe ihrer Pupillen nach außen sickern und ihre Augen tiefdunkel färben.

«Was ist los?» Wieder schaut sie mich direkt an.

«Ich habe nur nachgedacht.» Ich blinzle heftig und presse mich in den Sitz. Vielleicht spielt mir mein Gehirn wieder einen Streich, vielleicht passiert das aber auch allen, die Milla nahekommen.

Milla legt ihre Hand auf die Sitzlehne zwischen uns. «Worüber hast du nachgedacht?»

«Angenommen, Robert hat wirklich etwas herausgefunden ... Liv wurde ja in der Nähe eines Campingplatzes entdeckt und hatte das Handy am Ohr. Es sah so aus, als wollte sie gerade jemanden anrufen.»

«Ja?»

«Also, wenn ich an Roberts Stelle gewesen wäre und einen Freund bei Telenor gehabt hätte, dann hätte ich nachgeforscht, wen sie anrufen wollte.»

Milla lässt die Armlehne los und richtet sich auf, als das Flugzeug endlich an der Startbahn angelangt ist. «Das müssen wir Kenny und Iver erzählen, wenn wir angekommen sind.»

«Es gibt da übrigens noch eine Sache», sage ich und überprüfe den Sicherheitsgurt ein weiteres Mal, während draußen die Motoren dröhnen und der Schneeregen auf die Flügel prasselt. «Sie lag auf dem Bauch.»

«Was bedeutet das?»

«Wenn man fällt oder sich irgendwo hinunterstürzt, dann sorgt ein natürlicher Reflex des Rückenmarks dafür, dass man sich wieder auf den Rücken dreht. Also vorausgesetzt, man überlebt den Sturz. Ich meine, wenn sie jemanden anrufen wollte, hätte sie sich dafür nicht zuerst auf den Rücken gedreht?»

Milla legt den Kopf zur Seite. «Ist es das, was du getan hast?», flüstert sie. «Hast du dich auf den Rücken gedreht?»

«Ja», antworte ich in dem Moment, in dem das Flugzeug startet und unsere Oberkörper in die Sitze gedrückt werden. «Beide Male.»

Kapitel 35

Er bleibt am Rand des Grabs stehen, lässt Sivs Füße los und springt hinein. Ich sehe, wie er ihren leblosen Körper packt und zu sich hinabzieht. Ich schließe meine Augen fast komplett, sodass ich gerade noch erahnen kann, wie er wieder aus der Grube steigt.

Ich halte den Atem an, als er sich aufrichtet und auf mich zukommt. Er bückt sich und hebt mein Handy auf, das neben meinen Beinen auf dem Boden liegt. Er schaut darauf, wischt mit seinen Fingern über das Display und steckt es in seine Hemdtasche. Ich schließe die Augen ganz, und im nächsten Moment spüre ich seine Finger um meine Knöchel. Dann beginnt er zu ziehen.

Alles ist vollkommen still. Die Geräusche und Gerüche und selbst der harte Untergrund reichen nicht bis dorthin, wo ich gerade bin, reichen nicht bis in diese eine, kleine Ecke in mir selbst. Diese Stelle, an die ich damals geflohen bin, auf dem Rücksitz des Autos, das mich von dir weggefahren hat, Mama. Eigentlich bin ich seitdem dort, glaube ich. Ohne dich schrumpfe ich, werde immer kleiner und kleiner, ein schwarzer, beinahe unsichtbarer Punkt, gefangen in einem Käfig aus Fleisch, Knochen und Gewebe.

Kapitel 36

Sobald wir in Gardermoen gelandet sind, rufe ich Iver an, berichte ihm von dem Treffen mit der Polizeichefin in Orkdal und bitte ihn, Runa bei Telenor zu kontaktieren, damit sie die Verbindungsnachweise für Liv Dagny Wolds Handy beschafft. Danach nehmen wir den Zug nach Oslo und fahren zu Millas Wohnung in St. Hanshaugen, wo Joachim wartet.

«Wie war euer Ausflug?», fragt er und will uns Kaffee und belegte Brötchen servieren.

Milla schüttelt den Kopf und bringt ihre Reisetasche ins Schlafzimmer. «Ich muss duschen», sagt sie, nachdem sie wieder herausgekommen ist. «Wir können später was essen gehen.»

Ich nehme mir eine Tasse Kaffee und setze mich in einen Sessel.

In den letzten Tagen habe ich gelernt, dass es nicht das Reisen ist, das mir zu schaffen macht, sondern die kleinen Pausen. Augenblicke wie dieser, die mich rastlos und mürrisch stimmen, weil mir etwas fehlt, das dieses nagende Gefühl in meinem Bauch beseitigt.

«Habt ihr etwas herausgefunden? Über Olivia?», fragt Joachim, nachdem Milla unter die Dusche gegangen ist.

«Nein, nichts.»

Joachim schenkt sich Kaffee nach und setzt sich in den Sessel neben mich. «Doch eine Sackgasse?»

«Nicht unbedingt.»

«Ach ja?»

«Wir warten ab und sehen, was Iver herausbekommt.»

«Milla erzählt mir nicht viel darüber, woran ihr arbeitet.» Joachim beugt sich nach vorn, nimmt das Tablett mit den Brötchen und hält es mir hin.

«Aber du weißt ja von der Spur, die Robert verfolgt hat, bevor er erschossen wurde», sage ich und greife zu. Joachim lächelt zufrieden und stellt das Tablett wieder auf den Tisch. «Der Selbstmord in Orkdal.»

«Ja, aber was soll das mit Siv und Olivia zu tun haben? Ich dachte, sie sind nach Spanien abgehauen?»

Ich schiele kurz in Richtung der Badezimmertür, ehe ich mich zu Joachim hinüberbeuge. Ich komme ihm so nah, dass ich sofort seine männliche Berührungsangst auslöse und er sich nicht traut, sich zu bewegen oder seine Position zu verändern. «Nein», flüstere ich. «Olivia und Siv sind in ein fremdes Auto gestiegen. Das hat ein Zeuge beobachtet, und das ist auch das Letzte, was wir von ihnen wissen. Was bedeutet das deiner Meinung nach?» Ich lasse mich zurück in den Sessel sinken.

«Sie sind tot», stottert Joachim. «Glaubst du, sie sind tot?»

Ich nicke. «Und Robert hat es auch geglaubt», füge ich hinzu. «Deshalb hat er angefangen, in anderen Vermisstenfällen herumzustochern.»

«Ab-aber, ich verstehe nicht ...»

«Ich glaube, sie wurden von einem Serienmörder entführt. Robert wurde getötet, nachdem der Mörder begriffen hat, dass ihm jemand auf die Schliche gekommen ist. Und jetzt ist er hinter uns her.»

«Was?» Joachim starrt mich mit halb offenem Mund an.

«Thorkild, das ist nicht witzig.» Milla steht in der Tür zum Badezimmer, sie trägt einen Bademantel und hat ein Handtuch um den Kopf gewickelt.

«Was?», wiederholt Joachim und sieht abwechselnd mich und Milla an.

«Er nimmt dich auf den Arm», erklärt Milla. «Kapierst du das nicht?»

«Warum?», fragt Joachim, nachdem Milla ins Schlafzimmer verschwunden ist. «Findest du das etwa witzig?»

«Ja», antworte ich. «Ich finde es witzig, dass du hier herumrennst wie eine Hausfrau in den Fünfzigern, Brötchen schmierst, deinen eigenen Kaffee mahlst und deine Mitbewohnerin beinahe erwürgst, wenn du sie vögelst. Was Robert übrigens auch getan hat, glaube ich.»

«Pass bloß auf, was du sagst», knurrt Joachim und baut sich vor mir auf.

«*Hänschen klein ging allein*», summe ich und schaue ihn an, wie er so aufgeplustert vor mir steht, die Hände auf die Sessellehnen gestützt. Joachims Wangen haben einen rötlichen Ton angenommen, der gar nicht zu seinem kreideweißen Gebiss passt. Es scheint, als hätte er noch nicht entschieden, ob es klug wäre, sich noch größer vor mir aufzubauen. Er will sich aber auch nicht wieder hinsetzen.

«Du bist krank im Kopf», sagt er schließlich und sinkt wieder in den Sessel.

«Ja, das stimmt», flüstere ich, als Milla aus dem Schlafzimmer kommt. «Und du bist nicht der, der du vorgibst zu sein.»

«Seid ihr immer noch am Zanken?» Milla geht zum Kühlschrank und holt eine Flasche Mineralwasser heraus.

«Ach was», antworte ich und stehe auf. «Wir lernen uns nur ein bisschen besser kennen.» Ich schaue wieder zu Joachim, der immer noch die Lehnen umklammert. «Danke für die Brötchen, Kumpel.» Ich strecke ihm meine Hand entgegen.

Joachim starrt die ausgestreckte Hand an, ehe er schluckt, aufsteht und sie ergreift. «Nein, ich danke dir», sagt er. Anschließend verschwindet er ins Schlafzimmer.

«Warum provozierst du ihn?», fragt Milla und setzt sich neben mich.

«Das ist eine natürliche Konsequenz aus der Richtung, in die wir uns bewegen, wenn wir Roberts Tod mit dem Fall von Sivs und Olivias Verschwinden in Verbindung bringen. Das setzt voraus, dass wir uns die Männer aus deinem, Roberts und Olivias Umfeld näher ansehen.»

«Und du dachtest, du fängst mal mit Joachim an?» Milla entfährt ein kurzes Lachen. «Herrgott, du hast ihn doch gesehen, er könnte keiner Fliege etwas zuleide tun. Außerdem unterstützt mich niemand mehr in dieser Sache. Joachim war auch überglücklich, als Robert erzählte, dass er Olivia gefunden hat, und er war am Boden zerstört, als sie verschwand.»

«Ich sage nur, dass da ein ziemlicher Gegensatz herrscht zwischen dem häuslichen Bäcker und dem Mann, den ich am ersten Abend auf Tjøme mit den Händen um deinen Hals gesehen habe. Und über diesen Gegensatz würde ich gern mehr herausfinden.»

Milla schraubt den Deckel von der Sprudelflasche und trinkt. «Du weißt, dass ich ihn darum bitte?» Sie stellt die Flasche auf den Tisch und nimmt sich eins von Joachims Brötchen. «Wenn es nach Joachim ginge, würden wir es in der Missionarsstellung und im Dunkeln treiben», sagt sie grinsend und fährt sich mit einem Finger über die Lippen. «Findest du das etwa schön?»

«Nein», antworte ich.

«Wie machst du es denn? Mit einer Frau.» Wieder grinst sie, während ihr Blick über mein Gesicht tanzt. «Wie vögelst du am liebsten?»

«Ich bin impotent.»

«Sicher?», frotzelt sie.

«Ziemlich.»

«Wann war denn das letzte Mal? Ist es schon lange her?»

«Als das Jesuskind in der Krippe lag.»

«Warum?»

«Darum», antworte ich und ändere meine Sitzhaltung, als Milla sich näher an mich lehnt.

«Ach ja?» Sie lächelt und legt ihre Hand vorsichtig auf meinen Oberschenkel. «Mache ich dich nervös?»

«Ich bin immer nervös.»

«Nein», sagt sie und drückt leicht auf meinen Oberschenkelmuskel. «Jetzt lügst du.»

Ich will gerade etwas sagen, als Joachim aus dem Schlafzimmer kommt. Er hat sich umgezogen und hält einen Koffer in der Hand. «Ich fahre jetzt ins Sommerhaus», sagt er und bleibt vor uns stehen.

«Willst du nicht erst mit uns essen gehen?», fragt Milla, ohne die Hand von meinem Bein zu nehmen.

«Nein», antwortet er beleidigt. «Ich will nach Hause.»

«Joachim», beginne ich und stehe auf, damit Milla mein Bein loslassen muss. «Hör mal, ich wollte dich nicht verärgern.» Ich strecke die Hand aus. «Tut mir leid, Kumpel. Okay?»

Joachim schaut meine Hand an und ergreift sie dann. «Okay», sagt er und atmet leicht aus.

«Meldest du dich?» Milla steht auf und blickt Joachim an, während sie mehr Mineralwasser trinkt.

«Was?»

«Wenn du ankommst. Im Sommerhaus?»

«Ja, schon … ich …»

«Gut.» Milla geht zum Kühlschrank und stellt die Sprudelflasche hinein. «Denk dran, die Blumen zu gießen. Letztes Mal, als ich weg war, hast du das vergessen.»

Joachim wirft mir einen kalten Blick zu, nimmt seinen Koffer und geht.

Kapitel 37

Milla und ich sitzen in einem grell erleuchteten Restaurant mit unbequemen Stühlen in der Nähe ihrer Wohnung. Während wir uns mit unserem Bier einander gegenübersitzen, wird mir klar, dass der Rechercheauftrag nicht der eigentliche Grund dafür war, warum ich dem Treffen mit Milla zugestimmt habe, als Ulf sie zum ersten Mal erwähnte. Es waren auch nicht die Drohungen, für die Arbeitsvermittlung Kerzen ziehen zu müssen. Es war das Bedürfnis, grundlegend etwas an meiner Situation zu verändern, diese Leere zu beenden, das Vakuum, in dem ich gefangen bin. Ein Drang, den keine Ermittlung und kein Cipralex-Berg auf der ganzen Welt zu stillen vermag.

«Wer bist du eigentlich, Thorkild?» Milla bestellt eine neue Runde Pils. «Was machst du so, wenn du gerade keiner Krimiautorin dabei hilfst, alte Fehler auszubügeln?»

«Da sitze ich in meiner Wohnung und träume von all dem, was nie in Erfüllung gehen wird», antworte ich und berühre meine Wange. «Jeder Tag ein Fest.»

«Bist du immer so zynisch?», fragt Milla lachend mit der eiskalten Bierflasche vor dem Mund. Ihr Blick hat einen leicht verträumten Glanz bekommen, der ihr steht. Ihre Züge sind weicher, was sie auf eine Weise anziehend macht, die nichts mit Erotik zu tun hat.

«Mein Vater hat mich auch einen sarkastischen Zyniker genannt, als wir uns das letzte Mal gesehen haben», erwidere ich, als ein Kellner das Essen bringt. Milla hat einen Salat bestellt, ich ein Fischgericht, obwohl ich den Gedanken an feste Nahrung nicht ertrage. Das Gespräch fließt nicht gerade ungezwungen dahin, aber wir bemühen uns trotzdem. Wir suchen nach einem Gesprächsthema, das nichts mit toten oder vermissten Menschen zu tun hat. Wir landen beim zweitschlimmsten: Familie und Vergangenheit.

«Wann war das?»

«Vor siebenundzwanzig Jahren.»

«Also hatte er recht.»

«Ja.» Ich stochere in meinem Fisch herum, löse das Fleisch von den Gräten und tunke es in die Soße, ehe ich versuche, es unter der Zitronenscheibe und den Salatblättern zu verstecken. «Ja, allerdings auch nur dieses eine Mal.»

«Lebt er noch?»

«Ich glaube schon. Er ist Meeresbiologe und Umweltaktivist bei sich zu Hause in Island.»

«Es gab Momente», sie spießt ein paar Salatblätter mit der Gabel auf, schiebt sie zwischen ihre Lippen und spült sie mit einem Schluck Bier hinunter, «da habe ich es nicht fertiggebracht, zu ihr zu gehen. Ich habe gehört, wie sie in ihrem Gitterbettchen geheult und geschrien hat, und trotzdem habe ich es nicht geschafft, vom Sofa aufzustehen. Allein der Gedanke daran, sie hochheben und im Arm halten zu müssen, hat mich mit Schrecken und Abscheu erfüllt. Ich habe mich selbst dafür gehasst, so zu fühlen, und gleichzeitig hatte ich eine Todesangst davor, ihn in ihr zu erkennen oder seinen Geruch wahrzunehmen, wenn ich sie hielt. Manchmal habe ich auf dem Boden gesessen und sie beim Spielen in ihrer eigenen Welt beobachtet, jede kleinste ihrer Bewegungen, jeden Gesichtsausdruck, nur um sie als meine oder seine zu identifizieren.»

«Ich glaube, du hast das Richtige getan», sage ich und lege das Besteck zurück auf den Tisch.

«Und in der Gegenwart?» Ihre Stimme klingt gedämpft und zerbrechlich.

«Ich glaube, du tust auch jetzt das Richtige, Milla», sage ich.

«Danke.» Sie holt Luft, bevor sie wieder anfängt zu essen.

«Was hat Joachim gesagt, als du erzählt hast, dass du versuchen willst, sie zu finden?»

«Er hat sich gefreut. Er hat gesagt, dass er sich schon immer eine Tochter gewünscht hat. Zuerst wollte er ein Kind adoptieren, aber ich konnte den Gedanken nicht ertragen. Wo ich doch schon Olivia hatte. Als ich ihm erzählt habe, dass ich sie finden will, hat er mich ermutigt. Er hatte sogar schon angefangen, Pläne für ihr Kinderzimmer, ein Fernsehzimmer und Familienausflüge zu schmieden.»

«Was ist mit Iver und Kenny?»

«Für sie war es ein bisschen schwieriger», antwortet Milla, als ich im Regen draußen vor dem Restaurant eine Frauengestalt wahrnehme.

«Was meinst du?» Die Frau steht auf der anderen Seite der Straße, während die Autos und Menschen an ihr vorbeiströmen. Irgendetwas an ihr wirkt vertraut, die Figur, ihre Art zu stehen. Ich habe sie schon einmal gesehen.

«Sie hatten Skrupel, weil das alles gegen das Gesetz verstößt», erklärt Milla. «Du weißt, dass nur das Kind selbst die Initiative ergreifen darf, seine Eltern zu finden, wenn es achtzehn geworden ist. Olivia war noch nicht einmal sechzehn. Iver war der Meinung, ich solle ruhig bleiben und abwarten, aber das wollte ich nicht. Daraufhin hat er den Kontakt zu Robert hergestellt, der bei der Polizei aufgehört und sich selbständig gemacht hatte.»

Wieder wandert mein Blick an Millas Gesicht vorbei und hinaus aus dem Restaurantfenster. Die Frau im Regen ist verschwunden.

«Ich habe nachgedacht», sagt Milla, «über das, worüber wir am ersten Abend in meiner Wohnung gesprochen haben.»

«Ach ja?», murmele ich, während ich kleine Papierstreifen vom Etikett meiner Bierflasche abreiße.

«Du hast gesagt, dass deine Glückspillen nicht wirken und dein Psychiater nicht in der Stimmung ist, über Alternativen zu diskutieren. Ich habe dir von der Zeit nach Olivia erzählt, von Dr. Aunes Schmerzklinik und von Somadril.»

«Ja.» Ich schiebe die Flasche von mir. «Du hast erzählt, das Produkt sei 2008 vom Markt genommen worden.»

«Es gibt eine Selbsthilfegruppe für ehemalige Patienten und Gesundheitspersonal. Unter der Leitung von Dr. Aune.» Milla legt die Gabel ab und streckt ihre Hand aus. «Du bist so lieb», sagt sie. «Und ich würde dir gern helfen, so wie du mir hilfst.»

«Was heißt das?»

«Komm mit in meine Wohnung», sagt sie und drückt meine Hand. «Wenn du willst.»

Ich sehe verstohlen aus dem Fenster. Vielleicht war sie niemals da. Vielleicht war es nur der Schaden in meinem Kopf, der sich dachte, dass er dem alten Aske einen Streich spielen könnte. Oder es war eine Warnung, ein Vorzeichen, dass irgendetwas die Leere beenden und mich ein für alle Mal aus dem Vakuum herausführen wird.

«Ja, Milla», antworte ich schließlich und greife wieder nach der Bierflasche. «Das will ich.»

Kapitel 38

Es ist neun, als wir wieder in Millas Wohnung sind. Sie geht schnurstracks in die Küche und holt eine Flasche Wein und zwei Gläser. Sie wankt durch den Raum, stellt Weingläser und Flasche auf den Tisch und sinkt neben mir in den Sessel.

«Uff», stöhnt sie und wedelt mit der Hand vor ihrem Gesicht hin und her. «Ich vertrage nichts mehr. Ein paar Bier, und alles dreht sich.» Sie verbirgt ihr Gesicht zwischen den Händen und beobachtet mich durch ihre Finger. «Ich habe noch etwas anderes für dich», sagt sie.

«Was denn?»

«Mr. Blue.» Sie öffnet die Handfläche und streckt sie mir entgegen.

«Was ist das?», frage ich und nehme die blaue, rautenförmige Pille an mich.

Milla schließt die Augen und legt ihren Kopf schräg. «Habe ich doch eben gerade gesagt.» Sie blinzelt, als wäre sie kurz vorm Einschlafen. «Das ist Mister Blue.»

«Viagra?»

Sie nickt schwerfällig.

«Wie bitte?» Ich starre abwechselnd Mister Blue und Milla an, die jetzt mit geschlossenen Augen, die Hände auf dem Bauch verschränkt, im Sessel neben mir liegt.

«Die zuerst, danach bekommst du die anderen.»

«Die anderen? Hast du noch mehr als Somadril?»

«Somadril und OxyContin. Das eine geht nicht ohne das andere.» Milla streicht sich über die Brust, dann blinzelt sie wieder. «Hast du sie genommen?»

Ich sammle ein bisschen Spucke in den Backentaschen und stecke mir die Pille in den Mund. «Ja», sage ich und schlucke sie hinunter.

«Schön», schnurrt Milla. «Jetzt müssen wir nur warten.»

«Wie lange?»

«Zwanzig bis dreißig Minuten, je nachdem.»

«Sind die von Joachim?», frage ich und versinke im Sessel.

«Nein.» Milla kichert und schüttelt den Kopf. «Der von Joachim steht auch ohne wie eine Eins.» Sie streckt ihre Hand aus, ergreift die meine und führt sie an ihre Brust. «Komm», sagt sie und zieht mich an sich. «Du musst suchen, mein Freund. Vollständige Leibesvisiasion, Leibesvi ... nein, ich kann mich nicht erinnern, wie das heißt ...»

«Ich spüre noch nichts, ich glaube nicht ...»

«Komm schon, Thorkild. Ich will, dass du mich packst. Halt dich nicht zurück, wenn du etwas zerreißen musst, um ans Ziel zu kommen, dann tu es. Sei ein Mann.»

Ich stehe vorsichtig aus dem Sessel auf, gehe einen Schritt nach vorn und beuge mich über sie. Meine Bewegungen fühlen sich mechanisch an, als wäre ich ein Roboter. Das Ziehen in meinem Unterleib deutet an, dass es dort unten doch noch Anzeichen von Leben gibt, und der Speichelfluss in meinem Mund erinnert mich daran, dass ich seit fast einem halben Jahr nicht mehr so dicht an Oxycodon war. Ich weiß nicht, ob es die Wirkung von Mister Blue oder das Verlangen nach Schmerzmitteln ist, das mich vorantreibt. Vielleicht ist es eine Kombination aus beidem, die mich dazu bringt, meine Hände ungeschickt auf ihre Oberschenkel zu legen und sie vorsichtig durch die Jeans hindurch zu massieren. Milla öffnet die Augen. «Nein», sagt sie. Ihr Atem ist feucht und riecht nach Alkohol. «Nicht da.» Sie streckt die Arme über den Kopf und schiebt ihre Brust nach vorne. Ich streiche über den einen Arm und berühre dabei leicht den weichen Stoff ihrer Strickjacke, dann bewege ich die Hände von ihrem Handgelenk hinab zur Achselhöhle.

«Warm, ganz warm», stöhnt Milla und schließt die Augen wieder.

Ich wiederhole die Prozedur am anderen Arm, bevor ich mich vor sie knie und mit den Fingern an ihrem Körper entlangstreiche, von den Achseln bis zum Bauch und über die Hüften. Jetzt besteht kein Zweifel mehr, dass Mister Blue seine Wirkung nicht verfehlt hat. Mir wird schwindelig, als ob alles Blut in meinem Körper nur in eine Richtung strömen würde.

«Hör nicht auf», flüstert sie, als ich einen Moment lang sitzen bleibe, unsicher, ob ich weitermachen oder das Risiko eingehen soll, das zu verlieren, was ich so dringend brauche.

Ich stehe wieder auf und beuge mich über sie. Milla streckt mir die Arme entgegen, und ich ziehe vorsichtig ihre Strickjacke hoch, sodass ihr Kleid darunter zum Vorschein kommt. Ihre Brust hebt sich, als ich den obersten Knopf öffne.

«Wärmer», sagt sie mit einem Grinsen.

Ich öffne erst einen Knopf, dann noch einen.

«Der Verschluss ist hinten», sagt Milla und dreht sich um, damit ich den BH öffnen kann.

Ein kleiner, durchsichtiger Plastikbeutel fällt heraus und verschwindet im Kleid. Ich öffne zwei weitere Knöpfe und finde den Beutel an ihrem Bauchnabel wieder. Darin liegen vier orangefarbene Pillen.

«Und die Oxys?», frage ich, schnappe mir den Beutel, öffne ihn, nehme zwei der Pillen heraus und schlucke sie hinunter. Mein Atem ist jetzt viel unregelmäßiger, intensiver, ich bin ein Jäger auf der Suche nach seiner Beute, einer Beute mit einem pochenden, kapselförmigen Herzen.

«Ja, was glaubst du, wo sie sind?» Vorsichtig spreizt Milla die Beine, legt die Hand auf eine ihrer Brüste und fährt ihre Rundungen entlang bis zu ihrem Bauchnabel und Unterleib.

Der nächste Beutel fällt auf den Boden, als ich ihre Hose ausziehe. Ich beeile mich, ihn zu öffnen, werfe die Oxys ein und stecke die beiden Tüten mit den verbleibenden Pillen in meine Hemdtasche.

Milla zieht das Kleid bis zum Bauch hoch und streckt mir die Arme entgegen. «Und jetzt musst du zu Ende bringen, was du angefangen hast, Thorkild.»

Mittlerweile fühlt es sich an, als würde mein gesamter Körper kochen. Ich wische mir den Schweiß von der Stirn, ehe ich meinen Gürtel öffne und die Hose herunterzerre. Meine übrigen Klamotten werfe ich ab, hebe ihre Beine an und lege sie auf meine Schultern. Dann packe ich ihre Hüften und stoße in sie hinein, während sie sich an mich presst.

Kapitel 39

Das Oxycodon ist ein Fluss. Füllt man diesen Fluss mit Carisoprodol, verwandelt er sich in einen Strom reinen, schmerzfreien Glücks. Unter Wasser ist alles anders. Als Erstes wird mir klar, dass es auf dieser Seite des Wassers keine Nächstenliebe gibt. Fische mögen keine anderen Fische. Die Liebe der Fischeltern ebbt nach und nach ab, wenn die Jungen wachsen und lernen, alleine zurechtzukommen. Eines Tages ist es vorbei, die Verbindung wird gekappt, trotz allem, was war. Sie sind nur noch zwei Fremde, zwei Fische unter vielen anderen. Vielleicht wäre es mit Frei und mir genauso gekommen. Unsere Liebe wäre abgeebbt, und wir wären einander schon lange entglitten.

Ich sehe mich selbst auf der spiegelglatten Oberfläche; ich bin farblos, ätherisch. Als ich die Hand ausstrecken will, um mein Spiegelbild zu berühren, entdecke ich vor mir eine Gestalt in dunklen Regenkleidern, die dort mitten in meinem Fluss treibt.

«Frei?» Ich spüre, wie die Strömung unsere Körper zueinanderführt. «Warst du das da draußen im Regen?»

Es gibt keinen Boden unter uns, ganz oben sehe ich den Himmel, knallblau, genauso blau wie das Wasser, alles wird eins, alles ist ein Himmel. Bald werde ich vom Mahlstrom eingefangen, der den Körper umkreist, und näher herangezogen. Ich versuche das Gesicht unter der Regenmantelkapuze zu berühren, während wir in Kreisen umeinanderschweben.

«Frei», wispere ich. Luftblasen schießen aus meinem Mund, als ich merke, dass der Strom uns zu trennen droht. «Warte, ich will dich nur ansehen, will ein letztes Mal dein Gesicht sehen.» Plötzlich wirbeln die Haare aus ihrem Gesicht, und die Kapuze gleitet vom Kopf. Es ist nicht Frei, die dort leblos vor mir schwebt, mit weit geöffneten Augen, aus denen schwarzer Teer wie Tränen die Wangen herabrinnt und sich im Flusswasser auflöst.

«Olivia?» Ich schlage mit Armen und Beinen um mich, um davonzukommen. Im nächsten Moment öffne ich die Augen. «Scheiße», seufze ich und ziehe mir die Decke übers Gesicht. Ich habe zu viele Pillen geschluckt, war zu übermütig und bin eingeschlafen. Es war nur ein Traum, ein bescheuerter Traum.

Ich bleibe unter der Decke liegen und gehe den Abend im Kopf noch einmal durch, bis mein Handy plötzlich zwei kurze Töne von sich gibt. Ich ziehe die Decke von meinem Gesicht und sehe, dass Milla neben mir schläft. Es ist nicht so, dass ich mich dafür schämen würde, im Tausch gegen Pillen mit meiner Auftraggeberin geschlafen zu haben. So etwas wie Scham kenne ich schon lange nicht mehr. Aber ich hätte es trotzdem besser wissen müssen. Ich drehe mich um und nehme das Handy vom Nachttisch.

Es ist eine SMS von einer unbekannten Nummer: *Ich hätte dich noch einmal überfahren sollen.*

Nimm das nächste Mal 'ne Pistole, schreibe ich zurück und richte mich im Bett auf.

Er wusste es steht in der nächsten Nachricht, ehe ich das Handy zurück auf den Nachttisch legen kann. *Bevor ich den Abzug gedrückt habe, wusste er für eine Sekunde, was gleich passieren würde.*

Als ich die Nummer anrufe, ist das Handy ausgeschaltet.

Kapitel 40

Nach den Textnachrichten kann ich nicht mehr einschlafen. Milla liegt neben mir auf dem Bauch und hat mir das Gesicht zugewendet. Ihre Decke ist bis zur Taille heruntergerutscht, ich drehe mich auf die Seite und fahre mit der Hand über ihren Rücken, lasse sie darüber schweben, bis sie vor Anstrengung zu zittern beginnt, und lasse sie sinken.

Ich starre meine Hand an, die nun ganz ruhig auf Millas Rücken liegt, spüre das Kribbeln in den Fingerspitzen und die Wärme, die bis in den Arm ausstrahlt. Kurz darauf zuckt es in den Fingern, und ich sehe, wie sie sich bewegen, über den glatten Rücken streichen, erst in starren, unbeholfenen Bewegungen, dann in Wellen, die Wirbelsäule hinab und wieder hinauf, zu den Schulterblättern, in die Haare und schließlich den Rücken hinab.

Meine Augen verfolgen den Fingertanz, aber mein restlicher Körper ist wie gelähmt, als würden die Finger ein neues, exotisches Wesen berühren, das ich nie zuvor gesehen habe. Doris hat gesagt, Phantasien seien nichts Gefährliches, solange sie mir etwas geben und ich mir oder anderen damit keinen Schaden zufüge. Warum habe ich also solche Angst? Liegt es daran, dass ich nicht einmal den Gedanken ertrage, nach Frei einen anderen Menschen an mich heranzulassen, aus lauter Furcht, ich könnte all meine Unzulänglichkeiten offenbaren? «Du wirst es nie verstehen, Milla», flüstere ich und beende den Fingertanz auf ihrem Rücken. «Wie ich bin.»

«Mmmh», schnurrt Milla, bevor sie die Augen aufschlägt und mich lächelnd ansieht. Sie dreht sich auf die Seite, gähnt und zieht sich die Decke bis zum Kinn. «Alles in Ordnung?»

«Schöner Traum», antworte ich, lege mich auf den Rücken und wende ihr so meine gesunde Gesichtshälfte zu.

«Ja? Erzähl!»

Ich schüttele den Kopf und greife nach meinem Handy, das immer noch auf dem Nachttisch liegt. «Jemand hat mir heute Nacht eine Textnachricht geschickt.»

«Wer?» Sie setzt sich auf.

Ich öffne den Nachrichtenverlauf und gebe ihr das Handy.

«Aber ...», flüstert Milla und hält sich die Hand vor den Mund, nachdem sie alles gelesen hat. «Das ... ist Olivias Nummer!» Entgeistert starrt sie mein Handy an. «Die Nachrichten wurden von Olivias Handy gesendet.» Sie hält kurz inne und schaut mich dann an: «Ich verstehe das nicht, Thorkild ... Was bedeutet das? Warum sollte Olivia dir eine Nachricht schicken und schreiben, dass sie Robert umgebracht hat, dass sie ...»

«Das ist nicht gut, Milla», erwidere ich kopfschüttelnd. «Gar nicht gut.»

«Aber sie lebt doch! Das ist Olivias Nummer, hörst du?» Milla starrt mich an, als wäre ich von einem anderen Planeten. «Sie lebt, Thorkild, sie ...»

«Ich glaube nicht, dass Olivia mir diese Nachrichten geschickt hat», sage ich und setze mich im Bett auf.

«Was? Doch, doch, das ist ihr Handy.» Fieberhaft tippt sie mit dem Finger auf mein Handydisplay. «Das ist Olivias Nummer, Thorkild. Sie ... sie ...» Milla hat den Finger immer noch auf dem Handy, während sie gegen die Tränen ankämpft.

«Lies die Nachrichten, Milla», flüstere ich. «Derjenige, der mir das geschickt hat, will mir sagen, dass er Roberts Mörder ist und versucht hat, auch mich umzubringen. Dafür kann es nur zwei Gründe geben. Entweder ist es tatsächlich so, und er sagt die Wahrheit, oder jemand will mir weismachen, dass es die Wahrheit ist, obwohl es nicht stimmt. So oder so kommen wir nicht um die Tatsache herum, dass dieser Jemand im Besitz von Olivias Handy ist. Er oder sie weiß, dass es mich gibt und dass ich den Job von Robert Riverholt übernommen habe. Aber er verrät uns gleichzeitig auch, dass wir auf der richtigen Spur sind. Auch wenn er es vielleicht nicht bedacht hat, als er uns die Nachrichten schickte, hat er uns indirekt mitgeteilt, dass wir auf der richtigen Spur sind.»

Milla bleibt sitzen und starrt noch lange auf das Display, nachdem es schwarz geworden ist. «Was sollen wir tun?», fragt sie schließlich leise.

«Vorerst warten wir ab», sage ich und steige aus dem Bett. «Wenn uns derjenige das nächste Mal kontaktiert, wissen wir mehr.»

Sie klammert sich an die Decke und schaut mich an. «Glaubst du, er wird es noch einmal tun?»

«Auf jeden Fall. Es werden bestimmt noch einige Nachrichten kommen, wenn wir weiter an der Sache dranbleiben und Druck ausüben. Aber wir müssen vorsichtig sein, Milla. Verdammt vorsichtig.»

«Ich will nicht, dass dir etwas zustößt.» Ihre Augen haben wieder diesen warmen, braunen Glanz bekommen, den ich inzwischen so mag. Milla streckt sich mir entgegen, ergreift meine Hand und versucht, mich an sich zu ziehen. «Thorkild, ich ...»

«Ich habe es dir schon einmal gesagt.» Ich entwinde mich ihrem Griff. «Ich bin nicht Robert.»

Kapitel 41

Um kurz nach halb fünf kommen Iver und Kenny in Millas Wohnung. Beide wirken atemlos, als hätten sie auf der Fahrt von Drammen ununterbrochen geredet. Joachim ist ebenfalls da. Er ist eine halbe Stunde vor den beiden aufgetaucht und hat einen Stapel Zeitschriften für Milla mitgebracht.

«Liv Dagny Wold.» Iver zögert, bevor er weiterspricht: «Es

gibt mehrere eingehende Anrufe von Freunden und Familienangehörigen, die versucht haben, sie in den Wochen nach ihrem Verschwinden zu erreichen. Aber es werden immer weniger, je mehr Zeit vergeht und je mehr die Hoffnung schwindet. So, wie es immer ist», fügt er ruhig hinzu.

«Sie hat also niemanden angerufen?», frage ich verblüfft.

«Nein. Ihr Handy wurde nach ihrem Verschwinden nicht mehr benutzt und war offenbar komplett ausgeschaltet. Aber ich dachte mir, ich schaue mir auch die eingehenden Anrufe mal genauer an.» Er lächelt und nimmt einen Schluck von dem Kaffee, den Kenny ihm hingestellt hat. «Besonders vier davon fand ich auffällig. Sie wurden direkt auf die Mailbox geleitet, weil das Handy ja ausgeschaltet und der Akku zudem sicher schon lange leer war. Bei keinem der Anrufe wurde eine Nachricht hinterlassen.»

«Wer hat sie angerufen?», frage ich.

«Die Nummer ist nicht mehr vergeben. Der Vertrag wurde Mitte Oktober letzten Jahres gekündigt. Vorher lief er auf den Namen von Jonas Eklund, einem damals vierundzwanzig Jahre alten Mann aus Stockholm.» Ivers Blick ist jetzt härter, dunkler, der typische Blick eines Polizisten, der weiß, dass eine Sache nicht gut ausgehen wird. «Ich habe mit Jonas Eklunds Mutter und mit Livs Schwester in Orkdal gesprochen.»

«Und?»

«Es gibt keine Verbindung zwischen den beiden. Die Eklunds kennen niemanden in Norwegen, und Livs Schwester wiederum kennt sie nicht.»

«Die Anrufe waren also ein Versehen?»

Iver legt eine Kunstpause ein. «Die Eltern von Jonas sagen, dass sie niemanden in Norwegen kennen ...»

«Und Jonas?» Jetzt werde selbst ich langsam ungeduldig. «Kannte er Liv?»

«Das ist schwer zu sagen», erwidert Iver.

«Hast du nicht mit ihm gesprochen?»

«Nein. Das hat seit letztem Herbst niemand mehr.»

«Wie meinst du das?»

«Er ist tot», erklärt Iver schließlich.

«Tot?»

«Jonas hat Stockholm letztes Jahr im Spätsommer zusammen mit seiner Freundin verlassen und ist in den Norden gefahren. Ihre beiden Leichen wurden ein paar Wochen später im Oktober in einem Waldstück in der Nähe eines Campingplatzes außerhalb von Umeå gefunden. Die Zeitungen haben es als Selbstmordpakt bezeichnet.»

«Ein Selbstmordpakt?»

«Genau», antwortet Iver und fragt: «Wurde Liv nicht auch in der Nähe eines Campingplatzes gefunden?»

«Ja», sage ich. «Dieser Junge hat also mehrmals bei Liv in Orkdal angerufen, um sich kurz darauf zusammen mit seiner Freundin das Leben zu nehmen? Warum?»

«Tja, hier wird es dann wirklich interessant», sagt Iver. «Es sieht so aus, als hätten alle vier Anrufe von Jonas Eklunds Handy stattgefunden, nachdem seine Freundin und er längst tot waren.»

«Was?», rufe ich. «Wie das denn?»

«Kenny hat mit der Mutter des Jungen geredet», fährt Iver fort. «Sie sagt, ihr Sohn und seine Freundin seien in den Norden abgehauen, um aus einem schlechten Umfeld herauszukommen. Die erste Zeit hielten sie telefonisch Kontakt, doch dann ging er nicht mehr ans Handy, wenn sie anrief. Den Grund kennen wir ja inzwischen.»

«Dann war es nicht er selbst», sagt Milla. «Jemand anders hat sein Handy benutzt.»

«Ja!», stimmen Iver und Kenny gleichzeitig zu. «Aber da ist mehr.» Iver greift in die Plastiktüte, die zwischen seinen Beinen steht, und zieht eine Mappe heraus. «Ich habe die Unterlagen zu dem Fall von der Polizei in Umeå angefordert.» Er übergibt mir die Mappe. «Du kannst sie dir selbst ansehen.»

«Worauf soll ich achten?», frage ich und blättere in den Unterlagen.

«Das wirst du gleich merken», meint Iver. Ich sehe, wie seine Hand zittert, als er erneut zur Kaffeetasse greift.

«Ja», pflichtet Kenny ihm grimmig bei und deutet mit dem Kopf auf die Tatortfotos. «Das kannst du nicht übersehen.»

Ich nehme mir den Bilderstapel und blättere ihn durch. Auf dem ersten Bild sind die beiden Leichen gerade so unter einer dünnen Schicht aus Blättern und Gras zu erkennen. Jonas Eklund liegt auf dem Rücken, das Gesicht nach oben gedreht, die Arme an den Seiten abgelegt. Sein Oberkörper ist nackt, und die aufgeschnittenen Adern an den Handgelenken sind deutlich sichtbar. In der trockenen Haut sehen sie aus wie Felsspalten. Sein Gesicht ist gelb und wirkt, als wäre es auf den Schädel geklebt, sodass seine Leiche an eine Mumie aus alten ägyptischen Grabstätten erinnert.

«Irgendwelche persönlichen Gegenstände?» Ich wende mich an Kenny.

«Nein», sagt er.

«Keine?»

Ich blättere zum nächsten Bild einer jungen Frau, die auf dem Bauch liegt, ihr Gesicht ist unter den vielen Haaren verborgen. Ihre eine Hand liegt unter den zerzausten Locken, während der andere Arm neben ihrem Körper ausgestreckt ist, sodass ihre Fingerspitzen ganz leicht die Hand des Jungen neben ihr berühren.

«Findest du es?» Kenny lehnt sich zu mir herüber und schaut auf das Bild in meiner Hand, auf dem das Mädchen auf den Rücken gedreht und auf eine weiße Plastikplane gelegt worden ist.

«Was ist das da?» Ich zeige auf ihre Hand, die zur Hälfte von den Haaren verdeckt ist.

«Sie glauben, sie hätte es bereut und versucht, Hilfe zu rufen», sagt Kenny, die Kaffeetasse fest umschlossen und den Blick auf Milla gerichtet. «Aber es war zu spät.»

«Das ist genau gleich», flüstere ich und starre Kenny an. «Oder? Das ist genau wie bei Liv in Orkdal.»

«Was denn?» Jetzt kommt auch Milla und geht neben mir in die Hocke. «Thorkild?», fragt sie leise und legt vorsichtig eine Hand auf meinen Oberschenkel. «Was ist genau gleich?»

Ich lege das Bild zwischen uns auf den Tisch und zeige darauf. «Sieh dir an, wie sie daliegt», sage ich. «Das Handy am Ohr, als hätte sie eine Nummer gewählt und würde nur darauf warten, dass am anderen Ende jemand abnimmt.»

«Das kann nicht wahr sein», sagt Kenny mit einem leichten Kopfschütteln. «Selbstmordfälle, das macht alles so viel komplizierter.»

«Das ist kein Selbstmordpakt», flüstere ich und betrachte immer noch gebannt die Fotografien. «Genauso wenig, wie Liv in eine Baugrube gestürzt ist, nachdem sie zu viele Pillen geschluckt hatte. Die Szene ist arrangiert, sie wurden so hingelegt. Jemand hat sie so platziert, nachdem sie tot waren. Oh mein Gott», stöhne ich und fasse mir an den Kopf. «Wir hatten recht. Robert hat nicht zufällig in einem Selbstmordfall in Orkdal herumgestochert, als er erschossen wurde. Er war einer ganzen Serie auf der Spur. Einer Mordserie.»

Kapitel 42

Nachdem er meinen Körper bis zum Rand des Grabs geschleift hat, stellt er sich neben mich. Er geht in die Hocke, packt mich unter Schultern und Hüfte, ehe er mich auf die Seite dreht und in das Loch stößt, in dem auch Siv liegt, und ich mit dem Gesicht auf ihrer Brust lande.

Ich kann ihn gerade so erkennen, wie er mit einem Handy in der Hand über uns steht, während er sich umsieht und lauscht. Ich versuche, durch Sivs Kleider zu atmen und dabei nicht den geringsten Mucks von mir zu geben. Im nächsten Augenblick springt er ins Grab hinunter und tastet unsere Jacken- und Hosentaschen ab, ehe er wieder herausklettert.

Offenbar hat er sich den Spaten gegriffen und schaufelt Erde ins Grab. Ich spanne meinen Körper an und muss die Augen zusammenkneifen und das Gesicht noch fester an Sivs Brust pressen, um nicht zu schreien, als die Erde auf uns fällt.

Kapitel 43

Jonas Eklunds Handy wurde mehrmals für Anrufe in verschiedene Länder benutzt, bis man die beiden Leichen gefunden hat und der Handyvertrag gekündigt wurde», erläutert Iver. Joachim sitzt dicht neben Milla und blättert mit entsetzter Miene durch die Tatortfotografien des Eklund-Falls, während Kenny rastlos im Zimmer auf und ab geht. «Runa ist, wie gesagt, gerade dabei, die Anrufe zu überprüfen und sich einen Überblick über das Bewegungsprofil der Person zu verschaffen, die im Besitz von Eklunds Handy war. Aber da war noch eine Nummer auf dieser Liste, eine andere norwegische Nummer, die mehrmals angerufen wurde.»

«Lass mich raten», falle ich ein, «noch ein Selbstmord?»

«Nein.» Iver schüttelt den Kopf. «Habt ihr schon mal von Solveig Borg gehört?»

Niemand antwortet.

«Das war eine norwegische Liedermacherin», erklärt Iver. «Ich glaube, ich habe sie tatsächlich schon im Fernsehen gesehen.

Sie ist jedenfalls letztes Jahr am 12. August nach langer Krankheit gestorben, in ihrem eigenen Bett. Sie war relativ bekannt, kam eigentlich aus Sørlandet, wohnte aber mit ihrem Sohn zusammen in Molde.»

«Eine natürliche Todesursache», stelle ich fest. «Worin besteht da die Verbindung?»

«Ihr Sohn», sagt Iver. «Svein Borg. Er wurde zwei Wochen später von seinen Kollegen als vermisst gemeldet, fast einen Monat bevor Liv in Orkdal verschwand. Molde und Orkdal sind mit dem Auto nur drei Stunden voneinander entfernt. Man hat vermutet, dass Borg nach dem Tod seiner Mutter nach St. Petersburg gereist ist, um seinen Vater zu finden. Seitdem hat niemand mehr von ihm gehört.»

«Also haben wir noch einen», seufze ich. «Wo geraten wir da nur rein?»

Kenny wandert im Sonnenlicht, das durch die Dachfenster in Millas Wohnung fällt, hin und her. «Aske hat recht. Das sieht mehr und mehr nach einer Mordserie aus, aber es gibt immer noch nichts, was diese Vermisstenfälle an das Verschwinden von Siv und Olivia knüpft.»

«Doch», entgegne ich und ziehe mein Handy aus der Hosentasche. Ich öffne die Textnachrichten aus der vorangegangenen Nacht und zeige sie Iver und Kenny.

«Was?» Iver starrt den Bildschirm an, ehe er mich ansieht. «Ich verstehe nicht …»

«Das ist von Olivias Handy abgeschickt worden», sage ich. «Der Absender gibt den Mord an Riverholt und das Attentat auf mich zu, und er ist im Besitz von Olivias Handy.»

«Das kann nicht wahr sein», setzt Kenny an. «Irgendjemand will uns an der Nase herumführen. Das ist die einzige Erklärung.»

«Aber wir kommen nicht um die Tatsache herum, dass er Olivias Handy hat», wende ich ein. «Und inzwischen wissen wir auch, dass jemand Jonas Eklunds Handy benutzt hat, als seine Freundin und er schon tot waren. Ich muss wohl nicht aussprechen, welche Schlüsse man daraus ziehen müsste.»

«Okay», sagt Kenny und kratzt sich am Kopf. «Dann sollten wir uns mal einen Überblick über die Ausmaße dieses Falls verschaffen. Nach konkreten Beweisen dafür suchen, dass es wirklich das ist, wofür wir es halten, bevor wir entscheiden, wie wir weitermachen.»

«Einverstanden», sage ich.

«Also, was schlägst du vor?», fragt Iver.

«Wir müssen weitere Gemeinsamkeiten zwischen den Fällen suchen», antworte ich. «Aber zuallererst müssen wir beweisen können, dass es sich wirklich um Morde handelt und nicht um Selbstmorde.»

«Die Obduktionsberichte?» Iver verschränkt seine Finger ineinander und knetet sie, während er zurückgelehnt in seinem Sessel sitzt. «Darin muss doch etwas zu finden sein, was diese These bestätigt.»

Ich nicke.

Kenny schüttelt entmutigt den Kopf. «Das ist doch alles ein verdammtes Chaos.»

«Wir müssen Runa bei Telenor dazu überreden, die aktuellen Verbindungen auf Olivias Handy nachzuverfolgen», schlägt Iver vor. «Wenn du weitere Nachrichten erhältst, können wir das Handy vielleicht noch einmal versuchen zu orten.»

«Nein», entgegne ich. «Darum kümmere ich mich selbst.»

«Was soll das heißen?»

«Die Nachrichten gingen an mich persönlich. Deshalb will ich auch selbst darauf reagieren. In der Zwischenzeit schlage ich vor, dass wir der Spur weiter nachgehen und sehen, wo sie endet», sage ich. «Ihr kümmert euch um die Obduktionsberichte, und ihr geht jede einzelne Nummer durch, die von Jonas Eklunds Handy aus angerufen wurde.»

«Und du?», fragt Kenny. «Was hast du vor?»

«*Wir.*» Ich drehe mich zu Milla um. «Milla und ich fahren nach Molde, um jemanden zu finden, der uns mehr über Svein Borgs Verschwinden erzählen kann. Wenn es eine Verbindung zu den anderen gibt, war er der Erste, der verschwunden ist. Das kann uns eine Vorstellung davon geben, wo der Ursprung dieser Vorgänge liegen könnte.»

Kapitel 44

Molde hat einfach zu viel Meer. Der Ort liegt zu offen, ist zu kahl, und die kalte Luft kriecht viel zu leicht zwischen den Gebäuden hindurch. Iver hat ein Treffen mit dem Polizeirat Øyvind Strand organisiert, der uns in einem Café im Zentrum der Stadt über den Svein Borg-Fall informieren soll.

«Svein Borg», setzt Øyvind Strand an. Er ist in meinem Alter und hat dünnes, kurz geschnittenes Haar, das an den Schläfen grau und oben rostbraun ist. Er hat sich ein Stück Sahnetorte bestellt. «Eigentlich hat er mir vor allem leidgetan», sagt er und schaufelt sich die Torte in den Mund.

«Was meinen Sie damit?» Ich habe mir ein belegtes Hörnchen mit Schinken und Käse bestellt, um zwischen den Kaffeeschlucken etwas zum Kauen zu haben. Milla sitzt neben mir und starrt schwermütig in ihre Tasse, während Øyvind Strand erzählt. Es scheint, als spüre sie bereits die Last der neuen Richtung, in die uns die Ermittlungen geführt haben. Aus Erfahrung weiß ich, dass es manchmal einfacher ist, auf einem Stand zu bleiben, bei dem alle Möglichkeiten noch offen sind, wo man sich in falsche Hoffnungen und Träume flüchten kann, so wie Sivs Mutter. Für sie wird Siv immer auf Ibiza sein, nur einen Telefonanruf entfernt.

«Also», Øyvind Strand kratzt den letzten Rest Sahnefüllung vom Teller und leckt ihn von der Gabel, «es gab nach Solveig Borgs Tod ja einen Konflikt zwischen Svein Borg und der Familie der Mutter in Sørlandet. Dabei ging es um die Rechte an ihrem Lebenswerk. Die ganze Sache endete vor Gericht. Borg unterlag, packte daraufhin seine Sachen und verschwand. Wenn man ihn etwas besser kannte, war er ein netter Kerl.»

«Und Sie haben ihn etwas besser gekannt?»

«Ja.» Sehnsüchtig blickt er Richtung Kuchentheke, bevor er die Gabel ablegt und zur Kaffeetasse greift. «Durch die Anzeige gegen ihn.» Er stellt die Tasse wieder auf den Tisch und kratzt sich an der Schläfe, während er Milla beobachtet, die nicht von ihrer Tasse aufsehen will.

«Welche Anzeige?», frage ich.

«Ach so. Sie haben ihn angezeigt.» Er gräbt seine Nägel tiefer in die Schläfen, sodass ein paar dünne Hautschüppchen vor ihm auf den Kuchenteller rieseln. «Die Familie seiner Mutter. Wegen Grabschändung, glaube ich. Sie dachten, er hätte sich am Grab der Mutter zu schaffen gemacht, etwas zerstört, also musste ich mit ihm reden. Da erzählte er mir von dem Streit, davon, dass seine Mutter eigentlich nicht hatte beerdigt werden wollen, dass er darum gebeten hatte, ihre Asche verstreuen zu dürfen, aber dass die Familie, die offenbar tief christlich ist, dafür gesorgt hatte, sie in ihre Heimatgemeinde in Sørlandet zu überführen und an der Seite ihrer Eltern zu begraben. Sie verweigerten Borg und der Plattenfirma die Veröffentlichung einer Erinnerungsplatte mit den Liedern seiner Mutter. Im Grunde ein riesiges Chaos. Soweit ich weiß, ist er abgehauen.»

«Gab es etwas, das darauf hingedeutet hat, dass er nicht freiwillig verschwunden ist?»

«Nein, eher im Gegenteil. Wir haben mit einigen seiner Kollegen gesprochen, und sie glaubten, Borg sei nach Russland geflogen, um dort seinen Vater aufzuspüren. Er hatte sogar seine Sachen zusammengepackt, seinen Telefonanschluss, Wasser, Strom und solche Dinge gekündigt, bevor er ging. Später wurde das auch bestätigt.»

«Was genau?»

Wieder dreht er sich zur Kuchentheke um und scharrt ungeduldig mit den Füßen auf dem Boden, sodass seine Knie gegen die Unterkante des Tisches schlagen. «Dass er nach Russland gegangen ist», sagt er schließlich.

«Ja?»

«Ja, er sitzt eine Strafe in einem Arbeitslager in Archangelsk ab. Ich glaube, es ging um einen Gesetzesbruch unter Alkoholeinfluss in St. Petersburg, ich erinnere mich nicht genau. Jedenfalls wurde jemand von der Norwegischen Botschaft in Moskau dorthin geschickt, um es zu bestätigen. Borg wollte zwar keine Hilfe, aber trotzdem. Von unserer Seite aus ist der Fall jedenfalls abgeschlossen. Borg lebt, vielleicht nicht unter den besten Bedingungen, man hört ja das eine oder andere über die Zustände in den Gefängnissen anderer Länder, aber immerhin. Er lebt.»

«Wann haben Sie das erfahren?»

«Vor Weihnachten letztes Jahr.»

«Sind Sie sicher, dass er es ist?», frage ich. «Dass Borg in diesem Gefängnis sitzt?»

«Was meinen Sie?»

«Sind Sie sicher, dass sich nicht vielleicht jemand anderes als Borg ausgegeben hat?»

«Ich verstehe nicht ganz?» Øyvind Strand lächelt unsicher in Millas Richtung, ohne dass sie darauf reagiert. «Worauf wollen Sie hinaus?»

Plötzlich vibriert mein Handy in der Jackentasche. «Entschuldigen Sie mich bitte einen Moment. Ich bin gleich wieder zurück.»

Ich hole das Telefon hervor und verlasse das Café.

«Ich bin es», sagt Iver, als ich draußen stehe. «Habt ihr etwas herausgefunden?»

«Ja», sage ich. «Das ist kein Vermisstenfall mehr. Borg lebt.»

«Er lebt? Also ...»

«Und du?», unterbreche ich ihn. «Gibt es bei dir etwas Neues?»

«Ich habe die Obduktionsberichte.»

«Und?»

«Weißt du, was Kaliumchlorid B ist?»

«Nein.»

«Das ist eine Infusionslösung. Wird als Zusatz bei intravenösen Infusionen verwendet. Oft bei älteren Patienten, die unter Dehydrierung leiden.»

«Aha.»

«Eine Überdosis Kaliumchlorid B führt zu einem erhöhten Kaliumwert im Blut und kann Herzrhythmusstörungen oder sogar einen Herzstillstand hervorrufen. Es kann auch zu Lähmungen oder Verwirrung führen.»

«Kannst du nicht einfach sagen, was du weißt?», frage ich verärgert und versuche, mein Gesicht gegen den Wind abzuschirmen.

«Liv aus Orkdal hatte dem Toxikologiebericht zufolge erhöhte Werte von Kaliumchlorid B im Blut.» Er macht eine Pause. «Das Gleiche gilt auch für die beiden Leichen in Schweden, doch jetzt kommt der Clou: Sie hätten es natürlich selbst tun können, unabhängig voneinander, also sich das Leben so nehmen, wie es in den Berichten der Rechtsmedizin steht. Aber Kaliumchlorid B ist nichts, was man zu Hause herumliegen hat, darauf hat man normalerweise keinen Zugriff. Es ist viel wahrscheinlicher, dass Menschen eine Überdosis Pillen schlucken. Außerdem ist es, wie ich schon erwähnt habe, eine Infusionsflüssigkeit, und an keinem der Tatorte wurden Spritzen gefunden. Also ...»

«... muss jemand anderes die Spritzen verabreicht haben.»

«Es sieht so aus.»

«Diese Fälle», sage ich. «Sie sind also das, was wir befürchtet haben.»

«Ja», bestätigt Iver und fügt hinzu: «Redest du mit ihr darüber? Es ist wohl an der Zeit, Milla zu sagen, dass wir nicht länger davon ausgehen können, Olivia lebend zu finden. Dass wir jetzt nach einer Leiche suchen.»

Durch das Fenster des Cafés sehe ich Polizeirat Strand mit dem Teller in der Hand an der Kuchentheke warten. Milla sitzt alleine am Tisch und nestelt an ihren Haaren herum. «Ich glaube, sie weiß es schon», flüstere ich und lege auf.

Kapitel 45

Nach ein paar Spatenstichen hält er inne. Weil ich mit dem Gesicht auf Sivs Brust liege, kann ich ihn nicht sehen, aber ich spüre ihn, jede seiner Bewegungen, höre, wie er vor Anstrengung immer heftiger keucht, bevor er mit einem Mal verstummt, als er seine Arbeit unterbricht und lauscht.

Die Äste auf dem Boden knacken, als er um das Loch herumgeht und ein Stück entfernt zwischen den Bäumen stehen bleibt. Wäre ich stark genug, würde ich aus diesem Loch aufstehen, Siv mitnehmen und davonlaufen, aber mein Körper will nicht. Stattdessen bewege ich meine Hand vorsichtig unter Sivs Jacke und ziehe ihren leblosen Körper enger an meinen eigenen. Im nächsten Moment ist der Schatten über der Grube zurück, wie eine Felswand, die die Sonne verdeckt.

Dann beginnt er wieder zu graben.

Kapitel 46

Ich bleibe noch lange vor dem Café stehen, nachdem ich das Gespräch mit Iver beendet habe. Setze meinen Körper dem Wind und der feuchten Kälte aus. Ich bin verwirrt, es ist, als wäre ich im Lauf der letzten Tage in ein Labyrinth geraten, aus dem ich nicht mehr herausfinde.

«Aske», sagt eine Stimme direkt neben mir. Ich drehe mich um und sehe, dass es Polizeirat Strand ist. In seiner Hand hält er eine weiße Papiertüte, in der sich, wie ich vermute, noch mehr Torte befindet. «Es war nett, Sie kennenzulernen», sagt er und streckt seine Hand aus. «Wenn noch irgendetwas sein sollte ...»

«Ja, nett», erwidere ich abwesend, ohne den Blick vom Meer abzuwenden. «Danke für die Hilfe.»

Øyvind Strand dreht sich um und winkt Milla zu, die sich zu einem Lächeln zwingt, bevor sie wieder auf die Tischplatte starrt. Dann geht er.

Ich bleibe noch ein paar Minuten stehen, ehe ich tief Luft hole und wieder zu Milla hineingehe.

«Habe gerade mit Iver telefoniert», sage ich zu Milla und setze mich. Sie hat weder ihren Caffè Crema noch ihr Croissant angerührt. Stattdessen rupft sie kleine Stückchen davon ab, die sie zwischen ihren Fingern zerbröselt und auf ihren Teller fallen lässt.

«Was hat er gesagt?», fragt sie leise, als sie mich endlich ansieht.

«Ich glaube, wir können schon jetzt mit ziemlicher Sicherheit sagen, dass wir es hier mit einer außerordentlich speziellen Mordserie zu tun haben. Das bedeutet auch ...»

«Bitte nicht ...» Milla presst ihre Lider zusammen und lächelt schwach. «Sag es nicht», flüstert sie. «Noch nicht. Ich trage ein Bild von ihr in meinem Inneren. Es ist eine Erinnerung von dem Tag, an dem Robert und ich zu ihrer Schule gefahren sind, aber so deutlich wie jetzt habe ich sie lange nicht mehr vor mir gesehen.

Damals habe ich sie sofort erkannt.» Milla zerbröselt weiter das Croissant zwischen ihren Fingern. «Es hatte mit ihrem Gang zu tun und damit, wie sie ihr Gesicht und ihre Haare mit den Fingern berührte, wenn sie redete. Sie stand ganz weit weg, aber ich habe sie trotzdem sofort wiedererkannt.»

«Glaubst du, sie könnte dich auch gesehen haben?»

«Nein, wir saßen in Roberts Auto.»

«Könnte dich jemand anders gesehen haben?»

«Was genau willst du damit sagen? Glaubst du, Olivia ist abgehauen, weil sie herausgefunden hat, dass ihre Mutter nach ihr sucht? Weil sie mich so sehr dafür hasst, was ich getan habe?»

«Nein, das sage ich nicht. Ich sage nur, dass ich solche Zufälle nicht mag. Außerdem habe ich gesagt, dass das, was wir jetzt tun müssen, unangenehm werden wird, Milla. Ich versuche herauszufinden, warum Siv und sie genau eine Woche nachdem ihr Olivia gefunden hattet, abgehauen sind. Und dabei kommen wir nicht um diese Frage herum.»

«Oh Gott.» Ihre Augen sind weit aufgerissen. «Was habe ich getan?»

«Milla.» Ich greife nach ihrer Hand.

«Nein, nein.» Sie zieht meine Hand zu sich und starrt mich an, als wäre ich ein Gespenst aus der Vergangenheit. «Was habe ich nur getan, Thorkild?», sagt sie. «Was habe ich nur getan?»

Kapitel 47

«Es besteht wohl kein Zweifel mehr», sage ich, als wir zurück in Oslo sind und Iver und Kenny vor Millas Wohnung in St. Hanshaugen treffen. Sie lehnen mit einem Kaffee von Deli de Luca an einem Streifenwagen und warten auf uns. Kenny trägt immer noch seine Dienstuniform, Iver ist in Zivil. «Wir sind da einer Mordserie auf der Spur.»

«Aske hat recht», stimmt Iver mir zu, während wir Richtung Hauseingang laufen. Milla scheint etwas fröhlicher gestimmt, seit wir zurück in Oslo sind, obwohl sie immer noch abwesend wirkt, nicht viel redet und sich im Hintergrund hält. «In den beiden Fällen, in denen die Leichen gefunden wurden, ist die Todesursache eine Injektion mit Kaliumchlorid B. An den Tatorten wurden keine Hilfsmittel zum Injizieren des Stoffes gefunden, was mir sagt, dass hier von Ermittlerseite schlampig gearbeitet worden ist. Denn das alles deutet vor allem darauf hin, dass es sich hier nicht um Vermisstenfälle handelt, sondern um Mordfälle, hinter denen ein und derselbe Täter steckt. Ein Serientäter. Dass sowohl Liv in Orkdal als auch Eklunds Freundin beide ihr Handy ans Ohr hielten, als hätten sie es sich anders überlegt und versucht, Hilfe zu rufen, stützt diese Theorie.»

«Ich glaube nicht, dass sie so hingelegt worden sind, damit es aussah, als hätten sie jemanden anrufen wollen», sage ich. «Sondern damit jemand sie anrufen konnte.»

«Warum das? Sie waren doch tot.»

«Trotzdem», sage ich, als wir an der Tür zu Millas Wohnkomplex stehen bleiben. «Serienmörder, die einen Tatort so inszenieren, machen das oft, um eine Phantasie auszuleben oder ein früheres Erlebnis nachzuspielen, oder um etwas zu wiederholen, was sie vorher nicht zu Ende führen konnten. Die Leichen, die sie dabei benutzen, sind nur Requisiten für ihre eigenen Illusionen.»

«Also ruft er sie an ... um mit ihnen zu reden?»

«Ich weiß es nicht.»

«Ein Serienmörder», seufzt Iver und blickt zu der Straßenecke, an der Robert erschossen wurde. «Wo zur Hölle bist du da nur hineingeraten, Robert?»

«Ich bin Leuten von diesem Schlag schon mal begegnet», sage

ich, während wir alle auf dieselbe Stelle des Bürgersteigs an der Straßenecke starren. «Als ich in Amerika war und dort kriminelle Polizisten im Gefängnis befragt habe. Diese Leute, sie ...»

Iver lehnt sich an die Tür. «Ja?», fragt er neugierig.

«Die meisten Serientäter befriedigen ihr Bedürfnis nach Kontrolle und Macht, sie kompensieren damit, dass sie sich selbst machtlos fühlen. Wir anderen entwickeln schon in jungen Jahren Mechanismen, wie wir mit Gefühlen wie Frustration, Wut oder Schmerz umgehen können, oder zumindest, wie wir sie kanalisieren. Manchen gelingt das aber nicht, sie können damit nur umgehen, indem sie andere manipulieren, kontrollieren und dominieren. Wir gehen davon aus, dass unser Täter die Opfer vorher nicht kennt, sie mit einer Spritze außer Gefecht setzt, und zwar nicht nur eine Person, sondern zwei auf einmal, und die Körper dazu benutzt, irgendeine Phantasie auszuleben. Es spricht auch nichts für ein allgemeines Rachemotiv, das sich gegen Einzelpersonen richtet, es scheinen eher zufällig ausgewählte Menschen zu sein, die beim Täter etwas auslösen. Nach ihrem Tod setzt er sie in Szene, und es gibt nur einen sehr speziellen Typ von Serienmördern, der das tut. Bei den späteren Opfern dürften wir ebenfalls Kaliumchlorid B finden. Aber dann stoßen wir auf ein Problem.»

«Was für ein Problem?»

«Mit dem Mord an Robert Riverholt und seiner Frau ändert sich etwas. Er wird dreister und wagemutiger. Es ist nicht ungewöhnlich, dass sich Serienmörder weiterentwickeln, aber trotzdem bricht er hier klar sein früheres Muster.»

«Ein Serienmörder, oh mein Gott», stöhnt Kenny und schüttelt verständnislos den Kopf. «Merkt ihr nicht, wie irre das klingt? Bin ich der Einzige, der ... »

«Eine Serie von Morden, die von ein und demselben Täter begangen wurden, Kenny», werfe ich ein. «Das ist alles. Wenn wir uns die Chronologie der Vermisstenfälle ansehen, dann fängt alles mit dem Verschwinden von Svein Borg letzten August an.

Borg ist der Erste, dann drei Wochen später Siv und Olivia, vier Tage danach Liv in Orkdal, bevor wir, wieder zwei Tage darauf, in Schweden bei Jonas und seiner Freundin sind. Das sind sechs verschwundene Menschen und drei Leichen in einem Monat. Wenn wir Robert und Camilla mitzählen, sind wir bei ...»

«Warum zählst du Borg mit?», wendet Kenny ein. «Wir wissen doch, dass er irgendwo in Russland im Gefängnis sitzt. Sollten wir uns nicht besser auf die Fälle konzentrieren, in denen ...»

«Weil die Handynummer seiner Mutter auf der Liste der Anrufe steht, und weil Borg selbst vermisst gemeldet war, auch wenn wir glauben, dass er noch am Leben ist.»

«Glauben?»

«Wir haben keine Bestätigung, dass es wirklich Borg ist, der in diesem Straflager einsitzt. Wir müssen mit ihm reden und ihn fragen, warum die Nummer seiner Mutter auf der Anrufliste steht.»

«Du willst also nach Archangelsk fliegen?», schließt Iver.

«Ja», antworte ich mit einem Lächeln. Ich weiß nicht, ob ich wegen des Blicks lächele, den Milla mir zuwirft, oder weil die Veränderung, auf die ich so lange gewartet habe, schon längst begonnen hat.

Kapitel 48

Ich verlasse die Gruppe vor Millas Wohnung und nehme mir ein Taxi zurück in mein Hotel in Grünerløkka. Dort suche ich die Telefonnummer von Dr. Ohlenborg heraus, dem Leiter des Kurses, den ich in Miami besucht habe, als ich noch bei der Spezialeinheit war. Ohlenborg ist Experte für Verhörprotokolle und für das Profiling von Serienmördern. Fast ein Jahr lang hatten wir gemeinsam amerikanische Gefängnisse besucht, ehe er krank wurde. Das letzte Mal habe ich ihn vor fünf Jahren gesehen, damals war er Ende achtzig. Ich weiß nicht einmal, ob er noch lebt, aber ich kenne niemand anderen, der mir in der Lage, in der wir uns momentan befinden, helfen könnte.

«Mr. Aske. Lang ist's her.» Dr. Ohlenborgs Stimme ist weich, beinahe feminin, außerdem lispelt er ein wenig. «Mir ist zu Ohren gekommen, dass Sie eine schwere Zeit hatten?»

«Ich war krank», erkläre ich und laufe in meinem Hotelzimmer auf und ab.

«Und im Gefängnis», ergänzt er. «Was ist passiert?»

«Ich habe ein Mädchen kennengelernt», antworte ich. Ich habe alle Gardinen zugezogen und die Lampen ausgeschaltet. In dem diffusen Licht erhasche ich im Spiegel an der Tür einen kurzen Blick auf mein Gesicht. Die Narben sind verschwunden, das Haar ist glatter und die graue Farbe nicht mehr zu erkennen. Meine Augen blitzen im Dunkel auf, ein animalisches Funkeln, von dem ich mich voller Abscheu abwende. Ich setze mich mit dem Rücken zur Wand auf die Bettkante, während meine Finger über den Mund und bis zur Narbe auf der Wange hinaufgleiten. «Ich habe großen Mist gebaut», flüstere ich.

Dr. Ohlenborg zögert, erst als ich ihn atmen höre, wird mir sein Alter wieder bewusst, und ich erinnere mich daran, wie schlecht es ihm ging, als wir uns in der Privatklinik in Miami voneinander verabschiedeten. Wie schlecht es uns beiden nach neun Monaten zusammen mit Serienverbrechern hinter verschlossenen Türen ging. «Das hätte ich gar nicht von Ihnen gedacht», sagt er schließlich.

«Jedenfalls brauche ich jetzt Hilfe», sage ich. «Bei einem Fall.»
«Ach ja?»
«Unbekannter Täter. Serienmörder. Mehrere Opfer.» Ich berichte ihm von Borg, Siv und Olivia, dem Paar in Umeå, von den Frauenleichen mit dem Handy am Ohr, als hätten sie vor ihrem

Tod noch jemanden anrufen wollen, und davon, dass in allen Fällen zuerst von Selbstmorden ausgegangen worden war. Ich erzähle ihm von Kaliumchlorid B, von meinem Vorgänger Robert und seiner Exfrau und dem vermuteten Mord- beziehungsweise Selbstmordfall.

«Das hört sich absurd an», sagt Dr. Ohlenborg, als ich fertig bin.

«Können Sie uns helfen?»

«*Of course*. Aber dazu brauche ich alle Unterlagen von dem Fall, Zeugenverhöre, Tatortbilder, das ganze Paket. Schreiben Sie mir alles auf, was Sie selbst wissen oder bisher herausgefunden haben. Eine Karte der Fundorte, nein, vergessen Sie es, die Koordinaten, dann kann ich selbst nachschauen. Und alles in Übersetzung, wenn ich darum bitten darf.»

«Selbstverständlich.» Ich merke, wie ich plötzlich am ganzen Körper zittere und mir der kalte Schweiß ausbricht. «Das kann aber ein bisschen dauern, wir haben noch keinen Überblick über alle ...»

«Schicken Sie mir den Papierkram, Aske. So schnell Sie können.»

«Da ist noch etwas», sage ich, als er schon auflegen will.

«Was?»

Ich erzähle ihm davon, wie jemand versucht hat, mich zu überfahren. «Kurz darauf erhielt ich eine Textnachricht von dem Handy eines der vermissten Mädchen. Darin schrieb mir jemand, dass er oder sie dahinterstecke, und deutete an, auch für den Mord an meinem Vorgänger verantwortlich zu sein.»

«Nun ja», beginnt Dr. Ohlenborg. «Sie wissen, was man sagt: Mörder rufen nicht an, und die, die anrufen, ermorden niemanden.»

«Das weiß ich. Aber schreiben sie SMS?»

«Okay. Schicken Sie mir auch die Textnachrichten, dann sehe ich sie mir an und erstelle Ihnen ein Profil des Absenders, wenn ich es kann. Und ich brauche alle Informationen darüber, wie genau Sie in den Fall involviert sind. Vom ersten Tag an. Und auch über Ihren Vorgänger, Mr. Riverholt.»

Ich lege auf, falle rückwärts aufs Bett, rolle mich zu einer Kugel zusammen, schließe die Augen und versuche, die Türen vor den Gedanken zu verschließen, die wieder in mir herumgeistern. Alte Erinnerungen an eine jüngere Ausgabe meiner selbst, an eine Version, die das Leben in dieser Hülle aus Haut, mit diesen Knochen und hinter diesem Gesicht, nicht ausgehalten hatte. Die Zeit mit Dr. Ohlenborg hat mich kaputt gemacht, und diese Zerstörung habe ich mit nach Norwegen gebracht und sie mit denjenigen geteilt, die mir nahe waren. Das kann ich nicht wieder geschehen lassen.

Kapitel 49

Der Flieger landet am nächsten Tag um kurz nach halb vier auf dem Flughafen Talagi ein paar Kilometer außerhalb von Archangelsk. Draußen regnet es. Milla und ich steigen in einen Zug und fahren bis zu einem kleinen, farblosen Bahnhof, wo wir erneut die Sondergenehmigung vorzeigen müssen, die Iver uns beschafft hat und die uns so nah an das Hauptquartier der russischen Atom-U-Boot-Station reisen lässt.

Ein Wachmann in einer Uniform mit blauem Tarnmuster und Pelzmütze hilft Milla aus dem Zug. Hier liegt immer noch Schnee, der die Äste der Fichten fast bis zum Boden biegt. Der Wachmann führt uns zu einem Kleinbus-Sammeltaxi, das uns, wie er sagt, zum Lager fahren soll.

IK-28 ist ein russisches Gefangenenlager im Konoschski rajon, einem Unterbezirk der Oblast Archangelsk. Es ist eines der vielen ehemaligen Gulag-Lager, die in den 1930er Jahren errichtet wurden, und liegt auf einer flachen Anhöhe umgeben von drei Zäunen aus Holz und Stacheldraht. Innerhalb der Begrenzung können wir längliche Holzgebäude und Baracken erkennen, die durch mehrere Stacheldrahtzäune in Zonen unterteilt sind.

Vor einem Schuppen am Eingang überprüft ein neuer Wachmann unsere Sondergenehmigungen, bevor er in dem Verschlag verschwindet, telefoniert und wieder herauskommt.

«Mitkommen», sagt er, als das Tor von einer anderen Wache auf der Innenseite geöffnet wird.

Das Lager wirkt leer. Außer dem einen oder anderen neugierigen Gesicht am Fenster des größten Gebäudes sind keine Menschen zu sehen.

«Wo sind die Gefangenen?», frage ich, während sich der Wachmann den Schnee von den Schuhen abtritt, ehe er an die Tür einer weiteren Wachhütte klopft, die an das Haupthaus grenzt.

«Waldbrigade», antwortet die Wache.

«Wie bitte?»

«Sie arbeiten», erklärt er. «Draußen im Wald. Mit Holz. Nur die Kranken und diejenigen, die in der Küche arbeiten, sind gerade hier.»

Ein beleibter Mann um die fünfzig steckt seinen Kopf aus der Tür der Wachhütte und mustert Milla und mich skeptisch. Er trägt nur ein Unterhemd. Auf seinem Kopf sitzt eine Pelzmütze.

«Warten Sie hier», befiehlt er in gebrochenem Englisch und schließt die Tür. Als er nach einer Weile herauskommt, trägt er die gleiche Uniform mit dem Tarnmuster wie der Wachmann.

«Besuch?», fragt er und zieht den Reißverschluss seiner Uniformjacke zu.

«Svein Borg», sage ich. «Der Norweger.»

«Ah», grunzt der Kommandant und streckt uns eine zerfurchte Hand entgegen. «Haben Sie eine Sondergenehmigung?»

Wir zeigen unsere Pässe, die er eingehend studiert und dabei einsilbig auf Russisch mit der Wache spricht. «Okay», sagt er schließlich. «Folgen Sie mir.»

Der Mann, der uns hergeführt hat, salutiert vor seinem Vorgesetzten und kehrt zu seinem Posten zurück. Wir folgen dem Kommandanten zur Tür des Haupteingangs.

«Sie können im Speisesaal warten, bis die Gefangenen zum Mittagessen zurückkommen. Haben Sie Hunger?»

«Ich nicht», antwortet Milla. Ihre Lippen sind grau, als wäre sie kurz vorm Erfrieren, obwohl es draußen ein paar Grad über null sind.

«Kaffee?», frage ich, als wir den Speisesaal betreten, einen länglichen Raum mit kalten, blau-weiß gestrichenen Betonwänden, der lediglich mit ein paar Holzbänken und langen braunen Esstischen eingerichtet ist.

Der Kommandant nickt und ruft etwas auf Russisch. Kurz darauf kommt ein junger, kahl geschorener Mann mit nacktem Oberkörper aus einem Raum, der wohl die Küche darstellen soll, und bringt uns zwei Becher. Der Geruch von frisch gebackenem Brot durchströmt den Speisesaal.

Der Kommandant schiebt mir den einen Becher herüber, bevor er die Pelzmütze vom Kopf nimmt und sie neben sich auf den Tisch legt. «Schönes Wetter», sagt er und deutet mit dem Kopf auf ein ziemlich kleines und schmutziges Fenster.

«Ja, nicht wahr», stimme ich zu und sehe zu Milla hinüber, die immer noch nicht spricht. Sie wirkt abwesend, überhaupt nicht in ihrem Element. Ich fürchte, in ihr hat sich das Gefühl festgesetzt, dass das Ganze nicht so enden wird, wie sie es sich immer vorgestellt hat.

«Es kommt nicht oft vor, dass Ausländer unsere Gefangenen besuchen», sagt der Kommandant und pustet in seinen Kaffee.

«Gibt es hier viele ausländische Gefangene?», frage ich, um das Gespräch in Gang zu halten.

«Vier Skandinavier, aber nur ein Norweger. Sie arbeiten gut, machen keinen Ärger. Vertragen die Kälte gut, wissen Sie.»

«Wie lange ist Borg schon hier?»

Der Kommandant zuckt mit den Achseln. «Drei, vier Monate. Er wurde vor Weihnachten letztes Jahr hierher überführt.»

«Weswegen sitzt er ein?»

«Sieben Jahre schwerer Arbeitsdienst für einen Überfall auf einen Polizisten in St. Petersburg. Er hatte wohl zu viel getrunken und wollte ein wenig Unheil stiften.» Er lächelt und nimmt einen Schluck aus seinem Becher. «Russischer Wodka, wissen Sie. Verträgt nicht jeder so gut.»

«Hat er irgendwelchen Besuch gehabt, seit er hierherkam?»

Der Kommandant schüttelt den Kopf. «Der Norweger bleibt meistens für sich. Arbeitet gut. Ordentliche Zelle. Gute Hygiene. Wir haben ihn im Januar in die Holzbrigade versetzt. Er hat selbst darum gebeten. Hat gesagt, er mag die Arbeit im Freien. Die meisten klagen schon, wenn sie ein bisschen frieren, aber er ist nicht so. Er sagt, es erinnert ihn an zu Hause.» Er schüttelt den Kopf. «Die Norweger sind verrückt. Ihnen gefällt es draußen.»

Er schlürft weiter seinen Kaffee. Gelegentlich schielt er neugierig in Millas Richtung. «Was wollen Sie eigentlich von ihm?»

«Er wurde von einem Kollegen als vermisst gemeldet, als er Norwegen letzten Herbst verließ», sagt Milla, die endlich klar genug wirkt, um am Gespräch teilzunehmen. «Niemand wusste, dass er hier ist. Wir untersuchen ein paar Vermisstenfälle aus diesem Jahr im Zusammenhang mit einem Krimi, an dem ich arbeite, und ...»

Der Kommandant stellt den Becher zur Seite und reißt die Augen auf. «Karin Fossum?»

«Nein», sagt Milla und errötet. «Milla Lind.»

«Oh», grunzt der Kommandant enttäuscht und greift wieder zum Kaffeebecher. «Nie von Ihnen gehört.»

«Ich will hier nicht mehr sein», flüstert Milla mir zu, als der Kommandant aufsteht, um aus dem Fenster zu sehen.

«Ein kurzes Gespräch, dann sind wir fertig», versuche ich sie zu beschwichtigen. «Wenn es wirklich Borg ist, können wir ihn wohl von der Liste streichen.»

«Sehen Sie.» Der Kommandant winkt uns ans Fenster und deutet hinaus. «Da kommen sie.»

Wir schauen durch das schmutzige Glas und sehen, wie sich eine Kolonne aus vier Reihen dem Eingangstor nähert. Alle tragen dicke Jacken und Pelzmützen. Keiner spricht, alle starren nur auf den Rücken ihres Vordermannes, während die Wache das Tor aufschließt.

Als sie sich dem Speisesaal nähern, löst sich die Gruppe auf, manche ziehen die Mützen aus und strecken ihre Finger, andere bleiben am Eingang stehen und zünden sich eine Zigarette an. Die Küchentür wird geöffnet, und der junge Mann mit dem nackten Oberkörper und der weißen Mütze fängt damit an, Aluminiumschalen in verschiedenen Größen und Formen auf die Tische zu stellen.

Der Kommandant kehrt an den Tisch zurück, hebt seine Mütze auf und setzt sie sich auf den Kopf. «Kommen Sie», sagt er. «Am besten gehen wir. Es kann ein wenig laut werden, wenn hier gegessen wird. Wir gehen in die Bibliothek. Ich hole den Norweger, wenn er fertig ist.»

Auf dem Weg nach draußen kommen wir an einer Gruppe Männer vorbei, die gerade den Speisesaal betreten. Sie laufen in einer Reihe und halten die Mützen in der Hand. Alle schauen Milla neugierig an, als sie an ihr vorbeigehen. In der Tür bleibt der Kommandant stehen und stellt sich vor einen stattlich gebauten Mann, der einen ganzen Kopf größer ist als er. Unbeweglich und mit gesenktem Blick verharrt der Mann vor ihm.

«Hier», sagt der Kommandant und zeigt auf uns. «Du hast Besuch.»

Der Mann blickt vom Boden auf und schielt kurz zu mir und Milla hinüber, ehe er seinen Blick wieder nach unten richtet. Er sagt etwas auf Russisch, und der Kommandant nickt. Dann klopft er dem Mann auf die Schulter und tritt zur Seite, sodass die Kolonne weitergehen kann. Als er uns passiert, treffen sich unsere Blicke für einen kleinen Moment. Es ist die gleiche Person wie auf den Bildern, daran besteht kein Zweifel.

Svein Borg lächelt. Nur leicht, ein kindisches, linkisches Lächeln, dann ist er vorbeigegangen.

Kapitel 50

Die Bibliothek von IK-28 ist das Tristeste, was ich je gesehen habe. Sie erinnert einen an das Innere eines Hauses, dessen Tür jahrzehntelang offen stand und das Wind, Wetter und hungrigen Wölfen ausgesetzt war.

Svein Borg macht im ersten Moment einen netten Eindruck auf mich, als er hereinkommt und sich Milla und mir schräg gegenüber vor die Regale mit den braunen Buchrücken setzt. Aber bei näherer Betrachtung sehe ich, dass seine Augen weniger milde sind und die Zähne gelber, als ich auf den ersten Blick dachte.

«Hei», begrüßt uns Svein Borg und gibt Milla die Hand. Anschließend begrüßt er auch mich mit einem kurzen Handschlag, ehe er seine Hände auf dem Tisch verschränkt. «Sie sind aus Norwegen?»

«Ja», sagt Milla. «Ich bin Schriftstellerin und recherchiere für ein neues Buch. Ein Kriminalroman, in dem es um Menschen geht, die verschwinden.»

«Und Sie?» Er sieht mich an.

«Ich helfe Milla mit dem Buch», antworte ich.

Svein Borg richtet seinen Blick wieder auf Milla. «August

Mugabe», sagt er und lächelt. «So hieß er doch, Ihr Krimi-Held, oder?»

«Ja.» Millas Miene hellt sich auf. «Haben Sie meine Bücher gelesen?»

«Meine Mutter mochte Bücher. Ich habe ihr oft vorgelesen, nachdem sie krank geworden war. Ich erinnere mich noch an Ihre Romane. Mugabe war der, dessen Frau versucht hat, ihn zu töten, oder?»

«Ich arbeite gerade am letzten Buch der Reihe», antwortet Milla. «Deswegen sind ...»

«Wollen Sie keine Bücher mehr schreiben?»

«Doch, schon, aber nicht über August.»

«Warum nicht?» Der Ton in seiner Stimme ist ruhig, entspannt, aber ohne die westnorwegische Melodie, die ich bei jemandem aus Molde erwartet hätte.

«Alles hat ein Ende, sagt man das nicht so?» Milla zupft eine Haarsträhne zurecht und lehnt sich näher an den Tisch.

«Wo kommen Sie denn ursprünglich her?», frage ich.

«Molde», antwortet Borg.

«Das ganze Leben dort verbracht?»

«Nein, wir haben eine Zeitlang bei der Familie meiner Mutter in Sørlandet gewohnt, aber eigentlich bin ich in Nordnorwegen geboren, auch wenn ich mich nicht erinnere ...»

«Nordnorwegen?», entfährt es mir verblüfft.

Borg und Milla sehen mich beide verwundert an. «Wieso?», fragt Borg. «Stimmt etwas mit Nordnorwegen nicht?»

«Ja», antworte ich im gleichen Moment, in dem der Schmerz in der durchbohrten Hand zu pochen beginnt. «Die Gegend ist verflucht.»

«Verflucht?»

«Thorkild hat dort oben an einem Fall gearbeitet», schiebt Milla schnell ein, ohne ihren Blick von Borg abzuwenden. «Der nicht so gut ausging.»

«An einem Fall? Sind Sie von der Polizei?»

«Sozusagen», antworte ich. «Ich finde Menschen. Tote Menschen.»

Schweigend sieht Borg mich an und dreht sich dann zu Milla um. «Sie sind also hierhergekommen, um mich zu fragen, wie ich ausgerechnet hier gelandet bin?»

«Wenn Sie nichts dagegen haben», sagt Milla.

«Alexander Solschenizyn zufolge ist eine Verhaftung ein augenblicklicher, einschneidender Umbruch, ein Umsturz, ein Übergang von einem Zustand in einen anderen», erklärt Svein Borg.

Milla nickt heftig. «War es für Sie so?»

«Nein. Ich habe so etwas erwartet. Nach Mamas Tod habe ich wohl die Kontrolle verloren.» Er lächelt schüchtern, ehe er hinzufügt: «Sie war auch eine bekannte Künstlerin, wie Sie.»

«Solveig Borg. Sie war Sängerin, nicht wahr?»

Svein Borg nickt. «Sie nannten sie ‹Vesla›, weil sie so klein und zart wie eine Puppe war. Ihre Stimme war aber so mächtig wie eine Burg.» Er lächelt nervös. «Mama hat den Spitznamen nie gemocht.»

«Sie hatten ein enges Verhältnis zueinander?»

«Ja. Ich wuchs nur bei ihr auf. Sie nahm mich oft mit auf Tournee, selbst als ich noch ganz klein war.»

«Ich habe mir eine ihrer Platten angehört», sagt Milla.

«Wie fanden Sie sie?» Wieder erscheint das reservierte Lächeln, als schäme er sich für den Zustand seiner Zähne.

«Schön», antwortet Milla. «Ich glaube, es war eine ihrer letzten Platten, sie sang über das Paradies.»

«Mama war krank, als sie diese Platte aufnahm. Wir mussten in unserer Wohnung ein Studio einrichten, weil sie es nicht mehr schaffte, rauszugehen. Sie wusste, dass es ihre letzte Platte werden würde.»

«War sie religiös?», frage ich.

«Religiös.» Svein Borg lässt sich das Wort auf der Zunge zergehen, während er Milla ununterbrochen ansieht. «Nicht gottesfürchtig wie der Rest der Familie, aber durchaus religiös. Religiös in ihrer Bewunderung für die norwegische Natur, die Berge, Fjorde und Menschen. Aber ich glaube, am Ende dachte sie mehr und mehr über das nach, was danach kommt.»

«Sie sind nach ihrem Tod weggegangen, oder?», fragt Milla vorsichtig.

«Ja.» Das Lächeln ist mit einem Mal verschwunden. «Die Familie meiner Tante hat darauf bestanden, dass meine Mutter in ihrem Heimatort in Sørlandet begraben werden sollte, obwohl ich wusste, dass sie sowohl den Ort als auch die Familie verachtete, nachdem sie sie so behandelt hatten, als sie schwanger wurde und ein uneheliches Kind bekam.»

«Was ist passiert?», fragt Milla.

«Sie schalteten einen Anwalt ein, um so viele der Rechte an ihrem Lebenswerk wie möglich an sich zu reißen, und letzten Endes habe ich aufgegeben und bin gegangen.»

«Um Ihren Vater zu finden? Hier in Russland?»

«Meine Mutter hatte in St. Petersburg einen Mann kennengelernt, als sie auf ihrer ersten Tournee dort gewesen war, einen jungen russischen Medizinstudenten, der zu ihrem Konzert gekommen war.» Er lächelt wieder. «Sie hatten einen heißen Flirt, wie sie es nannte, und sie verließ Russland mit mir in ihrem Bauch. Ihre Familie wollte, dass sie mich weggab, aber meine Mutter weigerte sich.»

«Eine starke Frau», bemerkt Milla und nickt.

«Ja, das war sie», sagt Svein Borg. «Aber ich hätte nicht gehen sollen. Ich habe keine einzige Spur von meinem Vater gefunden. Alles, was ich hatte, waren ein Vorname und ein Beruf, meine Mutter hat immer gesagt, mehr brauche sie nicht über ihn zu wissen, sie beide seien einander genug. Als sie starb, dachte ich, dass ich mehr bräuchte, aber es war nichts zu finden, also bin ich einfach hiergeblieben und habe darauf gewartet, dass irgendetwas passieren würde, während ich trank und in der Stadt herumstreifte. Nichts geschah, ich trank mehr, und eines Tages bekam ich Streit mit einem Polizisten. Ich beschloss, lieber selbst irgendeine Veränderung in meinem Leben herbeizuführen. Vielleicht wollte ich, dass sie mich erschießen, damit wir uns wiedertreffen konnten.»

«Wie traurig», seufzt Milla.

«Haben Sie Kinder?», fragt Svein Borg.

«Eine Tochter.»

«Stehen Sie sich nahe?»

«Nein», wispert sie, den Blick fest auf Borgs Augen geheftet. «Ich weiß nicht einmal, wo sie ist.»

«Sie ist verschwunden», erkläre ich. «Ungefähr zur gleichen Zeit wie Sie. Milla schreibt nicht nur ein Buch über Menschen, die verschwinden. Sie sucht auch nach ihrer Tochter.»

«Das tut mir leid», sagt Svein Borg und streckt Milla seine Hand entgegen. «Das tut mir wirklich leid.»

Milla ergreift die Hand und drückt sie.

«Wann kommen Sie raus?», frage ich, während Milla und Svein Borg still dasitzen und einander ansehen.

«In sechs Jahren, vier Monaten und sieben, nein, sechs Tagen.»

«Was machen Sie dann?», will Milla wissen.

«Zurück nach Norwegen fahren. Hier in Russland gibt es nichts mehr für mich.»

«Sind Sie direkt nach Russland gekommen, als Sie Norwegen verlassen haben?»

«Ja, so ziemlich.»

«Wir dachten, Sie wären tot», sage ich.

Svein Borg lächelt schief. «Ach ja?»

«Deswegen sind wir hergekommen», fahre ich fort. «Um zu sehen, ob … Sie es wirklich sind. Und Sie sind es», füge ich hinzu.

«Ich verstehe nicht ganz», sagt Svein Borg verwundert, während er Milla anblickt.

«Haben Sie ein Handy?», frage ich.

«Nein, das ist nicht erlaubt. Außerdem habe ich den Vertrag gekündigt, bevor ich Norwegen verlassen habe. Ich wollte mit der Vergangenheit abschließen und neu anfangen.»

«Wie ist Ihre Mutter gestorben, Svein?», frage ich.

«Wie bitte?»

«Entschuldigen Sie», ich breite die Arme aus und lächle, «ich will nicht unhöflich sein, aber ...»

«Also.» Borg räuspert sich. «Sie war krank. Man konnte sie förmlich dahinschwinden sehen, Tag für Tag, Stunde für Stunde. Sie ist daheim in ihrem Bett eingeschlafen.»

«Waren Sie dabei?», fragt Milla. «Bei ihr?»

«Ja», antwortet Borg. «Die ganze Zeit. Bis zuletzt. Wir waren nur zu zweit.»

«Waren Sie jemals in Orkdal?», frage ich.

Borg räuspert sich. «Nein. Leider nicht.»

«Oder zum Glück?»

«Äh, ja, ja.» Er quält ein weiteres verschlossenes Lächeln hervor.

«Wie gesagt, ich möchte nicht zu neugierig wirken», erkläre ich mich. «Ich stelle einfach gerne Fragen. Es tut mir leid, wenn Ihnen das zu persönlich erscheint.»

«Aber nein. Ganz und gar nicht. Ich hatte mich nur gewundert ...»

«Danke», sage ich und stehe auf, «dass Sie mit uns geredet haben.»

«Warum warst du so unhöflich zu ihm?», fragt mich Milla, als wir endlich vor dem Tor stehen und zum Sammeltaxi gehen, das auf uns wartet.

«Seine Lügen haben mich angeödet.»

«Lügen?»

«Alle Menschen lügen.» Ich ziehe den Reißverschluss meiner

Jacke zu, als wir außerhalb der Holzzäune in die kalte Frühlingsluft treten. «Leute wie mich interessiert es nicht, ob ein Mensch lügt, sondern wie er oder sie es tut, vor allem aber, was genau er oder sie einem verheimlicht.»

«Was hat Svein Borg denn nicht erzählt?»

«Viele Dinge. Am interessantesten ist aber die Sache mit dem Handy.»

«Dem Handy?»

«Er hat gesagt, er hätte seinen Vertrag gekündigt und dass er mit der Vergangenheit abschließen wollte. Warum hat er nicht erzählt, dass er das Handy seiner Mutter behalten hat?»

«Woher weißt du das?»

«Sie starb am 12. August. Trotzdem wurde ihr Handy noch bis letzten Oktober angerufen.»

«Vielleicht hat jemand anderes den Vertrag übernommen? Jemand aus der Familie?»

«Er hat doch selbst gesagt, dass sie nur zu zweit waren.»

«Worauf willst du hinaus?»

«Dass wir das Ganze näher untersuchen müssen», antworte ich.

Kapitel 51

Ich mochte ihn.» Der Zug ist gerade losgefahren. Milla sitzt im unteren Bett des engen Schlafabteils und öffnet die Knöpfe ihrer Bluse. Ich kann auf meiner Zunge noch immer den Geschmack von Mister Blue wahrnehmen. «Auch wenn es dir anders geht. Er hatte so etwas Offenes, Ehrliches, mit dem man sich leicht identifizieren kann.»

«Die Gefängnisse dieser Welt sind randvoll mit Menschen, die dir glauben machen wollen, dass sie ausschliesslich aufgrund einer durchgehenden Pechsträhne und Zufällen hinter Schloss und Riegel sitzen.»

«Ich glaube, du bist eifersüchtig.» Milla beugt sich nach vorne und öffnet den Verschluss ihres BHs.

«Aggression, Feindseligkeit und Antipathie sind Charakterzüge, die es einem leichtmachen, einem Häftling gegenüberzutreten, man erwartet und akzeptiert dieses Verhalten bei ihnen. Und ich sage damit nicht, dass jeder, der im Gefängnis sitzt, schuldig ist. Ich sage nur, dass Kriminelle, die in der Lage sind, Dinge zu verbergen, ihren Charme spielen zu lassen und andere zu manipulieren, viel gefährlicher sind als diejenigen, die vor Testosteron und Aggression überkochen. Sie sind ...»

«Willst du dich nicht ausziehen?» Milla wirft den BH auf ihr Bett, lässt sich auf den Rücken fallen und legt die Hände auf ihre Brüste.

Es schneit. Der Zug rattert durch eine flache, nackte Winterlandschaft, die mich aus irgendeinem Grund an Rentiere, Weihnachten und buntes Geschenkpapier denken lässt. «Ich sage nur, dass Svein Borg nicht dort einsitzt, weil er Pech hatte, was er ja auch selbst zugibt. Aber wir wissen zumindest, dass es wirklich Borg ist und dass er sich zum Zeitpunkt des Mordes an Robert und Camilla in St. Petersburg befunden hat.»

Milla setzt sich wieder auf, nachdem ich keine Anstalten mache, mich zu entkleiden. Sie packt meine Gürtelschnalle und zieht mich näher zu sich heran. «Seine Geschichte gehört in ein Buch», sagt sie, zerrt an meinem Gürtel und öffnet meine Hose. «Sie ist roh und bitter, und ich glaube, viele Leser könnten sich damit identifizieren.»

«Mit einer Sache aber hast du recht», murmele ich. Milla weist mit dem Kopf auf mein Hemd und macht mir deutlich, dass es ebenfalls heruntersoll.

«Und die wäre?»

«Dass Svein Borg interessant ist.»

«Auf welche Weise?»

«Ich will mehr über ihn erfahren.»

«Worüber genau?»

«Über ihn und seine Mutter, was er getan hat, nachdem er Norwegen verlassen hat.» Ich ziehe das Hemd und das T-Shirt aus, während Milla ungeduldig mit verschränkten Armen vor mir sitzt und wartet.

«Ich glaube immer noch, dass du eifersüchtig bist.» Milla klettert sofort auf mich, als ich mich in das Etagenbett lege. «War das, was du dort heute getan hast, dieses Profiling?»

«Nein», stöhne ich, während Milla mein Glied massiert, damit sie sich daraufsetzen kann. «Ich bin einfach von Natur aus neugierig.» Was wir miteinander haben, sehe ich als einen Tauschhandel, Sex gegen Nähe. Eine mittelfristige Lösung für ein größeres, tiefer liegendes Problem. Etwas, das nicht wachsen darf, das ich hinter mir lassen will, wenn ich wieder zurück nach Stavanger fahre. Ich will nicht wieder in diesen Schützengraben, nicht nach Ann Mari, und auch wegen Frei nicht. Mit uns dreien würde es nie funktionieren.

«Aber du kannst das?» Milla streicht mit den Fingern über meine Brust, sie bewegt sich langsam auf mir. «Profiling?»

«Ja», stöhne ich und ergreife ihre Handgelenke, streiche mit meinen Händen ihre Unterarme entlang. «Ich habe bei meinem Aufenthalt in den Staaten einiges darüber gelernt.»

Und selbst wenn ich es schaffen würde, Frei loszulassen, gesund zu werden, Stavanger und sie hinter mir zu lassen, was dann? Ulf würde es einen Fortschritt nennen, einen beachtlichen Fortschritt, dass ich mir überhaupt so etwas ausmale, während eine lebende, stöhnende Frau auf mir sitzt. Er würde mir vielleicht sogar vorschlagen, ich solle mir einen Hamster anschaffen, ein kleines Tier, das ich füttern und mit dem ich Gassi gehen kann, und ein zehnstufiges Therapieprogramm konstruieren, dessen letztes Ziel es wäre, dass Thorkild Aske wieder versteht, wie gesunde Menschen eine Beziehung zueinander aufbauen.

«Wenn du also ein Profil erstellen müsstest», fragt Milla weiter und reißt mich zurück ins Zugabteil und zu dem, was wir gerade tun. «Was würdest du über die Person sagen, nach der wir suchen?»

«UNS...», keuche ich und schlage die Augen wieder auf. «UNSUB.»

«Was?»

«Wir bezeichnen solche Personen als *Unknown Subject Of An Investigation*. UNSUB.»

«Sprich weiter.» Sie bewegt sich jetzt schneller. «Ich will mehr wissen.»

Es fühlt sich an, als würden die Blutgefäße in meinem Glied gleich explodieren. «Unser Freund ...», stöhne ich und kneife meine Augen zu, um das Bild von Ulf und dem imaginären Therapiehamster von meiner Netzhaut zu tilgen. «Er hat ein gewisses Verständnis dafür, wie er agieren muss, um sich den Menschen zu nähern, die er tötet. Man kann jemand Fremdem nicht einfach irgendwie Kaliumchlorid B spritzen. Das bedeutet, dass er jemand ist, der das entweder durch seine äußere Erscheinung erreicht oder durch eine vorgespielte Persönlichkeit, mit der er die Menschen ködert. Wir können nicht ausschließen, dass er seine Opfer von früher kannte, aber ich glaube, das ist ein wenig zweifelhaft im Hinblick auf die geographischen Abstände zwischen ihnen.»

«Es ist also ein Mann?» Milla presst ihre Hände gegen meine Bauchmuskeln.

«Definitiv ein Mann.»

«Was noch?»

«Das Inszenieren der Leichen deutet darauf hin, dass die Opfer gesichts- und geschlechtslose Teile eines größeren Plans und Bestandteile seiner Phantasie sind, jedenfalls abgesehen vom Mord an Robert und seiner Exfrau und dem Attentat auf mich. Da scheint die Motivation eine ganz andere zu sein. In diesem Bild gibt es auch keine Inszenierung der Leichen oder Intimität. Eher im Gegenteil.»

«Noch etwas?» Ihre Hüften bewegen sich schneller und heftiger.

«Nachdem es in den beiden konkreten Fällen, die wir haben, keine Anzeichen für eine sexuelle Motivation oder einen sexuellen Unterton gibt, ist das Erstellen eines Profils viel komplizierter als zum Beispiel bei einer reinen Vergewaltigung oder einem Raubmord.»

«Erzähl mehr», keucht Milla. «Erzähl mehr!»

Ich packe ihre Hüften, um mich so lange festzuhalten, bis der Ritt vorüber ist. «Weil es auch bei Liv und dem Paar in Umeå keine äußeren Anzeichen für Gewaltanwendung gibt, heißt das ... heißt das, dass die Überfälle blitzschnell passiert sein müssen, damit die Opfer schnellstmöglich neutralisiert werden konnten.»

Milla gräbt ihre Nägel in meinen Bauch, während sich ihr Unterleib zusammenzieht. «Jetzt komme ich. Ich komme ...»

Kapitel 52

In weniger als einer Stunde sind wir zurück in Archangelsk. Der Schnee ist grauem Matsch, Regen und kahlen Bäumen gewichen, die sich mit Hochhäusern und grauen Lagerhallen abwechseln. Milla schläft, ich sitze am Zugfenster und genieße die Nachwirkungen der Pillen, die sie mir nach den Bettaktivitäten gegeben hat.

Manchmal ist der dösige Zustand, wenn der Effekt der Medikamente langsam abklingt, besser als der Höhepunkt. Alles bewegt sich ein paar Millisekunden langsamer als normal, man hat mehr Zeit, Eindrücke zu verarbeiten und zu reflektieren, während der Körper gleichzeitig nicht nach einer Zustandsänderung schreit. Man weiß, dass sie kommt, aber man hat Zeit, Zeit für jeden einzelnen Augenblick zwischen damals und jetzt. Mir wird klar, dass das wohl ein Gedankengang ist, den ich mir merken und Ulf präsentieren muss, wenn ich zurück nach Stavanger komme.

Ich bin gerade dabei, mein Handy in die Hand zu nehmen, um ein paar wohlüberlegte Stichworte zu notieren, als es klingelt.

«Hei, Iver», sage ich, während der Zug an mehreren Hochhäusern vorbeirollt, die von abgasverfärbten Schneewällen und blattlosen Bäumen gesäumt sind.

«Wo seid ihr?»

«Auf dem Weg zum Flughafen in Archangelsk. Wir sind fertig bei Borg.»

«Wie war er?»

«Milla mochte ihn.»

«Und du?»

«Nicht besonders. Aber wir haben mit ihm gesprochen und können bestätigen, dass er es wirklich ist.»

«Ich habe etwas herausgefunden», sagt Iver, bevor ich weitersprechen kann. Er wirkt aufgeregt. «Nein», er atmet aus, «nein, Aske, im Ernst, ich glaube, wir haben ihn gefunden.»

«Ihn? Was meinst du?»

«Während ihr Borg in Archangelsk besucht habt, habe ich ein wenig mehr über die Besitzer der anderen Telefonnummern nachgeforscht, die nach dem Tod von Jonas Eklund von seinem Handy aus angerufen wurden. Das hat ein wenig gedauert, weil die Nummern aus mehreren Ländern kamen – Finnland, Estland und Russland – und größtenteils nicht mehr vergeben sind. Bisher konnten wir vier Besitzer der Nummern identifizieren, die im aktuellen Zeitraum angerufen wurden, also in der Zeit nach Jonas Eklunds eigenem Tod. Die Besitzer der Nummern sind alle entweder tot oder in ihrem Heimatland als vermisst gemeldet. Drei der Fälle sind immer noch offene Vermisstenfälle ohne Leichen, aber bei einem Fall in St. Petersburg haben wir eine Leiche.»

«St. Petersburg?», frage ich erstaunt.

«Ich habe die Fallunterlagen aus Russland bekommen. Es war nie die Rede von einem Selbstmord, die Frau wurde im Oktober letzten Jahres in einem Park am Stadtrand überfallen und ermordet. Aber das Beste daran ist, dass sie den Mann haben, der sie getötet hat. Er wurde ein paar Tage nach dem Mord verhaftet. Und er hat nicht nur diesen, sondern auch noch vier weitere Überfälle gestanden.»

«Unsere?»

«Nein, leider nicht, nur Russen im Gebiet um St. Petersburg. Thorkild, wir stehen hier kurz vor einem Durchbruch. Ich habe den russischen Kollegen von den Fällen erzählt, in denen wir ermitteln, und dass uns die Spuren nach Russland und St. Petersburg geführt haben.»

«Ist es Borg?», frage ich und werfe einen kurzen Blick auf Milla, die immer noch schläft.

«Nein. Ein Russe. Mikhall Nikow.»

«Wo ist er?»

Iver klärt mich über die Details des Falls auf, sagt mir, wohin wir fahren müssen. Hinter mir höre ich, wie Milla gähnt, während sie sich rekelt. «Wir hören uns, Iver», sage ich. «Ich rufe an, wenn wir angekommen sind.»

Ich tippe auf den roten Hörer und drehe mich zu Milla um, sie blinzelt und streckt mir eine Hand entgegen. «Thorkild», haucht sie. «Komm.»

Ich lege das Handy auf den Nachttisch und stehe auf. Der Zug hat seine Fahrt verlangsamt, und ich sehe, wie sich die Konturen der Großstadt unter einer grauen Kuppel aus Abgasen und Regenschauern abzeichnen.

«Sind wir bald da?»

«Ja», antworte ich und beginne, mich anzuziehen. «Iver hat angerufen. Er hat etwas herausgefunden.»

«Was?»

«Eine der Nummern auf Eklunds Handy hängt mit einem weiteren Mordfall zusammen, der Täter ist bereits gefasst. Iver schickt uns die Unterlagen per E-Mail.» Ich halte beim Anziehen kurz inne. Ihre Augen verdunkeln sich schon wieder. «Milla, ich glaube, wir haben ihn.»

«Wo ist er?» Ihre Finger suchen nach einer Haarsträhne, an der sie sich festhalten können.

Ich setze mich auf die Bettkante. «Hast du schon einmal vom *Schwarzen Delfin* gehört?»

Kapitel 53

Abends um kurz nach halb acht landet das Flugzeug in Scheremetjewo außerhalb von Moskau. Das Terminal ist eine moderne Konstruktion aus Beton und Glas, die an die farblosen Plattenbauten aus den Zeiten des Kommunismus erinnert. Wir werden in Moskau bleiben, bis Iver eine Einreiseerlaubnis für uns beide organisiert hat, um anschließend den langen Weg nach Orenburg und zum Gefängnis *Der Schwarze Delfin* auf uns zu nehmen.

Es regnet. Vom Flughafen aus nehmen wir ein Taxi, das uns zu einem Hotel im Zentrum bringt. Ein grauer Teppich aus Regen und Nebel bedeckt die Stadt und hängt schwer zwischen den höchsten Wolkenkratzern.

«Was morgen angeht», setze ich an und gehe zum Fenster, wo ich die Gardinen ganz zur Seite ziehe. Milla liegt auf dem Bett und beobachtet mich, während ich rede. Unser Hotelzimmer liegt hoch über dem Zentrum von Moskau, unter uns kann ich Straßenlaternen und Neonschilder erkennen, die sich im Flusswasser spiegeln. «Ich habe überlegt, das Gespräch mit Mikhall Nikow in zwei Phasen einzuteilen. In der ersten will ich herausfinden, ob er überhaupt in Norwegen gewesen ist und etwas mit dem Verschwinden von Siv und Olivia zu tun haben kann. Wenn sich das bewahrheitet, kann ich den zweiten Teil alleine erledigen. Okay?»

«Komm», flüstert Milla und streicht mit den Fingern über die pelzähnliche Bettdecke. Neben ihr liegen zwei volle Blister mit OxyContin und Somadril. Ich habe bemerkt, dass ich ihre Schwermut nicht mehr so deutlich wahrnehme wie zuvor. Aber das liegt offenbar nicht daran, dass sie akzeptiert hätte, was uns am Ende unseres Wegs mit großer Wahrscheinlichkeit erwartet. Sie hat lediglich ihre Pillendosis erhöht, seit wir Molde verlassen haben. Ich sehe es in ihren Augen, wenn ich ihr nahe genug komme, ich spüre es, wenn sie auf mir sitzt, über mein Gesicht streichelt und die Hüften bewegt. Allmählich zahlt sie den Preis dafür, zu lange mit mir zusammen zu sein.

Ich gehe zu ihr und setze mich auf die Bettkante. «Sind die für mich?»

Milla nickt.

«Danke», sage ich und lege die Hand auf die Packungen.

«Mugabe hat eine Frau getroffen.» Milla ergreift meine Hand und lehnt sich an mich. «Ich will August Hoffnung geben», sagt sie. «Wenn er nach seiner Tochter sucht und Gjertrud am Küchentisch ihren letzten Schachzug plant, will ich, dass er einen Ausweg sieht. Ein glückliches Ende.» Sie drückt meine Hand. «Glaubst du an ein glückliches Ende?»

«Milla.» Ich will aufstehen, aber sie verstärkt den Griff um meine Hand und zieht mich an sich. Ich schaffe es nicht, ihr zu sagen, dass alle Hoffnung auf ein glückliches Ende in dem Moment geschwunden ist, als ich die Textnachricht von Olivias Handy bekam.

«Glaubst du daran?» Endlich lässt sie meine Hand los und fährt mit ihren Fingern durch mein Haar.

«Definiere glücklich», fordere ich sie auf. Anstatt ihr zu sagen, was ich wirklich denke, durchlebe ich lieber noch mal die letzten Sekunden in der Gefängnisdusche, am Ende des Seils, als Frei zu mir zurückkam. Schon kurz darauf kann ich das Prasseln des Wassers auf der nackten Haut spüren und wie sich meine Kehle durch den Druck des Seils zusammenschnürt, während ich die Blister in meiner Hand fester und fester umklammere. «Das bedeutet für jeden Menschen etwas anderes.»

«Bitte», schnurrt Milla, während sie mein Haar und mein Gesicht liebkost. «Kannst du nicht einfach sagen, dass du daran glaubst?»

«Ulf ist der Meinung, dass ich eigentlich gar nicht sterben will, und dass diese Phantasie nur in mir auftaucht, weil ich mein Dasein so sehr eingeengt habe, dass ich keinen anderen Ausweg sehe. Die Phantasie bringt mich dazu, in mir einen Ort zu erschaffen, der nur zu einem einzigen Zweck existiert: um für einen Menschen zu büßen, der schon längst tot ist.»

Sie hört auf, mein Haar zu streicheln, und legt sich auf den Rücken. «Meinst du damit, ich wäre wie du? Dass wir zwei, wir und Olivia, nur eine Illusion sind?»

«Wir zwei?», frage ich erstaunt.

«Ja.»

«Und was ist mit Joachim?»

Milla schüttelt den Kopf. Sie setzt sich auf, steigt aus dem Bett und geht ans Fenster. «Schau dir die Lichter an», flüstert sie, während sie die Stadt unter uns betrachtet. «Sie sind so schön.» Sie lächelt. «Findest du nicht auch?»

Ich stehe auf und stelle mich hinter sie. «Milla.» Ich lege ihr vorsichtig meine Hände auf die Schultern. «Wir zwei. Ich glaube nicht, dass ...»

«Außerdem liegst du falsch», sagt sie. «Ich bin nicht wie du, ich täusche mich nicht selbst, so wie du.» Sie dreht sich um. «Im Grunde bin ich froh.»

«Froh?»

«Morgen treffen wir vielleicht den Mann, der Olivia entführt hat.» Sie lehnt sich leicht an meine Brust. «Egal, was in diesem Gefängnis geschieht, ich werde sie zu mir nehmen, wenn wir von dort wegfahren. Sie wird nicht mehr ihm gehören, denn ich habe vor, sie zu mir nach Hause zu bringen. Das ist das, was mir bleibt, nachdem Robert gegangen ist. Dass ich mir zurücknehmen muss, was zu mir gehört.»

«Robert ist nicht gegangen», flüstere ich. «Er wurde ermordet.»

Milla wendet sich ab. Sie lehnt sich mit dem Rücken an mich, während ihr Blick durchs Fenster fällt, auf den Fluss und die von Abgasen verschmutzten Eisschollen, die auf dem Weg durch die Stadt im Schmelzwasser aneinanderstoßen. Das graue Wetter und die gelben und purpurnen Farben der Fenster, Straßenlaternen und Neonschilder lassen mich an Science-Fiction-Filme denken, in denen seelenlose Humanoide eine Welt durchwandern, die keine Eindrücke mehr in ihnen hinterlässt. In solche Wesen werden wir beide uns verwandeln, wenn ich die Sache mit uns so weiterlaufen lasse wie bisher. Milla braucht jemanden, den sie lieben darf, bevor es auch für sie zu spät ist.

Kapitel 54

Die Erde drückt von allen Seiten gegen uns. Ich presse mich an Sivs Körper, ihre Jacke liegt über meinem Gesicht, sodass ich immer noch atmen kann und nicht ersticke. Ihr Körper fühlt sich schon jetzt so kalt an wie die Erde, die uns umschließt.

Ich halte meinen Mund geschlossen und atme durch die Nase. Ich weiß, dass es nicht mehr lange dauert, bis die Luft aufgebraucht ist. Trotzdem kann ich nicht einfach aufgeben. Etwas in meinem Inneren schreit mir zu, dass diese Finsternis nichts ist gegen das, was ich an dem Tag, an dem sie kamen, um mich zu holen, in deinen Augen gesehen habe. Etwas beharrt darauf, dass die schneidende Kälte in meinem Gesicht, meinem Nacken und an den Händen nicht mit dem eisigen Gefühl vergleichbar ist, das ich empfand, als sie mich aus unserem Haus führten. Etwas sagt mir, dass die Schmerzen und die Trauer in meiner Brust nur ein leichter Nachhall dessen sind, was mich innerlich zerriss, als sie mich auf den Rücksitz des Autos setzten und mich von dir fortbrachten.

Mama, bist du das, die gerade zu mir spricht?

Kapitel 55

Das Erste, was wir hören, als wir uns nähern, sind die Hunde. Ein tiefes Knurren und Bellen, das zwischen den Häusern innerhalb der Tore widerhallt. Der Himmel ist dunkel, und über dem Wald hängen schwere Wolken. *Der Schwarze Delfin* ist eines der ältesten Gefängnisse Russlands und wurde im 18. Jahrhundert für zu lebenslänglicher Haft verurteilte Gefangene erbaut. Der Name stammt von der Skulptur eines schwarzen Delfins, den wir zwischen den Gitterstäben vor dem Haupttor erahnen können. Die Gebäude ähneln einfarbigen Bauklötzen, die von Stacheldraht umringt sind.

«Mikhall Nikow», sage ich, während wir im Sammeltaxi ganz hinten sitzen und darauf warten, aussteigen zu dürfen, «ist siebenundfünfzig Jahre alt und hat als Schweißer gearbeitet, bis er in den frühen 2000er Jahren seinen Job verlor. Er kommt aus Peterhof an der Südküste des Finnischen Meerbusens, nicht weit von St. Petersburg, und wurde letzten Oktober verhaftet. Er ist wegen Mordes an vier Männern und zwei Frauen verurteilt worden.» Ungeduldig blicke ich zum Fahrer nach vorne, der angehalten hat, um mit der Wache am Tor zu sprechen. «Alle Morde wurden in der Region um St. Petersburg begangen.»

«Glaubst du, er wird mit uns sprechen?», fragt Milla. Ihr Gesicht ist wieder verschlossen und verrät keine Gefühlsregung. Nur wenn wir zusammen sind, ganz zusammen, fällt diese Maske.

«Ja», antworte ich. «An Orten wie diesen werden die Leute gern redselig. Außerdem haben die Menschen, die hier einsitzen, nichts zu verlieren. Sie wissen, dass sie den *Schwarzen Delfin* nie wieder verlassen werden.»

Als die Wache endlich das Tor öffnet und uns hineinlässt, dürfen wir aussteigen. Wir werden über den offenen Hofplatz und zu einem Gebäude in der Mitte des Lagers geleitet. Dort erwartet uns ein Mann mit dichtem, schwarzem Haar in einer tarnfarbenen Uniform. Er stellt sich als Chefaufseher des Lagers vor. «Nicht die Hunde berühren», sagt er auf Englisch. «Nicht den Gefangenen berühren. Nicht über die grüne Linie auf dem Boden treten, weder beim Hineingehen noch beim Gang durch die Korridore. Nicht mit anderen Gefangenen reden, nur mit dem, den Sie besuchen. Und denken Sie daran», wiederholt er. «Nicht die Hunde berühren.»

Als wir an das Ende eines langen Ganges im zweiten Stock des Gebäudes kommen, sagt er: «Mikhall sitzt in einer Einzelzelle.» Vor uns steht etwas, das aussieht wie ein Telefonhäuschen aus Plexiglas und Wellblech mit einer Tür an der Seite und drei Stühlen darin. Am Wellblech ist ein Telefon aus den fünfziger Jahren befestigt, und durch das Glas können wir sehen, dass auf der anderen Seite ebenfalls eines hängt. «Bleiben Sie hier, während die Wachen ihn holen. Sagen und tun Sie nichts, bis Mikhall im Gesprächsraum Platz genommen hat.»

«Dieser Ort ...», flüstere ich und puste in meine Hände. Hier drinnen können es nicht mehr als zehn Grad sein. Ich ziehe einen der Holzstühle zu mir heran und setze mich. Kurz darauf kommt der Chefaufseher zurück. Hinter ihm folgen ein Aufseher mit Hund sowie eine Wache, die die Hände eines Mannes festhält, der sich geschickt jenseits der grünen Linie bewegt. Er geht vornübergebeugt, den Blick auf den Boden gerichtet und die Hände mit Handschellen auf dem Rücken gefesselt. Auf dem Kopf hat er eine schwarz-weiß gestreifte Mütze, und er trägt eine Gefängnisuniform in den gleichen Farben, seine Füße stecken in schwarzen Pantoffeln. Als sie uns erreichen, gibt der Chefaufseher ein kurzes Kommando, und der Gefangene stellt sich mit dem Kopf gegen die Wand, während der Wachmann die Tür zum Telefonraum öffnet. Anschließend wird der Gefangene hineingeführt und auf einen Schemel gesetzt, bevor die Tür wieder verschlossen wird.

«Okay», sagt der Aufseher. «Er ist bereit.»

Mikhall Nikov hat eine drahtige, schlanke Statur und hohle Wangen. Er sitzt im Telefonraum und sieht uns erwartungsvoll durch das Plexiglas an, bevor er sich schließlich dem Telefon zuwendet und den Hörer abnimmt.

«Mikhall Nikow?», frage ich, nachdem ich den Hörer ebenfalls ans Ohr geführt habe.

Er lächelt schüchtern mit einem zahnlosen Gaumen, dann beantwortet er meine Frage mit einem kurzen Nicken. Seine Augen sind grau, der Blick neugierig und beinahe schon kindlich, wie er zwischen jedem von uns außerhalb der Plexiglasscheibe hin- und herwandert. Er erinnert mich an ein aufmerksamkeitsheischendes Kind.

«Sprechen Sie Englisch?»

Mikhall zuckt mit den Schultern. «Ein bisschen.»

«Wir sind hier, um Ihnen ein paar Fragen zu stellen», erkläre ich. «Wir sind aus Norwegen.»

«Ah», antwortet er und lächelt. «Dann weiß ich, warum Sie hier sind.»

«Ach ja?»

Mikhall entblößt beim Lächeln erneut seinen zahnlosen Gaumen. «Ja, sicher.»

«Sind Sie schon mal dort gewesen?»

Wieder lächelt er, ohne etwas zu sagen.

«Erzählen Sie mir von der Frau im Park.»

Mikhall nickt träge und befeuchtet seine schmalen Lippen.

«Frag ihn nach Olivia», unterbricht Milla mich. «Ich will wissen, ob er etwas über Olivia weiß. Ob er ihr etwas angetan hat.»

Aufmerksam verfolgt Mikhall unser Gespräch und bewegt dabei keinen einzigen Gesichtsmuskel. Er lehnt sich nach vorn gegen die Plexiglasscheibe. «Ich habe viel getrunken, nachdem ich meine Arbeit verloren hatte», sagt er schließlich. «Viel Wodka, zu viel. An die erste Frau, die ich getötet habe, erinnere ich mich nicht so gut, außer dass ich Geld brauchte und dass ich sie mit einem Messer erstochen habe. Dann habe ich zwei Brüder bei einer Schlägerei in ihrer Wohnung umgebracht. Ich weiß nicht mehr, worum es ging, aber ich bin blutüberströmt auf dem Boden aufgewacht. Da habe ich mir die Mikrowelle geschnappt und bin abgehauen. Von denen danach weiß ich noch weniger.»

Ich nicke, während er erzählt.

«Aber die Frau im Park. An die erinnere ich mich.» In seinen Augen ist ein Schimmern, das vorher nicht dort gewesen ist. Als hätte ihn das Reden über die Vergangenheit an einen anderen Ort geführt als den, an dem wir uns gerade befinden. «Wir hatten ein paar Tage lang ordentlich gesoffen, und ich wollte los, um Fleisch zu kaufen, und uns etwas kochen.»

«Wir?»

«Ich und ein Freund, der eine Zeitlang bei mir wohnte. Wir sind in einer Bar gelandet», erzählt er. «Nachdem wir unser Geld für Wodka ausgegeben hatten, wollten wir jemanden ausrauben, um uns Fleisch und noch mehr Wodka kaufen zu können. Wir verließen die Bar und streiften auf der Suche nach einem Opfer durch die Straßen. Zum Schluss sahen wir eine Frau, die alleine auf einen Park zuging, und wir folgten ihr. Ich erinnere mich, dass es draußen warm war, obwohl es Herbst war. Die Bäume im Park hatten ihre Blätter noch nicht verloren.»

Mikhall redet langsam, einige Wörter wiederholt er zwei- bis dreimal, gefolgt von einem Nicken, als wollte er sichergehen, dass wir verstanden, was er meinte. «Ich habe die Frau am Arm gepackt», fährt er fort. «Mein Freund hat in ihren Kleidern nach Geld gesucht oder etwas anderem, das wir hätten verkaufen können. Ich habe ihr den Mund zugehalten, damit sie nicht schreien konnte. Ich muss zu fest zugedrückt haben, denn auf einmal hörte sie auf, sich zu wehren, und sackte einfach zusammen. Wir nahmen alles, was wir in ihren Taschen fanden, es waren nur ein paar Rubel. Dann schleiften wir sie in einen Graben, wo wir die Leiche mit Ästen und Blättern bedeckten.»

«Erzählen Sie mir von Ihrem Freund.»

«Wir haben ihn einfach nur *Nesti* genannt, weil er so groß war. Erst als wir fertig waren und gehen wollten, habe ich bemerkt, dass er bei der Leiche stand und etwas mit ihr machte. Zuerst habe ich geglaubt, dass er sie mitnehmen wollte oder etwas zum Verkaufen gefunden hatte, aber als ich zu ihm ging, habe ich gesehen, dass er ihr Handy genommen hatte und eine Nummer in sein eigenes Telefon eintippte. Danach hat er das Handy in ihre Hand gelegt und diese an ihrem Ohr platziert. Ich habe gesagt, dass wir das Handy verkaufen könnten, aber er hat mich nur weggescheucht. Er war ein großer Kerl, und ich wollte keinen Streit, nachdem wir uns gerade Geld besorgt hatten, also ließ ich die Sache auf sich beruhen. Als wir mit dem Wodka und dem Fleisch in meine Wohnung kamen, habe ich ihn gefragt, warum er das Handy so hingelegt hatte und was er mit ihrer Nummer anfangen wollte.»

Mikhalls Augen verengen sich plötzlich, als würde er sich immer noch über die Situation wundern. «Er hat gesagt, er hätte es getan, damit sie in Kontakt bleiben könnten.»

«Wer war er?», flüstere ich. An einem Punkt zwischen meinem Nacken und den Schultern kribbelt und juckt es, wie immer, wenn ich die Zusammenhänge einer Sache erahne, über die ich eine lange Weile gegrübelt habe.

Mikhall grinst schief, während er sich auf seinem Stuhl zurücklehnt. «Er war wie du», sagt er ruhig und atmet schwer durch die Nase aus. «*Norweschski.*»

«Was sagt er?», fragt Milla unruhig und sieht abwechselnd mich und den Wachmann an.

«Er sagt, er war Norweger», antworte ich, bevor ich mich wieder an Mikhall wende. «Wissen Sie, wie er hieß?»

Mikhall grinst, schüttelt aber den Kopf.

«Wo ist er jetzt?»

«Ich weiß nicht. Ich wurde ein paar Tage später wegen des Mordes an den zwei Brüdern verhaftet, seitdem habe ich nichts mehr von ihm gehört.»

«Können Sie uns noch etwas anderes über ihn erzählen?»

Mikhall zuckt mit den Achseln. Wieder grinst er. «Wir haben uns eine Woche vorher in einem Park getroffen. Er hatte keinen Schlafplatz, deswegen habe ich ihn für ein paar Rubel bei mir wohnen lassen. Ich weiß, dass er in St. Petersburg war, um nach seinem Vater zu suchen ...»

«Verdammt», fluche ich und springe auf, bevor Mikhall den Satz zu Ende gesprochen hat. Ich gebe dem Aufseher ein Zeichen, dass wir fertig sind. «Wir müssen zurück nach Archangelsk», sage ich zu Milla.

Kapitel 56

Iver geht sofort ans Telefon. «Hei», brummt er. «Wie ist es gelaufen?»

«Es ist Borg», keuche ich, während wir durch die Ankunftshalle des Flughafens Moskau-Scheremetjewo hasten, um das Gate des nächsten Fluges zu erreichen, der uns zurück nach Archangelsk bringt.

«Was?»

«Borg ist der Mann, nach dem wir die ganze Zeit gesucht haben. Alles passt. Oh Gott, Iver», ich bleibe stehen, während Milla sich in die Passagierschlange vor dem Check-in-Schalter stellt, «wir haben ihn.»

«Was ist mit Siv und Olivia? Passen sie auch ...»

«Ja. Borg war in Norwegen, als sie verschwunden sind. Wir müssen nur einen Weg finden, ihn zum Reden zu bringen. Als wir dort waren, wirkte er nicht wie der Typ, der gern über sich selbst redet. Aber vielleicht ändert sich das, wenn ich ihm erzähle, dass wir seinen Zechbruder Mikhall getroffen haben.»

«Du musst ihn zum Reden bringen, Thorkild. Bring ihn dazu, alles zu erzählen.»

«Ja», sage ich. Die Schlange hat sich aufgelöst, und die Leute sammeln sich in einem Halbkreis um den Schalter. «Aber es gibt ein Problem.»

«Ja?»

«Robert und Camilla. Das Auto, das mich überfahren hat. Borg war in Russland, als Robert und Camilla getötet wurden, und er kann auch nichts mit dem Mordversuch an mir zu tun haben, es sei denn, er hat einen Freund, der ihm hilft.»

Iver zögert. «Ist das möglich?»

«Was?»

«Dass er einen solchen Freund hat?»

«Ich weiß es nicht», antworte ich. «Ich habe nicht einmal richtig Zeit gehabt, darüber nachzudenken.»

«Wir haben Zeit, Thorkild», sagt Iver. «Borg sitzt im Gefängnis. Er geht nirgendwohin. Außerdem dürfen wir es nicht als Niederlage betrachten, wenn sich herausstellen sollte, dass Roberts Tod trotz allem doch nichts mit dieser Sache zu tun hat.»

«Du hast recht», sage ich und drehe mich um. Zwischen den Menschen, die dicht gedrängt um den Schalter der Fluggesellschaft stehen, kann ich Milla nicht sehen.

«Thorkild?», fragt Iver. «Bist du noch dran?»

«Warte mal kurz.» Ich lege das Handy an die Brust, während ich mich der Passagiertraube nähere.

Endlich entdecke ich Milla. Sie lehnt sich über den Schalter und redet mit dem Angestellten dahinter, der wild gestikuliert und heftig den Kopf schüttelt, während er versucht, alle Fragen der Reihe nach zu beantworten. Nach einer Weile presst sich Milla wieder aus der Menschenmenge heraus und kommt auf mich zu.

«Was ist denn da los?», frage ich sie.

«Derzeit sind alle Reisegenehmigungen für Ausländer nach Archangelsk vorübergehend außer Kraft gesetzt worden.»

«Was? Warum das?»

«Dort läuft gerade eine größere Polizeiaktion.» Sie zögert, holt Luft und spricht weiter: «Sie suchen nach einem Gefangenen, der aus einem der Straflager in der Umgebung geflohen ist.»

Im selben Moment erscheint ein bekanntes Gesicht auf allen Fernsehmonitoren. Darunter läuft ein Text auf Russisch durch das Bild, kurz danach ein weiterer, diesmal auf Englisch.

«Verdammt», flüstere ich und halte das Handy wieder ans Ohr. «Iver? Bist du noch da?»

«Ich bin da», antwortet er. «Ist etwas passiert?»

«Ja», stöhne ich und stütze mich an einer Säule ab. «Svein Borg ist geflohen.»

Kapitel 57

Den Flug nach Norwegen verbringen wir schweigend. Milla sitzt am Fenster und starrt ins Nichts, während ich versuche, meine Enttäuschung mit Hilfe ihrer Pillen zu bekämpfen. In Gardermoen kommt eine junge, hübsche Frau in Uniform auf uns zu und stellt sich direkt vor mich, nachdem wir unser Gepäck abgeholt haben. Sie lächelt kalt und deutet auf einen Tisch, an dem ein gepflegter junger Mann in der gleichen Uniform wartet.

«Hei», begrüßt uns der Mann, nachdem wir bei ihm angekommen sind. «Wieder aus dem Urlaub zurück?»

«Wie bitte?»

«Waren Sie im Urlaub?», wiederholt er.

«Nein», sage ich.

«Wo sind Sie gewesen?»

«In Russland», antworte ich.

«Haben Sie etwas zu verzollen?»

«Verzollen?»

«Dürfen wir in Ihren Koffer schauen?»

«Warum?»

Der Mann beugt sich nach unten, hebt meinen Koffer hoch und legt ihn auf den Tisch vor sich. Er öffnet den Reißverschluss.

«Liegt es daran, dass ich schwarz bin?», frage ich, während er in meinen Kleidern herumwühlt.

Der Mann lächelt und fängt an, meine Sachen in Stapeln auf den Tisch zu legen. «Waren Sie lange weg?», will er wissen.

«Nein», antworte ich.

«Was ist das?», fragt er, als er die beiden Blister mit OxyContin und Somadril findet, die ich in Moskau von Milla bekommen habe.

«Tabletten», sage ich.

«Woher haben Sie die?» Er legt die Packungen auf den Tisch zwischen meine Kleider und den Koffer. Anschließend holt er ein phallusähnliches Gerät hervor, mit dem er über meine Kleider und das Innenfutter des Koffers fährt.

«Ich habe sie bekommen», antworte ich, als der Mann das Phallussymbol der Frau übergibt, die es zu einer Maschine trägt, in die sie die Spitze des Geräts hineinsteckt.

«Von wem?», fragt der Mann, als die Frau zurückkommt. Sie schüttelt leicht den Kopf.

«Von einem Arzt», lüge ich. Ich bin mir nicht sicher, ob Milla ein Rezept hat, und ich will meine neue Pillenlieferantin nicht in Verlegenheit bringen.

«Kann ich bitte das Rezept sehen?»

«Ich bin kein Junkie», erkläre ich. «Ich bin krank.»

«Ich habe nicht behauptet, dass Sie das sind», erwidert er entgegenkommend. «Nichtsdestotrotz, ohne gültiges Rezept können wir nicht ...»

«Thorkild?», höre ich Milla hinter mir sagen.

«Hören Sie, Sie können Leuten doch nicht einfach so, mir nichts, dir nichts lebenswichtige Medikamente abnehmen, was für ein verdammter Saftladen ist das hier eigentlich?»

«Es gibt keinen Grund, sich ...»

«Sich was? Sich aufzuregen? In die Luft zu gehen? Was zur Hölle wollen Sie damit sagen?» Ich merke, wie das Herz in meinem schmerzenden Körper immer heftiger schlägt und der Puls steigt. «Sie können mir meine Medikamente nicht wegnehmen, kapieren Sie das? Ohne sie sterbe ich.»

«Wenn das rezeptpflichtige Medikamente sind, die Sie benötigen, dann gehen Sie doch einfach zu Ihrem Hausarzt und holen sich ein neues Rezept. Sie dürfen keine Medikamente einführen, die im Ausland und ohne gültiges Rezept gekauft worden sind. Das ...»

«Ich kann verdammt noch mal eben nicht zum Hausarzt gehen, du bescheuerter Idiot», schnauze ich ihn an. «Der weiß ja nicht mal, dass ich sie habe!»

«Okay, okay.» Der Zollbeamte hebt seine Hand, als wollte er manuell die Gemüter beruhigen. Gleichzeitig kommt ein älterer Mann in gleicher Uniform und mit einem noch kälteren Lächeln zu uns. Er flüstert dem Zollbeamten etwas zu, bevor er sich neben ihn stellt, die Hände vor dem Gürtel faltet und den Blick auf mich richtet.

«Wie wäre es, wenn Sie kurz mitkommen», sagt er. «In einem privateren Raum könnten wir ... »

«Fahr zur Hölle», zische ich. «Ich weiß, was du bist, Freundchen, du bist der Sodomist in eurer Truppe, was? Ich kann den Gestank unter deinen Nägeln bis hierher riechen. Grapschst bei jeder Gelegenheit die Leute an? Du kannst mich mal ... »

Mehr bekomme ich nicht heraus, der Mann und die Frau sind mit schnellen Schritten links und rechts neben mich getreten, packen mich freundlich, aber bestimmt, jeder an einem Arm, und führen mich zu einer Tür weiter hinten. Im Augenwinkel erkenne ich Milla. Sie sagt etwas, es sieht aus, als ob sie weint und etwas fragt, wieder und wieder, aber ich weiß nicht, was ich antworten soll.

Teil IV

Menschen, die lieben

Kapitel 58

Nachdem ich die vielen Schritte einer mustergültigen Leibesvisitation beim Zoll hinter mich gebracht habe, gehe ich weiter in die Ankunftshalle, um nach Milla zu suchen. Während ich dort stehe, bekomme ich eine SMS, die nur wenig Zweifel daran lässt, warum ausgerechnet ich der glückliche Auserwählte war. Die Nachricht ist von meinem ehemaligen Chef bei der Spezialeinheit, Gunnar Ore, und lautet wie folgt: *Wenn du beim Zoll fertig bist, kommst du direkt ins Polizeipräsidium.*

«Du rachsüchtiger, beschissener ...»

«Spar dir das.» Gunnar lässt mich in sein Büro am Grønlandsleiret 44. Er deutet mit dem Kopf auf den Stuhl vor seinem Schreibtisch, ehe er selbst auf der richtigen Seite des Tisches Platz nimmt. «Du darfst gerne auch stehen», fügt er mit einem Grinsen auf den schmalen Lippen hinzu. «Falls dir noch der Hintern weh tut.» Er grinst und schüttelt den Kopf.

«Sie haben mir meine Tabletten weggenommen.»

«So wie ich dich kenne, hast du dir bald neue besorgt.»

«Warum hast du nicht angerufen?»

«Ich habe dir doch eine Nachricht geschickt, stimmt's?» Gunnar tätschelt mit der Handfläche den Papierstapel vor sich. «Robert Riverholt», sagt er. «Wusstest du, dass seine Exfrau Camilla ihm ein paar Wochen vor seinem Tod an einem Abend nachspioniert hat?»

«Nein», gebe ich zu. «Aber das spielt keine Rolle. Wir glauben nicht mehr, dass sein Tod etwas mit der Sache, der wir nachgehen, zu tun hat.»

«Sicher?»

«Was meinst du damit?»

«Jetzt hör doch mal zu», fährt Gunnar triumphierend fort, so wie er es immer tut, wenn er etwas weiß, was die anderen nicht wissen. «Robert war fast zu Hause, als er ihr Auto entdeckte. Es stand ein Stück weiter weg und lief im Leerlauf. Draußen war es dunkel, und er konnte den Fahrer nicht sehen, aber er erkannte ihr Auto wieder. Plötzlich gab sie Gas und raste auf ihn zu, doch dann schien sie es sich anders überlegt zu haben, denn das Auto bremste heftig ab, bog in eine Seitenstraße und verschwand.»

«Also hat sie ihn tatsächlich umgebracht», schlussfolgere ich und stelle mich an eines der Fenster. Ich ziehe die Jalousie hoch und blicke hinaus. Die Sonne scheint auf den Botsparken, und man könnte fast glauben, dass der Sommer schon gekommen ist, aber ich weiß, dass die grüne Farbe an den Stämmen keine Blätter sind, sondern Algen, die die Stadtbäume überziehen.

«Er hatte das gegenüber einem ehemaligen Kollegen hier im Haus erwähnt, und als er erschossen wurde, hat man diesen Vorfall als eine weitere Bestätigung des angenommenen Tathergangs angesehen», sagt Gunnar, als ich mich umdrehe. Er presst die Lippen fest zusammen, und seine Augen leuchten. «Keiner hatte also Lust, der Sache genauer nachzugehen, sie wurde einfach als Tatsache hingenommen und dokumentiert. Ich dagegen überprüfe Sachen lieber noch einmal», sagt Gunnar, als ich mich wieder von seinem triumphierenden Gesicht abwende. «Und indem ich lediglich ein bisschen in den Akten geblättert und telefoniert habe, konnte ich herausfinden, dass Camilla Riverholt den Wagen an diesem Abend nicht gefahren haben kann.»

Ich starre nach draußen auf den Algenpark und die Gebäude dahinter. «Sie war im Krankenhaus», ergänzt Gunnar, «ihr ging es den ganzen Tag schlecht, Schwindelgefühl, Brechreiz, sie konnte nur schwer ohne Hilfe gehen. Sie hatte morgens den Hausarzt angerufen, war gegen 11.30 Uhr in der Praxis und wurde ins Krankenhaus überwiesen, um über Nacht dortzubleiben und Tests durchführen zu lassen.»

Ich umklammere die Schnur der Jalousie und halte sie wie eine Schlinge, bevor ich sie loslasse. Die Lamellen rauschen am Fenster herunter, knallen gegen den Fensterrahmen und sperren das Licht aus. «Willst du mir jetzt nicht mal erzählen, wie sie zum Arzt gekommen ist?», frage ich niedergeschlagen und wende mich ihm wieder zu.

«Sie wurde gefahren. Ich habe eine Aussage ihres Hausarztes, der sich daran erinnert, sie gefragt zu haben, ob er ihr ein Taxi rufen soll, aber Camilla sagte, sie hätte jemanden, der sie fährt. Ich habe dann mit all ihren Freunden gesprochen, aber es war keiner von ihnen. Eine Nachbarin konnte mir allerdings sagen, dass Camilla Riverholt jemanden hatte, der in der letzten Zeit für sie die Post geholt und sie herumgefahren hatte.»

«Mann oder Frau?»

«Ein Mann, glaubt sie. Die Dame ist allerdings etwas älter und nannte den Betreffenden einfach Camillas Kavalier. Sie konnte aber nicht wirklich bestätigen, dass sie einen Mann gesehen hatte.»

«Es könnte auch Robert gewesen sein, den sie gesehen hat.»

«Ja, das erklärt aber trotzdem nicht, wer an diesem Abend in Camillas Auto vor Roberts Haus gesessen hat und wer es war, der ihn, wie er glaubt, überfahren wollte. War der Fahrer, der dich attackiert hat, eine Frau oder ein Mann?»

«Ich konnte den Fahrer nicht sehen, habe aber ein paar Nachrichten von jemandem bekommen, der behauptet, derjenige zu sein, der mich überfahren hat.» Ich ziehe das Handy hervor und zeige Gunnar die Textnachrichten.

«Aha», sagt Gunnar und liest. «Wohl ein Mitglied deines Fanclubs.»

«Wurde bei Roberts Frau ein Drogentest durchgeführt?», frage ich, als er mit Lesen fertig ist und sich auf seinem Stuhl zurücklehnt.

«Warum?» Er verschränkt die Hände im Nacken, streckt die Brust nach vorne und lächelt. «Sie hatte doch ein großes Loch im Schädel.»

«Hatte sie das?», frage ich.

Gunnar kann dieses Spiel durchhalten, bis die Sonne verglüht und die Zeit endet. Alle Gespräche mit Gunnar laufen ab wie das Standardverhör eines Verdächtigen. Es fängt damit an, dass er einem etwas gibt, Erkenntnisse, die einen aufmuntern. Er lässt einen glauben, dass man im selben Team ist. Erst wenn man sich dem Ende des Gesprächs nähert, versteht man, dass man von seiner erfahrenen Hand durch dieses Labyrinth an Gefühlen und Sinneseindrücken geleitet worden ist. Und dann ist es zu spät, wie ich ein paar Stunden zuvor am Zoll in Gardermoen erfahren durfte; und man kann nichts anderes tun, als sich mit heruntergelassenen Hosen vorzubeugen und einzusehen, dass die Sache gelaufen ist.

Er zieht das Lächeln in die Länge und genießt es, mich warten zu lassen. «Nein», sagt er schließlich und beugt sich wieder über den Schreibtisch. «Leider nicht.»

«Denkst du, ihr werdet eine Exhumierung beantragen?»

«Zweifelhaft.»

«Warum nicht?»

«Komm schon, Thorkild. Wir haben immer noch keine Parallelen zwischen Riverholts Tod und diesen Vermisstenfällen, in denen ihr herumstochert. Ihr habt nicht einmal etwas gefunden, was Millas Tochter mit Svein Borg in Verbindung bringt.»

«Du weißt also auch über Borg Bescheid.» Ich nicke schwerfällig, während ich auf meine Seite des Schreibtisches zurückkehre und mich setze. Er wird mit seinem Gehabe nicht aufhören, bis er mir das erzählt hat, was er mir eigentlich mitteilen will, auf seine

Art. «Erzähl mal, wie lange kennst du Kenny eigentlich schon? Er ist es doch, der dich über uns informiert hält, oder?», frage ich ihn beiläufig.

«Meinst du Kenneth Abrahamsen? Hmm, nein, den kenne ich wirklich nicht. Aber Iver sagt, er wäre ein guter Mann.»

«Dann hast du mit Iver geredet. Toll.»

«Und jetzt ist Borg auf der Flucht, und Thorkild Aske und seine gutmütigen Helfer wollen der Fährte folgen?»

Ich zucke mit den Schultern. «Ich würde gerne noch einmal mit ihm reden. Bevor die Russen ihn erschießen.»

«Tja», sagt Gunnar. «An der Stelle wird es dann etwas heikel. Du hast keine Befugnis, nach Mördern zu suchen, oder etwa doch?»

«Nein.» Ich weiß, was jetzt kommt. Diesen Abschnitt des Gesprächs nenne ich das Abwiegen, dabei nimmt Gunnar all das, was einen ausmacht, die Summe aller Handlungen, legt alles auf eine unsichtbare Waage, wiegt es ab und sagt einem, was er sieht. In alten Zeiten, im Verhörraum, war es fast schon lustig, dabei zu sein, wenn er das mit anderen machte. Mit den Jahren habe ich gelernt, dass es nicht mehr so lustig ist, wenn man selbst gewogen wird.

«Die Polizei sucht nach Mördern.»

«Ja», seufze ich.

Er nickt. «Und du bist nicht mehr bei der Polizei, oder?» Gunnar genießt es geradezu, mir das einzuhämmern.

Ich schüttele den Kopf. «Nein.»

«Nein. Deshalb habe ich die Polizeichefin in Orkdal und unsere Kollegen in Schweden über alle Zusammenhänge informiert. Die neuen Erkenntnisse über Riverholt habe ich an diejenigen weitergeleitet, die den Fall zuerst bearbeitet haben. Sie werden entscheiden, was weiter damit geschieht, ob er wieder aufgerollt wird oder nicht. Vielleicht melden sie sich bei dir, wenn sie etwas Neues herausfinden. Vielleicht wollen sie wissen, ob du glaubst, dass jemand einen Grund hat, dir etwas Böses zu wollen, und so weiter. Du gibst ihnen die Liste, so lang sie inzwischen auch sein mag, erzählst von den Textnachrichten, und ab da übernehmen die Fachleute. Verstanden?»

«Was für ein Auto fährst du momentan?», frage ich, hauptsächlich, um ihn zu irritieren und den Gesprächsfluss zu stören.

«Audi.» Gunnar betrachtet mich mit neugieriger Miene. «Wieso fragst du? Glaubst du, ich wollte dich überfahren? Gott, wie süß.»

«Ich habe übrigens Ann Mari getroffen», setze ich meine Störversuche fort. «Direkt hier draußen, da unten.» Ich stehe halb auf und zeige mit dem Finger in die Richtung, bevor ich mich wieder auf den Stuhl fallen lasse. «Am selben Tag, als ich umgemäht wurde. Sie hat mich auch angerufen, und ich glaube, dass ich sie außerdem vor einem Restaurant hier in der Stadt gesehen habe. Sie stand mitten im Regen, trug einen Regenmantel und starrte zu mir hinein.» Ich bemerke, wie sich seine Kiefermuskulatur unter der Haut anspannt, während ich rede. Auf seiner Stirn pulsiert eine Ader. «Sie hat doch wohl nicht den Führerschein gemacht? Ich weiß, dass sie keinen hatte, als wir verheiratet waren, aber jetzt, wo wir mit ziemlicher Sicherheit sagen können, dass Borg mich nicht überfahren hat ...»

«Nein», erwidert Gunnar genervt. Er mag keine Fragen, und er hasst es, das Gefühl zu haben, sie beantworten zu müssen. «Sie hat keinen Führerschein.»

«Und du bist dir sicher, dass sie kein Auto fährt?»

«Frag sie doch selbst.»

«Nein, nein, nein. Ich bin kein Polizist mehr, ich wollte das nur wegen der Liste erwähnen, nach der mich deine Freunde fragen werden. Und sie werden sicher auch von den Briefen wissen wollen, die sie mir geschickt hat, als ich im Gefängnis saß.»

«Sie hat damit aufgehört», entgegnet Gunnar.

«Ich erwähne das nur», fahre ich fort, «weil du es zur Sprache gebracht hast.»

«Hör zu.» Gunnar Ore beugt sich vor und platziert seine Hände auf den Papierstapeln auf der Arbeitsfläche vor sich. Er hat für heute genug Fragen beantwortet, und ich muss nachgeben. «Du kannst gerne nach der verlorenen Tochter der Krimikönigin suchen, an ihrem Buch herumbasteln und Polizei spielen, wenn sie dich dafür bezahlt. Aber du darfst auf keinen Fall vergessen, auf welcher Seite du eigentlich stehst.» Er stemmt seine Hände noch fester auf die Unterlagen und kommt näher. «Und damit meine ich, dass du nicht glauben solltest, du wärst wieder Polizist, so wie letztes Jahr oben in Tromsø.»

«Alles klar, Chef», erwidere ich trotzig. «Ich werde vorsichtig sein.»

«Ich bin nicht mehr dein Chef.» Er lehnt sich zurück, hebt seine Hände von dem Stapel mit Papieren und Ordnern, faltet sie im Schoß und kippelt leicht mit dem Bürostuhl. «Das würde voraussetzen, dass du immer noch Polizist bist, und ich sage dir, du bist es nicht. Du hattest Glück genug, heil und lebendig aus der Sache in Nordnorwegen herauszukommen, und jetzt bist du wieder mittendrin, fast plattgefahren, vollgedröhnt mit allen möglichen Medikamenten», er deutet mit dem Kopf in Richtung der Lammfelljacke, «du ziehst dich an wie ein Hippie, stinkst und siehst, verflucht noch mal, mehr tot als lebendig aus. Verdammt, du bist für dieses Leben einfach nicht mehr gemacht. Guck in den Spiegel, Mann, und nimm den ersten Flug zurück nach Stavanger. Du bist wieder kurz vorm Ertrinken, und alle sehen das, nur du nicht. Ich werde persönlich ein Auge auf die Riverholt-Ermittlungen haben. Die Polizei übernimmt diese Vermisstenfälle und wird den Spuren nachgehen, die sich noch ergeben. Sollte Millas Tochter, entgegen allen Vermutungen, währenddessen doch noch irgendwo gefunden werden, gebe ich dir Bescheid, wo die Leiche abgeholt werden kann. In Ordnung?»

«Du hast recht», sage ich und bürste meine Jackenärmel ab. Ich fahre mir vergebens mit der Hand durchs Haar, damit es nicht mehr zu allen Seiten absteht. «Natürlich hast du recht.» Ich stehe auf, beuge mich über den Tisch und strecke die Hand aus. «Danke fürs Gespräch, Kumpel. Das habe ich dringend gebraucht. Wirklich, von ganzem Herzen. Danke.»

Gunnar Ore bleibt unbeweglich sitzen, ohne Anstalten zu machen, meine ausgestreckte Hand ergreifen zu wollen.

«Na dann, auf Wiedersehen», verabschiede ich mich und gehe rückwärts zur Tür. «Ein glitzernder neuer Alltag wartet dort draußen, Chef. Regenbögen, singende Kinder und Taxi fahrende Engel. Danke, Meister. Danke für alles, was du mir gegeben hast.»

Ich eile aus dem Büro, bevor er merkt, dass der arme Aske jetzt eigentlich dringend eine Benimmlektion bräuchte.

Kapitel 59

Ein Vernehmungsleiter muss ein Beobachter des Gesprächs sein, das er selbst diktiert, pflegte Dr. Ohlenborg zu sagen. Man muss das Wasser in einem Aquarium sein, so nannte er es. Man ist unsichtbar und füllt den Raum dennoch aus, während die Fische herumschwimmen und tun, was sie immer tun. Gunnar Ore schafft es nicht, das Wasser zu sein, das reicht ihm nicht. Sein inneres Alphamännchen lässt das nicht zu. Er will zeigen, dass er längst alles weiß, und wird es einem früher oder später unter die Nase reiben. Das birgt allerdings das Risiko, dass man seinem Gegenüber etwas erzählt, was es noch gar nicht wusste. Der Drang, alles zu dominieren und zu brillieren, führt mitunter dazu, dass man selber Informationen verrät, anstatt sie jemandem zu entlocken. An schlechten Tagen kann das jedem von uns passieren, aber Gunnar Ore sollte es eigentlich besser wissen.

Gleichzeitig schließe ich die Möglichkeit nicht aus, dass Gunnar mir diese Erkenntnisse gerade deshalb mitgeteilt und so fest darauf gedrängt hat, dass ich aufgebe und heimfahre – etwas, von dem er weiß, dass ich es niemals tun würde –, weil er das Gegenteil erreichen will. Vielleicht ist das seine Art, mir mitzuteilen, dass ich die richtige Perspektive finden und die Dinge differenziert betrachten muss, jedes einzelne, bis wir zum Schluss vielleicht das passende Bindeglied finden. Ich entschließe mich dazu, an einem der Endpunkte anzufangen, um eventuelle Nebenspuren ausschließen zu können. Ich fange mit dem Anschlag auf mich an, bei dem ich fast überfahren wurde.

Das Haus, das sich Gunnar mit meiner Exfrau Ann Mari teilt, ist eine weiße Villa in der Gyldenløves gate im Stadtteil Frogner. Ich wusste zwar, dass Gunnars Eltern in Geld schwimmen, aber nicht, dass es *so* viel ist. Die Villa, vor der ich stehe, könnte man sich mit einem Polizistengehalt normalerweise nicht leisten.

Ich folge der Schottereinfahrt bis zum Eingang und klingele an der Tür.

«Thorkild?» Ann Mari trägt ein weißes Top mit V-Ausschnitt und weiße Hosen. Sie ist so natürlich geschminkt, dass es aussieht, als trüge sie gar kein Make-up, eine Kunst, die, wie ich mich erinnere, Ewigkeiten in Anspruch nahm.

«Komm rein.» Sie dreht sich um und läuft barfuß durch den hellen Flur ins Innere des Hauses.

Ich trete ein und schließe die Tür. Der Flur und das Wohnzimmer sind mit hellen Möbeln eingerichtet. Diese sind anscheinend eher aufgrund ihrer Optik als aufgrund ihrer Funktionalität ausgewählt worden. Ann Mari hat sich auf ein graues, geschwungenes Sofa gesetzt. Sie hat die Beine angezogen und hält eine dampfende Tasse in ihren Händen. Ich bekomme das Gefühl, dass sie mich erwartet hat.

«Du siehst krank aus», sagt sie und pustet vorsichtig in die Tasse.

«Ich fühle mich auch krank», erwidere ich. «Dein zukünftiger Mann hat dafür gesorgt, dass die Zollbeamten in Gardermoen mir meine Medikamente abgenommen und einen gründlichen Gesundheits-Check verpasst haben.»

«Brauchst du etwas?» Sie stellt die Tasse zurück auf den Couchtisch.

«Was hast du denn da?»

«Valium. Und Imovane, wenn du etwas zum Schlafen brauchst. Ich kann dir das Bett im Gästezimmer beziehen.»

«Das ist nicht nötig ...» Ich habe den Satz nicht mal beendet, da ist sie schon aufgestanden und aus dem Zimmer gegangen. Kurz darauf kommt sie mit einem halbvollen Blister und einem großen Wasserglas mit Eiswürfeln zurück. Sie stellt das Glas auf den Tisch neben mich und legt die Tabletten dazu.

«Es ist noch mehr Wasser da», sagt sie. «Und du solltest dir mal eine Dusche gönnen.» Sie zeigt auf die Tür, aus der sie gerade gekommen ist. «Gunnar hat bestimmt ein paar Klamotten, die du dir leihen kannst, während ich deine wasche. Sein Rasierzeug liegt im Schränkchen unter dem Waschbecken links.»

«Weiß er, dass ich hier bin?», frage ich, während ich die restlichen Pillen aus dem Blister drücke und sie mit dem eiskalten Wasser hinunterspüle.

«Ja, natürlich.» Ann Mari greift wieder zu ihrer Tasse und hält sie zwischen den Händen. «Er hat vorhin angerufen.»

«Was hat er gesagt?»

«Dass du bald kommen würdest.» Ann Mari hebt ihre Schultern leicht an. «Um mich nach etwas zu fragen.»

«Jemand hat versucht, mich umzubringen», setze ich an und merke sofort, dass ich einen Fehler gemacht habe.

«Und du bist hergekommen, um zu fragen, ob ich es war?»

«Ich habe dich gesehen, Ann Mari. Vor dem Restaurant.»

«Wer war sie?»

«Milla Lind. Ich arbeite für sie.»

«Schläfst du mit ihr?»

«Nein», lüge ich.

Ann Mari verschränkt die Arme über der Brust. «Du bist den ganzen Weg hierhergekommen, um mich etwas zu fragen? Warum gibst du dann gleich wieder auf? Du bist fast am Ziel.» Ihr Blick ist grau, die Stimme sanft und kontrolliert, sie flüstert beinahe, als könnte sie sonst nicht sagen, was sie sagen muss, ohne dass ihre Maske zerbricht. «Frag mich», fordert sie mich auf. «Ich will, dass du mich fragst, deswegen bist du ja schließlich hergekommen.»

«Warst du es?», wispere ich.

«Arschloch!» Sie schleudert eines der Kissen nach mir, das stattdessen das Wasserglas trifft und es umkippt. Das Wasser spritzt von der Tischkante auf meine Hosen und sammelt sich auf dem Boden vor meinen Füßen zu einer Pfütze.

«Es tut mir leid», sage ich und stehe auf, um zu gehen.

«Nein!» Ann Mari springt vom Sofa auf und rennt zu mir. «Geh nicht. Bleib hier.» Sie legt eine Hand auf meine Brust. «Du kannst mehr haben», sie lässt ihren Blick über den leeren Tablettenstreifen auf dem Tisch gleiten. «Ich habe noch mehr, viel mehr. Du kannst sie alle haben.»

«Hast du Oxys?» Ich habe kein Gewissen mehr, das ist das Problem. Das Leben ist einfach für die, die andere ausnutzen.

Sie schüttelt den Kopf, bevor sie noch einen halben Schritt näher kommt. «Aber ich kann welche besorgen. Du kannst hierbleiben und im Gästezimmer schlafen, dann kümmere ich mich morgen früh darum.»

Das Valium hilft, ich fühle mich schon viel ruhiger, fast dösig, aber es ist nicht genug. Ohne die Oxys bin ich nur ein halber Mensch. Und ich will wieder ein ganzer sein. «Okay. Ich bleibe, bis Gunnar kommt.»

«Geh duschen», sagt Ann Mari mit einem schiefen Lächeln, ehe sie einen Schritt zurücktritt. Sie zeigt auf die Tür am anderen

Ende des Wohnzimmers. «Dann bringe ich dir ein Handtuch und frische Kleider.»

Das Bad ist komplett weiß. Doppelwaschbecken, weiße Wandfliesen und ein pompöser Marmorboden. Ich warte, bis Ann Mari mit den Kleidern und dem Handtuch gekommen ist, dann nehme ich zwei weitere Valiumtabletten, ziehe mich aus und steige unter die Dusche. Mir ist klar, dass ich auf der Türschwelle hätte kehrtmachen und nie mehr zurückblicken sollen. Ann Mari wird alles tun, damit ich bleibe, und ich werde bleiben, wegen ihrer Pillen. Ich habe keine Ahnung, wieso sie so viele davon hat, aber ich werde sie auch nicht fragen. Schlagartig wird mir klar, dass Ulf recht hat: Ich schaffe es nicht, Maß zu halten und die Abhängigkeit unter Kontrolle zu bekommen. Abhängigkeit. Oh Gott, jetzt benutze ich sogar schon seine Begriffe. Tablettenabhängiger. Wie unendlich tragisch. Nein, tragikomisch. Ich bin ein tragikomischer Tablettenabhängiger. Während ich unter der Dusche stehe, beschimpfe ich mich selbst so lange, bis ich mein inneres Gleichgewicht wiedergefunden habe. Ich schiebe die Schuld auf das Valium, aber das Valium allein reicht nicht aus, sondern es ist die Mischung, wie ich es schon so oft gesagt habe. Benzodiazepine ohne Opiate sind Gift, ein unnützes Herunterfahren der Sinne und der Schmerzen im Körper. Deshalb muss ich so lange hierbleiben, bis meine Exfrau mit dem Oxycodon zurückkommt. Sie will mir helfen, und ich brauche jede Hilfe, die ich bekommen kann. Ja, das ist die Wahrheit.

Ich stelle das Wasser aus, trockne mich ab und wickele mir das Handtuch um den Bauch, dann gehe ich zum Waschbecken und knie mich auf der Suche nach Gunnars Rasierapparat vor den Schrank.

«Ist alles in Ordnung?» Plötzlich steht Ann Mari in der Tür. Ihr Blick streift mein Gesicht, bevor er weiter über meine Schultern und die Brust wandert. «Was ist das?» Sie deutet auf die Narbe, wo mich Harveys Harpune getroffen hat.

«Noch ein Kratzer im Lack», antworte ich. «Wo ist der Rasierapparat?»

«Er hat keinen elektrischen.» Ann Mari schließt die Tür und kommt zu mir. Sie schüttelt den Kopf und ringt sich ein Lächeln ab. «Er rasiert sich nass.»

«Natürlich.» Ich trete zur Seite, als Ann Mari vor mir in die Hocke geht. Natürlich ist Gunnar Ore einer dieser harten Kerle, die das Nassrasieren als verlorengegangene Kunstform betrachten, einen Protest gegen die elektrische Kastration, die dem Alphamann von der Gesellschaft aufgezwungen wird.

«Hier.» Sie steht auf und hält einen neuen Rasierer und eine Flasche mit blauem Gel in der Hand. «Setz dich.»

«Ich kriege das alleine hin», sage ich und strecke meine Hand aus, um ihr das Rasierzeug abzunehmen.

«Nein», sie zieht die Hand zurück. «Ich möchte aber gern.»

«Na gut.» Ich setze mich auf einen Stuhl und schiebe das Kinn nach vorne. «Pass mit der Narbe auf», sage ich.

«Ja, Thorkild.» Meine Augen folgen den Bewegungen ihrer Finger, als sie den blauen Schaum in meinem Gesicht verteilt. Erst jetzt sehe ich, dass sie den BH unter ihrem Top ausgezogen hat, bevor sie ins Bad gekommen ist, sodass ihre Brüste zu sehen sind, wenn sie sich zu mir vorbeugt.

«Wann kommt Gunnar?», frage ich und versuche nach meiner Uhr zu greifen, die auf dem Waschbecken liegt. Ich habe keine Lust, dass er seinen Kopf durch die Tür steckt, während ich mit seinem blauen Rasierschaum im Gesicht, seinem Handtuch um die Hüften, seinen frisch gewaschenen und gebügelten Kleidern auf dem Boden und mit seiner zukünftigen Frau ohne BH über mich gebeugt in seinem Badezimmer sitze.

«Er kommt nicht vor morgen.»

«Was?»

«Ich habe ihn angerufen, während du geduscht hast, und ihm gesagt, dass du heute Nacht hierbleibst. Er schläft bei seinen Eltern in Nesodden.» Sie packt den Rasierer aus und spült ihn mit Wasser ab. Anschließend widmet sie sich meiner gesunden Gesichtshälfte.

«Warum?»

Sie hockt sich vor mich und legt eine Hand leicht auf meinen Oberschenkel. «Du weißt, warum», sagt sie und wendet sich wieder der Aufgabe zu, die grau gesprenkelten Bartstoppeln aus meinem zerstörten Gesicht zu entfernen. Die Rasierklinge gleitet langsam an meinem Kinn und meinem Hals auf und ab, während die andere Hand weiter auf meinem Schenkel liegt. «Damit wir ein bisschen reden können.»

Ich schüttele den Kopf und will etwas sagen, als Ann Mari mein Kinn packt. «Still sitzen bleiben», sagt sie und spült den Rasierer wieder ab. «Wir sind gleich fertig.»

Resigniert breite ich meine Arme aus. «Na gut.»

«Schön.» Ihr entfährt ein kurzes Lachen, während sie das Rasieren unterbricht, dann spült sie erneut die Klingen ab und macht weiter, fährt damit vorsichtig am Rand der Narbe und die Narbenlinie entlang bis zur Oberlippe, erst auf der einen, dann auf der anderen Seite. «Dann ist es abgemacht. Du bleibst.»

Kapitel 60

«Glaubst du, ich wäre eine gute Mutter geworden?» Ann Mari sitzt auf der Bettkante, ich stehe am Fenster und spähe in die Dunkelheit hinaus. Der Wind schüttelt die Bäume im Garten, wo das Gras grün ist und die Rosenbüsche zu blühen begonnen haben. In Ann Maris und Gunnar Ores Garten ist es schon Sommer.

«Wenn wir Kinder bekommen hätten?»

«Zweifellos», antworte ich, da ich nicht in der Stimmung bin, einen Streit anzufangen, der den Valiumrausch zerstören könnte.

«Erzähl mir von Frei.» Im Widerschein des Fensters sehe ich, dass Ann Mari mich zu sich winkt.

«Nein», erwidere ich mit dem Rücken zu ihr.

«Warum nicht?»

«Darum.»

«Hasst du mich?»

«Nein.»

«Aber du liebst mich auch nicht mehr?»

Ich antworte nicht.

«Hast du es je getan?»

«Das weißt du.»

«Aber jetzt nicht mehr.»

«Nein.»

«Wann hast du damit aufgehört? Als du erfahren hast, dass ich keine Kinder bekommen kann?»

Endlich bekommt sie ihren Willen, und ich drehe mich zu ihr um. Sie liegt im Bett, hat die Decke über sich gezogen. «Ich will nicht streiten.»

«Aber du willst auch nicht mit mir schlafen?» Sie zieht die Decke zur Seite, wie um mich hereinzubitten.

«Nein.»

«Bin ich zu alt für dich? War es deswegen? Kriegst du nur bei so jungen Dingern wie Frei einen hoch?»

«Oh Gott», stöhne ich und setze mich auf die Bettkante. «Frei ist tot. Es lag auch nicht daran, sondern an etwas anderem. Ich … »

«Liebe?» Das Wort wird zu einer nassen Peitsche, als es ihren Mund verlässt. «Eine, die es wert ist, für sie zu sterben? Sich für sie zu erhängen? Ich wünschte, ich hätte sie kennengelernt, damit ich hätte verstehen können, was sie mit dir gemacht hat. Gunnar hat gesagt, du warst ein Wrack, als er dich im Krankenhaus besucht hat, nachdem du sie umgebracht hattest.»

«Ich habe sie nicht umgebracht. Es war ein Unfall», erkläre ich.

«Dann hast du versucht, dich in der Gefängnisdusche zu erhängen, weil du ohne sie nicht leben konntest?»

«Ich weiß es nicht.»

«Aber als du erfahren hast, dass ich keine Kinder bekommen kann, bist du einfach nur abgehauen. Es hat dir überhaupt nichts ausgemacht, dass deine Frau, die den Großteil deines Lebens mit dir verbracht hat, die dich geliebt hat, bedingungslos, der man den halben Unterleib herausgeschnitten und der man das Einzige genommen hat, was ...» Sie schafft es nicht, den Satz zu beenden, und zieht die Bettdecke bis unters Kinn.

Sie tut das, weil sie will, dass ich sie bestrafe, ihr etwas sage, was sie ebenso zerreißt, wie es die Chirurgen getan haben, als sie die Gebärmutter und die Tumore entfernt haben. Aber das schaffe ich nicht. Stattdessen krieche ich ins Bett und schmiege mich an sie.

«Weißt du, warum ich dich immer noch liebe?», flüstert Ann Mari, während ihr Kopf auf mir ruht.

«Selbstzerstörung?» Ihr Gesicht ist so nah, dass mich ihr Atem am Nasenbein kitzelt.

«Du konntest nichts dafür, was mit mir passiert ist», sagt sie. «Dass ich von innen zerstört wurde und keine Kinder bekommen konnte. Aber du hast dich trotzdem schuldig gefühlt. Ich habe sogar mit dieser Schuld gespielt, habe nachgeholfen, sie zu verstärken, habe dafür gesorgt, dass du sie niemals vergisst, weil das einfacher war. Und du hast es einfach hingenommen, hast das Unerträgliche für uns beide in dir getragen. Denn so ein Mann bist du.»

«Ich bin einfach gegangen.»

«Du musstest gehen. Wir haben es nicht länger ausgehalten. Es hat gedauert, bis ich das akzeptiert habe. Aber als ich es endlich konnte, wusste ich auch, dass ich dich weiter lieben musste, weil du eines Tages zurückkommen würdest.»

«Ann Mari», flüstere ich. «Ich bin nicht zurück.»

«Doch», insistiert sie. «Du bist hier. Jetzt gerade. In diesem Moment bist du zurück. Du liegst doch hier mit mir im Bett, oder nicht? Ich weiß, dass ich das nicht nur träume, denn in meinen Träumen bist du immer jünger, nicht so eingerostet und grauhaarig.»

Wir lachen, und sie nähert sich meinem Gesicht.

«Ich hätte nie kommen sollen», sage ich und versuche, mich wegzudrehen.

Ann Mari nimmt meine Hand und legt sie auf ihren Bauch, direkt über die Narbe. «Aber du hast es getan.»

Sie dreht sich auf die Seite, packt mich an den Hüften und zieht sich näher an mich. Ihre Lippen erinnern mich an Regen, an warme Tropfen, die kribbeln und kitzeln, wenn sie auf mein Gesicht fallen, Regen, der immer stärker und heftiger wird, einen in einem glänzenden, funkelnden Gitter aus Wasser einfängt. Regen, der brennt.

Kapitel 61

Als ich aufwache, ist es draußen hell. Die Sonne scheint durch die Schlafzimmerfenster und trifft meinen Hinterkopf und die zerstörte Gesichtshälfte. Ich schäle mich vorsichtig aus der Decke und stelle mich vors Bett, während ich mich im Raum umsehe. Erst jetzt spüre ich den Schmerz.

Ich hebe den Unterarm und strecke ihn vor mir aus. Die Wunde reicht vom Handgelenk fast bis zum Ellenbogen hinauf. Mein Körper ist von der Brust abwärts rot. Die Bettdecken und das Laken sind ebenfalls blutgetränkt. Kurz darauf nehme ich auch den Gestank wahr. Er erinnert mich an die Scheune unseres Nachbarn in Island, wenn er im Herbst Lämmer schlachtete. Ein süßer, metallischer Geruch, den man nur schwer wieder loswird, wenn er sich erst einmal auf der Zunge festgesetzt hat.

Ich nehme das Kissen auf meiner Seite, das ebenfalls blutig ist, zerre das Innenkissen heraus und zerreiße den Bezug an den Nähten, bevor ich ihn vorsichtig um die Wunde an meinem Arm wickele, die wieder zu bluten begonnen hat.

Ann Mari liegt auf dem Bauch, den einen Arm hat sie dorthin ausgestreckt, wo ich eben noch lag. Das Gesicht ist mir zugewandt. Ihre Augen sind geöffnet, die Sonne scheint auf ihr Haar und verleiht ihm eine merkwürdige Farbe.

«Ann Mari?» Ihr Handgelenk ist kalt, wie abgestorben, und quer darüber verläuft eine tiefe Wunde. «Was hast du getan?»

Ich gehe auf die andere Seite des Betts, rutsche jedoch auf dem Blut aus, das sich am Boden gesammelt hat, und stürze. Nachdem ich mich wieder aufgerappelt habe, laufe ich nach draußen ins Bad. Die Wunde an meinem Arm blutet jetzt stärker. Ich reiße den Kissenbezug herunter, halte meinen Arm unter kaltes Wasser und wickele anschließend ein Handtuch darum. Dann nehme ich mein Handy und rufe den Notarzt und die Polizei. Ich gehe zurück ins Schlafzimmer und setze mich auf das Bett neben den leblosen Körper von Ann Mari.

Ich wähle die Nummer von Gunnar Ore.

Kapitel 62

Manche Menschen sind zum Versager bestimmt. Was sie auch tun, wie sie es auch drehen und wenden, sie blicken dem Höllenfeuer direkt ins Auge. Wenn sie im Lotto gewinnen, bekommen sie am nächsten Tag Krebs im Gesicht. Sie sind einfach dazu verdammt, so zu leben, niemand weiß warum, es ist einfach so. Wir müssten mit einem Warndreieck herumlaufen.

Ich sitze in eine Decke gehüllt in einem Sessel in Gunnars und Ann Maris Wohnzimmer, im Haus und im Schlafzimmer gehen Menschen aus und ein. Einer der Notärzte hat die Wunde an meinem Arm gesäubert und verbunden. Er sagt, sie müsse genäht werden.

Gunnar schweigt, solange die Polizei und die Sanitäter ihre Arbeit machen. Er steht nur mit verschränkten Armen im Hintergrund und knirscht mit den Kiefern. Als sie Ann Maris Leiche aus dem Schlafzimmer tragen, wendet er sich ab. Kurz darauf bittet mich ein Polizist, ihm zu folgen.

Sie fahren mich in die Ambulanz, wo die Wunde genäht wird, während die beiden Polizisten in der Türöffnung stehen bleiben.

«Es ist nicht so leicht, wie man glauben sollte», sagt der Arzt. «Die Pulsader zu treffen, selbst wenn man tief schneidet. Die kleineren Arterien im Arm bluten zwar erst sehr stark, trocknen aber schnell aus und bilden eine dünne Wundkruste. Das sehen wir relativ häufig.» Er legt das Nähzeug zur Seite und sucht nach einer Kompresse.

«Ich habe das nicht selbst getan», entgegne ich.

«Ach so», sagt er desinteressiert. Er entrollt die Kompresse und legt den Verband um die Wunde. Als er fertig ist, nickt er den Polizisten zu, als wolle er sagen: *Das muss reichen. Er ist fertig.* Danach geht er.

Die Ausnüchterungszelle der Polizeistation Majorstua ist wie alle anderen Ausnüchterungszellen auch. Ein Betonsarg, genauso farblos und kalt wie mein Inneres. Selbst der Geruch hier drinnen ist schwer, es riecht nach Schweiß. Er bringt einen zum Nachdenken über alles, was mit dem eigenen Leben schiefläuft. Ich weiß nicht, warum Ann Mari es getan hat, ob es geplant war oder eine Impulshandlung. Ob es als Strafe gedacht war oder ob sie fand, dass genau in diesem Moment das Leben so gut oder so beschissen war, wie es nur sein konnte. Manche Tage sind einfach so, und es ist schwer zu widerstehen, wenn einen das Verlangen erst mal gepackt hat.

Ich merke, dass ich wütend auf sie bin, während ich hier auf der Pritsche liege und an die Decke der Zelle starre. Ein ungerechtfertigter, egoistischer Zorn wallt in mir auf, ich bin sauer, weil sie mir meinen Trick gestohlen hat, wieder hat sie einen Weg gefunden, in meinen Kopf vorzudringen. Dieser Ort war für Frei und mich reserviert. Ich bleibe so liegen und gehe die ganze Gefühlspalette durch, bis jemand an die Tür kommt und aufschließt.

«Mitkommen», sagt der Polizeibeamte und winkt mich zu sich.

«Wohin gehen wir?» Hinter ihm taucht ein weiterer Beamter auf. Er schweigt und sieht durch mich hindurch.

«Mitkommen», wiederholt der erste.

Sie führen mich durch den Korridor und hinaus ins Foyer. «Nein», sagt einer der beiden, als ich die Treppe hinauf zu den Büros und Vernehmungszimmern gehen will. «Wir gehen runter.»

«Runter?»

«In die Garage.» Ich bleibe stehen und versuche mich umzudrehen, werde jedoch vorsichtig, aber bestimmt weitergeschoben. «Wir fahren Sie zum Grønlandsleiret. Dort will jemand mit Ihnen sprechen.»

Wieder bleibe ich stehen. Dieses Mal schaffen sie es nicht, mich weiterzuschubsen. Ich drehe mich um. «Sie wissen, dass er mich umbringen wird?»

Die beiden Männer lächeln, nicht überzeugend, aber mit einer gewissen Einfühlung. Entweder weil sie wissen, dass ich die Wahrheit sage, oder weil es ihnen egal ist, solange sie Gunnar Ore das Paket liefern können, das er auspacken und anschließend kaputt machen kann.

Kapitel 63

Es ist dunkel, als wir am Grønlandsleiret 44 ankommen. Gunnar wartet in der Tür. «Komm», sagt er, ehe er die Polizisten fortwinkt und mich durch die Etagen hinauf bis zu seinem Büro führt, wo er auf einen Stuhl zeigt und befiehlt: «Setzen.»

Gunnar beißt die Zähne zusammen, während er dicht an der Wand steht. «Hast du mit ihr geschlafen?» Seine Augen sind zusammengekniffen, der Blick starr, als müsse er sich anstrengen, um nicht zu früh zu explodieren.

«Nein», lüge ich.

«Wirklich?» Er holt Luft und verschränkt die Arme.

«Gunnar», sage ich. «Ich wusste nicht, dass sie ...»

«Halt die Klappe, du Idiot. Sie war es nicht.»

«Doch. Sie hat mir Tabletten gegeben.»

Ich krümme mich auf dem Stuhl zusammen, als Gunnar auf mich zukommt.

Er beugt sich über den Schreibtisch. «Hast du das Handy gesehen?», fragt er mich.

«Was?»

«Ihr Handy, hast du es gesehen?»

«Wie», stottere ich. «Was meinst du?»

«Sie hatte das Handy in der Hand.»

«W-was?»

«Vielleicht hilft dir das auf die Sprünge.» Gunnar öffnet ein Fenster auf seinem Laptop und zieht sich dann wieder an die Wand zurück.

«Was ist das?» Auf dem Monitor sehe ich den Vordereingang zu seinem Haus. Auf der Treppe steht eine Person, und in der Tür kann ich das Gesicht von Ann Mari ausmachen. In der linken oberen Ecke sehe ich eine Digitaluhr, die anzeigt, dass es gestern um 16:23 Uhr war.

«Das bist du», sagt Gunnar. «Als du angekommen bist.» Er beißt die Zähne zusammen. «Drück auf ‹Play›.»

Das Bild ist zweigeteilt, eines stammt von derselben Kamera über dem Eingang, das andere von einer an der Rückseite des Hauses. Es ist dunkel, und die Uhr zeigt 02:16 Uhr an, in derselben Nacht.

Nach ungefähr dreißig Sekunden taucht am Bildrand eine dunkle Gestalt auf. Sie bleibt einige Meter vor dem Eingang auf der Rückseite stehen, geht dann zur Tür und prüft, ob sie verschlossen ist. Anschließend geht sie zum nächsten Fenster, legt die Hände auf die Scheibe und schaut hinein. Dann verschwindet sie aus dem Bild. Nach einer guten Minute erscheint sie wieder auf dem Bildschirm, dieses Mal auf der Vorderseite des Hauses.

Wie gelähmt sehe ich erst Gunnar und dann wieder den Monitor an, als die Person in Richtung Vordereingang läuft. Dort bleibt sie wieder fast eine Minute lang stehen, beinahe direkt unter der Kamera, sodass man sie von oben betrachten kann. Schließlich öffnet sie die Tür und geht hinein.

Gunnar geht zum Laptop und spult fast vierzig Minuten vor, ehe er sich wieder an die Wand stellt. «Jetzt pass auf», sagt er.

Kurz danach kommt die Person wieder aus dem Haus. Die Tür wird geschlossen, einen Augenblick bleibt die Gestalt auf der Treppe stehen, dann geht sie über die Schottereinfahrt und verlässt das Bild.

«Ab-aber wie ...?», stammele ich endlich.

«Wie kann jemand ins Haus gekommen sein und eine Frau getötet haben, die direkt neben dir liegt, und dir eine neun Zentimeter lange Schnittwunde zufügen, ohne dass du es merkst?»

Ich lege beide Hände auf mein Gesicht und kralle die Nägel in das Wangengewebe, ich drücke und presse so fest, dass die Schmerzen mir die Tränen in die Augen treiben. «Das ist nicht möglich», sage ich. «Das kann nicht sein. Ich dachte, ich dachte doch, dass sie ...»

«... es selbst getan hat?»

«Warum bist du nicht nach Hause gekommen?», brülle ich. «Was zur Hölle stimmt nicht mit dir, Gunnar? Wenn du nach Hause gekommen wärst und mich rausgeschmissen hättest, wie jeder andere Mann es auch getan hätte und tun sollte, dann, dann ...»

«Hör auf!» Gunnar hebt seine Hand und ballt sie zur Faust, sein ganzer Arm zittert, während er die Finger in die Handflächen presst. «Hör auf, Thorkild. Reiß dich zusammen. Oder ich bringe dich um. Hörst du?»

Endlich lösen sich die Muskeln in seinem Gesicht. Es ist, als würde es zerfallen. Dann dreht er mir den Rücken zu und schlägt seinen Kopf gegen die Wand.

Ich wage es nicht, zu ihm zu gehen, bleibe einfach unbeweglich auf dem Stuhl sitzen und sehe machtlos zu, wie er mit Kopf und Händen auf die Wand losgeht. Schon bald werden die Schläge seltener, er ist erschöpft, und zum Schluss steht er nur noch mit dem Rücken zu mir da und kratzt an der zertrümmerten Gipswand, während er schluchzt und nach Luft ringt.

«Wir müssen zusammenhalten», flüstert er der Wand zu. «Bis wir diesen Mistkerl finden ...»

Der Kopf bewegt sich langsam von einer Seite zur anderen. «Sie war ein Wrack, Thorkild. Als du deine Koffer gepackt hast und in die Staaten abgehauen bist. Ich hätte mich von ihr fernhalten sollen, sie war trotz allem die Exfrau eines Kollegen, aber es ist passiert. Ich habe mich schuldig gefühlt, habe dir viel zu viel durchgehen lassen, als du wieder zurückkamst. Ich habe gesehen, dass du nicht du selbst warst. Ich weiß, was du dort drüben gemacht hast, all die Verhöre, die Gespräche mit Serienmördern, Vergewaltigern und dem anderen Abschaum dieser Welt. Ich hätte dich niemals nach Stavanger schicken sollen. Vielleicht habe ich es aus egoistischen Gründen getan, um dich von Ann Mari und mir und dem, was wir zusammen hatten, fernzuhalten. Aber wir wollten diesen Sommer heiraten. Und davor wollte ich mir sicher sein, wo ihr beide steht.»

Erneut presst er sein Gesicht an die Wand, während er seine großen Fäuste gegen die kaputte Tapete hämmert.

Wir schweigen für einen langen Moment. Ich bleibe sitzen und schaue auf den Bildschirm und die Kamerabilder von der Außenseite des Hauses. Der Film läuft immer noch, auch wenn auf dem Monitor alles stillsteht. Nur die Blätter an den Bäumen auf der Rückseite der Villa bewegen sich am Bildrand. Die Uhr auf dem Bildschirm zeigt schon nach drei an. Ann Mari ist zu diesem Zeitpunkt längst tot, während ich neben ihr im Bett liege und von Frei träume. Ich bin immer in der Nähe, wenn die Frauen in meinem Leben sterben. Der Unglücksvogel, der im entscheidenden Augenblick in ihr Leben flattert.

Gunnar dreht sich um, trocknet sein Gesicht mit dem Hemd ab und setzt sich auf den Stuhl vor mich.

«Was soll ich machen?», frage ich. «Soll ich zurück nach Stavanger fahren? Wenn du mich darum bittest, tue ich das. Sag mir, was du von mir erwartest. Ich ...»

«Geh», sagt er schließlich. «Ich will dich jetzt gerade nicht mehr sehen. Ich rufe wieder an, wenn ich so weit bin.»

«Dann willst du also nicht, dass ich zurück nach Stava...»

«Nein. Wir arbeiten ab jetzt zusammen», erklärt er. «Camilla Riverholt muss exhumiert werden, Borg und diese Vermisstenfälle, der ganze Scheiß muss unter die Lupe genommen werden. Und wenn wir ihn finden ...» Er ballt seine Fäuste, sodass die Muskeln und Blutgefäße sich bis zu seinen Schläfen anspannen. «Aber jetzt noch nicht. Ich bin noch nicht bereit. Ich muss erst den Hass aus meinem System bekommen, ansonsten lasse ich alles an dir aus.»

«Ich ...»

«Geh», zischt er. «Steh einfach auf und geh, Aske. Bevor ich die Beherrschung verliere.»

Kapitel 64

Ich verlasse Gunnars Büro und folge dem Grønlandsleiret in Richtung Platous gate und Norbygata. Ich kann meine Gedanken nicht sammeln, mein Blick springt zwischen Stein- und Metallgebäuden, blattlosen Bäumen in harten Asphaltgärten und blendenden Autoscheinwerfern umher. Ich weiß nicht, ob es die frische Abendluft oder meine innere Kälte ist, die mich frieren lässt. Es sticht in den Nähten an meinem Unterarm, die Wunde schmerzt, und die Kompresse juckt noch schlimmer als die Lammfelljacke.

Ich setze meinen Spaziergang den Nylandsveien hinauf fort, überquere die Hausmanns-Brücke über die Akerselv und gehe weiter in Richtung St. Hanshaugen und Millas Wohnung. Ich brauche sie, nein, ihre Pillen, jetzt, und ich will nicht alleine sein, wenn sie anfangen zu wirken.

Mich trifft die Erkenntnis, dass ich denselben dummen Fehler begangen habe wie Robert. Ich habe mich von Millas Verlust blenden lassen und die Warnsignale ignoriert. Wie Robert habe ich die Sache mit nach Hause gebracht, zu jemandem, der mir nahestand. Zu Ann Mari. Der einzige Unterschied ist, dass ich immer noch hier bin, mit einer weiteren Narbe, während Robert mit einer Kugel im Hinterkopf unter der Erde liegt. Ein vernarbter Egoist, in tote Lämmer gehüllt und mit fremden Schuhen an den Füßen. So kann es nicht weitergehen.

Kenny öffnet die Tür, als ich fünfundvierzig Minuten später eintreffe. Ich bin nass geschwitzt und fühle mich abgehetzt von dem Gedankensturm, der mich den gesamten Weg hierher verfolgt hat. Ich muss dieses sinkende Schiff so schnell wie möglich verlassen.

«Thorkild?» Sein Gesicht erstarrt kurz, ehe er sich zusammenreißt und eine Willkommensmiene aufsetzt, die allerdings die Augen nicht einschließt. «Da bist du ja.» Er legt seinen haarigen

Arm auf meine Schultern und zieht mich hinein. «Milla!», ruft er. «Wir können die Suche abblasen. Er ist hier.»

«Thorkild?» Milla kommt in den Flur gelaufen, in der einen Hand ein Weinglas, in der anderen eine Zigarette. Ihre Augen glänzen, und sie schwankt ein wenig und muss sich am Türrahmen abstützen. «Wo bist du gewesen? Wir haben auf dich gewartet.»

«Im Polizeipräsidium und in der Ausnüchterungszelle», antworte ich, während ich versuche, ruhig zu atmen. Mein Körper schreit nach Aufputschmitteln, und der Kopf glüht. Ich habe nicht vor, ihnen von Ann Mari zu erzählen. Das muss warten. Unter anderem, bis ich wieder mit Gunnar geredet habe.

«Ja, ich habe gehört, die Leute vom Zoll in Gardermoen haben dich erwischt», sagt Kenny mit einem Schmunzeln und lässt sich aufs Sofa fallen. Milla setzt sich neben ihn auf die Armlehne. Der Raum riecht nach abgestandenem Zigarettenrauch und Alkohol. Das Licht ist gedämpft, der Mond scheint durch die Dachfenster.

«Wein?», fragt Milla und schenkt mir ein Glas ein.

«Und noch ein bisschen mehr», verlange ich.

Sie streckt beim Rauchen ihren Finger aus. «Küche.»

«Was ist mit deinem Arm passiert?», fragt Kenny, während ich mich zur Kücheninsel begebe und mir das hole, weswegen ich hergekommen bin.

«Später», antworte ich und schlucke die Pillen, die sie mir hingelegt hat. «Gibt es etwas Neues von Borg?»

«Iver steht in Kontakt mit den Russen», antwortet Kenny. «Er ist auf einen weiteren Vermisstenfall hier in Norwegen gestoßen, der seiner Meinung nach interessant für uns ist.»

«Frau oder Pärchen?»

«Keins von beidem. Olaf Lund, ein pensionierter Rektor, 87 Jahre alt, der sein Pflegeheim in Svolvær am 18. September des letzten Jahres verlassen hat. Es wird angenommen, dass er einen Schwächeanfall erlitten hat und möglicherweise ins Meer gestürzt ist. Die Leiche wurde nie gefunden.»

«Wieder in Nordnorwegen?», frage ich und sehe Kenny ängstlich an. Allein schon die Erwähnung dieser Region verursacht mir Schmerzen in Hand und Brust.

«Korrekt. Stimmt etwas damit nicht?»

Ich schüttele nur den Kopf, hole tief Luft und balle die Fäuste. «Wo liegt die Verbindung?»

«Das Handy von Borgs Mutter», antwortet Kenny. «Sieht aus, als wäre es zu der Zeit, als der Rektor verschwand, mit einem Sendemast in der Region dort oben verbunden gewesen.»

«Wann erzählst du, was mit deinem Arm passiert ist?», fragt Milla.

«Später», antworte ich matt. Ich kann sie schon spüren, die warme Wolke, die langsam durch die Ohren, Nase und Augenhöhlen in mich hinein sickert. Die Wolke, die verspricht, alles von mir abzuhalten, wenn ich ihr nur genug Nachschub liefere.

«Okay», sagt Milla und nickt. «Lasst uns für einen Abend alles vergessen und es uns gemütlich machen.»

«Ja», willige ich ein. Ich merke, dass meine Stimme schon dabei ist, zu verschwimmen. Im Rausch füllt sich mein Kopf mit falschen Erinnerungen, mein Hirn gaukelt mir Geräusche aus meiner Kindheit in Island vor. Ohne den Rausch ist die Landschaft öde, grau und ockergelb mit Lavagestein und dunklen Sumpflöchern, in denen die Gesichter derjenigen erscheinen, die nicht mehr sind. Das hätte ich Ulf auch erzählen sollen. Dass der Hirnschaden meine Erinnerungen zerstört hat und dass nur eine fein abgestimmte Kombination aus Benzodiazepinen und Opiaten diesen Code wieder knacken kann.

Zwischendurch taucht das Bild von Ann Mari auf, manchmal vermischt sich ihr Gesicht mit Freis, und es entsteht ein neues Gesicht daraus, das beider Züge trägt. Ein anderes Mal ist sie zu nah, so nah, dass ich spüre, wie der Regen gegen die Haut prasselt und ihr Atem kaltes Feuer in mein Gesicht bläst.

Milla sagt etwas zu Kenny, während ich im Sessel sitze und

sie durch halb offene Augen beobachte. Ich verstehe nicht, worüber sie reden, und sehe Kenny zur Private gehen, wo er die Schubladen durchsucht. Schließlich kommt er mit einem Joint zurück, den er anzündet und fest und lange daran zieht, bevor er ihn an mich weiterreicht.

Ich nehme ihn entgegen, schaue zu den Dachfenstern hinauf und inhaliere, huste und nehme noch einen Zug. Ich muss nur den Blick nach dort oben gerichtet halten, muss mich auf das eine unbedeutende Licht zwischen all den anderen Lichtern konzentrieren.

«Eine unschuldige Tüte», sagt Kenny, als er wieder an der Reihe ist. «Darauf können wir doch anstoßen, oder nicht?» Er zieht an dem Joint und gibt ihn an Milla weiter.

«Ja», antworte ich verträumt. «Auf Frann-Mari.»

«Auf wen?»

«Frei und Ann Mari», erkläre ich. «Frann-Mari.»

«Oh Gott», seufzt Kenny. «Ja, auf sie auch.»

«Auf Olivia», wispert Milla, die noch tiefer im Sofa versunken ist und sich an die Wolldecke klammert, die sie um sich gewickelt hat.

«Auf Robert», sage ich und hebe meine Hand zu den Sternen.

«Ja, auf Robert fucking Riverholt», singt Kenny, wobei sein Oberkörper von einer Seite zur anderen schwankt. «Den Besten der Besten.»

Milla greift sich die Weinflasche und trinkt direkt daraus. «Auf August Mugabe. Ohne dich hätte ich es nie geschafft», ruft sie und gibt die Flasche weiter.

Kenny nimmt sie und will sie zum Mund führen, doch er verfehlt das Ziel, sodass der Wein in seinen Schritt fließt. «Nein», nuschelt er, als er den Flaschenhals wieder zu fassen kriegt. Er hebt die Flasche zwischen uns in die Höhe. «Auf den Polizeichef», lallt Kenny. «Prost, auf den Rattenschwanz.» Er schiebt den ganzen Flaschenhals in den Mund und trinkt. Während er trinkt, fällt sein Körper zur Seite, sodass er gegen Milla stößt. Er reißt sich die Flasche aus dem Mund und gibt sie mir. Milla kämpft währenddessen damit, ihn wieder aufzurichten.

«Auf Frann-Mari», sage ich.

«Auf die hast du schon getrunken», brabbelt Kenny.

«Weiß ich», erwidere ich und hebe die Flasche.

«Du kannst nicht mehrmals auf die gleichen Leute anstoßen», sagt er. «Dafür haben wir nicht genug Wein.» Er streckt sich zum Tisch hinüber und nimmt sich eine der anderen Flaschen, die darauf stehen. «Auf den König», brüllt er. Er will gerade trinken, als er bemerkt, dass die Flasche leer ist. «Scheiße», flucht er und stellt sie zurück auf den Tisch, bevor er aufsteht und jede einzelne der Flaschen untersucht.

«Das weiß ich», wiederhole ich flüsternd.

Kenny beugt sich vor und stößt mich an. «Auf den König, zum Teufel», jubelt er, als er endlich eine noch gefüllte Flasche findet. Der Inhalt besteht nur aus Resten und Millas Zigarettenstummeln, doch er kippt ihn sich in den Mund und über sein Gesicht, wobei er hin und her taumelt.

Ich habe schon begonnen zu lachen, bevor Kenny sich auf die Seite dreht und spuckt und würgt. Ich merke, dass ich es nicht schaffe, mit dem Lachen aufzuhören, das Gelächter versetzt mein Zwerchfell in solche Schwingungen, dass mir das Atmen schwerfällt. Ich muss so sehr lachen, dass sich meine Augen mit Tränen füllen, und es fühlt sich so an, als würde ich gleich überkochen. Das Licht vor Millas Dachfenster hat angefangen zu pulsieren, es schaukelt im Himmelsmeer, taucht in die Dunkelheit hinein und wieder hinaus, als säße dort oben jemand mit einer Taschenlampe, der mit mir Kontakt aufnehmen möchte.

«Auf den Kronprinzen», lallt Kenny und trocknet sich das Gesicht mit Millas Decke ab.

Ich schnappe kurz nach Luft, während ich versuche, mich auf das Lichtsignal dort draußen zu konzentrieren. Mein Mund füllt sich mit einem zähen Schaum, gleichzeitig kriechen die Magenkrämpfe vom Zwerchfell bis in die Brust und zum Hals hinauf. Plötzlich merke ich, dass ich zu zittern begonnen habe, spastische Zuckungen jagen durch meinen Körper, während ich meine Finger im Bezug des Sessels vergrabe, um mich festzuhalten.

«Du hattest genug, Mann.» Kenny kann sich kaum noch auf den Beinen halten. «Ich glaube, du gehörst ins Bett.» Er will mich am Arm aus dem Sessel zerren.

«Seht ihr das nicht?», sage ich und zeige zum Himmel. «Da oben? Sind sie das?»

«Wer?», fragt Milla, dreht ihren Kopf zur Seite und sieht hinauf zum Dachfenster.

«Sie», wiederhole ich. «Die Toten. Frei, Ann Mari, Robert oder Olivia, ich weiß es nicht, ich kann das Signal nicht deuten.»

«Okay, okay.» Kenny festigt den Griff um meinen Arm und holt tief Luft. «Jetzt reicht es, Thorkild. Genug gefaselt.»

«Nein, warte», sage ich und sträube mich, während Kenny an meinem Arm zerrt.

Er sammelt seine Kräfte und schafft es schließlich, mich aus dem Sessel zu ziehen und mich in eines der Schlafzimmer zu bugsieren, wo er mich aufs Bett wirft. «Schlaf gut, Kumpel», nuschelt er und greift nach dem Türrahmen, um sich auf dem Weg nach draußen abzustützen.

Kapitel 65

Ich bleibe auf dem Bett liegen, wo Kenny mich zurückgelassen hat, schließe die Augen und versuche, das Leuchtsignal, das ich am Himmel gesehen habe, in mir hervorzurufen. Es gelingt mir nicht.

Ich beschließe, Gunnar anzurufen, um ihn um Entschuldigung zu bitten und ihm von dem Leuchtsignal zu erzählen. Vielleicht kann er mir helfen, es zu deuten.

Während ich so daliege, klingelt plötzlich mein Handy. Als ich auf der Suche danach im Bett und unter der Decke herumwühle, merke ich, wie der Raum schwankt. Ich lege mich flach aufs Bett und versuche, mich festzuhalten, bekomme jedoch vor Anstrengung kaum noch Luft. Schließlich entdecke ich das Handy und halte es mir direkt vor mein Gesicht. Das Display zeigt eine unbekannte Nummer an.

«Ja?», lalle ich. «Mit wem spreche ich?»

Am anderen Ende ist es still, nur das Geräusch eines laufenden Busmotors ist zu hören, und jemand, der angestrengt ins Mikrophon atmet.

«Wer bist du?», flüstert plötzlich eine schwache Stimme, als das Brummen des Busses daneben lauter wird.

«Thorkild», antworte ich und versuche dabei, mich aus dem Bettzeug zu befreien. «Thorkild Aske. Weißt du nicht, wen du angerufen hast?»

«Bist du nett?»

«Nett?» Ich halte kurz inne und atme durch. «Nein, überhaupt nicht», sage ich und lache. «Ich bin der Schlimmste von allen. Mich würdest du nicht kennenlernen wollen.»

Es entsteht eine längere Pause, in der ich höre, wie sich eine Bustür öffnet und der Motor weiter dröhnt. Dann erklingt wieder das Schnaufen. «Du musst aufhören», sagt die Stimme.

«Womit muss ich aufhören?», frage ich. Da ist etwas an dieser Stimme, dieser Ton, und die Furcht, die darin mitschwingt. Ich bleibe vollkommen bewegungslos unter der Decke liegen und lausche. Es klingt, als würde das Handy an Stoff gerieben, während im Hintergrund ein Mann spricht, gefolgt von weiterem Stoffknistern, ehe ihre Stimme wieder ertönt. «Du musst aufhören zu suchen.»

«Olivia?», frage ich entgeistert unter der Decke. «Aber du bist doch tot ...»

«Du musst aufhören», wiederholt sie.

«Aufhören? Was meinst du?»

«Versprich mir das. Wenn du wirklich einer von den Guten bist, dann musst du mir versprechen, nicht mehr zu suchen.»

«Warum?»

Wieder folgt eine lange Pause, in der ich immer noch ihren Atem und das Motorengebrumm des Busses hören kann. «Weil», flüstert sie schließlich, «er mich sonst finden wird.»

Ich bleibe unter der Decke liegen und starre mein Handy an, nachdem sie aufgelegt hat. *Unbekannter Anruf.* Auch als ich den Bildschirm schwarz werden lasse und ihn wieder einschalte, taucht der Eintrag in der Anrufliste auf.

«Milla!» Ich wickle mich hektisch aus der Decke, um aus dem Bett zu kommen. «Milla! Kenny! Hilfe!», rufe ich, als ich mich endlich befreit habe. Ich richte mich halb im Bett auf und kann für ein paar Sekunden das Gleichgewicht halten, dann taumele ich und falle mit dem Kopf gegen die Wand.

«Milla!», schreie ich aus vollem Hals, bevor mein Körper von Krämpfen geschüttelt wird. Ich japse nach Luft und übergebe mich zwischen den Anfällen.

Die Tür wird heftig aufgestoßen, und Kenny kommt hereingerannt. Er ist nackt, sein behaarter Bierbauch spannt sich über seinem Gemächt, und sein Gesicht ist rot vor Anstrengung. Er fällt vor mir auf die Knie, sodass sein halb erigiertes Glied vor meinem Gesicht baumelt.

«Das war sie», stöhne ich, als ich Milla in der Tür erblicke. Sie hat eine Decke um sich geschlagen. Ihr Gesicht ist weiß, die Locken stehen zu allen Seiten ab. «Das war ...»

«Was ist los?», fragt Milla ängstlich und klammert sich an die Decke.

«Sie», stöhne ich und versuche, mich aus Kennys Griff zu lösen, um mein Handy zu holen und ihr den Anruf zu zeigen.

«Ruf einen Krankenwagen», befiehlt Kenny keuchend, als er sich zu ihr umdreht. «Er erstickt.»

Kenny rollt meinen Körper in die stabile Seitenlage, sodass ich Angesicht zu Angesicht mit seinem Penis liege. Er ist geschrumpft und gerade dabei, in einem Wald grauschwarzer Schamhaare zu verschwinden. Ich versuche, ein letztes Mal Luft zu holen, damit ich von Olivias Anruf berichten kann, doch meine Luftröhre ist verschlossen, und im nächsten Augenblick wird alles grau und schwarz.

Kapitel 66

*E*r bleibt kurz stehen, dann kommt er zu uns herüber. Siv sitzt nach ihrer Pinkelpause noch immer in der Hocke und hält ihre Hose und meinen Jackenärmel fest, während sie sich zusammenkauert.

«Sagtest du, sie bräuchte Papier?», fragt er. «Zum Abwischen?»

«Ja», antworte ich und stelle mich zwischen ihn und Siv.

Er lächelt schief und schüttelt den Kopf. «Hier.» Er wirft mir das Päckchen mit den Feuchttüchern zu. Anschließend wendet er sich ab und geht wieder hinauf zum Auto an der Straße. «Wir sind bald in Tønsberg», höre ich ihn sagen. «Von dort ist es nicht mehr weit.»

«Wir kommen!», rufe ich zurück, hebe das Päckchen mit den Toilettentüchern auf und gebe es Siv.

«Peiiinlich.» Siv reißt die Packung auf, wischt sich ab und wirft das Papiertuch und die restliche Packung auf den Boden. Sie zieht sich an und knufft mich in den Rücken, als sie zu mir kommt.

«Du bist nicht zu fassen», sage ich und folge ihr.

«Denkst du, sie wissen, dass wir abgehauen sind?», fragt sie mich, während wir die Böschung zur Straße hinaufgehen, wo er im Auto wartet.

Ich schaue auf die Uhr. Es ist erst ein paar Stunden her, seit wir die Bushaltestelle verlassen haben, seit der erste und letzte Tag begonnen hat. «Nein», sage ich. «Solange sie nicht von der Schule aus angerufen und gesagt haben, dass wir noch nicht da sind.»

«Hast du dir überlegt, was du sagen willst, wenn du sie triffst?»

«Ja», antworte ich und bleibe an der Autotür stehen.

«Was?»

«Mama, hier bin ich. Ich bin es, Olivia.»

Kapitel 67

Alle Krankenhäuser sind gleich. Wie ich nach meinem Selbstmordversuch im Gefängnis von Stavanger gelernt habe, ist das erste Gefühl nach dem Aufwachen, dass sich nichts verändert hat. Nicht einmal für eine Millisekunde lassen dein Körper und deine Sinne dich glauben, dass etwas anders ist. Du bist du. Du hast nur einen noch größeren Sprung in der Schüssel und noch mehr unbequemen Ballast im Kopf.

«Wir haben ihm Anexate verabreicht. Das kehrt den Effekt der Tabletten um.» Die Ärztin zieht eines meiner Lider nach oben und blendet mich mit dem grellen Strahl einer kleinen Taschenlampe. «Da», sagt sie. «Er ist wach.»

«Thorkild.» Milla stellt sich neben die Ärztin und ergreift meine Hand. «Warum?»

«Was denn?», frage ich und versuche zu schlucken, doch mein Mund gleicht einer Wüste.

Ich lasse Millas Hand los und bringe mich in eine aufrechte Position. Der Körper schmerzt, aber nicht mehr, als er es an schlechten Tagen ohnehin tut.

«Du hast uns einen ganz schönen Schrecken eingejagt.» Kenny taucht hinter dem Rücken der Ärztin auf.

Die wendet sich an ihn. «Es ist möglich, dass er noch eine Weile hierbleiben muss, aber das Gegenmittel wirkt schnell, sodass er in kurzer Zeit wieder ganz hergestellt sein sollte.» Sie nimmt mich noch einmal in Augenschein. «Wenn ich es richtig verstanden habe, benachrichtigen Sie jemanden», sie richtet sich wieder an Kenny. «Ich denke, er sollte erst einmal nicht allein sein.»

«Ich brauche etwas», flüstere ich und strecke ihr flehend meine Hand entgegen. Währenddessen kommen die verdrängten Erinnerungen zurück, sie wollen ihre rechtmäßige Herrschaft über mein Gedächtnis wiedererlangen. «Gegen die Schmerzen.»

«Wir können Ihnen Nozinan geben, das sollte …»

«Nein», widerspreche ich. «Nozinan hilft nicht. Diazepam oder Sobril. Oder wenigstens OxyNorm. Sie müssen mir etwas geben. Etwas, das hilft.»

Sie sieht mich nachdenklich an.

«Ich brauche sie», flehe ich.

«Tut mir leid», sagt sie und verlässt den Raum.

«Eine Benzodiazepinvergiftung.» Kenny schüttelt den Kopf. «Himmel, ich dachte, du hättest einen Herzinfarkt.»

«Wie spät ist es?»

«Zwei Uhr nachts», sagt Kenny. «Du warst fast eine Stunde lang bewusstlos. Es ist geradezu unglaublich, wie effektiv das Zeug ist, das sie dir gegeben haben.»

Ich schaue über die Bettkante, wo meine Schuhe sind. In Krankenhäusern nehmen sie einem immer die Schuhe weg, ich verstehe das nicht.

«Hör zu.» Kenny tritt näher ans Bett. «Thorkild, ich glaube, es wäre am besten, wenn wir uns alle eine Auszeit von diesem Fall nehmen. Es war anstrengend, wir sind weit gekommen, aber ich denke, ich spreche für uns alle, wenn ich sage, dass gerade alles aus dem Ruder läuft.»

«Ich habe gestern Abend einen Anruf bekommen», erkläre ich und hole mein Handy hervor. Ich sehe, dass Gunnar Ore mir eine Nachricht geschrieben hat, die ich jedoch überspringe und stattdessen die Anrufliste aufrufe. «Als ihr ... im anderen Zimmer wart.»

«Von wem?» Milla kommt ebenfalls näher.

«Ich glaube, es war Olivia», antworte ich.

«Was!?» Milla erstarrt. Sie muss die Zeit genutzt haben, um sich zu schminken und ihre Haare in Ordnung zu bringen, während sie auf den Krankenwagen gewartet haben.

«Machst du Witze?» Kenny sieht genauso zerzaust aus wie zuvor, als er im Adamskostüm angerannt kam.

«Nein», sage ich und zeige ihnen den Handybildschirm. «Unbekannter Anruf, Gesprächsdauer zwei Minuten und achtzehn Sekunden. Ich habe erst gedacht, es wären die Pillen oder der Hirnschaden, der mir einen Streich spielt, aber ...»

«Was hat sie gesagt?» Milla kommt noch einen Schritt näher.

«Sie hat mich gebeten, aufzuhören.»

«Aufzuhören?» Kenny schüttelt entmutigt den Kopf, sodass die dunklen Locken an den Seiten leicht wackeln. «Womit aufhören?»

«Nach ihr zu suchen.»

«Warum? Warum will sie mich nicht sehen? Hasst sie mich so sehr, dass ...»

«Nein. Nein, Milla», beruhige ich sie und richte mich weiter im Bett auf. «Es ist schwieriger, viel schwieriger, sie sagt, sie ist in Gefahr ...»

«In Gefahr? Wer bedroht sie?»

«Ich weiß es nicht. Sie hat nicht gesagt ...»

«Hat es etwas mit dem zu tun, was dir passiert ist?» Mit zitternden Händen deutet sie auf die Bandage an meinem Unterarm. «Ich will wissen, was passiert ist, Thorkild, bist du auch in Gefahr? Will dich … jemand …»

«Nein, Milla. Ich werde es euch erzählen, aber nicht jetzt. Erst brauche ich ein bisschen Zeit für mich», sage ich. «Ich melde mich, wenn ich so weit bin.»

«Nein!» Milla packt meine Hand. Sie zieht daran, als wolle sie mich aus dem Bett zerren. «Nein, du musst mitkommen. Wir müssen Iver anrufen, er soll die Nummer ausfindig machen … Ich muss mit ihr reden, muss ihr sagen …»

Ich versuche, mich aus ihrem Griff zu befreien. «Ich komme morgen, sobald ich kann.»

Plötzlich hält sie inne, gibt den Kampf auf und resigniert. «Dasselbe hat Robert auch gesagt», wimmert sie, und im gleichen Moment rinnen ihr die Tränen an den Wangen hinab, am Mund entlang und hinunter bis zum Hals.

«Ich bin nicht Robert», flüstere ich. «Das habe ich dir schon einmal gesagt.»

«Nein, nein, nein.» Milla wirft sich an mich und umklammert meinen Arm. «Du lügst», schluchzt sie. «Du hast nicht mit ihr gesprochen, du …»

«Milla», unterbricht Kenny sie und legt seine Hand auf ihre Schulter. «Bitte. Es reicht jetzt.»

«Nein, nein!», heult Milla, während Kenny sie mit sich aus der Tür zieht.

Sobald sie draußen sind und die Tür wieder geschlossen haben, zücke ich mein Handy und lese die Nachricht von Gunnar Ore. *Es wird Zeit.*

Ich schlage die Decke beiseite und setze mich hin. Anschließend stehe ich auf und nehme das Handy mit ins Bad. Er hat recht, denke ich, während ich anfange, den Verband von meinem Arm zu lösen. Es wird Zeit.

Teil V

Menschen, die Spiele spielen

Kapitel 68

«Haben Sie die E-Mail bekommen, die ich Ihnen gestern geschickt habe?», frage ich, während ich im Bad des Krankenzimmers stehe und die rote Wunde an meinem Unterarm betrachte. Ich stelle das Handy laut und drehe den Wasserhahn auf.

«Mein herzliches Beileid, Thorkild», kondoliert Dr. Ohlenborg. Sein Lispeln wird immer dann stärker, wenn er seine Stimme senkt. «Ihr Freund, Gunnar Ore, hat gesagt, Sie hätten eine kleine Schramme abbekommen?»

«Wann haben Sie mit Gunnar gesprochen?» Ich halte meinen Arm unters Wasser und muss die Zähne zusammenbeißen, als es die Wunde berührt.

«Vor kurzem. Ihr Handy war ausgeschaltet, und ich brauchte die Tatortfotografien von dem Angriff auf Sie und Ann Mari. Hören Sie, Thorkild, Sie hätten mir ruhig sagen können, dass Ihre Exfrau Ores Zukünftige war.»

«Tut mir leid», sage ich und stöhne vor Schmerz. «Haben Sie etwas herausfinden können?»

«Das ein oder andere», sagt er. «Das ist nicht ganz so einfach, wenn man nicht selbst vor Ort sein kann. Wie auch immer, die ersten Morde haben beinahe schon etwas Religiöses an sich, das findet man sonst häufig bei Serienmördern, die in Krankenhäusern oder anderen Institutionen arbeiten, wo sie ältere Patienten töten, bei Menschen mit einer Art Gottkomplex. Sie haben diese

Berufe ergriffen, um über Leben und Tod zu bestimmen, und sie verwenden auch oft Gift als präferierte Tötungsmethode.»

«Können Sie mir etwas über Borg sagen, was mir weiterhilft?»

«Ich habe eine Liste aufgestellt», erwidert Ohlenborg. «Über sie.»

«Sie?»

«Wir wissen, dass hier zwei Personen involviert sind, Aske. Nicht nur, weil Borg in Russland im Gefängnis saß, als Sie überfahren wurden. Das wird auch ganz deutlich, wenn man die Fälle nacheinander durchgeht und sich den *Modus Operandi*, die Viktimologie, die Tatorte und so weiter genau ansieht. Ich hätte eigentlich von Ihnen erwartet, dass Sie das schon viel früher entdecken würden.»

Ich drehe das Wasser ab und trockne den Arm rund um den Wundschorf vorsichtig mit einem Handtuch ab, während ich Dr. Ohlenborg am anderen Ende der Leitung mit Papieren rascheln höre.

«Nehmen wir uns als Erstes diesen Borg vor», schlägt Dr. Ohlenborg nach einer kurzen Pause vor. «Bei ihm haben wir ein Gesicht und einen Hintergrund zum Profil. Borg hat ein gewisses Verständnis dafür, wie er sich bei einem Treffen mit seinen Opfern verhalten muss, damit er sie nicht verschreckt, was auf Intelligenz hindeutet. Das Inszenieren der Leichen, das Handy am Ohr und die Anrufe zeugen aber auch davon, dass hier ein Mann seine Phantasien auslebt, die andere Menschen als verrückt bezeichnen würden. Borg ist vermutlich ein Mann, der leicht unterschätzt wird, und das weiß er auszunutzen. Ihrer E-Mail konnte ich entnehmen, dass Sie mehr oder weniger in dieselbe Falle getappt sind, als Sie ihn trafen.»

«Erzählen Sie mir von ihm», sage ich und sehe mich nach einem Ort um, an dem ich das blutige Handtuch entsorgen kann.

«Die Überfallmethode mit einer Spritze, die das Opfer innerhalb von Minuten handlungsunfähig macht, könnte darauf hindeuten, dass er eine Konfrontation fürchtet. Das hat allerdings keine sexuelle Konnotation. Die Tatsache, dass es sich um beide Geschlechter handelt, ist ein Zeichen dafür, dass sie für ihn nur anonyme Teile eines größeren Plans sind. Dazu passt auch das Inszenieren der Leichen. Die Morde sind Teil einer Phantasie oder eines Projekts, das er verfolgt, und bevor wir nicht voll und ganz verstehen, worauf er damit hinauswill, was sozusagen sein endgültiges Ziel ist, können wir nicht mit Sicherheit sagen, was er als Nächstes tun wird. Wir wissen aber, dass der Verlust eines Jobs oder einer Person, die ihm sehr nahestand, typische auslösende Faktoren für Männer wie Borg sind. Die Häufigkeit der Taten verweist außerdem darauf, dass irgendetwas an diesem Projekt eilt, ohne dass ich sagen könnte, was genau. Vielleicht hat Borg schon selbst geplant, wie es zu Ende gehen soll. Es würde mich übrigens nicht wundern, wenn Borg aktiv am Tod seiner Mutter beteiligt gewesen wäre. Ich würde auch gern mehr darüber wissen, was Borg an ihrem Grab getan hat.»

«Können Sie etwas darüber sagen, was er jetzt tun wird, da er auf der Flucht ist?»

«Ich bin ziemlich sicher, dass das Projekt bei seiner Mutter anfängt und auch bei ihr endet.»

Ich reiße eine neue Kompresse ab, die ich vorsichtig über die Wunde breite, bevor ich einen neuen Verband darum wickele. «Und was ist mit Borgs Freund?»

«Hier fische ich noch ein wenig im Trüben. Männer wie Borg arbeiten am liebsten alleine, können in extremen Fällen aber mit anderen zusammenarbeiten, solange diese Kooperation ihnen und dem Projekt nützt. Wir wissen, dass Borg in Russland mit diesem Mikhall Nikow zusammengearbeitet hat. In Ermittlungen mit zwei Mördern gibt es häufig einen dominierenden, organisierten Täter, der die Verbrechen plant und nur wenige Spuren hinterlässt. Er ist immer vorbereitet und wählt seine Opfer nach festen Kriterien aus. Was Borg angeht, wissen wir, dass es sich um ein sogenanntes

Hochrisikoindividuum handelt, einen Menschen auf der Flucht. Nikow ist ein typischer Partner für solche Täter, ein unorganisierter Opportunist, was sich ja am Tatort in St. Petersburg zeigt. Aber der Täter, der hinter dem ersten Angriff auf Sie und dem Mord am Riverholt-Paar steckt, passt nicht zu diesem Profil.»

«Was können Sie über ihn sagen?»

«Er hat einen völlig anderen Arbeitsmodus. Intelligent, aber impulsiv. Er plant im Voraus, ist aber auch dazu fähig, seinen Plan unterwegs zu ändern. Er sucht das Risiko, mordet ausschließlich zum eigenen Vorteil und hat eine persönliche Verbindung zu den Opfern. Er ist dynamisch, entwickelt sich nach und nach weiter und wird sicherer, erfahrener.»

«Mann oder Frau?»

«Wahrscheinlich eher ein Mann. Ich habe ein paar Stichpunkte für ein Profil notiert: erwachsener Mann, entweder verheiratet, aber in einer problematischen Ehe lebend, oder geschieden. Überdurchschnittlich hoher IQ, ein Job, in dem er es gewohnt ist, Verantwortung zu übernehmen. Selbstsicher, direkt. Ist mit polizeilichen Abläufen vertraut. Könnte sogar selbst Polizist oder ehemaliger Polizist sein.»

«Wie bitte?» Ich sinke auf den Toilettendeckel. «Was haben Sie gesagt?»

«Ich fürchte, ich kann diese Möglichkeit im Hinblick auf die vorliegenden Umstände nicht ausschließen.»

Ich drehe meinen Kopf in Richtung des Telefons am Waschbecken. «Und welcher von den beiden hat mich jetzt angegriffen und Ann Mari umgebracht?»

«Tja, ich hätte eigentlich auf Borg getippt, wegen des Handys an Ann Maris Ohr. Sogar, wenn man bei einer Obduktion Ihrer Exfrau keine Spuren von Kaliumchlorid B finden sollte. Aber der Tatort, bei ihr zu Hause, das ist ein Hochrisikotatort, da kann viel schiefgehen, und das wiederum passt besser zum *Modus Operandi* von Borgs Komplizen.»

«Sie hat mich angerufen», stöhne ich, ehe ich ergänze: «Olivia. Gestern Abend. Ich glaube zumindest, dass sie es war. Sie hat mich gebeten, nicht mehr nach ihr zu suchen, und gesagt, dass sie in Gefahr sei.»

«Hmm, sehr interessant.» Ohlenborg schnalzt nachdenklich mit den Lippen. «Da stellt man sich die Frage, was sie weiß oder gesehen hat, dass nicht nur sie, sondern auch diejenigen, die nach ihr suchen, sterben müssen. Das ist die Spur, der ich nachgehen würde. Sie führt mich aber auch zu meiner nächsten Sorge.»

«Und die wäre?»

«Die Textnachricht.»

«Ich dachte, Sie haben gesagt, dass ...»

«Ich habe mich geirrt. Was ich sagen will, ist, dass sich der Verdächtige in Ihrem näheren Umfeld befinden muss, das ist die einzige Erklärung. Und ich muss Ihnen wohl nicht erzählen, was das für Ihre eigene Sicherheit bedeutet. Ich wünschte, ich könnte Ihnen sagen, Sie sollten die Finger von diesem Fall lassen, ihn der Polizei übergeben und so weit wegfahren, wie Sie nur können, aber das kann ich nicht.»

«Mein Gott», ächze ich. «Was kann ich denn stattdessen tun?»

«Diese Frage lässt sich am einfachsten beantworten. Bleiben Sie am Leben, finden Sie Olivia und lösen Sie den Fall.» Dr. Ohlenborg stößt ein helles, beinahe kindliches Lachen aus, das in einem Hustenanfall endet. «Und rufen Sie an, sobald Sie mehr wissen.»

Kapitel 69

Ich verlasse das Krankenhaus und nehme ein Taxi zurück zum Hotel in Grünerløkka. Sobald ich auf meinem Zimmer bin, rufe ich Gunnar Ore an. «Gunnar», sage ich sofort, ehe er die Zeit finden kann, etwas zu sagen. «Olivia lebt, sie hat mich gestern Abend angerufen. Ich bin sicher, dass sie es war.»

«Was?»

«Außerdem habe ich auch mit Dr. Ohlenborg gesprochen. Es sind zwei, Gunnar. Wir suchen nach zwei Tätern, die zusammenarbeiten. Ohlenborg sagt, wir könnten nicht ausschließen, dass der Verdächtige jemand aus meinem näheren Umfeld ist, vielleicht sogar ein Polizist. Gunnar», flüstere ich, als er nicht reagiert. «Ich bin so am Ende, ich brauche ...»

«Was?», fragt er kalt. «Pillen?»

«Ja.»

«Und dann? Was passiert als Nächstes? Schluckst du noch mehr Pillen und kippst ein Glas nach dem anderen, bis dir endlich das gelingt, wovon du den ganzen Tag träumst?»

«Nein. Das würde ich nicht tun. Ich würde nicht abhauen, nicht ... so.»

«Ich glaube dir nicht.»

«Komm schon, Gunnar. Bitte. Ich weiß, dass Ann Mari Tabletten hatte. Viele Tabletten.»

«Die Beerdigung ist in zwei Tagen. Du kommst, und bis dahin wirst du mir helfen, die beiden Täter zu finden. Als Gegenleistung gebe ich dir, was du brauchst. Okay?»

«Das würdest du tun?», entfährt es mir. «Soll ich zu dir kommen, ich brauche nur ein paar, eine Handvoll, um die nächsten Tage über die Runden zu kommen. Leihst du mir eventuell ...»

«Nein.»

«Nein? Was meinst du? Du hast doch gerade gesagt ...»

«Was ist der Plan?», fragt er mit ruhiger Stimme. «Was machen wir jetzt? Mit unserem Wissen. Mit dem ganzen Mist, den du mit in die Stadt und in mein Haus gebracht hast.»

«Ich ...», ich sehe mich in dem sterilen Hotelzimmer nach etwas um, auf das ich mich konzentrieren kann, irgendetwas, das das Verlangen aus meinem Zwerchfell treibt und dieses Gefühl totaler Machtlosigkeit beendet. «Ich weiß es nicht.»

«Dann lass dir was einfallen, Mann. Nutze das kleine bisschen Verstand, das du noch nicht in Selbstmitleid und in deiner Sucht ertränkt hast, und denk dir eine Strategie aus. Das konntest du mal.»

Ich finde nichts. In diesem Zimmer hier bin nur ich. «Ich kann nicht, ich brauche ...»

«Nein, Thorkild. Kein Schlachtplan, keine Pillen.»

Ich balle die Faust und beiße hinein, ich beiße und kneife dabei die Augen zusammen. «Wir müssen am Anfang ansetzen», sage ich, nachdem ich meine Faust wieder öffne. «Bei Borgs Anfang, denn darüber wissen wir am meisten. Ich muss nach Sørlandet.»

«Warum?»

«Wegen der zeitlichen Abfolge.»

«Was ist damit?»

«Borgs Mutter ist letztes Jahr im August gestorben. Ich glaube, das war der auslösende Faktor. Wir wissen auch, dass Borg in aufreibende Rechtsstreitigkeiten mit der Familie in Sørlandet verwickelt war, in denen es sowohl um das Erbe ging als auch darum, wie die Mutter beerdigt werden sollte. Das gipfelte darin, dass Borg nach Sørlandet gefahren ist und aus irgendeinem Grund das Grab seiner Mutter verwüstet hat. Er fährt wieder nach Hause, wo er von der Polizei mit dem Vorwurf der Grabschändung konfrontiert wird, weil die Familie ihn deswegen angezeigt hat. Dann macht er sich davon, nein, zuerst taucht er fast einen ganzen Monat ab, irgendwo hier in Norwegen, bevor er auf dem Weg nach

St. Petersburg, wo er seinen Vater finden will, seine Mordserie anfängt.»

«Okay, das ist ein Anfang. Was ist mit Borgs Mittäter?»

Ich fange an, Kreise auf dem Teppich zu laufen, und schlucke meinen inneren Fluchtimpuls hinunter. In meinen Gedanken suche ich nach irgendeiner Idee, wie ich Gunnar dazu bringen kann, mich an den Medizinschrank meiner verstorbenen Exfrau zu lassen. Ich habe keine Ehre mehr, keine Selbstachtung, ich habe gelernt, wie man ohne Rückgrat stehen und gehen kann. «Er hat einen Fehler begangen, nein, zweimal den gleichen Fehler. Ich lebe noch. Das wird er so schnell wie möglich korrigieren wollen.»

«Dann müssen wir die Ausgangsthese ändern», sagt Gunnar. «Ihn glauben lassen, dass wir von allen Seiten gegen ihn arbeiten und die Schlinge enger ziehen. Das sollte ihn aus seiner Komfortzone und heraus ins offene Feld treiben. Wo wir ihn sehen können.»

«Einverstanden.»

«Aber wie?», drängt Gunnar weiter.

«Wir müssen den Eindruck erwecken, dass es ein Team ist, eine Arbeitsgruppe von erfahrenen Ermittlern, das jetzt nur seinetwegen in Bewegung ist. Er hat Angst, vielleicht ist er gerade sogar panisch, weil ich überlebt habe. Und das ist ein Vorteil für uns. Es wird ihn dazu zwingen, mich wieder zu kontaktieren oder mir näher zu kommen. Das ist gut, genau das wollen wir. Es birgt aber ein gewisses Risiko. Unser Freund ist zu nah an uns dran, er weiß, was wir wissen, und ich verstehe nicht, wie ihm das gelingt. Wir müssen sein Handy orten, wenn er wieder Kontakt zu mir aufnimmt.»

«Okay», stimmt Gunnar zu, während ich mich anstrengen muss, die Kontrolle zu behalten, zu atmen, zu denken, nicht zu fühlen. «Aber ich will dich bis zum Ende dabeihaben, Thorkild. Verstehst du mich?»

«Nicht ohne Medikamente. Das geht nicht.»

«Danach. Ich regele das. Bewahre einfach so lange einen kühlen Kopf. So, was machen wir jetzt?»

«Okay. Okay. Ich rufe die Truppe heute Abend zu einem Treffen in Tjøme zusammen», sage ich. «Ich will wissen, wie sie auf Druck reagieren, jeder Einzelne von ihnen. Aber du musst Leute auf die anderen Fälle ansetzen. Die Vermisstenfälle, Riverholt, einfach alles. Jeder Fall muss überprüft werden. Und lass alle Beteiligten genau wissen, was ihr tut, in allen Fällen bis auf einen.»

«Ann Mari?»

«Ja. Diese Tür muss verschlossen bleiben.»

Gunnar atmet jetzt ruhiger. Er erkennt die Strategie wieder. «Wie soll ich das machen?»

«Zieh ein paar Fäden, ich weiß, dass du viele davon in der Hand hältst. Und fordere volle Verschwiegenheit von denen, die den Fall übernehmen. Auch intern.»

«Information und Manipulation, nicht wahr? Die Truppen aufteilen, eine gute Idee. Brauchst du sonst noch etwas, bevor wir loslegen?»

«Ja.» Ich bleibe mitten im Zimmer stehen. «Du musst jemanden für mich anrufen.»

«Wen?»

«Ulf, meinen Psychiater in Stavanger.»

«Warum das?»

«Er wird herausfinden und wissen wollen, was ich hier treibe, und wenn er das tut, wird er darauf bestehen, dass ich zurück nach Stavanger fahre. Wir wissen beide, dass das mittlerweile keine Option mehr ist.»

«Was soll ich tun?»

«Ruf ihn an und sag ihm, dass ich dir helfe. Sag, dass ich gesund bin, gesund aussehe, und dass du meine Hilfe noch eine Weile brauchst.»

«Bist du das denn?», fragt Gunnar schließlich.

«Was? Gesund? Nein. Ich habe einen Hirnschaden und träume davon, zu sterben.»

«Spitze. Ich komme zu dir. Wo bist du?»

Ich gebe ihm die Adresse des Hotels. «Und denk dran», schiebe ich nach, als er gerade auflegen will. «Ich brauche ...»

«Ann Maris Pillen?» Der Ton in seiner Stimme hat sich verändert. Die Verachtung ist wieder da, die kalte, harte Verachtung, die er auch am ersten Tag nach Freis Tod mit in meine Zelle brachte.

«Ja, ich habe gesehen, dass sie eine ganze ...»

«Merkst du eigentlich, was du mit Menschen anrichtest?», fragt Gunnar ruhig. «Ich, der ich mir selbst geschworen hatte, dir nie wieder auch nur so etwas wie eine einzige beschissene Fluortablette zu geben, werde jetzt die Medikamente meiner toten Verlobten mitnehmen, um sie dem Mann zu geben, der in ihrer letzten Nacht auf dieser Erde das Bett mit ihr geteilt hat. Ist das das Druckmittel, das du gegen mich einsetzen willst? Bist du schon so tief gesunken? Sag mir bitte, dass das nicht wahr ist, dass das nur ein Hirngespinst war.»

«Nein», antworte ich kalt. Wieder gehe ich rastlos im Hotelzimmer auf und ab. «Ich brauche sie.»

«Du liebe Güte», höre ich Gunnar sich selbst zuflüstern.

«Gunnar? Ich muss sie haben, das verstehst du doch?»

Gunnar trifft eine Stunde später ein. Er hat keinerlei Tabletten dabei und grinst hämisch, als ich nach ihnen frage. Er schüttelt den Kopf darüber, wie ich leide, verschränkt die Arme und beobachtet mich, während ich unruhig hin und her gehe. Dennoch bleiben wir im Hotelzimmer und verbringen mehr Zeit miteinander, als wir es seit Ewigkeiten getan haben.

Es gibt lange Momente, in denen wir dieses Thema beinahe vergessen können, in denen der Fall und die Planung alles andere ausradieren. Ann Mari ist immer noch da, sie ist zur gleichen Zeit zu Hause in unserer Wohnung in Bergen und in der Villa, die sie und Gunnar in der Gyldenløves gate bewohnten. In anderen Momenten ist es schlimmer, das Gespräch stagniert, wir stecken fest, schimpfen, schleudern uns Vorwürfe an den Kopf und drohen, einander zu erwürgen. Dann fangen wir von vorne an, finden uns wieder hinein, bis wir im Fluss sind.

«Wenn das vorbei ist, Thorkild ...», sagt Gunnar in der Tür, als er gehen will. Ich habe mir bereits geschworen, den Plan durchzuziehen und meiner Schwäche nicht nachzugeben, bis sich Gunnar und derjenige, der in sein Haus eingedrungen ist und Ann Mari ermordet hat, von Angesicht zu Angesicht gegenüberstehen. «... dann bekommst du ihre komplette Sammlung. Jede Schachtel, jede einzelne, verfluchte Tablette. Die ganze verdammte Apotheke. In Ordnung?»

«Schwörst du das?», frage ich und grabe meine Finger in die Wange, um den Schmerz zu spüren.

Er schüttelt leicht den Kopf, schluckt die Beleidigungen, die in ihm aufsteigen, hinunter und nickt kurz. «Ja. Dann sollst du endlich das Fest haben, das du so gerne feiern willst, auf meine Rechnung. Das schwöre ich.»

Mit diesen Worten schließt er die Tür und geht.

Kapitel 70

*S*iv *ist auf dem Rücksitz eingeschlafen, noch bevor wir Tønsberg erreicht haben. Ich kann sie im Rückspiegel sehen, wie sie daliegt und beim Einatmen leise schnauft. Das Sonnenlicht fühlt sich hier kräftiger an, ich spüre, wie mir Tränen in die Augen steigen, wenn ich zu lange hineinschaue.*

«Diese Straße führt nach Verdens ende.» Er zeigt geradeaus, als wir an eine Stelle kommen, wo sich die Straße teilt.

«Ans Ende der Welt?» Ich trockne meine Augen und drehe mich zu ihm um.

Er sieht mich an und trommelt mit den Fingern aufs Lenkrad. «Warst du schon einmal dort?», fragt er.

«Nein», antworte ich und schüttele den Kopf. «Ich war noch nie in dieser Gegend.»

«Sind wir bald da?» Siv rekelt sich auf dem Rücksitz, gähnt und richtet sich auf.

«Es ist nicht mehr weit», sagt er und schaut sie im Spiegel an. «Wir sind fast am Ziel.»

Die Landschaft ist flach, grüne und gelbe Wiesen unter baumwollweißen Wolken. Man könnte fast glauben, der Herbst sei noch nicht bis hier vorgedrungen. Hin und wieder sehe ich das Meer zwischen weiß gestrichenen Häusern, die inmitten von Bäumen und Felsen liegen. Siv presst ihr Gesicht gegen die Scheibe, als er den Blinker setzt und in die Einfahrt eines riesigen weißen Hauses abbiegt, das von einem Garten und hohen Bäumen umgeben ist. «Wohnt sie wirklich hier?», keucht sie.

«Ja», sagt er und parkt vor dem Eingang. «Willkommen am Ende der Welt.»

Kapitel 71

Als der Bus im Zentrum von Tjøme hält, sitzen Milla, Joachim, Iver und Kenny dort auf einer Bank und essen Eis. Sie winken, als sie mich entdecken.

«Da bist du ja», sagt Milla und umarmt mich, nachdem ich die

Männer mit einem Handschlag begrüßt habe. Sie legt die Hände auf meine Schultern und sieht mir in die Augen. «Fühlst du dich besser?»

«Ja.»

«Sicher?»

Ich nicke. «Ganz sicher.»

«Schön.» Sie dreht sich zu Joachim um, der noch nicht mit seinem Eis fertig ist. Er wirft den Rest in einen Mülleimer und holt die Autoschlüssel hervor.

«Was ist mit deinem Arm passiert?», fragt er, während wir zum Auto laufen. Ich habe die Ärmel so weit nach oben gekrempelt, dass der Verband zu sehen ist.

«Ich bin unglücklich gestürzt», antworte ich und steige ein. «Beim Angeln.»

«Ach ja? Du angelst? Wir haben ein Boot draußen bei der Hütte, vielleicht hast du Lust ...»

«Er lügt», sagt Milla und wirft mir einen gleichermaßen enttäuschten wie neugierigen Blick zu. «Thorkild angelt nicht.»

Joachim sieht uns beide fragend im Rückspiegel an.

«Sie hat recht», gebe ich zu. «Tut mir leid.»

«Also ...»

«Er wird es dir nicht erzählen», erklärt Milla. «Oder, Thorkild?»

«Nein», antworte ich, ehe ich mich Kenny zuwende, der durch das Seitenfenster nach draußen schaut. Es ist an der Zeit, Gunnars und meinen Plan in die Tat umzusetzen. «Wann bist du gekommen?»

«Vor einer Stunde.»

«Du hättest mich zuerst anrufen sollen», sage ich.

«Wieso?» Kenny dreht sich vom Fenster weg.

«Two is a company, three is a crowd, du verstehst schon.»

«Was meinst du?»

«Ich meine, du hättest in Drammen bleiben sollen. Ich brauche dich da.»

«Du brauchst mich da?» Ich sehe, wie sich Kennys Wangen rot färben. «Wie zur Hölle redest du eigentlich mit mir?», fährt er mich an, während er abwechselnd Milla und mich ansieht.

«Pass auf, Kumpel. Olivia lebt und Robert wurde ermordet. Das ist kein Spiel, das ist der pure Ernst.»

«Was?», ruft Joachim laut und fährt vor Scheck fast in den Graben.

«Sie lebt», wiederhole ich. «Haben sie dir das nicht erzählt?»

Joachim starrt Milla an. «Milla?»

«Thorkild sagt, sie hätte ihn gestern angerufen», beantwortet Kenny die Frage säuerlich.

«Das verstehe ich nicht», stottert Joachim. «Was heißt das?»

«Sie lebt», antwortet Milla ruhig, auch wenn mir der Ton ihrer Stimme verrät, dass sie alles andere als ruhig ist. «Olivia lebt, und Thorkild wird sie finden.»

«Wie ...», stammelt Joachim, ohne es zu schaffen, einen ganzen Satz zu formulieren. «Wie ...»

Gunnar und ich haben uns auf eine Zerschlagungstaktik geeinigt. Sie sieht vor, dass ich mich von allen distanziere und die drei Informationskanäle so aufteile, dass unser Freund aus seiner Deckung gezwungen wird.

«Milla?» Kenny starrt sie immer noch an. «Hast du dazu nichts zu sagen?»

Milla wartet darauf, dass ich noch etwas hinzufüge. Am Ende nickt sie und wendet sich an Kenny. «Ich finde, wir sollten tun, was Thorkild sagt. Sie hat ihn angerufen.»

«Also», lege ich los. «Wir haben es hier mit einer Mordserie zu tun. Sie beginnt bei Svein Borg, bevor sie sich nordwärts nach Süd-Trøndelag bewegt, sich durch Umeå in Schweden weiter nach Russland zieht, ehe sie im Mord an Robert und seiner Exfrau im letzten Herbst gipfelt. Danach geschieht nichts, bis ich vor einer knappen Woche ins Bild komme.»

«Nichts?», schnauft Kenny und trommelt gereizt mit seinen Fingerspitzen gegen die Fensterscheibe des Autos.

«Milla setzt Robert Riverholt darauf an, ihr bei der Suche nach ihrer Tochter Olivia zu helfen. Eine Woche nachdem er sie gefunden hat, verschwindet sie. Die Polizei glaubt, dass ihre Freundin und sie aus der Jugendeinrichtung, in der sie wohnen, abgehauen und nach Ibiza gereist sind. Am Morgen ihres Verschwindens wurden sie dabei beobachtet, wie sie an der Bushaltestelle gegenüber vom Jugendheim in ein unbekanntes Auto gestiegen sind. Seitdem hat niemand etwas von ihnen gehört oder gesehen.»

«Das wissen wir alles», merkt Kenny an.

«Korrekt», erwidere ich.

«Nur nicht, warum.»

«Dazu kommen wir gleich.»

«Okay.» Kenny breitet die Arme aus.

«Robert, Kenny und Milla fliegen vergebens nach Spanien, um Olivia zu finden. Eine Woche nachdem ihr zurückgekommen seid, wird Robert vor Millas Wohnung in Oslo erschossen. Angeblich von seiner Exfrau. Sie soll danach weggefahren sein und sich in ihrem Auto erschossen haben. Mittlerweile wissen wir aber, dass Camilla zu dieser Zeit nicht in der Lage war, Auto zu fahren, und dass ihre Krankheit möglicherweise sogar schon so weit fortgeschritten war, dass sie nicht einmal den Abzug eines Revolvers hätte betätigen können. Wir wissen auch, dass sie in der letzten Zeit vor ihrem Tod von einer bisher nicht identifizierten Person in ihrem eigenen Wagen ins Krankenhaus gefahren und wieder abgeholt worden ist. Es ist derselbe Wagen, den Robert einige Wochen vor seiner Ermordung vor seinem eigenen Haus gesehen und kurz danach der Polizei gemeldet hat, da dessen Fahrer versucht hatte, ihn zu überfahren. Zuerst wurde dieser Vorfall als Bestätigung der Theorie angesehen, dass Roberts Exfrau ihn erschossen hat, weil sie ohne ihn nicht leben konnte. Und dass sie ihm in der Zeit vor dem Mord nachspioniert hat.»

Im Auto sind alle still, während ich spreche.

«Ich sollte Roberts Auftrag übernehmen und weiter nach Olivia suchen.» Ich beginne, das Hemd am bandagierten Arm nach oben zu krempeln, sodass der ganze Verband zu sehen ist. «Kurz darauf wurde ich vor Millas Wohnung mit einem Auto attackiert, und als wir aus Archangelsk zurückkamen, wurde ein erneuter Versuch unternommen, mich in die ewigen Jagdgründe zu schicken. Jemand ist ins Haus meiner Exfrau eingebrochen, hat ihr beide Pulsadern durchtrennt, ihr das eigene Handy ans Ohr gelegt und mir den Arm vom Handgelenk bis zum Ellenbogen aufgeschlitzt.»

«Wie bitte?», keucht Iver. Kenny starrt auf meinen Arm, während ich das Pflaster löse und den Verband so hochhebe, dass die schnurgerade Schnittwunde und die Stiche sichtbar sind.

«Wäre alles nach Plan verlaufen, hätte es wie ein weiterer Selbstmordpakt ausgesehen, eventuell auch wie Mord und Selbstmord. Also», fahre ich fort, bevor ich den Verband wieder auf die Wunde lege und mit dem Pflaster fixiere, «Borgs Verschwinden ist der Beginn des einen Strangs, die Nachforschungen von Milla und Robert ein anderer. Es sieht so aus, als würde Borg, der mittlerweile selbst auf der Flucht ist, nicht alleine arbeiten. Borg befand sich in Russland, als das Ehepaar Riverholt ermordet wurde, und er saß im Gefängnis, als mich jemand überfahren wollte.»

«Wir müssen aufhören», sagt Kenny. «Das wird zu groß für uns. Herrgott, sieh dich doch mal an, du kannst nicht, wir können nicht riskieren ...»

«Gunnar Ore hat ein Ermittlungsteam zusammengestellt. Die Riverholt-Morde sind für uns tabu», erkläre ich. «Dasselbe gilt für den Angriff auf mich und meine Exfrau. Er hat mir sehr deutlich gemacht, dass wir uns da raushalten müssen. Ich bin außerdem verpflichtet, Ore über alle unsere Schritte zu informieren, und daran müssen wir uns auch halten. Aber wir können immer noch nach Olivia suchen, denn für diesen Fall bist im Prinzip immer noch du zuständig, Kenny, oder?»

«Ja, doch, das ist unser Fall», sagt er.

«Genau. Deshalb fahren Milla und ich nach Sørlandet, um mit Borgs Familie zu reden, sobald dieses Treffen vorbei ist. Iver, du bleibst weiter in Kontakt mit den Russen, für den Fall, dass etwas Neues zu Borg auftaucht.»

«Und ich?», fragt Kenny verärgert. «Was soll ich tun?»

«Du fährst nach Hause», antworte ich, als Joachim den Blinker setzt, in die Einfahrt abbiegt und den Wagen vor der Steintreppe der Schweizerstil-Villa in Verdens ende abstellt.

Kapitel 72

Mamas Garten ist grün, windgeschützt und warm, genauso wie ich ihn mir vorgestellt habe. Nur an der Seite zum Meer färben sich die Blätter an den Bäumen allmählich orange und rot.

«Ist jemand zu Hause?», frage ich und steige aus seinem Auto. Ich bleibe am Fuß der Steintreppe vor der Eingangstür stehen. Siv steht immer noch am Auto, ihr Gesicht ist zum Himmel gerichtet, wo gerade die Wolkendecke aufbricht.

«Nein», antwortet er. «Sie kommt bald.» Er geht einen Schritt nach oben und stellt sich auf die erste Stufe. «Kommt», sagt er. «Wollt ihr es von innen sehen?»

Ich schaue Siv an. Sie nickt, wir gehen die Treppe hinauf und bleiben hinter ihm stehen, als er einen Code ins Türschloss eintippt.

«Behaltet eure Schuhe ruhig an», sagt er und öffnet die Tür. Von dort, wo ich stehe, sieht das Haus hell und gemütlich aus. Im Flur hängen mehrere Jacken, einige Paar Schuhe stehen aufgereiht darunter.

«Wohnt sie hier alleine?», fragt Siv. Vorsichtig geht sie durch den

Flur in ein Esszimmer mit weißen Gardinen und Fenstern voller Nippes und Blumen, die von der Sonne angestrahlt werden.

«Nein», *antwortet er und schließt behutsam die Tür hinter sich.*

«Hat sie Kinder?», *frage ich und sehe ihn neugierig an.* «Andere als mich?»

Er lächelt und schüttelt den Kopf. «Keine.»

«Warum nicht?» *Siv steht in der Mitte des Esszimmers und sieht sich nach allen Richtungen um. Sie hält ihre Schuhe fest in den Händen.*

«Sie hat doch dich», *antwortet er an mich gewandt.*

«Sie wollte mich nicht haben», *platzt es aus mir heraus.*

«Jeder macht Fehler», *erklärt er und deutet auf die Küche.* «Kommt, ich zeige euch die Schreibwerkstatt.»

Ich folge Siv durch das Zimmer in die Küche, wo mehrere Flaschen Wein auf einer Bank neben der Glastür stehen, die auf eine riesige Terrasse führt. Ich bleibe an der Kücheninsel stehen und drehe mich zu ihm um.

«Sucht sie wirklich nach mir?»

«Ja», *erwidert er.*

«Und sie will wirklich, dass ich hier wohne?»

Er nickt. «Ja.»

«Mit ihr?»

«Mit uns», *flüstert er und berührt mit der Hand leicht meine Schulter.*

Kapitel 73

Iver sitzt in der Frühlingssonne auf der Terrasse und unterhält sich mit Joachim, während Kenny weiter unten im Garten verschwunden ist. Durch die offene Tür zur Schreibwerkstatt sehe ich Milla alleine vor ihrem Bildschirm sitzen. Ich nehme mir ein Bier aus dem Kühlschrank und gehe durch den Garten zum Bootshaus hinunter. Kenny sitzt auf dem Klippenrand und starrt auf das Meer hinaus.

«Hallo», sage ich und setze mich neben ihn.

Kenny nickt mir zu und gibt ein leises Grunzen von sich.

«Freust du dich auf den Sommer?»

Er schüttelt leicht den Kopf und nimmt die Bierflasche entgegen, die ich mitgebracht habe.

«Also?» Kenny trinkt einen Schluck aus der Flasche, dann reicht er sie mir zurück. «Was hast du vor?»

«Was meinst du?»

«Fahr nach Hause, wir brauchen dich nicht mehr, dieses ganze Zeug? Ich kenne Milla seit zwei Jahrzehnten, und ...»

«Ich teile die Truppen auf», erkläre ich und blicke aufs Meer. Ich schiebe den Hemdsärmel bis zum Ellenbogen hinauf. Der Verband ist immer noch weiß, also blutet die Wunde nicht mehr.

«So weit verstehe ich das ja. Aber wozu genau?»

«Wenn wir Olivia und diese Vermisstenfälle mal unberücksichtigt lassen, womit haben wir dann eigentlich zu tun?»

«Mit Milla», antwortet Kenny und greift wieder zur Bierflasche.

«Genau. Es ist beinahe so, als würden wir hier an zwei verschiedenen Fällen arbeiten. Die Vermisstenfälle auf der einen Seite, und auf der anderen Seite die Männer, die Milla bei der Suche nach Olivia helfen. Die allerdings umgebracht werden oder beseitigt werden sollen.»

«Du schickst mich also nach Drammen zurück, um mich zu beschützen? Nein, wie nobel von dir.» Er dreht sich halb zu mir um und hebt den Zeigefinger. «Lass mich dir eines sagen, Aske. Ich bin seit dreißig Jahren Polizist, und ich ...»

«Du sollst nicht zurück nach Drammen», sage ich und nehme ihm das Bier aus der Hand.

«Wie bitte?»

«Du fährst nach Nordnorwegen.»

«Was?»

«Nordnorwegen. Arktische Wildnis, axtförmige Felsen, klaustrophobische Fjorde, deren Inseln ausschließlich von Möwen und Schafen bewohnt sind. Bist du schon einmal dort gewesen?»

«Was?», wiederholt Kenny. «Ja, ich war schon einmal dort. Aber was soll ich …»

«Milla und ich fahren nach Sørlandet, während Iver in Drammen bleibt, um mehr über Svein Borgs Zeit in Russland herauszufinden. Somit bleibt nur noch eine Sache zu erledigen.»

«Der Alte auf den Lofoten?»

«Korrekt.»

«Warum?»

«Borg hat mir erzählt, dass er dort oben geboren wurde. Außerdem stimmt etwas mit unserer zeitlichen Abfolge nicht. Borg hält sich fast einen Monat lang versteckt, bevor er seine Mordserie anfängt. Wir müssen herausfinden, warum, und wo er währenddessen war. Wir wissen, dass Borg Jonas Eklunds Handy an sich genommen hat, nachdem er ihn und dessen Freundin in Schweden umgebracht hatte. Dieses Telefon hat er dann benutzt, um Liv in Orkdal und die späteren Opfer anzurufen, bis die Leichen von Jonas und seiner Partnerin gefunden wurden und die Eltern den Vertrag kündigten. Iver hat darüber hinaus herausgefunden, dass das Handy auch genutzt wurde, um die Nummer von Borgs Mutter anzurufen. Das bedeutet, dass Borg das Handy seiner Mutter nicht hatte. Der Anruf konnte bis zu einem Sendemast außerhalb von Svolvær zurückverfolgt werden. Da stellt sich die Frage, wen Borg da angerufen hat?»

«Ah, verstehe.» Kenny reißt das Bier an sich und leert es. Er schleudert die Flasche ins Meer, wo sie im silbernen Schimmer verschwindet, bevor der Hals wieder auftaucht. Sie tanzt zwischen den Wellen auf und ab, während sie langsam immer weiter hinaustreibt. «Du teilst uns nicht auf, um uns zu beschützen, du trennst die Informationskanäle. Ha-ha-ha. Du glaubst, einer von uns versorgt den Mörder mit Informationen. Nein!» Er steht auf und sieht auf mich herab. «Es ist noch schlimmer, stimmt's? Doch, oh Gott, ich bin vielleicht dumm.» Er fasst sich an den Kopf. «Du glaubst, der Mörder befindet sich unter uns?»

«Nein», sage ich.

«Doch, doch, genauso ist es. Du glaubst, dass es einer von uns ist.»

«Iver und du wart in Drammen, und Milla und Joachim waren hier im Sommerhaus, als Ann Mari getötet wurde.»

«Hast du uns etwa alle überprüft?»

«Selbstverständlich. Gunnar Ore hat alle eure Handyverbindungen checken lassen. Also ...» Ich breite die Arme aus.

«Du zynischer kleiner Teufel», entfährt es ihm lachend, und er klatscht leidenschaftslos in die Hände.

«Das zeigt allerdings nur, wo das Handy war – und nicht notwendigerweise die Person, die es besitzt.»

«Natürlich», stimmt mir Kenny zu. «Aber du und dieser Ore, ihr legt eine Falle aus, oder?»

«Jepp.» Ich lege eine Hand auf den Verband und drücke zu. Es tut nicht ganz so weh, wie wenn ich auf die zerstörte Wange presse, aber der Schmerz hilft trotzdem, den Drang zu unterdrücken. Seit der letzten Dosis sind über vierundzwanzig Stunden vergangen, und mein Körper meldet sich. «Ihr könnt alle gehen, wenn ihr wollt», fahre ich fort, «nur Milla und ich können nicht aufgeben.»

«Verdammt», sagt Kenny. «Na gut.»

«Dann bist du dabei?»

«Ich bin seit meinem Wehrdienst nicht mehr in Nordnorwegen gewesen.»

«Ich hasse diese Gegend», sage ich.

Kenny schüttelt den Kopf.

«Du bist ein guter Polizist, Kenny. Vielleicht findest du dort oben etwas heraus.»

«Und keiner soll etwas davon wissen?»

«Nur ich. Schalte dein Handy aus und lass es auch ausgeschaltet. Benutze das Hoteltelefon oder kauf dir eine Telefonkarte.»

«Warum? Nein, warte, ich weiß schon. Weil jeder jemanden bei Telenor kennt?»

Ich nicke. «Bist du dabei?»

Er breitet die Arme aus. «Ich brauche mehr Bier.» Dann steht er auf und geht zurück zur Villa.

Kapitel 74

Siv bleibt neben dem Waldstück zwischen Garten und Bootshaus stehen. Sie wirft einen kurzen Blick auf die Terrasse, auf der er steht und uns beobachtet, ehe sie sich wieder zu mir dreht, ihre Jacke öffnet und breit grinst: «Willst du?»

«Wo hast du die denn her?», frage ich, als sie eine Flasche Wein hervorholt.

«Aus der Küche», sagt sie und geht weiter.

«Du hättest sie nicht mitnehmen dürfen.» Ich sehe das Meer vor den Felsen, das Wasser ist völlig still, die Sonne glitzert auf der Oberfläche, und man würde am liebsten hineinspringen, selbst jetzt im Herbst.

«Da standen so viele herum. Deine Mutter muss steinreich sein, sie wird die eine Flasche sicher nicht vermissen.» Sie beißt in das Plastik am Verschluss und spuckt es aus. «Schraubverschluss», sagt sie mit einem Lächeln. «Herrlich.»

Wir gehen am Bootshaus vorbei und setzen uns auf die Felsen, ganz an den Rand. Siv dreht den Verschluss ab und nimmt einen Schluck Wein aus der Flasche, bevor sie sie mir weiterreicht. «Hier», *sagt sie und zieht eine Grimasse, ehe sie sich mit der Hand die Lippen abwischt.*

Der Wein schmeckt eklig. Ich nehme einen Schluck und gebe Siv die Flasche wieder zurück.

«Glaubst du, du wirst hier wohnen?», *fragt Siv und trinkt mehr Wein.*

«Ich könnte für immer hierbleiben», *antworte ich und lege mich mit dem Rücken auf den Felsen.* «Es ist so schön hier.»

«Wie glücklich du sein musst», *Siv stellt die Flasche zwischen ihre Beine und zieht ihre Jacke aus,* «dass du eine Mutter hast, die an so einem Ort wohnt. Mann, guck dir das doch mal an.» *Sie streckt ihre Arme zu beiden Seiten aus.* «Was für Partys wir hier feiern könnten.»

«Ja», *murmele ich und drehe mich auf den Bauch, sodass ich zum Haus zwischen den Bäumen hinaufschaue.* «Glücklich.» *Das Wort bleibt mir im Hals stecken. Ich kann mich nicht erinnern, es jemals in Bezug auf mich selbst benutzt zu haben. Glücklich ist ein Fremdwort, das ich nur für andere verwendet habe, das mir weh tut, wenn ich an Erwachsenen mit Kindern vorbeigehe, wenn ich Familien in einem Restaurant sehe oder in den Autos, die nach jeder letzten Stunde vor unserer Schule stehen, um die anderen abzuholen.*

«Komm.» *Siv stellt die Weinflasche vor mich auf den Felsen. Sie reißt sich die Bluse herunter und knöpft ihre Hose auf.* «Ich will schwimmen.» *Sie hält inne und sieht mich grinsend an:* «Nein, wir müssen schwimmen.»

Ich blicke zurück zum Wald und zum Haus auf der anderen Seite. «Glücklich», *flüstere ich und presse das Kinn gegen die Hände auf dem warmen Stein.* «Ja, das bin ich wirklich.»

Kapitel 75

Ich bleibe auf dem Felsen sitzen, nachdem Kenny gegangen ist. Vor mir funkelt das Meer in Silber und Blau, während die Bäume sich im Wind wiegen.

«Da bist du also.» Joachim taucht ebenfalls auf dem Felsen auf. «Frierst du nicht?»

«Doch», sage ich.

«Dann komm mit nach oben.»

«Gleich.» Ich sehe dem Sonnenlicht nach, das von den Felsen über die Wasseroberfläche wandert, immer weiter hinaus, wo das Meer unruhiger und dunkler wird.

Joachim bleibt hinter mir stehen. «Hast du wirklich mit ihr gesprochen? Mit Olivia?»

«Ja.»

«Wo war sie?»

Ich zucke mit den Schultern.

«Bist du sicher, dass sie es war?»

«Nein.»

«Was hat sie gesagt?»

«Sie hat mich gebeten, nicht mehr nach ihr zu suchen.»

Joachim kommt näher, sein Schatten gleitet an meinem Arm entlang, bis er stehen bleibt. «Warum?»

«Sie hatte Angst. Dass jemand sie finden würde.»

«Wer?»

«Ich weiß es nicht», seufze ich und sehe zu ihm auf. «Was glaubst du?»

«Milla», sagt er und setzt sich neben mich auf den Felsen. «Ich hatte geglaubt, sie würde sich darüber freuen, zu hören, dass Olivia lebt, aber es scheint so, als ob ...»

«Hast du Kinder, Joachim? Aus einer früheren Beziehung, oder ...»

«Nein. Ich hätte mir gut vorstellen können, Vater zu werden», erklärt er, während er mit den Fingern über den Boden fährt. «Einen kleinen Jungen oder ein Mädchen zu haben, mit denen ich an einem Tag wie heute aufs Meer rausgefahren wäre. Ich habe mich gefreut, als Milla mir von ihrer Tochter erzählte, und sogar noch mehr, als sie sagte, dass sie sie finden wolle, und dass wir eine Familie werden würden.»

«Und wenn wir sie nicht finden?»

Er schüttelt den Kopf und wendet sich ab, lässt den Blick übers Wasser bis zu den weit entfernten Inseln gleiten.

«Ihr könntet doch eins adoptieren.»

«Ja», sagt er. «Könnten wir.»

«Aber?»

«Nein, ich weiß nicht.» Joachim steht auf und klopft seine Kleider ab.

«Ich muss Milla wieder mitnehmen», sage ich. «Nach Sørlandet. Am besten noch heute. Kannst du die Reise buchen?»

Er nickt. «Dieser Svein Borg? Ist es wegen ihm?»

«Ja. Wir müssen mit seinen Verwandten reden. Sie wohnen in der Nähe von Kristiansand.»

«Denkst du, dass er Olivia entführt hat?»

Ich sehe ihn an, ohne zu antworten.

«Ich helfe euch», versichert er. «Aber erst, wenn du mit ins Haus kommst. Ich habe Zimtschnecken gebacken, sie sind noch ganz frisch. Nach dem Rezept meiner Großmutter.»

«Ich komme», sage ich. «Ich will nur noch kurz hier sitzen.»

Kapitel 76

Das Wasser fühlt sich warm auf der Haut an, obwohl die Sonne nicht mehr auf die Felsen scheint und schon tief am Horizont hängt. «Frierst du?» Siv taucht ein paar Meter hinter mir auf, die Sonne erleuchtet ihren Hinterkopf, und ihr Gesicht liegt im Schatten.

«Nein», antworte ich, während ich ins Wasser tauche und mit den Fingerspitzen über die Oberfläche streiche. «Nein, ich friere nicht.»

«Mir ist schlecht», sagt Siv und schwimmt mir entgegen.

«Du hast ja auch fast die ganze Flasche alleine ausgetrunken», bemerke ich, als sie bei mir ist und die Arme um mich legt. Ich lasse meine Hände unter Wasser sinken, bis sie ihren Rücken berühren. Sie hat eine Gänsehaut und fühlt sich kalt an.

«Komm», schlage ich vor und löse mich aus der Umarmung. «Lass uns zurückschwimmen.»

«Nein», erwidert Siv und verzieht ihre Unterlippe, während sie ihre Arme um meinen Hals schlingt. «Ich will nicht, ich will hierbleiben.»

An Land taucht eine Gestalt auf, die aus dem Wald kommt und den Weg zu den Felsen hinabgeht. Siv küsst mich schmatzend auf die Stirn, dann packt sie meine Schultern und drückt meinen Kopf unter Wasser. Als ich wieder an die Oberfläche komme, ist sie mir schon mehrere Längen voraus und schwimmt aufs Ufer zu. Die Gestalt steht mit zwei Handtüchern über dem Arm am Ufer. Siv steht auf, sobald das Wasser flach genug ist, bedeckt ihre Brüste mit den Armen und dreht sich zu mir um. Sie flüstert mir etwas zu.

«Kommt», sagt er und legt die Handtücher auf die Steine hinter Siv. «Es wird Zeit, dass ihr rauskommt.»

Kapitel 77

Als ich zurück ins Haupthaus gehe, sitzt Milla allein vor ihrem Laptop am Küchentisch und schreibt.

«Joachim kümmert sich um die Tickets», sage ich und setze mich ihr gegenüber. «Wenn alles glattgeht, können wir noch heute aufbrechen.»

«Gut.» Milla klappt den Laptop zu und hält ihren Kopf schräg, während sie mich ansieht.

Joachim stellt den Korb mit den Zimtschnecken vor uns auf den Tisch. Mit einer Zange greift er ein Teilchen und will es auf Millas Unterteller legen, doch sie schüttelt nur den Kopf.

«Sie wird immer unruhig, wenn es stressig wird», erklärt Joachim und hält mir eine Schnecke entgegen. Ich würde am liebsten ablehnen, halte dann aber doch meinen Teller hin und zwinge mich zu einem Lächeln, das Joachim strahlen lässt.

«Sie schmecken ausgezeichnet», sage ich, obwohl ich das trockene Gebäck kaum herunterbekomme.

«Ursprünglich war es meine Ururgroßmutter, Alva Marie ...»

«Joachim», unterbricht Milla ihn und fasst sich an die Schläfe. «Kannst du uns nicht schnell die Tickets besorgen?»

«Aber ...»

«Bitte?» Sie legt ihm eine Hand auf den Arm. «Damit ich sicher sein kann, dass alles gutgeht.»

«Okay, okay», sagt Joachim und lächelt, bevor er die Schürze auszieht und uns verlässt.

«Ich habe die Geschichte von diesen blöden Zimtschnecken bestimmt schon hundertmal gehört», erklärt Milla, nachdem Joachim gegangen ist.

«Bist du sicher, dass du bereit bist?», frage ich. «Nach allem, was passiert ist, wäre es vielleicht am besten, wenn ich alleine fahre. Du und Joachim, ihr solltet ...»

«Ich halte es nicht aus, hier zu sein», sagt sie.

«Milla?» Joachim steht auf einmal wieder in der Tür. Sein Gesicht ist bleich. «Was soll das heißen, du hältst es nicht aus, hier zu sein? Hat das etwas mit mir zu ...»

«Nein», seufzt Milla. «Du musst dir keine Sorgen machen.»

«Ab-aber ...»

Milla lächelt kalt. «Entspann dich, Schätzchen. Ich komme schon zurück. Und in der Zwischenzeit passt Thorkild auf mich auf.»

«Ach ja?» Joachims Gesicht ist verbissen, sein Mund hat sich zu einem schmalen Strich verzogen. «So wie Robert auf dich aufgepasst hat?»

«Entspann dich.»

«Ich soll mich entspannen? Wie kannst du ...»

«Du hast keine Kinder, Joachim», schleudert ihm Milla entgegen. «Aber ich habe ein Mädchen, das mir jemand weggenommen hat und das irgendwo dort draußen ist und Angst um sein Leben hat, und ich weiß nicht einmal, wie ich ...»

«Tut mir leid, Milla», entschuldigt sich Joachim. «Ich wollte nur ...»

«Ich weiß sehr gut, was du wolltest. Und das interessiert hier gerade niemanden. Solltest du dich nicht um die Flugtickets kümmern?»

«Doch, doch, aber ...»

«Dann mach das doch einfach. Okay?»

Joachim macht kehrt und trottet beschämt wieder Richtung Schreibwerkstatt, während Milla sich mir zuwendet. «Ich verstehe nicht, was mit mir los ist, Thorkild», seufzt Milla und zupft an einer von Joachims Zimtschnecken, ohne etwas davon zu essen.

Ich strecke ihr meine Hand entgegen. «Bist du sicher, dass du nicht hierbleiben willst? Dieser Anruf von Olivia und alles andere. Ich könnte verstehen, wenn dir das zu viel wird.»

«Das ist es nicht.» Sie legt die Schnecke weg und ergreift meine

Hand. «Es ist dieses Haus», flüstert sie. «Irgendetwas hier bereitet mir solches Unbehagen, dass sich mir der Magen umdreht und ich sofort wieder kehrtmachen will, sobald ich zur Tür hereinkomme. Verstehst du?» Sie drückt meine Hand noch fester. «Mit diesem Haus stimmt etwas nicht. So ist das, seit Olivia verschwunden ist. Ich habe mir eingeredet, es läge an mir, weil ich so dicht dran war und sie doch wieder verloren habe, aber jetzt weiß ich es. Endlich weiß ich, dass es nicht an mir liegt.» Sie umklammert meine Hand, während sie sich im Zimmer umsieht. «Es ist dieser Ort.»

Kapitel 78

Milla und ich kommen am späten Abend in Kristiansand an. Svein Borgs Tante wohnt mit ihrer Familie ungefähr eine Stunde Autofahrt auf der E39 in Richtung Westen, unweit entfernt vom Hauptgebäude einer bekannten norwegischen Missionsorganisation.

«Ich gehe duschen», sagt Milla, als wir das Hotelzimmer betreten.

«Hast du irgendwas zum Runterkommen?» Ich fange an, mein Hemd aufzuknöpfen. «Ich ...»

«Ich habe nichts mitgenommen», erklärt Milla.

«Wie bitte?» In mir wird es ganz kalt. «Was meinst du?»

«Es geht nicht, nicht, wenn ich weiß, dass sie irgendwo da draußen ist. Ich muss clean sein, wenn sie wieder nach Hause kommt. Das ist für uns beide am besten, Thorkild.» Milla zieht sich weiter aus, bis sie völlig nackt vor mir steht. Anschließend gleitet sie an mir vorbei. Auf der Schwelle zum Bad bleibt sie stehen und dreht sich um: «Kommst du?»

«Gleich», flüstere ich und öffne das Fenster. Milla hat sich verändert, seit ich ihr von Olivia und dem Anruf erzählt habe. Joachim hatte recht, sie ist wirklich anders. Ich glaube, auch Kenny hat es bemerkt. Mittlerweile wirkt sie nicht mehr so hilflos und abhängig von anderen wie vorher. Sie braucht zwar immer noch unsere Hilfe, um Olivia zu finden, aber ihre Stärke und Zielstrebigkeit deuten darauf hin, dass sie danach keinen mehr von uns brauchen wird. Ich ziehe eine der staubigen Gardinen zur Seite und sehe auf die Stadt hinab. Unten am Meer schwimmen Eiderenten paarweise vor der Kaianlage. Mir wird klar, dass sie sich alle so gefühlt haben müssen, die Männer in ihrem Leben, auch beim ersten Mal, als Robert einfach so daherkam und direkt vor ihrer Nase Olivia fand.

Ich bleibe am Fenster stehen und beobachte die Seevögel, die sich auf einer Insel weiter draußen versammelt haben. Gelegentlich ertönt der ein oder andere Freiheitsschrei, während andere Vögel nach oben steigen, mit majestätischen Flügelschlägen schwingen sie sich höher und höher, dem hellen Abendhimmel entgegen. Während ich dort stehe und auf die Vögel und das Meer hinausblicke, das in den letzten Sonnenstrahlen blau schimmert, klingelt mein Handy. Es ist Kenny.

«Wo bist du?»

«In einem Hotelzimmer in Svolvær. Verdammt, sind die Hotelzimmer hier oben teuer.»

«Der Himmel wird es dir danken», entgegne ich.

Kenny brummelt irgendetwas vor sich hin, dann räuspert er sich und fährt fort: «Ich war auf der Polizeiwache hier und habe mit Johanne Rikhardsen gesprochen, die für den Fall des vermissten Rektors zuständig ist. Ich habe auch einen Ausflug in das Altenheim gemacht, in dem Olaf Lund vor seinem Verschwinden gewohnt hat.»

«Was hast du herausgefunden?»

«Olaf Lund war ein pensionierter Rektor, 87 Jahre alt. Er hat das Pflegeheim am 18. September letztes Jahr verlassen. Man geht davon aus, dass er einen Schwächeanfall hatte und eventuell ins Meer gestürzt ist. Seine Leiche wurde nie gefunden.»

«Das wussten wir schon vorher.»

«Ja.»

«Noch etwas anderes?»

«Nein. Kann ich jetzt fahren? Ich vermisse Drammen.»

«Niemand vermisst Drammen.»

«Ich schon.»

«Hast du noch mehr herausgefunden?»

«Da ist schon eine Sache», räumt Kenny ein. «Du hast gesagt, Borg hätte dir erzählt, dass er hier oben geboren ist.»

«Korrekt.»

«Ich saß hier rum und habe mich gelangweilt, da habe ich seine Mutter gegoogelt, Solveig Borg.»

«Und?»

«Auf Wikipedia steht ein bisschen was über sie. Unter anderem sind alle ihre Platten, Auszeichnungen und so weiter aufgelistet. Sie scheint zu ihren Glanzzeiten ja ziemlich bekannt gewesen zu sein.»

«Sag einfach Bescheid, wenn du vorhast, zur Sache zu kommen. Nur keine Eile.»

«Auf ihren Alben sind meistens Volkslieder mit Naturtexten: ‹Du blaues Meer›, ‹Lilien›, ‹Sieh, wie die Sonne überm Gråtinden versinkt› und dergleichen. Aber ihre letzte Platte ist anders, sie trieft geradezu vor Frömmigkeit. ‹Triff mich im Paradies›, das Lied ist der …»

«Ich weiß. Sie hat wohl zu unserem Herrgott zurückgefunden, als es aufs Ende zuging. Das ist nicht ungewöhnlich.»

«Okay, aber mir ist bei einer der alten Platten etwas aufgefallen, es gibt hier oben nämlich tatsächlich einen Berg namens Gråtinden. Er liegt gar nicht so weit entfernt von meinem Hotel.»

«Dann hat Borg also eine Verbindung zu dem Ort. Gut, Kenny. Aber wir brauchen noch ein bisschen mehr. Er muss jemanden dort oben kennen, wir brauchen eine Person, irgendjemanden.»

«Yes, Boss.» Kenny zögert einen Moment, ehe er wieder das Wort ergreift. «Wie läuft es bei euch?»

«Mit Milla?»

«Ja.»

«Ich schlafe mit ihr, als Gegenleistung bekomme ich Tabletten. Das heißt, früher habe ich welche bekommen. Jetzt schlafe ich einfach nur noch mit ihr.»

«Wieso erzählst du mir das?»

«Damit du es weißt.»

Kenny schweigt erneut. «Arschloch», flüstert er dann und legt auf.

Ich bleibe noch lange mit dem Blick nach draußen stehen, nachdem Kenny das Gespräch beendet hat. Irgendwann schließe ich das Fenster und ziehe den Vorhang zu. Ich gehe zur Badezimmertür und höre das Plätschern der Dusche. Es hört sich so an, als würde sie dort drinnen weinen. Ich warte lange, bevor ich die Tür öffne und eintrete.

«Warum hast du Robert eigentlich damit beauftragt, sie zu finden?», frage ich und gehe zur Dusche. Milla kehrt mir den Rücken zu und hält ihr Gesicht in die Wasserstrahlen. «Nach so langer Zeit?»

«Weil ich sie brauche», antwortet sie.

«Wozu?»

Endlich dreht sie sich um. Das Wasser läuft über ihre Haare, das Gesicht und die Brüste. Sie stellt sich an die Scheibe. «Ich will ein Kind haben.»

«Olivia ist kein Kind mehr.»

«Sie ist meine Tochter. Ich will sie zurückhaben.»

«Und dann? Nachdem er sie gefunden hatte? Was war dann?»

«Was meinst du?»

«Wie sollte die Familie aussehen? Du, Olivia und Joachim? Oder du, Olivia und Robert?»

Sie sagt nichts, sieht mich einfach nur durch den Wasserdampf an.

«Oder vielleicht jemand ganz anderes? Kenny? Iver?»

Milla fährt mit den Fingern die Scheibe der Dusche entlang. «Ich und Olivia», flüstert sie schließlich.

«Und jetzt?»

Sie lächelt schwach, ich kann sehen, wie sich das Wasser teilt und neue Wege über ihr Gesicht bahnt, als es ihre Lippen erreicht. Dann stellt sie sich wieder dorthin, wo der Strahl am stärksten ist, und kehrt mir den Rücken zu.

Kapitel 79

Höchste Zeit», flüstere ich, als die SMS früh am nächsten Morgen endlich ankommt. Milla schläft immer noch im Bett an meiner Seite. Draußen ist es hell, ich habe fast die ganze Nacht kein Auge zugetan, das Verlangen nach Tabletten wird langsam unerträglich, ich schwitze, selbst wenn ich friere. *Sie hat nicht mal geweint* steht in der Nachricht.

Ich stehle mich aus dem Bett, gehe ins Bad und rufe Gunnar Ore an. «Er hat sich gerade gemeldet», sage ich, als er abnimmt. «Könnt ihr ihn orten?»

Es klingt so, als wäre Gunnar eben erst aufgewacht. «Was?» Er füllt seine Lungen und atmet kräftig aus. «Was hast du gesagt?»

«Unser Freund hat sich gemeldet. Bist du so weit?»

«Ja, ja, warte kurz.»

«Wo bist du?»

«Zu Hause, ich bin im Wohnzimmersessel eingeschlafen. Ich schaffe es nicht, mich ins Bett zu legen.»

«Ihr seid also so weit?»

«Ja, gib mir ein paar Sekunden. Ist er gerade aktiv?»

«Ich weiß es nicht, ich wollte ihm gleich eine Antwort schicken. Hoffen wir mal, dass er darauf reagiert.»

«Okay. Wir hören uns.»

Ich setze mich auf den Klodeckel und rufe die SMS auf.

Wer?, schreibe ich und schicke die Nachricht ab.

Nach ein paar Minuten piepst mein Handy. *Ich habe auf der Bettkante gesessen und dich beobachtet. Lange nachdem sie ausgeblutet war. Warum hast du einfach nur dagelegen?*

Woran hast du gedacht?, frage ich in der Hoffnung, das Gespräch lange genug am Laufen zu halten, damit Ores Leute den Standpunkt des Handys orten können. *Als du es getan hast?*

Das willst du nicht wissen.

Doch. Ich will, schreibe ich und füge hinzu: *Du bist interessant.*

Fast eine halbe Minute verstreicht, bis mein Handy wieder piepst. *Inwiefern?*

Durch die Art, wie du dich selbst in die Scheiße reitest. Das ist schon das dritte Mal.

Ich wähle wieder Gunnar Ores Nummer. «Habt ihr ihn gefunden?»

«Ja, es sind Leute unterwegs, um das Gebiet zu durchsuchen. Wir konnten den Standort auf ein Wohngebiet hier in der Hauptstadt eingrenzen. Auf der Westseite. Aber sie müssen von Tür zu Tür gehen, das kann eine Weile dauern.»

«Okay, ruf mich an, wenn ihr etwas habt.»

Nachdem ich aufgelegt habe, trete ich aus dem Bad. Milla ist aufgewacht. Sie sieht mich an und blinzelt.

«Ich habe von dir geträumt», sagt sie. Sie hat ihre Augen noch immer nicht ganz geöffnet und liegt auf der Seite, die Decke bis zum Hals gezogen.

«Was hast du geträumt?»

«Du warst ein anderer. Eine Art Wesen, das mich umbringen wollte.» Sie schlingt die Decke enger um sich und zittert. «Gott, hast du mich erschreckt.»

«Das ist der Preis, den man zahlen muss, wenn man aufhört», erwidere ich und setze mich neben sie auf die Bettkante, während ich mein Hemd zuknöpfe. «Der Körper vermisst nicht gern etwas.»

«Wir können es schaffen, Thorkild.» Sie legt ihre Hand auf meine. «Zusammen.» Dann zieht sie mich nach hinten, und wir sinken mit den Oberkörpern aufs Bett und sehen uns an. Es fühlt sich plötzlich kalt an, hart und kalt wie die Pflastersteine vor ihrer Wohnung, wie die Pritsche einer Ausnüchterungszelle oder die Innenseite eines Sargs.

«Komm», sage ich. «Wir müssen los. Es ist eine lange Fahrt.»

Kapitel 80

«Glauben Sie an Gott?», fragt Svein Borgs Tante, nachdem sie uns in ihr Haus gebeten hat, das dicht an der Straße neben einer Kirche liegt. Gunhild Borg ist eine unauffällige Frau mit grau meliertem Haar, das sie hinten zu einem Knoten zusammengebunden hat. Ihre Augenlider sind schwer, ihre Lippen schmal und trocken.

«Ich glaube an die Hölle auf Erden», antworte ich, als wir uns auf die Veranda setzen, von der aus man eine gute Aussicht auf die Kirche und die Gräberreihen direkt vor dem Wohngebiet hat. Die Ortschaft ist umringt von unebenen und waldbedeckten Anhöhen, und in der Mitte befindet sich ein kleines Gemeindezentrum. Es ist Sommer in Sørlandet. Die Bäume sind grün, das Gras saftig, und die Gärten leuchten in allen Farben.

Gunhild Borg betrachtet Milla eine ganze Weile, ehe sie sich abwendet und in die Küche geht. Als sie zurückkommt, bringt sie eine Kanne mit Saft und drei Plastikbecher.

«Sie sind also von der Polizei?», fragt sie und schenkt uns Saft in die Becher.

«Ja», lüge ich. Wir können ihren Ehemann im Wohnzimmer in einem Schaukelstuhl sitzen sehen, wo er die Zeitung liest, während gleichzeitig das Radio läuft. «Erzählen Sie mir von Ihrer Schwester Solveig. Sie war also Sängerin?»

«Sie hat einen anderen Weg gewählt», antwortet Gunhild Borg und setzt sich.

«Sie wurde schwanger», fahre ich fort. «Unverheiratet?»

«Ja.»

«Und der Vater des Jungen? Wenn ich es richtig verstanden habe, war er Russe?»

Sie blickt verächtlich auf und schüttelt den Kopf. «Das hat man sich erzählt, ja.»

«Was meinen Sie?»

«Es gab Gerüchte», sagt sie, «dass sie im Norden mit einem verheirateten Mann zusammenlebte, der sie sich als Konkubine oben im Fjell hielt. Ich glaube, die Geschichte über den hübschen Arzt aus St. Petersburg hat sie nur erfunden, um sich bei Mutter und Vater einzuschmeicheln, damit sie ihr Geld für ihre sogenannte Gesangskarriere gaben.»

«Bekam sie welches?»

«Geld? Ha! Nein, ganz bestimmt nicht.»

«Wo genau im Norden hat sie denn gewohnt?»

«Sie arbeitete als Aushilfslehrerin irgendwo auf den Lofoten.»

«Wann war das?»

«Ende der Sechziger.»

«Und ihr Sohn, Svein, haben Sie ihn kennengelernt?»

«Ja, sie hat ihn schließlich hierhergeschleift, als er noch ein kleiner Junge war, nachdem das Abenteuer mit diesem verheirateten Mann zu Ende war.»

«Sie haben hier gewohnt?»

«Ja. Im Haus meiner Eltern, für eineinhalb Jahre, bis mein Vater starb. Dann packte sie ihre Sachen, verließ meine Mutter, und die ganze Arbeit blieb an mir hängen. Nach allem, was ich für sie getan hatte.»

«Wie war er? Svein, meine ich, als Kind?»

«Er hing ihr den ganzen Tag am Rockzipfel. Konnte nicht einmal in seinem eigenen Zimmer schlafen. Er hielt es nicht aus, wenn seine Mutter anderen Aufmerksamkeit schenkte, und sie war schwach, sie brachte es nicht fertig, ihn zu disziplinieren.»

«Sie hatten einen Rechtsstreit mit Svein Borg, in dem es um den Nachlass Ihrer Schwester ging?»

«Wir fanden, die Musik meiner Schwester sei mit ihr gestorben und sollte in Frieden ruhen. Aber nicht einmal dafür konnte dieser Mann Platz in seinem Herzen finden.»

«Er kam hierher, erinnerst du dich?», hören wir den Mann vom Wohnzimmer aus sagen.

Borgs Tante atmet plötzlich schwer und bekreuzigt sich. «Ja, stellen Sie sich das einmal vor. Nicht mal das Grab seiner Mutter war diesem Menschen heilig.»

«Wie meinen Sie das?»

«Er hat ihren Grabstein gestohlen.»

«Wie bitte?»

«Der Pastor hat uns erzählt, dass Solveigs Grabstein verschwunden sei und dass jemand in der Erde gewühlt habe. Alle Blumen und … und …» Sie schnappt nach Luft und blickt aufgelöst in den wolkenlosen Himmel über uns.

«Woher wissen Sie, dass er es war?»

«Wer hätte es sonst sein sollen?», fragt Borgs Tante entrüstet.

Ich beeile mich, einen Schluck von dem sauren Saft zu trinken, und zwinge mich zu einem Lächeln. «Mmmh», sage ich und nehme noch einen Schluck. «Vom Standpunkt der Polizei aus sind natürlich konkrete Beobachtungen wichtig, selbst wenn man», ich lege eine Hand auf die Brust, «tief in seinem Herzen weiß, was richtig und was falsch ist.»

Gunhild Borg holt tief Luft. «Ja, ja», sagt sie und nickt.

«Er wollte, dass sie eingeäschert wird», sagt der Mann aus dem Wohnzimmer. Aus dem Radio neben ihm ertönt eine Predigt über die Symbiose von Erlösung und Geldspenden.

«Ja, stellen Sie sich vor», sagt sie und schüttelt resigniert den Kopf. «Seine eigene Mutter sollte verbrannt und die Asche am Fuß irgendeines Berges verstreut werden. Und zu alledem ist er auch noch so frech und ruft hier an, nach allem, was wir durchgemacht haben. Oh, gütiger Jesus!», jammert sie.

«Er hat angerufen?», frage ich verblüfft.

«Gestern. Ich dachte, deswegen wären Sie hier, um ... »

«Gestern? Von wo aus?»

«Das weiß ich nicht. Er sagte, dass er mit Odd sprechen wollte ... »

Endlich faltet der Mann seine Zeitung feinsäuberlich zusammen und stellt das Radio leiser. «Er wollte über seine Mutter reden», sagt er, «und über den Himmel und das Paradies.»

«Ist das nicht dasselbe?» Ich schiele zu Milla hinüber, die leicht mit den Schultern zuckt.

«‹Wahrlich, ich sage dir›», zitiert Borgs Onkel und stößt den Schaukelstuhl an. «‹Heute wirst du mit mir im Paradies sein›, sagte Jesus zum reuigen Sünder am Kreuz neben seinem.» Er stößt sich fester ab, sodass der Stuhl noch schneller hin- und herschaukelt, und umklammert die Armlehnen.

«Aber das Paradies, das Jesus versprochen hat, befindet sich am Rand des Himmels», sagt Gunhild Borg und nickt ihrem Mann zu, der hinzufügt:

«Gott will, dass seine Kinder ihm ins Neue Jerusalem folgen, wo sein Thron steht, und er sehnt sich danach, dort mit uns bis in alle Ewigkeit zu leben. Aber es liegt an uns, es ist die Stärke unseres Glaubens, die darüber bestimmt, wo unsere ewige Heimstatt liegen wird.»

«Svein wollte also wissen, ob seine Mutter im Himmel oder im Paradies ist», schließe ich aus den Ausführungen und wende mich an Borgs Onkel im Wohnzimmer. «Was haben Sie geantwortet?»

Er sieht mich lange an, während sein Körper im Stuhl hin und her gewogen wird. «Dass Solveig starb, bevor sie die Erlösung fand», sagt er schließlich. «Deshalb liegt es nun an unserem Herrn und Gott, zu entscheiden, ob ihre Heimstatt im Himmel oder außerhalb im Paradies liegen wird.»

«Er hat Angst», wirft Borgs Tante ein.

«Angst wovor?», frage ich neugierig.

«Vorm Alleinsein», fährt Borgs Onkel fort. «Svein weiß, dass er nicht in den Himmel kommen wird, denn Menschen, deren Glauben zu Lebzeiten nicht größer als ein Senfkorn ist, werden das Leben nach dem Tod im besten Fall im Paradies verbringen, aber nicht in den Himmel gelangen.»

«Solveig hat erzählt, dass er sich verändert hat, nachdem er wieder krank geworden war.» Gunhild Borg faltet die Hände auf dem Tisch zwischen uns und sieht abwechselnd mich und den Saftbecher vor mir an.

«Krank?» Ich beiße die Zähne fest zusammen, ehe ich Luft hole und noch einen Schluck von ihrem bitteren Saft trinke: «Ist er krank?»

«Ja. Svein hatte einen Gehirntumor, als er jünger war.» Sie beeilt sich, mir Saft nachzuschenken, bevor sie fortfährt. «Er wurde operiert, und danach war er wieder gesund. Als Solveig anrief, erzählte sie, dass es Svein wieder schlechter gehe und man bei einer Untersuchung neue Metastasen gefunden hätte. Der Krebs hatte sich ausgebreitet.»

«Ich habe ihm bei unserem Telefonat gesagt, dass auch er um Erlösung bitten solle, um im Reich Gottes geheilt zu werden, sofern er sich die Gerechtigkeit Gottes verdient hat», sagt der Onkel aus dem Wohnzimmer.

«Geheilt zu werden?»

«Das Feuer des Heiligen Geistes kann den Krebs hinfortbrennen, wie er es auch bei Bakterien und Viren kann. Auch wenn die Nerven, die Zellen oder das Gewebe schon tot sind, können sie geheilt werden, wenn sie sich an Gottes Ort befinden.»

«Was hat er dazu gesagt?»

«Er sagte, zuerst müsste er wissen, wo Solveig sei», sagt Gunhild Borg, bevor sie seufzt und dann ergänzt: «Das ist wahrscheinlich das Beste, was man sich unter diesen Umständen erhoffen kann.»

«Was denn?»

Sie lächelt andächtig. «Dass er sie wiedertreffen darf.»

«Im Paradies?», frage ich.

Sie faltet die Hände und nickt.

«Aber nicht im Himmel?»

Gunhild Borg lächelt weiter, ihre Hände sind jedoch zu Fäusten geballt. «Nein. Nicht im Himmel.»

Im Wohnzimmer hat ihr Mann wieder die Zeitung aufgeschlagen, das Radio lauter gedreht und neuen Schwung mit dem Schaukelstuhl geholt.

Kapitel 81

Kenny ruft an, während Milla und ich am Flughafen in Kristiansand sitzen. Es klingt, als wäre er eben erst aufgewacht, obwohl schon Nachmittag ist.

«Hast du noch mehr herausfinden können?»

«Jepp», antwortet Kenny zufrieden.

«Ja?»

«Borgs Mutter hat in Nordnorwegen gelebt, als sie jung war. Sie hatte dort einen Geliebten, und angeblich hat sie mit ihm dort gelebt, als sie schwanger wurde.»

«Das weiß ich», sage ich. «Wir haben gerade mit ihrer Schwester gesprochen. Ich weiß jetzt, warum er es so eilig hat. Borg ist krank und hat nicht mehr lange zu leben. Am besten, du kommst wieder nach Hause, wir müssen miteinander reden. Ich fürchte, es könnte Borg gelungen sein, wieder nach Norwegen zurückzukehren, wir müssen …»

«Ich bin nicht mehr in Svolvær», erklärt Kenny. Milla sitzt ein wenig entfernt auf einer Bank und arbeitet an ihrem Laptop. Während ich mit Kenny rede, treffen sich unsere Blicke immer wieder. Sie lächelt schief und sieht mich an, als würde sie auf eine Reaktion von mir warten. «Ich bin in Oslo», fährt Kenny fort. Im selben Moment wende ich den Blick von Milla ab und stelle mich vor eine Fensterfront, von der aus man einen Gewerbepark sehen kann.

«Was? Wieso?»

«Ich dachte, ich treffe euch hier, wenn ihr zurückkommt. Ich muss mit ihr reden, und sie geht nicht ans Handy, also bin ich …»

«Idiot», zische ich. «Wo?»

«In einer Kneipe. In einer richtigen Spelunke.»

«Dann wartest du also auf Milla? Um über euch beide zu reden? Um ihr zu gestehen, dass Iver und du schon lange vor Olivias Verschwinden gewusst habt, wo sie ist, lange bevor sich Milla dazu entschlossen hat, nach ihr zu suchen?»

«Woher …»

«Das waren doch Karin und du, die nach Ibiza geflogen seid, um sie das erste Mal zurückzuholen, oder?»

«Ich wusste nicht, dass es Olivia war», seufzt Kenny. «Sie haben Verstärkung gebraucht, Hønefoss ist ein kleines Revier.»

«Du hast mich angelogen. Du wusstest ein ganzes Jahr bevor sie verschwand, über Olivia Bescheid. Bist du eine dieser Fliegen in der Polizeisuppe, Kenny? Bist du einer von denen, die ich mir genauer anschauen muss?»

«Nein. Ich wusste nicht, dass sie Millas Tochter ist, als Karin und ich letztes Jahr nach Ibiza geflogen sind. Es waren einfach nur zwei ausgebüxte Jugendliche, solche Fälle haben wir die ganze Zeit.»

«Hast du es Robert erzählt?»

«Ja», sagt er schließlich.

«Wann?»

«Während er, Milla und ich auf Ibiza waren, um nach Siv und Olivia zu suchen, eine Woche vor seinem Tod.»

«Also hast du es ihm nicht gleich erzählt?»

Eine weitere Pause entsteht, bevor er antwortet. «Nein.»

«Und jetzt hast du vor, es Milla endlich zu erzählen. Es ihr zu gestehen und sie um Vergebung zu bitten, habe ich recht?»

«Ja», sagt er zerknirscht. «Du hast recht.»

«Was hat Robert gesagt, als du es ihm erzählt hast?»

«Iver fand, wir sollten nichts sagen, weil das alles nur noch schlimmer machen würde, und dass es sogar gut sein könnte, Robert bei null anfangen zu lassen.» Er atmet schwer in die Leitung. «Du weißt ja, wie es ausgegangen ist.»

Kenny verstummt erneut, ich höre nur seinen Atem und das Gemurmel der anderen Gäste. «Aber ich habe ihm nicht alles erzählt.»

«Was heißt das?»

«Was?»

«Was hast du Robert nicht erzählt?»

«Ach so, ja.» Plötzlich muss er lachen. «Ich habe ihm gesagt, dass wir ein Auge auf Olivia hatten, damit es ihr gutging, dass wir uns aber nicht direkt eingemischt hätten. In Wahrheit ist Iver noch ein bisschen weiter gegangen. Als die Vermisstenmeldung hereinkam und uns klarwurde, dass es Olivia war, haben wir Panik bekommen. Iver hat das komplette Budget eingesetzt, um sie zu finden. Wir sollten in den Kreisen nach den Mädchen suchen, die wir am besten kannten: Bei den Prostituierten, den Junkies, Pennern, Alkoholikern und Problemkindern. Wir wussten, dass Olivias Freundin Bekannte in diesem Milieu hatte.»

«Was hast du herausgefunden?»

«Ein Mädchen, mit dem ich gesprochen habe, hat gesagt, sie würden Olivia und Siv oft nach der Schule in einem Einkaufszentrum treffen, und dass die beiden auf einmal eine Menge Geld gehabt hätten. Sie hatte sie gefragt, woher sie so viel Geld hätten, und Olivia meinte, sie hätte einen neuen Onkel.»

«Einen Onkel? Das verstehe ich nicht.»

«Iver hat ihr Geld gegeben.»

Ich stehe auf. «Bist du dir sicher?»

«Wer sonst? Nur wir beide wussten von Olivia.»

«Hast du ihn damit konfrontiert?»

«Ja. Aber er hat es geleugnet. Natürlich hat er es geleugnet.» Er seufzt. «Es spielt jetzt keine Rolle mehr. Das Einzige, was jetzt noch bleibt, ist die Abrechnung. Den Dreck zu Tage fördern und die Konsequenzen dafür tragen. Wer weiß, vielleicht versteht Milla es ja?» Der letzte Satz ist als Frage formuliert. «Dass wir es für sie getan haben, dass wir aufgepasst haben.»

«Fahr zu Millas Wohnung, Kenny.»

«Warum?»

«Fahr zur Wohnung. Ich komme dann heute Abend. Geht das?»

«Wo willst du hin?»

«Mit Iver reden. Ich brauche die Hilfe von euch beiden, damit ich herausfinden kann, was Robert mit dem angefangen hat, was du ihm in Spanien erzählt hast.»

«Okay.» Kenny hat Schluckauf, und ich höre einen Stuhl über den Boden scharren. «Es wird sowieso langsam Zeit für mich.»

«Hast du einen Schlüssel?»

«Ja, Milla hat mir ihren gegeben, als wir das letzte Mal dort waren.»

Nachdem ich das Gespräch mit Kenny beendet habe, gehe ich zu Milla zurück.

«War das Kenny?» Sie klappt den Laptop zu und sieht mich an.

«Ja», antworte ich und setze mich neben sie.

«Wo ist er?»

«Er wartet in Oslo auf dich.»

«Auf mich? Was soll das heißen?»

«Kenny will mit dir reden. Ich habe ihm von uns erzählt.»

«Von uns? Was meinst du?»

«Dass wir miteinander ins Bett gehen.»

«Warum?»

«Ich fand, dass er es wissen sollte.»

«Weil?»

«Wegen der Art, wie er dich anschaut.»

«Er schaut mich an?» Millas Mundwinkel verziehen sich zu einem vagen Lächeln.

«Ja. Er sagt, er wird auf dich warten, um mit dir zu reden. Ich will nicht, dass du ihn triffst, bevor ich mit ihm geredet habe.»

Milla verschränkt die Hände auf dem Laptop. «Das war ein Fehler», sagt sie. «Was zwischen Kenny und mir passiert ist.»

«Wir machen alle Fehler», entgegne ich.

Millas Blick lässt nicht von mir ab. «Glaubst du, das mit uns ist auch ein Fehler?»

«Du weißt, dass es einer ist.»

«Wie kannst du nur so kalt sein?»

«Wir nähern uns dem Ende, Milla», sage ich. Es wird Zeit, es endlich hinter mich zu bringen. Schon seit wir in Moskau waren, habe ich mich davor gefürchtet. «Merkst du das nicht?»

«Du bereitest dich auf das Ende vor, oder? Bereitest deinen Abgang vor?»

«Eigentlich war ich nie hier, Milla.»

«Du Arsch», sagt sie schluchzend. Dann steht sie auf und geht zum Gate.

Kapitel 82

Milla und ich haben auf dem Flug nach Hause nur wenige Worte miteinander gewechselt. Vielleicht ist das auch besser so, immerhin treten wir gerade in eine neue Phase der Ermittlungen und unserer Beziehung ein, in der alle Geheimnisse ans Licht kommen müssen. Wir nehmen unsere Taschen vom Gepäckband und steuern auf den Ausgang zu. Unter einem Ankunftsschild sehe ich Joachim stehen, der nach uns Ausschau hält. Als er uns entdeckt, winkt er und tritt ungeduldig von einem Bein aufs andere, während er darauf wartet, dass Milla ihn endlich sieht. Milla scheint ihn jedoch nicht zu bemerken, stattdessen bleibt sie abrupt vor einem der Gepäckbänder stehen und packt mich fest am Arm.

«Komm mit nach Tjøme», bittet sie mich, während Joachim auf uns zukommt.

«Nein.»

«Du kannst noch mehr Tabletten haben», flüstert sie. «Ich verspreche es. Wir müssen nicht ...»

«Ich muss nach Drammen und mit Iver reden.»

«Nein.» Sie packt meinen Arm noch fester und will mich an sich ziehen. «Ich möchte nicht, dass du gehst. Ich werde Joachim alles erzählen. Ich möchte, dass wir beide ...»

Ich halte inne. «Keine Spielchen, Milla. Wir ...»

«Nein, nein, keine Spielchen!», ruft sie so laut, dass die Leute um uns herum innehalten und uns kurze, neugierige Blicke zuwerfen. «Ich möchte, dass du mitkommst. Ich habe dafür bezahlt, dass du bei mir bist und mir hilfst. Du darfst nicht gehen, bevor Olivia ...»

«Ich komme ja zurück», flüstere ich schließlich, kurz bevor Joachim uns erreicht hat.

«Wann?» Milla dreht Joachim den Rücken zu, der sie schon halb umarmt hat. Er bleibt mit in der Luft ausgestreckten Armen dort stehen.

«Bald.»

«Nein», entgegnet Milla. «Ich will wissen, wann du kommst.»

«Gut. Morgen. Kenny ist in deiner Wohnung, und ich treffe mich da mit ihm, wenn das in Ordnung ist. Dann kommen wir beide morgen früh, okay?»

«Versprichst du es?»

«Ja.»

Ich nicke Joachim zu, der einen erneuten Versuch unternimmt, Milla zu umarmen, aber kein Glück damit hat. Dann laufe ich zur Rolltreppe, die zum Bahnsteig hinunterführt, wo der Zug nach Drammen abfährt.

Kapitel 83

Der Wagen, in dem ich sitze, ist nur halbvoll. Gunnar Ore meldet sich gleich nach dem ersten Klingeln. «Was ist?», brummt er.

Ich wende mein Gesicht von den anderen Passagieren ab und betrachte die regenschwere Landschaft, die draußen vor dem Fenster vorbeigleitet. «Seid ihr mit der Handyortung vorangekommen?»

«Na ja, das scheint sich gerade zu einem heillosen Durcheinander von ungeahnten Dimensionen zu entwickeln. Wir mussten tatsächlich einen ganzen Tag von Tür zu Tür gehen, und erst als wir beinahe fertig waren und schon aufgeben wollten, ist es mir klargeworden.»

«Was denn?»

«Dass ich das Viertel kenne.»

Die Regentropfen am Fenster werden zu langen, waagerechten Strichen, als der Zug Fahrt aufnimmt. «Was meinst du?», frage ich und streiche mit den Fingern über die Scheibe.

«Es ist eine Wohnung in der Eilert Sundts gate. Das Handy haben wir auch gefunden. Neben dem Herd.»

«Und wer wohnt da?»

«Erinnerst du dich nicht?»

«Nein.»

«Die Wohnung steht leer. Die ehemaligen Besitzer starben letzten Herbst, als sie mitten in einer schwierigen Scheidung steckten, klingelt da nicht was bei dir?»

«Kannst du es mir nicht einfach sagen?», frage ich ungeduldig. Für eine weitere Runde durch Gunnars Labyrinth bin ich noch nicht bereit.

«Camilla und Robert Riverholt. Es ist ihre Wohnung.»

«Das verstehe ich nicht. Wer wohnt denn jetzt da?»

«Niemand. Die Wohnung ist noch genauso unberührt wie an dem Tag, als sie starben. Der Anwalt, der für die Scheidung zuständig ist, sagte, die Angehörigen hätten sich noch nicht um den Nachlass gekümmert.»

«Und ihr habt das Handy dort gefunden?»

«Ja, verdammt noch mal. In der Küche! Wir haben es mitgenommen und prüfen jetzt, ob es irgendetwas enthält, was uns weiterhilft. Und du, morgen ist die Beerdigung. Du kommst doch?»

«Ja, ich komme. Ich fahre zurück, sobald ich in Drammen fertig bin», sage ich. «Ich muss erst noch unter vier Augen mit Iver reden.»

«Ist das wirklich so klug? Wir wissen ja nicht ...»

«Iver ist immerhin der stellvertretende Leiter des Polizeireviers Drammen. Er wird schon wissen, was passiert, wenn ich wirklich in einem Müllcontainer oder auf dem Grund des Drammensfjords enden sollte.»

«In Ordnung, aber sei vorsichtig.»

«Du», setze ich an, als er schon auflegen will. Als der Zug langsamer wird, wende ich meinen Blick von der regennassen Scheibe und den Gebäuden draußen ab und betrachte die anderen Passagiere. Sie sehen alle aus wie schlafende Mannequins. Mit einem Mal fühle ich mich müde, so unendlich erschöpft. «Ich ...»

«Warte», sagt Gunnar. Seine Stimme ist jetzt leiser. «Warte einfach. Reiß dich zusammen. Wir beide dürfen nicht ruhen, bis wir die Täter gefunden haben und ich den letzten Rest Sauerstoff aus ihren Lungen gequetscht ...»

«Du kannst doch keinen Mord ...»

«Wirklich?» Plötzlich lacht er. «Würdest du mich aufhalten?»

Ich will das Gespräch nicht mit einer Lüge beenden, also lege ich auf.

Kapitel 84

Ich bleibe an einem Sofa im Wohnzimmer stehen. Das Fenster daneben ist offen, und ich höre, wie sich draußen die Bäume bewegen und wie Siv auf der Terrasse lacht. Ich habe den Wind schon immer gemocht, wenn er durch die Baumwipfel fährt und die Äste schaukeln und knarren lässt, als wären sie tanzende grüne Riesen. Warum, weiß ich nicht, ich habe keine Erinnerungen an einen solchen Ort.

Ich hebe eines der Kissen vom Sofa auf und drücke es vorsichtig an mein Gesicht. Tief drinnen im Stoff verbirgt sich ein Geruch, den ich kenne. Ich habe ihn sofort aufgefangen, als ich herkam, aber hier ist er stärker als im Rest des Hauses. Mama, ich glaube, es ist dein Geruch.

«Was machst du denn da?», fragt Siv lachend. Wenn sie etwas getrunken hat, klingt ihre Stimme immer anders. Und sie knickt in der Hüfte ein, als könnte sie nicht mehr richtig stehen.

«Nichts.» Ich nehme das Kissen aus meinem Gesicht und lege es zurück aufs Sofa.

«Du hast daran gerochen.»

«Nein.»

«Doch!», quietscht sie lachend und schwankt.

«Ist doch egal», erwidere ich und drehe mich um.

«He.» Siv läuft mir nach und hält mich an den Schultern fest. «Wo willst du hin?»

«Ins Bad, ich habe Bauchschmerzen.»

«Bist du besoffen?»

«Nein, aber du.»

«Na gut.» Siv hat Schluckauf und torkelt von einer Seite zur anderen, während sie sich an meinen Schultern abstützt. Ihre Augen sind glasig, und der Lippenstift oder der Wein haben auf ihre Schneidezähne abgefärbt. «Dann gehe ich jetzt raus und frage den Alten, ob er mit mir tanzen will.» Sie schwankt ein wenig hin und her, lässt mich dann los und dreht sich lachend um ihre eigene Achse, ehe sie zurück in die Küche und durch die Glastür hinaus auf die Terrasse läuft.

Kapitel 85

Komm rein», sagt Iver, als ich endlich vor seiner Einzimmerwohnung in Austad, einem Stadtteil von Drammen stehe. «Ich habe eine Fleischsuppe gekocht, du bist sicher hungrig vom vielen Reisen.»

Auf dem Weg in die Küche fallen mir einige Fotos auf, die Iver und eine Frau zeigen. Die Bilderserie erstreckt sich über mehrere Jahrzehnte, auf dem letzten ist das Paar bei einem Urlaub im Ausland zu sehen.

«Deine Frau?», frage ich und setze mich an den Esstisch.

«Exfrau», antwortet Iver und schenkt mir ein Bier ein. «Wir haben uns 2006 scheiden lassen. Sie ist mit meiner Arbeit nicht klargekommen.»

«So ist das oft», bemerke ich, ohne ihn zu fragen, warum er die Bilder nicht abgehängt hat.

«Wo ist Milla?» Iver hebt den Deckel vom Topf und schöpft Suppe in unsere Teller. Er trägt ein blaues Hemd und Jeans, die ich von einem Foto an der Wand wiedererkenne.

«Sie ist mit Joachim nach Tjøme gefahren.»

«Tja», sagt Iver und pustet auf seinen Löffel mit Gemüse, Pökelfleisch und Brühe. «Das ist im Moment vielleicht genau das Richtige.»

«Ja.»

«Du weißt ja», sagt er, schlürft die Suppe vom Löffel und spült mit einem Schluck Bier nach. «Milla und ich sind schon ewig befreundet.» Er zeigt mir ein breites Grinsen. «Sie hat sogar schon einmal angedeutet, dass Mugabe teilweise auf mir basiert, obwohl es mir schwerfällt, eine Gemeinsamkeit festzustellen.»

«In dem Buch, an dem sie jetzt arbeitet, habe ich anscheinend diesen Platz eingenommen», entgegne ich.

«Ach ja?» Iver sieht von seinem Suppenlöffel auf. In seinen

Augen blitzt etwas auf. Im nächsten Moment ist es verschwunden, und er wirkt wieder völlig entspannt. Manche können die Dinge, die ihre Umgebung nicht sehen soll, schneller verbergen als andere.

«Das ist bestimmt ein Teil ihres Schreibprozesses», fahre ich fort. «Die Hauptfigur den Männern anzupassen, mit denen sie gerade ins Bett geht. Ich nehme an, dass er auch Züge von Kenny und Robert trägt.»

«Ein paarmal, vor vielen Jahren», gibt Iver zu, «aber es hat genauso schnell aufgehört, wie es angefangen hat.»

«Damit, dass deine Frau dahintergekommen ist und die Scheidung verlangt hat?»

«Gibt es eigentlich einen zynischeren Menschen als dich?» Er legt den Löffel in den Suppenteller und greift nach dem Bierglas. «Wie gesagt, das ist schon lange her und hat mit alldem nichts zu tun.»

«Sollen wir stattdessen über Olivia reden?», schlage ich vor, um das Ganze ins Rollen zu bringen.

Iver holt Luft und nickt schuldbewusst, während er über das Bierglas streicht. «Ich habe nachgedacht», sagt er.

«Das soll bekanntermaßen helfen», merke ich an.

«Falls Borg wirklich mit jemandem zusammenarbeitet ...»

«Dann sind wir alle in Gefahr?»

Er nickt ernst. «Es gibt da etwas, das ich dir nicht erzählt habe», gesteht er und atmet schwer aus. «Das hätte ich vielleicht tun sollen.»

«Es wäre an der Zeit, ja.»

Wieder nickt Iver. «Wir hätten es gleich erzählen sollen.»

«Dass Kenny und du von Olivia gewusst habt, lange bevor Milla überhaupt Robert darauf angesetzt hat, ihre Tochter zu finden? Ja, das hättet ihr mir besser gleich erzählen sollen. Und Milla auch.»

«Hat Kenny dir das gesagt?»

«Außerdem glaube ich, ihr wusstet genau, dass der Tag kommen würde», rede ich weiter, ohne auf die Frage einzugehen, «an dem Milla euch bei der Suche nach ihrer Tochter um Hilfe bitten würde. Deshalb habt ihr sie dazu überredet, Robert anzuheuern, damit ihr nicht erzählen musstet, dass ihr von Olivia gewusst habt.»

«Was hätten wir tun können?», seufzt Iver und umklammert das Bierglas. «Wir hätten es doch gar nicht wissen dürfen.»

«Nein, hättet ihr nicht.»

«Kenny hat zurzeit mit einigen Dingen zu kämpfen», sagt Iver. «Ich weiß nicht, ob er es noch lange für sich behalten kann.»

«Hast du sie getroffen?»

«Was?»

«Hast du Olivia einmal getroffen, bevor sie verschwunden ist?»

«Nein, ich ...» Er holt Luft und greift wieder zum Bierglas, als wäre es ein Sauerstofftank. «Wir haben sie eher zufällig gefunden. Kenny war ja zusammen mit Karin nach Ibiza geflogen, als die Mädchen im Jahr zuvor dorthin abgehauen waren, und als Milla selbst anfing, davon zu reden, sie zu finden ... Seitdem haben wir ein wenig nach ihr geschaut, dafür gesorgt, dass es ihr gutging, falls du das wissen willst. Aber wir haben Abstand gehalten, wir haben nie mit ihr geredet.»

«Kenny und du?»

«Ja. Das letzte halbe Jahr, bevor sie verschwand, haben wir sie allerdings nicht mehr im Blick gehabt, weil es so aussah, als würde nach ihrer Rückkehr von Ibiza alles gut funktionieren, und wir wollten uns nicht zu sehr einmischen. Aber sag mal, worauf willst du damit eigentlich hinaus?»

«Ich sage nur, dass es mir schwerfällt, mir vorzustellen, wie zwei Teenagermädchen in Borgs Auto steigen. Ich meine, es ist viel wahrscheinlicher, dass ein Mädchen wie Olivia zu jemandem ins Auto steigt, der behauptet, ihre Mutter zu kennen, ihre biologische Mutter. Jemand, der im Voraus mit ihr Kontakt aufgenommen haben kann und gesagt hat, dass er die beiden zusammenbringen könnte, wenn sie es wollte. Oder ein Polizist?»

«Glaubst du, ich hätte ihr etwas angetan? Warum? Du bist ja wohl nicht ganz dicht!»

«Kenny sagt, du hast ihr Geld gegeben.»

«Er lügt», faucht Iver und nimmt seine Jacke von der Stuhllehne. «So ein Idiot», knurrt er und zieht die Autoschlüssel hervor. «Das stellen wir jetzt ein für alle Mal klar. Setz dich ins Auto, ich fahre.»

Kapitel 86

Das Bad ist größer als mein ganzes Zimmer. Es gibt zwei Waschbecken, eine Dusche auf der einen Seite und auf der anderen Seite eine Badewanne. Ich schließe die Tür, stelle mich vor den Spiegel und streiche mir das Haar aus dem Gesicht. Dann drehe ich den Wasserhahn am Waschbecken auf, warte, bis das Wasser warm genug ist, halte meine Finger unter den Strahl, lasse es über meine Handflächen und die Unterarme fließen, bevor ich das Gesicht damit abspüle.

Von draußen höre ich Siv lachen oder singen, ich bin mir nicht ganz sicher. Ich drehe den Hahn zu und trockne mir Gesicht und Hände mit einem Handtuch. Anschließend setze ich mich auf den Klodeckel. Wieder höre ich Sivs Stimme. Sie klingt jetzt lauter, und sie ruft irgendetwas dort draußen. Ich höre zu, während mein Blick über den Boden, die Wände und die schöne Badewanne wandert. Im Spiegel sehe ich nur das obere Ende meines Kopfs, das Haar und ein bisschen von der Stirn, ich sehe so klein aus, als wäre ich wieder ein Kind, das gerade so bis zum Waschbecken reicht. Auf einmal sticht es in meinem Bauch, und mir wird übel. Ich werfe mich auf die Knie und schaffe es gerade noch rechtzeitig, den Klodeckel zu öffnen, bevor ich mich übergebe.

Ein Schwall weinfarbenes Wasser trifft die Toilettenschüssel, und ich japse nach Luft, ehe ich mich nochmals erbrechen muss. Als mein Magen endlich leer ist, stehe ich auf und gehe zurück ans Waschbecken, drehe das Wasser auf und spüle meinen Mund aus. Ich erstarre, als ich Sivs Stimme zum dritten Mal höre. Diesmal ist irgendetwas anders. Es ist nicht mehr ihr übliches betrunkenes Gegröle, sondern ein Schrei. Wie man ihn ausstößt, wenn man Angst hat.

Kapitel 87

«Hast du einen Schlüssel?», fragt Iver, als wir vor Millas Wohnung in St. Hanshaugen parken.

Ich schüttele den Kopf. «Ich gehe davon aus, dass Kenny da ist.»

«Lass uns einfach hochgehen.» Iver wirft einen kurzen Blick zur Straßenecke, dann geht er zum Aufzug. Als er an Millas Tür klingelt, ist drinnen allerdings nichts zu hören.

Ich hole mein Handy heraus und rufe Milla an. Joachim nimmt ab. «Was gibt es?», fragt er. «Milla schläft.»

«Hat Kenny dich angerufen?»

«Vorhin. Ich habe ihm gesagt, dass Milla schläft. Sie ist erledigt nach den vielen Reisen. Er war in unserer Wohnung in Oslo.»

«Da sind wir gerade. Er macht nicht auf.»

«Habt ihr ihn angerufen?»

«Sein Handy ist aus.»

«Er schläft bestimmt dort drinnen. Vorhin hat er sich betrunken angehört. Ich habe ihm gesagt ...»

«Weck sie auf.»

«Kann das nicht warten? Ich ...»

«Weck sie!»

«Na gut, ja.» Ich höre, wie Joachim eine Tür öffnet und sie

vorsichtig hinter sich schließt. «Schatz», flüstert er. «Schatz, sie wollen wieder mit dir reden.»

Am anderen Ende erklingt ein müdes Grunzen, ehe Joachims Stimme wieder zu hören ist. «Sie hat ein paar Tabletten genommen, ich ...»

«Zur Hölle, Mann. Kannst du sie nicht einfach wecken?»

«Milla? Milla, sei so lieb. Sie müssen mit dir reden.»

Wieder hören wir Milla stöhnen und murmeln, bevor es still wird.

«Es geht nicht», flüstert Joachim nach einer langen Stille. «Ich kann nicht.»

Iver nimmt mir das Handy ab und legt es an sein Ohr. «Hier ist Iver», sagt er schroff. «Hast du einen Schlüssel zur Wohnung?»

Er schweigt einige Sekunden, dann nickt er. «Gut! Dann bringst du ihn auf der Stelle her. Okay?»

Er legt auf und gibt mir das Handy. «Der Waschlappen kommt mit dem Schlüssel. Solange müssen wir hier warten.»

Kapitel 88

Joachim kommt zwei Stunden später. Wir hören ihn schon unten im Flur die Treppen hinaufrennen.

«Es gibt hier einen Aufzug», sagt Iver sauer, als Joachim endlich oben ankommt.

«Ich mag keine engen Räume», verteidigt sich Joachim, während er mit dem Schlüsselbund rasselt. «Wir hätten ein Codeschloss an der Tür anbringen sollen, damit niemand einen Schlüssel braucht, aber nach Roberts Tod waren wir irgendwie nicht mehr so oft in der Wohnung.»

Er schließt die Tür auf und geht einen Schritt zur Seite, damit Iver und ich eintreten können. «Kann ich wieder fahren?», fragt Joachim. «Ich will Milla nicht so lange alleine lassen, und ...»

«Du bleibst hier», sagt Iver, als wir ins Wohnzimmer kommen. Ein rostfarbener, in dunkle Wolken gehüllter Mond scheint durch die Glasfenster im Dach. Die gesamte Wohnung riecht stark nach Reinigungschemikalien, aber auch nach etwas anderem, ein schwacher Dunst von Alkohol, ein ausgehauchter Suff. Ich merke, wie sich in meinem Magen ein unbehagliches Gefühl ausbreitet, wie ich es immer dann verspüre, wenn mein Körper mich auf einen starken Sinneseindruck vorbereiten möchte.

«Ist jemand hier?», fragt Joachim, der sich zur Hälfte hinter meinem Rücken versteckt.

«Ich weiß es nicht», antwortet Iver, bevor er die Lampe an der Decke einschaltet. Er stellt sich in die Mitte des Raums und sieht sich mit besorgter Miene um, ehe er weiter durch die Wohnung geht.

Der Fußboden im Wohnzimmer ist rutschig und von einem dünnen Film aus Wasser und Seife überzogen. «Wer hat hier geputzt?» Ich wende mich Joachim zu, der immer noch in der Türöffnung steht und den Schlüsselbund umklammert hält.

Er zuckt mit den Schultern. «Wir haben eine Firma, die das erledigt.»

«Abends?»

«Nein.» Er zieht die Antwort in die Länge. «Ich glaube nicht.»

«Hier ist niemand», stellt Iver fest, als er zurückkommt. Er setzt sich aufs Sofa, gähnt und reibt sich das Gesicht. «Was meinst du, Thorkild? Sollen wir warten?»

«Nein», sage ich und bedeute Joachim mit einem Zeichen, dass er mir den Schlüssel geben soll. «Fahrt nach Hause, ich bleibe heute Nacht hier. Ich sage Bescheid, wenn er auftaucht.»

Die beiden Männer seufzen, dann nicken sie kurz und verlassen die Wohnung. Ich folge ihnen in den Flur und bleibe am obersten Treppenabsatz stehen, bis sie aus der Haustür getreten und aus meinem Blickfeld verschwunden sind. Dann hole ich mein Handy heraus und rufe Gunnar Ore an.

«Was ist?», knurrt er müde. «Es ist fast Mitternacht.»

«Ich bin in Millas Wohnung», sage ich. «Ich brauche deine Hilfe.»

«Bei was?»

Mein Blick wandert zu den Dachfenstern und dem Rostmond hinauf, der hoch über der Stadt steht. «Bei einer Tatortuntersuchung.»

Kapitel 89

Was hast du getan?», schreie ich, als ich auf die Terrasse hinaustrete. Siv liegt auf der Kante zwischen der Terrasse und einem Steinbeet, in dem Blumen wachsen. Ihr Körper liegt zur Hälfte auf dem Holz, ein Fuß und ein Arm hängen ins Beet hinunter. Unter ihren Haaren sickert eine rote Flüssigkeit hervor und färbt die Pflanzen und Steine im Beet rot. Es sieht aus wie Wein, als würde sie auf einer zerbrochenen Flasche liegen.

«Es war ein Unfall», sagt er und steht mit hängenden Armen da.

Ihr Gesicht ist verzerrt, ihr Kopf in einem eigenartigen Winkel zur einen Seite verrenkt, die Augen sind leer und kalt wie das Glas eines Spiegels. «Wir haben getanzt», sagt er weinerlich und schwankt dabei leicht von einer Seite zur anderen. «Haben ein bisschen herumgealbert, und dann ist sie ausgerutscht.» Er sieht mich an. «Sie ist ausgerutscht, ich ... ich ...»

Ich gehe vor Siv in die Hocke, packe ihre Schultern und versuche, sie auf den Rücken zu drehen. Sobald ich sie bewege, wächst die Blutlache. «Wir müssen ihr helfen», schluchze ich, während ich mit den Fingern unter den Haaren nach der Stelle suche, aus der das Blut herauskommt.

«Ja, ja», sagt er nickend, ohne sich von der Stelle zu bewegen.

«Dann ruf einen Krankenwagen, jetzt sofort!»

Doch er sagt nichts, starrt nur leer vor sich hin.

Kapitel 90

Ich glaube, wir packen jetzt mal zusammen.» Gunnar Ores Leute haben die ganze Nacht durchgearbeitet. Sie haben die Wohnung bis auf den letzten Winkel durchkämmt, aber nichts Außergewöhnliches gefunden. Man kann lediglich feststellen, dass kürzlich jemand hier gewesen sein und geputzt haben muss. Wenn die Firma öffnet, die für die Reinigung der Wohnung zuständig ist, bringen wir zumindest in Erfahrung, ob wir das ihren Leuten zu verdanken haben oder doch jemand anderem.

Es ist kurz vor halb sieben am Morgen, und mein ganzer Körper schreit nach Schlaf und Schmerzmitteln. Gunnar gibt mir den Schlüssel zur Wohnung, nickt zum Abschied den Leuten von der Spurensicherung zu und wendet sich wieder an mich. «Du kommst mit zu mir. Wir müssen uns nachher für die Beerdigung umziehen. Vielleicht kannst du dich noch kurz aufs Ohr hauen, bevor wir losmüssen. Du siehst weiß Gott so aus, als würdest du es brauchen.»

Wir verlassen Millas Wohnung und treten ins kalte Morgenlicht hinaus. «Wir müssen Borgs Wohnung in Molde überprüfen», sagt Gunnar auf dem Weg zu seinem Auto.

«Sie ist verkauft worden.»

«Verkauft?»

«Die Wohnung gehörte zur Konkursmasse», erkläre ich. «Borg hat übrigens seinen Onkel und seine Tante in Sørlandet angerufen. Er wollte herausfinden, ob seine Mutter im Himmel oder im Paradies auf ihn wartet.»

«Was für ein Typ. Ich freue mich schon darauf, ihn persönlich kennenzulernen.»

Es ist schwer zu erkennen, wo Gunnars Zorn endet und seine Trauer anfängt. «Borg ist krank», sage ich. «Diese Morde, sein Projekt, so langsam verstehe ich, worum es dabei eigentlich geht. Sein Komplize dagegen ...»

«Was ist mit ihm?»

«Ich kapiere einfach nicht, was für ihn auf dem Spiel steht, warum er uns vom Weg abbringen muss. Genauso wenig begreife ich, was ihn mit Borg verbindet. Ich habe es wieder und wieder versucht, aber da gibt es nichts. Es ist, als wären die beiden komplett unabhängig voneinander, aber dann fällt doch immer wieder auf, dass sie sich in parallelen Bahnen bewegen.»

«Der eine wird uns zum anderen führen», brummelt Gunnar, während ich Kennys Nummer wähle.

Das Handy ist immer noch ausgeschaltet.

Kapitel 91

Das Wohnzimmer in Gunnars Haus steht voller Kisten. «Gibst du sie weg?» Ich lasse mich auf das Sofa sinken, auf dem ich auch saß, als ich zuletzt hier war.

«Sie kommen auf den Speicher», antwortet Gunnar. «Es sind

ihre Sachen, ich weiß nicht, was ich mit ihnen machen soll.» Er zieht Jacke und Hemd aus und wirft beides auf den Boden.

«Hast du das, was du mir versprochen hast?», frage ich und sehe mich in dem nackten Zimmer um.

«Was?» Er verschränkt die Arme. «Habe ich was?»

«Die Pillen? Die ich bekommen soll, wenn ...»

«Selbstverständlich», antwortet er und fixiert mich.

«Kann ich ... sie sehen?»

Gunnar betrachtet mich verächtlich und presst die Lippen aufeinander. Kurz darauf verschwindet er ins Schlafzimmer. «Hier», sagt er, als er mit einer Einkaufstüte zurückkommt, die er vor mir auf den Tisch schleudert. «Ann Maris Pillen. Jede einzelne.»

Ich fasse die Tüte am unteren Ende und leere den Inhalt aus. Die Tablettenschachteln liegen auf dem Tisch verstreut wie Legosteine, die ein übereifriger Junge darauf verteilt hat. Imovane, Apodorm, Stesolid, Xanor, Sobril, Paralgin forte, Kodein, Tramadol und Oxys, ein ganzer Haufen Oxys. «Du musst also nicht zum Arzt gehen», flüstere ich mir selbst zu und nehme mir eine Schachtel OxyContin.

«Der Preis, der am Ende auf dich wartet», sagt Gunnar verbittert, während ich sehnsüchtig auf den Tablettenberg starre.

«Warum hatte sie so viele?» Ich wiege eine ungeöffnete Packung OxyNorm in der Hand.

«Sie ist zu verschiedenen Ärzten gegangen, zu immer neuen, die haben ihr viele Tabletten verschrieben, in allen Farben und Formen, aber sie hat sie nie genommen. Sie hat sie einfach aufgehoben und ist wieder losgezogen, um neue zu holen.»

«Weshalb?»

«Vielleicht wusste sie die ganze Zeit, dass du eines Tages zur Tür hereinfallen würdest, und wollte vorbereitet sein?»

«Gunnar», sage ich. «Sei nicht ...»

«Du kannst jetzt eine haben», erwidert er kalt. «Aber nur eine.»

«Was?» Ich stiere auf die Schachtel in meiner Hand und spüre, wie sich das Wasser in meinem Mund sammelt.

«Komm schon», stachelt er mich weiter an. «Ich weiß, dass du es willst. Ich kann deinen Schmerz förmlich fühlen. Nimm eine.»

«Ich bin nicht schwach», flüstere ich und lege das Tablettenpäckchen zu den anderen auf den Tisch.

«Was bist du dann?»

Mein Blick verweilt auf dem Haufen vor mir. «Ich bin krank», sage ich.

«Ist das ein Unterschied?»

Gunnar sieht mich weiter an, er wartet darauf, dass ich doch nachgebe. Ich spüre, wie er sich danach sehnt, die Schachteln an sich zu reißen, sie mit ins Bad zu nehmen und jede einzelne Tablette die Toilette hinunterzuspülen, während ich zusehen muss, bevor er mich höhnisch fragt, ob ich sie immer noch haben will. Er wartet nur darauf, dass ich ihm meinen Abgrund zeige, damit er mir seinen Zorn zeigen kann. Das darf ich nicht zulassen. Nicht hier. Nicht jetzt.

«Ja.» Ich packe die Tabletten zurück in die Tüte und schiebe sie ihm hinüber. «Das ist ein Unterschied.»

«Okay», sagt Gunnar. «Dann ist es eben ein Unterschied.» Er wendet sich ab und geht. «Geh duschen. Es sind nur noch ein paar Stunden bis zur Beerdigung. Ich lege mich hin.»

Kapitel 92

Ich muss im Sessel eingeschlafen sein, nachdem ich aus dem Bad gekommen bin. Als ich die Augen aufschlage, ist die Einkaufstüte mit den Pillen vom Tisch verschwunden.

«Bist du bereit?» Gunnar kommt ins Wohnzimmer. Er trägt bereits seinen Anzug und hält ein Paar Schuhe in der Hand.

«Ja», antworte ich und hieve mich aus dem Sessel. «Ich bin bereit.»

«Dann hast du also keine einzige genommen?», fragt er und unterdrückt etwas, das ein Lächeln hätte sein können.

«Hast du sie gezählt?»

«Ich habe einen Anzug, den du dir leihen kannst», entgegnet Gunnar. «Und Schuhe. Sie stehen im Gästezimmer.» Er deutet auf die Tür neben dem Zimmer, in dem ich Ann Mari zum letzten Mal gesehen habe.

«Wunderbar.» Ich stehe auf, gähne und massiere meine Wangen und den Unterkiefer, während ich versuche, mich daran zu erinnern, ob ich etwas geträumt habe. «Gib mir fünf Minuten.»

«Glaubst du, er könnte bis nach Norwegen gekommen sein?», fragt mich Gunnar, als ich wieder aus dem Gästezimmer komme. «Svein Borg, glaubst du, er könnte schon in der Stadt sein?»

«Ich glaube, er ist auf dem Weg nach Hause, um sein Projekt zu vollenden, ja. Aber ich weiß immer noch nicht, wo sein Zuhause ist. Das ist das Problem.»

«Und dein Freund Kenny? Gibt es was Neues von ihm?»

Ich schaue auf das Handy. Es zeigt keine neuen Nachrichten an. «Nein.»

«Vielleicht hätten wir einen Mann vor Millas Wohnung postieren sollen, für den Fall, dass er wiederauftaucht?»

«Ich glaube nicht, dass das etwas helfen würde», antworte ich und wähle Kennys Nummer. Sein Handy ist immer noch ausgeschaltet.

«Ja? Warum nicht?»

«Weil ich glaube», sage ich und stecke das Handy in die Jackentasche, «dass Kenny in Schwierigkeiten ist ...»

Kapitel 93

Er steht immer noch einfach nur da, mitten auf der Terrasse, und starrt in den Wald. «Hörst du mich nicht?», schreie ich und presse meine Hände auf die Wunde an Sivs Kopf, die nicht aufhört zu bluten. «Du musst irgendetwas tun!»

«Ja», murmelt er im selben Moment, in dem es in den Fingern seiner einen Hand zuckt, als würde sein Körper plötzlich aus einer Trance wieder zum Leben erwachen. Endlich sieht er mich an. «Ja, ich muss etwas tun.» Dann geht er einen wackeligen Schritt auf mich zu.

Ich kann in seinen Augen sehen, dass er nicht das tun wird, worum ich ihn gebeten habe. Er hat sich für etwas anderes entschieden. Etwas ganz anderes.

Ich würde Siv gern loslassen, aufstehen und davonlaufen, aber meine Beine sind zu schwach. Er kommt zu mir und stellt sich direkt vor mich. «Bitte», flüstere ich.

Er lächelt, als er meine Tränen sieht, die ich nicht mehr länger zurückhalten kann. Dann packt er mich unter den Achseln und zieht mich vorsichtig von Siv weg, ehe er mich mit dem Rücken auf die Terrasse legt. Ich fühle mich wie erstarrt und kann mich nicht bewegen. Anschließend setzt er sich auf mich und streicht mir die Haare, die an meinen Wangen kleben, aus dem Gesicht. «Nicht weinen», sagt er leise und fährt mit dem Finger über meine Lippen. «Nicht weinen, Olivia.» Ich spüre, wie seine Hände über mein Kinn hinabgleiten und sich um meinen Hals legen. «Bitte. Es war nur ein Unfall.»

Kapitel 94

«Hör mal», sagt Gunnar auf der Fahrt von seiner Villa zur Kirche, in der die Beerdigung stattfinden wird, «während der Trauerfeier, können wir nicht einfach versuchen, das durchzustehen ...», er beißt sich auf die Unterlippe, während er nach den richtigen Worten sucht, «... und uns wie erwachsene Männer benehmen?»

«Große Jungs weinen nicht und solche Sachen?»

Gunnar nickt heftig. «Ja, ja, das ist genau, was ich meine. Nicht, dass daran etwas Schlimmes wäre, aber ...» Er sieht mich an, nur einen kurzen Augenblick, dann dreht er sich wieder nach vorne. «Du verstehst, was ich meine?»

«Ja, Chef», antworte ich. «Trauern mit Würde.»

Wieder nickt er, während er in den Verkehr blinzelt. «Ja, exakt, ich kann mir nicht auch noch darüber Gedanken machen, dass du womöglich zusammenbrichst, wenn ...», er beißt fester auf seine Unterlippe, «wenn sie ihren Sarg nach unten ... unten ...» Er führt den Satz nicht zu Ende, blinzelt heftig und greift wieder fester um das lederne Lenkrad.

«Ich werde mich benehmen, Chef», sage ich im gleichen Augenblick, in dem Gunnar auf den Parkplatz vor der Kirche fährt.

Er parkt den Wagen und zieht den Schlüssel ab. «Und noch eine Sache», seine Stimme ist wieder so autoritär wie immer, als er sich im Sitz zu mir dreht und den Zeigefinger auf mich richtet, «wie oft muss ich dir noch sagen, dass ich nicht mehr dein Chef bin? Ich verstehe nicht, wie das so schwer sein kann ...»

«Was zur Hölle macht der hier?», rufe ich entsetzt, als ich eine markante Gestalt erblicke, die auf der Kirchentreppe eine Zigarette genießt und ihr Gesicht in die Frühlingssonne hält.

«Wer?» Gunnar senkt den Zeigefinger und beugt sich zur Frontscheibe, um besser sehen zu können.

«Ulf», antworte ich, während hinter dem Rücken meines

Freundes eine rothaarige Frau in einem Rock und einem Schal über den nackten Schultern auftaucht, «und seine neue Freundin, Doris.»

Gunnar schaut mich an. «Doris?»

«Sie ist aus Deutschland.»

«Oh Gott», sagt Gunnar und öffnet die Autotür. Er fährt sich mit den Fingern durch das millimeterkurze Haar, bevor wir beide aussteigen und in Richtung der Kirchentreppe gehen. Als wir dort ankommen, bleiben wir vor Ulf und Doris stehen, Gunnar begrüßt sie kurz, entschuldigt sich dann und geht zum Pfarrer.

«Thorkild Aske.» Ulf bläst mir den Zigarettenrauch mitten ins Gesicht, während er mich mit einer Mischung aus Enttäuschung und Verachtung ansieht, als hätte er mich gerade in einer unpassenden Situation mit einer Gummiente ertappt. «Dachtest du, ich würde es nicht herausfinden?»

«Doch», antworte ich und nicke Doris zu, während ich mir ein Lächeln abringe.

«Was ist passiert?» Doris gibt mir einen warmen Händedruck.

«Das wissen wir noch nicht», antworte ich.

«Du siehst überraschend gut aus», lügt Ulf. «Dann scheinen die Medikamente, die ich dir gebe, ja zu wirken.»

«Ja. Genauso gut wie Nikotinpflaster.»

«Wie bitte?» Ulf schnippt die Zigarette weg. «Ich rauche doch nicht, oder?»

Ich schüttele den Kopf.

«Kommst du nach der Beerdigung mit zurück nach Stavanger?», fragt Doris, während Ulf eine neue Zigarette aus dem Päckchen hervorzieht. Er zündet sie an und funkelt mich durch den Zigarettenrauch an, seine Blicke umkreisen mich wie ein Adler einen Zwerghamster.

«Tut mir leid, Doris», sage ich und gehe einen Schritt zurück, während Ulf sich die glühende Zigarette aus dem Mund reißt und einen Schritt auf mich zukommt:

«Hör mir mal gut zu, du ...»

«Ulf!», flüstert Doris und legt eine Hand auf seinen Arm.

Ulf nimmt einen tiefen Zug, ehe er einen Blick auf die Zigarette wirft, flucht und sie wegschmeißt. «Später, Thorkild.» Er steckt das Feuerzeug wieder in seine Jackentasche. Dann dreht er sich um und marschiert in die Kirche.

«Wie habt ihr das herausgefunden?», frage ich Doris, nachdem Ulf gegangen ist.

«Gunnar Ore hat angerufen», antwortet sie. «Er wollte nichts sagen, aber Ulf hat es durchschaut. Sie machen sich Sorgen um dich, Thorkild, alle beide.»

«Ich kann noch nicht nach Hause fahren», erwidere ich und werfe den Menschen, die vorbeigehen, wirre Blicke zu. «Wir sind noch nicht fertig mit dem Fall.»

«Habt ihr hier geheiratet?» Doris sieht mich an. «Du und Ann Mari?»

«Nein», antworte ich. «Ihre Mutter wurde hier auf dem Friedhof beerdigt. Sie ist gestorben, als Ann Mari noch jung war. Krebs.»

«Das ist schön», sagt sie.

«Wie bitte?», wundere ich mich. «Was ist schön?»

Sie betrachtet mich ein paar Sekunden, ehe sie antwortet. «Zu seiner Mutter nach Hause zu kommen.»

Ich will etwas darauf erwidern, als mir ein Gedanke durch den Kopf schießt. «Verdammt», murmele ich und gehe in Richtung der Kirchentür.

Gunnar sitzt in der vordersten Bank, eine Lücke klafft zwischen ihm und seinen Eltern, die mich erkennen und misstrauisch beäugen. Das eine bedingt wohl das andere. «Setz dich», flüstert er, als ich bei ihm ankomme. «Die Trauerfeier fängt gleich an.»

«Diese Anzeige», sage ich. «Als Svein Borg von der Schwester seiner Mutter und ihrer Familie wegen Grabschändung und Diebstahls des Grabsteins angezeigt wurde.»

«Ja», flüstert er, als der Pfarrer neben der Kanzel hinter Ann Maris Sarg auftaucht.

«Nach dem Tod der Mutter war er in einen Rechtsstreit verwickelt. Er hat bei der Kommune beantragt, dass sie eingeäschert werden soll, aber das wurde abgelehnt.»

«Ja.» Gunnar folgt dem Pfarrer mit seinem Blick. «Verstorbene müssen selbst verfügt haben, dass sie eine Einäscherung wünschen und dass die Asche im Wind verstreut werden soll, wie es heißt. Das war, soweit ich mich erinnern kann, bei Solveig Borg nicht der Fall. Deshalb wurde der Antrag abgelehnt.»

«Wo wollte er die Asche verstreuen, erinnerst du dich?»

Gunnar nickt, als der Pfarrer zur Kanzel steigt und seinen Blick andächtig über die Gemeinde schweifen lässt. «Am Fuß eines Bergs», flüstert er.

«Wo?», frage ich ungeduldig.

Genervt zuckt er mit den Schultern, während der Pfarrer anfängt zu sprechen. «Ich erinnere mich nicht», antwortet er. «Wir können das später nachschauen.»

«Gråtinden? Weißt du, ob der Berg Gråtinden hieß?»

«Ich glaube, ja. Wieso ist das wichtig?»

Ich hole tief Luft im selben Moment, in dem die Orgelmusik einsetzt und die Gemeinde das erste Lied anstimmt. «Ich glaube, ich weiß, wohin Svein Borg unterwegs ist.»

Kapitel 95

«Wonach suchen wir?» Gunnar und ich stehen vor dem Computerbildschirm in seinem Arbeitszimmer. Im Wohnzimmer sitzen die Gäste der Trauergesellschaft, die mit zur Andacht gekommen sind und darauf warten, dass Gunnar wieder herauskommt und Kaffee und Kuchen serviert.

«Nach einem Berg», sage ich und schaue flüchtig aus dem Fenster. Auf der Treppe unter uns steht Ulf und raucht gemeinsam mit Doris. Er wird mir gleich sagen, dass ich mit zurück nach Stavanger kommen muss. «Und nach einer Hütte.»

«Gråtinden?»

Ich zoome in die Karte, Gunnar beugt sich über den Schreibtisch. «Da.» Ich zeige auf einen steilen Berghang, der von anderen Bergen und Meer umgeben ist.

Gunnar deutet auf einen Punkt an einem kleinen Gewässer am Fuß des Bergs. «Was ist das?»

«Eine Parzelle mit Weideland.» Ich zoome weiter hinein. «Gråtjønn», lese ich vor.

«Mach mal Platz.» Gunnar setzt sich auf den Stuhl. Er kopiert die Grundstücksnummer und öffnet ein neues Programm.

«Ist es seins?», frage ich, als die Suche fertig ist und Gunnar sich zurücklehnt.

«Der Besitzer des Grundstücks ist ein Olaf Lund.»

«Der vermisste Rektor.»

«Auf dem Gelände steht eine Hütte.» Gunnar sieht vom Bildschirm auf. Die Lampe über uns verleiht seinem Gesicht einen leichten Schimmer.

«Borgs Tante hat gesagt, dass Solveig die Geliebte eines verheirateten Mannes war, als sie als junge Frau auf den Lofoten arbeitete, und dass er sie in einer Hütte in den Bergen wohnen ließ.»

Gunnar vergrößert die Karte im Bereich eines Feldes unter einem gewölbten Bergkamm, während er auf seinen Backentaschen kaut. Die Stelle ist dunkel, als würde der Berg das Licht abhalten. «Das ist ja mitten im Niemandsland», murmelt er vor sich hin.

«Meer und steile Berghänge», bemerke ich. «Gott, wie ich das Meer und die Berge hasse.»

Gunnar sitzt zurückgelehnt auf dem Stuhl und verschränkt die

Hände im Nacken. «Kannst du mir noch mal erklären, wieso wir dorthin fahren sollen?»

«Wegen Borgs Projekt», antworte ich. «Seine Mutter starb letzten Sommer. Borg beantragte bei der Kommune, dass er ihre Asche am Fuß dieses Berges verstreuen darf, der Antrag wurde aber nicht bewilligt. Das Ganze endete in einem Rechtsstreit mit der Familie, bei dem es nicht nur um die Beerdigung, sondern auch um das Testament der Mutter ging. Borg verlor erneut. Später im Sommer zeigte Borgs Tante ihren Neffen wegen Grabschändung an. Borg weiß, dass er bald sterben wird. Er hat einen unheilbaren Tumor im Gehirn, aber er hat auch Angst. Angst vor dem, was ihn im Jenseits erwartet. Ich glaube nicht, dass Borg nur nach Sørlandet gefahren ist, um den Grabstein seiner Mutter zu stehlen und die Blumen zu verwüsten. Er ist gekommen, um sie mit nach Hause zu nehmen.»

Gunnar legt den Kopf leicht zur Seite, während er sich mit den Fingerspitzen über das Kinn streicht. «Was meinst du damit?»

«Solveig Borg hatte auf dem Sterbebett wieder zu Gott gefunden», sage ich. «Ihre Familie ist sehr christlich, sie glauben an den Himmel und das Paradies.»

«Okay, das hast du vorhin schon mal erwähnt. Ist das nicht dasselbe?»

«Nein. Es gibt einen Klassenunterschied. Der Himmel ist die erste Klasse, das Paradies ist eher eine Art zweite Klasse. Borg weiß, dass er niemals in den Himmel kommen wird, das hat ihm seine Tante von klein auf eingetrichtert, aber vielleicht hegt er die Hoffnung, dass er und seine Mutter sich stattdessen im Paradies treffen können.»

«Meinst du damit das, was ich befürchte?» Gunnar verschränkt die Arme auf seiner Brust. «Dass Borg ...»

«Ja, ich glaube schon.»

«Okay», sagt Gunnar und schaltet den Computer aus. «Dann lass uns das hier erst zu Ende bringen.»

«Verdammt», seufze ich und fasse mir an den Kopf, während Gunnar aufsteht und wieder zu den Gästen geht. «Warum muss es ausgerechnet in Nordnorwegen sein ...»

Teil VI

Menschen, die töten

Kapitel 96

Nordnorwegen. Offene Meeresbuchten, dunkle Fjordarme umringt von kalten Felszacken, die aus der Erde emporragen, den Himmel aufspießen und die Sonne fernhalten. Dieser Ort ist so dunkel und kalt, dass ich selbst an einem so hellen Frühlingstag wie heute sofort Schüttelfrost bekomme, als das Kabinenpersonal die Tür des Widerøe-Flugzeugs öffnet und der Geruch der Lofoten hereinströmt.

«Endlich», murmelt Gunnar Ore, löst seinen Sicherheitsgurt und steht auf, um seine Jacke anzuziehen, während sich ungeduldige Nordnorweger an ihm vorbeidrängen, um die Maschine so schnell wie möglich zu verlassen.

Der Flughafen von Svolvær besteht aus einer kurzen Landebahn, die fast ausschließlich von Meer, dunklen Gebirgskonturen und einem tiefblauen Horizont umgeben ist. Beim Anflug hat man das Gefühl, man landet mit einem Raumschiff auf einem fremden Planeten weit draußen im Sonnensystem; einem Planeten, der so klein ist, dass man mit bloßem Auge sehen kann, wie sich die Erde dreht.

Kaum haben wir das Flugzeug verlassen, fängt es an zu regnen, und wir joggen zum Eingang des barackenartigen Komplexes, der offenbar das Hauptgebäude des Flughafens darstellt. «Besorg uns einen Mietwagen!», befiehlt Gunnar, während wir in Richtung des Gepäckbands in der Ankunftshalle gehen.

«Ich kann nicht», erwidere ich. «Habe keinen Führerschein.

Außerdem scheint hier um die Zeit schon alles geschlossen zu sein», fahre ich fort und zeige auf einige verdunkelte Schalter mit dem Logo einer Mietwagenfirma.

«Nein, natürlich hast du keinen», brummt Gunnar verärgert und sieht auf die Uhr. Es ist erst halb acht. «Na, dann eben ein Taxi. Kriegst du das hin?»

«Sollen wir versuchen, die Hütte noch heute Abend zu finden?»

«Nein, natürlich nicht. Ich hatte verflucht noch mal nicht vor, mitten in der Nacht in irgendwelchen Felslandschaften herumzustapfen.»

«Okay», antworte ich und nehme Kurs auf die Tür. «Du bestimmst.»

Wir beziehen ein Hotel mit Blick auf das Meer und die umliegenden Inseln. Ich schalte den Fernseher ein und sehe mir eine Sendung über arme Menschen an. Als gerade die Werbepause anfängt, klopft es an der Tür.

«Ich habe mal jemanden vom Personal nach dem Ort gefragt, zu dem wir hinwollen», sagt Gunnar, nachdem ich ihn hereingelassen habe. «Die Hütte liegt auf der Nordseite der Insel Austvågøya, auf der wir uns gerade befinden. Wir fahren bis zu einem Ort namens Sydalen, von dort aus gehen wir zu Fuß bis zu einem See. Ich schlage vor, wir fahren ganz früh los.»

«Hast du eine Dienstwaffe?»

«Ich bin nicht im Dienst», antwortet Gunnar.

«Und was, wenn ...»

«Wenn er groß und stark ist?» Gunnar verzieht seine Gesichtsmuskeln. «Meinst du nicht, wir schaffen das zu zweit?»

«Nein.»

«Dann müssen wir wohl mehr Leute mitnehmen», stellt er fest. «Wenn du willst, rufe ich morgen früh auf der Polizeiwache an, bevor wir fahren.»

«Ich will.»

«Gut.» Gunnar knetet seine Hände, während er ungeduldig durch das Zimmer läuft.

«Ich krieche dann mal in die Federn», sage ich.

«Tolle Idee.» Er tigert weiter durch den Raum, während er etwas an den nackten Wänden sucht, auf das er seinen Blick heften kann.

«Das fühlt sich immer noch so unwirklich an», sagt er, als ich eine jämmerliche Cipralex aus meiner Pillendose schüttele.

Ich halte inne und sehe ihn an. «Was denn?»

«Alles. Wir beide hier oben und sie dort unten. Tot. Ich weiß nicht so recht, was ich fühlen soll, ob das, was ich fühle, richtig ist. Ich warte die ganze Zeit darauf, dass es mich trifft. Mich zu Boden streckt ...» Er bleibt vor den Gardinen stehen und zieht sie zur Seite, sodass das Licht, das vom Meer reflektiert wird, ins Zimmer hineinsickert. «Wie dich, als Frei starb.»

«Jeder ist anders», erwidere ich.

«Sind wir das wirklich?» Er steht mit dem Rücken zu mir und starrt in die Meeresdunkelheit. «Oder liegt es an mir ...» Endlich dreht er sich um. Sein Gesicht ist jetzt grauer, seine Kiefernmuskeln angespannt, als würde er die Zähne zusammenbeißen. «Vielleicht habe ich sie nicht so sehr geliebt wie du Frei, vielleicht ...»

«Gunnar», sage ich. «Ich war schon am Boden, bevor Frei starb. Außerdem kannte ich sie kaum, ich hatte mich nur in die Idee von jemandem, der so war wie sie, verliebt, die es mir erlaubte, eine andere Ausgabe von mir selbst zu sein. Das ist etwas völlig anderes. Und das hier», ich halte die Cipralex zwischen uns in die Höhe, «ist auch nur eine Illusion, die einen Schleier über die Wirklichkeit legt und einem hilft, die Tage von den Nächten zu unterscheiden. Das ist alles.»

«Warum nimmst du sie dann? Warum sind sie so verdammt wichtig?»

«Ich brauche sie, damit ich zur Hälfte ich und zur Hälfte nicht ich sein kann. Aber das ist kein Leben, das ist ein Wartezimmer.»

Gunnar verschränkt die Arme. «Worauf wartest du?»

«Das weißt du doch», antworte ich ruhig und werfe mir die Pille in den Mund.

Er schüttelt den Kopf. «Mit dir zu reden, ist echt das Deprimierendste, was man sich vorstellen kann.» Wieder dreht er sich zum Fenster. «Ich verstehe nicht, was sie in dir gesehen hat.»

«Wer?»

«Ann Mari.»

«Sie hat sicher das Gleiche gesehen, was ich sehe, wenn ich die richtigen Tabletten eingeworfen habe, also die, die du mir versprochen hast», sage ich.

«Und das wäre?»

«Einen Fluchtweg.»

Ich sehe, wie Gunnars riesiger Körper ein wenig wankt, während er mir den Rücken zuwendet. Er wartet darauf, dass ich ihm helfe, in irgendeinem Abgrund zu versinken, in dem er sich in Selbsthass und Elend wälzen kann, um sich selbst zu beweisen, dass auch er so geliebt hat wie ich.

«Flucht wovor?», fragt er schließlich. «Vor mir?»

Der Selbsthass steht Gunnar nicht. Er würde nicht die richtige Verwendung dafür finden, und ich will ihm dabei auch nicht helfen. «Nein», antworte ich. «Vor sich selbst.»

«Warum?» Gunnar dreht sich wieder zu mir um. «Warum musste sie dich wiedersehen, nachdem sie mich getroffen hatte, nachdem du wieder in Norwegen warst und dieses Mädchen in Stavanger umgebracht hattest, nach all deinen Selbstmordversuchen und deiner Tablettensucht? Warum hätte sie lieber jemanden wie dich als jemanden wie mich haben wollen? Kannst du mir das erklären? Ich verstehe das nicht. Ann Mari, Frei, Milla, was suchen solche Frauen bei dir?»

«Bei mir wissen sie, was sie bekommen.»

«Und was soll das sein?», fragt er ungeduldig, während er mich mit einem Blick anstarrt, aus dem zugleich Verachtung und Verwunderung spricht.

«Jemanden, der sie wieder und wieder verletzen wird und der sie im Stich lässt, wenn sie ihn am meisten brauchen. In dieser Erkenntnis, das von Anfang an zu wissen, liegt auch eine Art Sicherheit. Ich bin ein Ersatz für Schmerz. Für sie, und auch für dich.»

«Ich kann dir nicht mehr zuhören.» Er geht zur Tür. «Du bist echt gestört, Mensch.»

«Sag das Ulf», rufe ich ihm nach. «Sag ihm, dass ich gestört bin, dass du das ganz klar erkennst.»

Gunnar knallt wortlos die Tür des Hotelzimmers zu. Ich bleibe im Bett sitzen und warte, bis ich höre, dass er sich in sein eigenes Zimmer eingeschlossen hat, dann stehe ich auf, gehe zum Fenster und ziehe die Gardinen wieder zu. Anschließend lege ich mich zurück ins Bett, drehe die Lautstärke des Fernsehers auf und warte. Warte auf den Schlaf und die Gesichter, die sich darin verstecken.

Kapitel 97

Ich sitze in einem Mietwagen vor der Polizeistation in Svolvær. Gunnar ist hineingegangen, um Johanne zu treffen, eine ortskundige Polizistin aus der Gegend, die uns helfen soll. Auf den Bergen liegt Neuschnee, und das ockergelbe Vorjahresgras glänzt feucht in der frühen Morgensonne. Während ich warte, rufe ich Iver an.

«Hast du etwas von Kenny gehört?»

«Nichts», antwortet Iver. «Das Handy ist immer noch ausgeschaltet. Das gefällt mir nicht», fügt er hinzu. «Kenny ist nicht der Typ, der einfach so verschwindet.» Iver seufzt. «Wo bist du eigentlich?»

«Ore und ich sind nach Nordnorwegen geflogen. Verfolgen die Borg-Spur. Es sieht so aus, als würde sie uns ins Gebirge führen.»

«Kann ich euch irgendwie helfen?»

«Ja. Du könntest für mich die Verbindungen einer Handynummer überprüfen, und zwar ab dem Tag, an dem Siv und Olivia verschwunden sind, bis heute. Würdest du das tun?»

«Welche Nummer?»

«Ich habe sie leider nicht», sage ich, als ich Gunnar und eine Polizistin erblicke, die aus der Polizeistation kommen und auf das Auto zulaufen. «Nur einen Namen.»

«Okay», antwortet Iver, nachdem ich ihm den Namen genannt habe. «Ich erledige das.»

«Aber behalte das bitte für dich, Iver. Hast du verstanden?»

«Ja, ich verspreche es. Und du, sei vorsichtig.»

«Immer», erwidere ich und lege auf.

«Du brauchst Wandersachen», sagt Gunnar zu mir, als er und die Polizistin das Auto erreichen und er die Tür öffnet.

«Ich habe nur das hier», sage ich und blicke auf meine Lammfelljacke und die Vintageschuhe.

Gunnar schüttelt den Kopf, verschwindet hinter dem Mietwagen und öffnet die Heckklappe. Er zieht sich hastig um und nimmt hinterm Steuer Platz.

«Am schnellsten geht es, wenn wir von hier aus zum Gimsøystraumen fahren und dann in Sydalen nach oben steigen. Es ist ein Stück zu gehen», erklärt Johanne, während sie sich auf die Rückbank setzt, «aber wenn wir erst mal da sind: super Jagdgelände.»

«Die Mutter des Mannes, den wir suchen, hat in den sechziger Jahren vermutlich eine Zeitlang hier oben gelebt und hatte möglicherweise eine Verbindung zu dem vermissten Rektor», erklärt

Gunnar, während wir aus dem Zentrum von Svolvær hinausfahren. Ich drehe mich zu Johanne um.

«Olaf Lund», sagt sie mit einem Nicken. Sie ist um die dreißig, hat breite Schultern und ist muskulös. Ihr blondes Haar trägt sie zu einem Pferdeschwanz gebunden, sie hat klare, blaue Augen und ein markantes Kinn. Sie erinnert mich an eine zwanzig Jahre jüngere Ausgabe von Sergeant Louise Lugg aus den Comicstrips über Beetle Bailey. Wenn sie ihren Dialekt ablegen und noch mehr Einheiten im Fitnessstudio absolvieren würde, könnte sie auch als Gunnars Tochter durchgehen. «Wir haben sogar Taucher in der Meerenge nach ihm suchen lassen, aber ohne Erfolg.»

«Weshalb haben Sie geglaubt, dass er im Meer gelandet ist?»

«Na ja», Johanne blickt aus dem Fenster. «Sehen Sie sich doch mal um. Hier draußen gibt es nicht viele Orte, an denen ein alter Mann verschwinden kann. Entweder das Meer oder die Berge. Und selbst wenn man rüstig und gut zu Fuß ist, sind die Berge hier ...»

Sie lässt den Rest des Satzes in der Luft hängen und schüttelt den Kopf.

«Könnte er es bis zu seiner Hütte geschafft haben?», frage ich.

«Um ehrlich zu sein», sagt Johanne, «wussten wir nicht einmal, dass er eine Hütte hatte. Unser Stand war, dass Olaf Lund schwer dement und pflegebedürftig war und schon seit acht Jahren im Pflegeheim gelebt hat. Außerdem, und das habe ich auch ihrem Kollegen gesagt, der Anfang der Woche hier war, Kenneth oder so ähnlich, kann man sich nur schwer vorstellen, wie Olaf Lund das Zentrum von Svolvær überhaupt verlassen haben soll, es sei denn, er hat den Bus genommen oder ist von einem Autofahrer mitgenommen worden.»

«Sie haben Kenny getroffen?», frage ich und betrachte sie genauer.

Sie nickt. «Er sagte, dass Sie für eine bekannte norwegische Schriftstellerin arbeiten, die nach ihrer Tochter sucht, und dabei einer größeren Sache auf die Spur gekommen sind, die Sie hierher nach Nordnorwegen geführt hat. Das hört sich spannend an», sagt sie mit einem Lachen. «Hier oben haben wir nicht gerade oft solche Fälle, auf der Wache wurde schon viel spekuliert. Wenn ich es richtig verstanden habe, ist die ganze Sache ein wenig ...», Johanne lehnt sich im Rücksitz nach hinten, «*off the record*, wie wir hier oben sagen.»

«Hat er noch mehr gesagt?», frage ich.

«Er hat von der Frau erzählt, für die Sie arbeiten, diese Schriftstellerin. Ich hatte das Gefühl, zwischen den beiden lief etwas.»

Gunnar sieht mich verstohlen von der Seite an.

«Was meinen Sie damit?»

«Ach, es war nur die Art, wie er über sie gesprochen hat. Dass sie ein wenig», Johanne räuspert sich, ehe sie weiterspricht, «promiskuitiv war, wenn ich das etwas neutraler ausdrücken darf als er.»

«Wie hat er sich denn ausgedrückt?», frage ich neugierig.

Johanne zögert einen Augenblick. «Hure», sagt sie letztendlich.

«Wann war das?»

«Ähm, das war Montag oder Dienstag, glaube ich. Am Abend vor seiner Abreise. Eigentlich hatten wir für den nächsten Tag auch eine Verabredung, aber als ich zum Hotel kam, sagten sie, er hätte schon ausgecheckt.»

«Er ist verschwunden», sage ich.

«Wie bitte?»

«Ja, seit er nach Oslo zurückgekommen ist.»

«Könnte etwas passiert sein?»

Ich zucke die Schultern.

Johanne beugt sich nach vorne. «Hat das etwas mit dem Fall zu tun, an dem Sie arbeiten?»

«Wir müssen wohl davon ausgehen», antworte ich.

«Wow», sagt Johanne. «Als er hier war, hat er nicht gerade viel gemacht, außer in seinem Hotelzimmer oder an der Bar zu sitzen. Ich hätte nicht gedacht, dass seine Arbeit ...»

«Gefährlich ist?», frage ich. «Wir suchen einen Serienmörder, der aus einem Arbeitslager in Russland ausgebrochen ist und von dem wir glauben, er befindet sich auf dem Weg hierher, zu der Hütte, zu der wir jetzt gehen.»

«Verdammt», entfährt es Johanne. «Ich hätte meinen Chef vielleicht um eine Waffengenehmigung bitten sollen.»

«Wie auch immer», sagt Gunnar grinsend, «jetzt ist es zu spät dafür.»

«Haben Sie denn eine Waffe dabei?» Johannes Gesicht taucht im Rückspiegel auf.

«Nichts dergleichen.» Gunnar schüttelt den Kopf. «Ich bin hier nur im Urlaub.»

«Und ich bin nicht einmal mehr bei der Polizei», füge ich hinzu.

Wir fahren eine ganze Weile schweigend weiter, bis Johanne plötzlich an die Rückenlehne greift, sich zu uns beugt und nach vorne zeigt. «Stopp», sagt sie. Es regnet, und die Wolken, die ich schon seit Svolvær mit den Augen verfolgt habe, scheinen alle auf dem Weg zum selben Ort zu sein wie wir.

«Was ist?», fragt Gunnar amüsiert in den Rückspiegel. «Wollen Sie umkehren?»

«Nein», erwidert Johanne und lächelt breit. «Wir sind da.»

Kapitel 98

Das Gelände ist steinig und dem offenen Meer und dem hier typischen Nordwetter schutzlos ausgeliefert. Über uns teilt ein spitzer Berg die Landschaft.

«Hier steigen wir nach oben», kündigt Johanne an. «Wir bleiben auf der Bergseite, bis wir auf das Plateau kommen, von dem aus man Aussicht auf den Sunnlandsfjord hat. Von dort aus müssen wir nur noch ein bisschen suchen. Es gibt dort zwar viele Seen, aber nicht so viele Hütten.»

«Wie lange dauert das?», fragt Gunnar.

«Höchstens eine Stunde bis zum Gipfel.» Sie lächelt schief. «Wenn ihr das Tempo mithalten könnt.»

Ich sehe mich ein letztes Mal um, bevor wir loslaufen. Das Meer scheint an der Oberfläche zwar ruhig zu sein, doch darunter ist es unberechenbar. «Lieber die Berge als der Fjord», sage ich zu mir selbst und gehe in Richtung des Pfades, der vom Parkplatz hinaufführt und zwischen Geröllfelsen und durch einen Birkenwald verläuft.

Noch bevor wir den Fuß des Berges erreichen, habe ich dreimal gekotzt. Ich friere, die Vintageschuhe sind triefnass, und die Lammfelljacke scheint im Regenwetter zu schrumpfen. Gunnar und Johanne stehen etwas weiter oben bei einem Steinhaufen und warten auf mich.

«Ich habe doch gesagt, du brauchst Wandersachen», bemerkt Gunnar genervt, als ich mich endlich zu ihnen geschleppt habe. Sein Gesicht hat eine gesunde Farbe und glänzt. Ich dagegen fühle mich dem Tod näher, als ich es seit langem getan habe. Mein Gesicht ist taub, und ich friere wie ein nasser Hund. «Hier, du Trottel.»

Gunnar reißt sich den Wanderrucksack herunter und holt eine Allwetterjacke hervor, die er in meine Richtung schleudert. «Zieh dir wenigstens die über, bevor du noch erfrierst. Weiter oben wird es noch kälter.»

«Ich friere nur im Gesicht», sage ich, nehme widerwillig die Jacke entgegen und entledige mich des feuchten Lammfellanoraks.

«Hast du denn dagegen nicht auch irgendeine Pille?», fragt er und baut sich über mir auf.

«Nein», murmele ich und ziehe die Jacke an. «Ich habe keine Pillen. Das weißt du.»

«Sollen wir weitergehen?» Johanne klatscht in die Hände und sieht sehnsüchtig zum Berg hinauf.

«Ja», sage ich leise und betaste mein Gesicht, um mich zu vergewissern, dass noch alles an Ort und Stelle ist. «Auf alle Fälle. Lasst uns bloß nicht zu viel atmen.»

«Zu viel frische Luft?», fragt Johanne, als wir endlich oben auf dem Plateau angekommen sind. Sie steht dort sehr breitbeinig und stemmt ihre Hände in die Hüften wie ein Kerl, mitten in der Bergwelt. Die Ebene erstreckt sich nur ein paar hundert Meter weit, die umliegende Landschaft ist steinig, karg und flach. Ich lege mich neben einen der letzten Steine, die groß genug sind, um darunter Schutz zu suchen, und breite den Lammfellanorak über die Allwetterjacke. Mein Körper schmerzt, er verlangt nach seinen Tabletten, und die Muskeln brennen.

«Ich muss mich ausruhen», stöhne ich und ziehe die Beine an, um meine Füße vor dem Regen zu schützen. Der Wind bläst direkt vom Meer auf das Plateau, sodass er das Moos am Boden zerwühlt. Weiter hinten hängt der Nebel über ein paar Schneehaufen, die die Sonne noch nicht geschmolzen hat. Hin und wieder vermischt sich der eiskalte Regen mit Schnee.

«Lass ihn einfach ein bisschen da liegen», schnaubt Gunnar, der die Karte in der Hand hält und über das Plateau blickt. «Aske ist momentan in so ziemlich jeder Umgebung unbrauchbar, mit einer Ausnahme.»

«Ach?» Johanne hebt eine Augenbraue, während sie sich Gunnar nähert. «Und welche Umgebung ist das?»

Gunnar grinst. «Sag es ihr, Thorkild. Wo würde sie dir gar nicht gerne begegnen wollen? Erinnerst du dich?»

«In einem Verhörzimmer», presse ich hervor, während ich versuche, nicht mit den Zähnen zu klappern. «In einem Verhörzimmer würdest du mir lieber nicht begegnen wollen.»

«Braver Junge», sagt Gunnar und lächelt, ehe er sich wieder der Karte zuwendet. «Immerhin erinnerst du dich noch daran, wer du bist.»

Gunnar und Johanne sehen abwechselnd auf die Karte und auf das Gebiet vor uns, bis es schließlich den Anschein hat, als hätten sie sich auf den weiteren Weg geeinigt. «Los jetzt», ruft Gunnar, während er bereits weitergeht. «Nur noch ein Stückchen. Wir kochen uns einen Kaffee, wenn wir die Hütte gefunden haben.»

Wir folgen dem Plateau bis zu einem Aussichtspunkt, an dem ich mich wieder ausruhen darf, während Gunnar und Johanne erneut die Karte konsultieren.

«Da vorne könnt ihr die Laukvikinseln sehen.» Johanne deutet auf ein paar winzige Holme und Schären draußen in der Mündung des Fjords. Zwischen dem Meer und uns liegt ein weiteres, niedrigeres Plateau mit einem Wald und mehreren unterschiedlich großen Seen. Wir können außerdem einen Wasserlauf erkennen, der in den Fjord vor uns fließt. «Dort befindet sich jetzt ein Schutzgebiet für Wattvögel.» Johanne richtet ihren Blick auf eine Stelle links von uns, auf einen kleinen See, der beinahe völlig hinter dem Birkenwald auf der Rückseite des Bergs verborgen ist. «Die Hütte muss irgendwo dort im Wald stehen.»

«Wie kommen wir da runter?», will ich wissen.

«Wir müssen vorsichtig gehen.» Johanne streicht sich mit den Fingerspitzen übers Kinn, während sie die Geröllhalde hinabspäht, die an der Bergseite verläuft.

«Warum sollte jemand in einer solchen Umgebung eine Hütte bauen?», fragt Gunnar neugierig.

«Jagen, fischen im Fjord, die Vögel auf den Holmen beobachten. Es gibt dort unten und weiter nördlich auf der Halbinsel zwischen dem Nordpollen und dem Sunnlandsfjord sogar ein paar Höfe, aber heutzutage will niemand mehr an solchen Orten leben. Früher war das Boot dein Auto und das Meer die Autobahn, heute fahren die Leute mit Quads im Gebirge herum.»

«Aha.» Gunnar nickt bedächtig angesichts der Vorlesung in regionaler Geschichte.

«Nein, was du nicht sagst», flüstere ich und folge den beiden den Hang hinunter zum Geröllfeld. «Das ist ja unglaublich. Sie sind mit dem Boot gefahren. Tja, ich komme aus Island, du Gans. Was glaubt ihr eigentlich, wie wir dorthin gekommen sind? Mit Papierfliegern?» Ich schimpfe leise vor mich hin, während ich den Abhang hinunterstolpere, bevor ich plötzlich stehen bleibe. «Sagtest du Quads?»

«Wie bitte?» Johanne dreht sich zu mir um: «Was hast du gesagt?»

«Quads. Du hast gesagt, die Leute würden mit Quads im Gebirge herumfahren.»

«Korrekt.»

«Heißt das, wir hätten auch hier hochfahren können?»

Sie lächelt und schüttelt den Kopf. «Das ist nicht erlaubt.»

«Aber wir hätten es gekonnt?»

«Es ist nicht erlaubt.» Sie läuft weiter und wendet sich an Gunnar, sobald sie ihn eingeholt hat. «Die nordnorwegische Kulturlandschaft ist in Gefahr. Ölbohrungen, Wohnwagen, Jet-Skis. Wenn die Menschen nicht bald Stellung beziehen, werden unsere Enkel einmal ein schwarzes Meer und Strände voller Wohnmobilgerippe mit EU-Nummernschildern erben.»

«Habe ich eigentlich schon erwähnt, dass ich Nordnorwegen hasse?», merke ich an, während ich hinter ihnen hergehe. «Höchst

intensiv und bitterlich. Eine Stunde hier oben fühlt sich an wie ein Jahr. Ich hasse diese Region so sehr, so abgrundtief, dass ...»
Schließlich geht mein Ausbruch zu weit, ich stolpere über einen Stein, rutsche aus und falle den beiden in den Rücken, sodass wir alle drei im Begriff sind, kopfüber das Geröll hinabzustürzen, einem sicheren Tod entgegen. Gunnar fährt mich heftig an und zwingt mich, für den Rest der Wanderung die Klappe zu halten und zwischen den beiden zu laufen.

Endlich lassen wir das Geröllfeld hinter uns und kommen in einen Wald, wo der Wind nicht mehr so stark bläst und der Regen nicht mehr so heftig auf uns niederprasselt. Durch die Äste hindurch sehen wir einen kleinen, dunklen See, der am ehesten einem Teich ähnelt und von morschen Baumstämmen und Schilf umgeben ist. An der Breitseite des Berges können wir außerdem ein kleines, rot gestrichenes Häuschen erkennen, aus dessen Dach die Äste eines umgestürzten Baumes ragen.

Kapitel 99

Plötzlich ist es vollkommen still um uns, als hielte die Felswand hinter der Hütte den Wind ab. Der Boden ist von einer Schicht groben, feuchten Schnees bedeckt. Fichtenbäume umkränzen den Platz und schützen ihn vor den Windböen, die vom Meer weiter unten hereinwehen.

«Das muss sie sein», sagt Johanne. Gemeinsam nähern wir uns dem Eingang. Mehrere Äste des umgestürzten Baums hängen vor der Tür.

«Sieht nicht so aus, als wäre in der letzten Zeit jemand hier gewesen», bemerke ich enttäuscht.

Die Hütte hat zwei kleine Fenster an der Vorderseite, die die Tür flankieren. Am Eingang sind in einer Reihe ein paar Angelhaken festgenagelt, und rechts zwischen den Fichten steht ein altes Plumpsklo mit angelehnter Tür. Ich entdecke etwas direkt hinter der Tür und löse mich aus unserer Dreiergruppe, um es näher zu untersuchen.

«Siehst du etwas?», ruft Gunnar hinter mir her, während ich dabei bin, die Tür ganz zu öffnen.

«Ja», stöhne ich, als ich es endlich schaffe, die klemmende Tür zu bewegen. «Einen Grabstein.» Ich trete einen Schritt zurück, während ich den Steinblock betrachte, der in dem Klohäuschen aufgestellt ist.

«Einen was?», fragt Johanne, als Gunnar und sie zu mir kommen.

«*Solveig Borg*», lese ich vor. «*Geboren 06.07.1939, gestorben 12.08.2016.*»

«*Triff mich im Paradies*», beendet Gunnar Ore die Inschrift.

«Warum?», fragt Johanne, ehe wir drei uns wieder zur Hütte umdrehen.

Ich lasse die Tür los und gehe auf die Hütte zu. Auf einmal scheinen die Bäume ihre Äste anzuheben und den Wind vom Meer durchzulassen. Die Kälte fährt durch die Kleider und beißt im Gesicht. «Höchste Zeit zu schauen, was er noch hier oben versteckt hat.»

Die beiden Fenster auf der Vorderseite sind mit dicken Gardinen verhangen. Wir gehen um das Haus herum zur Hinterseite, wo es nur ein Fenster gibt, das größer ist als die beiden neben der Eingangstür. Auch hier ist der Vorhang zugezogen. Wir kehren zur Vorderseite zurück und versuchen, die Tür zu öffnen. Sie ist abgeschlossen. «Sollen wir sie aufbrechen?» Johanne sieht Gunnar an. «Gefahr im Verzug?»

«Wartet.» Ich mache einen Schritt zurück, sodass ich einen besseren Überblick über die Hütte und den umgestürzten Baum habe, der zwischen den Dachbalken hervorragt. «Ich habe eine Idee.»

Ich gehe zu einem der Fichtenbäume neben der Hütte und klettere zwischen den Ästen hinauf. Die Kälte habe ich vergessen, ebenso die nassen Kleider. Irgendetwas anderes hat das Kommando übernommen, eine starke Furcht vor dem, was uns dort drinnen erwartet. Gleichzeitig werde ich von einer ungesunden Neugier angetrieben. Sobald ich hoch genug geklettert bin, rutsche ich auf einem dicken Ast nach vorne und springe auf das Dach der Hütte.

«Der Stamm hat das Dach eingedrückt», rufe ich und schaue über den First zu Gunnar und Johanne hinunter, die beide vor der Hütte warten. «Ich schaue mal, ob ich nicht von hier oben hineingelangen kann.»

Gunnar dreht sich um und blickt misstrauisch in Richtung des sumpfigen Sees und in den Himmel über dem Bergrücken hinauf. «Der Nebel scheint immer näher zu kommen», sagt er und zieht den Reißverschluss seiner Jacke hoch.

Ich setze mich auf den Baumstamm und drücke meinen Kopf durch die Äste, damit ich ins Innere der Hütte sehen kann. Dann beginne ich damit, die Dachpappe zu entfernen, um zwischen den Dachbalken hineinsteigen zu können. Nach ein paar Minuten habe ich eine so große Öffnung freigelegt, dass ich unter das Dach kriechen kann.

Als Erstes nehme ich den Geruch der Hütte wahr, eine Mischung aus altem Holz, Stoff, Essensresten und etwas anderem, Unbestimmteren, das ich trotzdem aus meinen Jahren bei der Polizei wiedererkenne. Einen Geruch, den man nie vergisst, der sich wie nasse Asche auf der Haut und in den Kleidern festsetzt, bis ins Rückenmark dringt und dort mehrere Tage lang haften bleibt: der Geruch von Tod.

Auf der Suche nach einer Luke taste ich in der Isolierung des Daches herum, ohne etwas zu finden. Schließlich lehne ich meinen Rücken an einen der Dachbalken und stemme die Beine gegen den Boden, bis er nachgibt. Vorsichtig reiße ich die Dämmung weg, bevor ich der Deckenplatte darunter ein paar kurze Stöße verpasse, sodass sie sich ganz löst und nach unten auf den Boden der Hütte fällt.

«Ich bin drin!» Ich knie mich hin und strecke meinen Kopf nach unten, um in den Raum zu schauen. Unter mir ist es dunkel.

Ich bleibe mit dem Kopf zwischen den Deckenplatten hängen, bis ich Gunnars und Johannes Schritte vor der Eingangstür höre. Der muffige Geruch, gepaart mit dem süßlichen Verwesungsgestank, wird jetzt stärker, fast schon so überwältigend, dass ich einen Moment überlege, ob ich mir nicht Dämmwolle in die Nase stecken muss, um atmen zu können. Zu guter Letzt entschließe ich mich zu springen, drehe mich um, halte mich an einem der Balken fest und lasse mich dann ein Stück nach unten gleiten, bevor ich loslasse.

Kapitel 100

Mit einem Krachen schlage ich auf dem Boden auf. Das Innere der Hütte ist in tiefes, rötliches Dunkel getaucht. Ich erahne einen Kamin, Möbel und diversen Kitsch, der an den Wänden hängt.

«Hallo?», höre ich Johanne von draußen rufen, während sie gleichzeitig gegen die Tür klopft. «Alles in Ordnung da drinnen?»

«Ja», antworte ich leise. «Ich kann dich hören.» Aus irgendeinem Grund kann ich nicht lauter rufen, ich bringe nur ein Flüstern zustande. Vielleicht spielt mir die Dunkelheit nur einen Streich, aber es sieht so aus, als säße jemand auf dem Sofa. Ich sehe die Konturen eines Kopfs mit lockigem, schulterlangem Haar, als wäre ich gerade in das Wohnzimmer eines Menschen gefallen, der es vorzieht, das Hüttenleben in stummer Dunkelheit zu genießen.

«Ich glaube, hier drinnen ist jemand», höre ich mich selbst flüstern, als ich näher herankrieche.

«Was?»

Ich räuspere mich, ehe ich mich aufrichte und vorsichtig bis zur Lehne des Sofas vorgehe. «Ich sagte: Hier drinnen ist jemand.»

Wieder klopft es an der Tür. «Mach auf, Thorkild!» Diesmal ist es Gunnar, der ruft.

«Warte», flüstere ich. «Ich muss erst nachsehen.» Wie erstarrt bleibe ich stehen, als ich auf den Hinterkopf der Gestalt blicke. Dann trete ich einen Schritt zur Seite, sodass ich auf einer Höhe mit dem Sofa bin. «Oh Gott», entfährt es mir, als ich schließlich so weit herumgegangen bin, dass ich sie von vorne sehe. Sie gleicht einer Puppe, nein, keiner Puppe, etwas anderem, einer Mumie. Der Mund steht offen, die Haut um die Kieferpartie ist komplett eingetrocknet und mitten am Kinn aufgerissen, sodass der Unterkiefer an den Sehnen auf die eingesunkene Brust herabhängt. Sie trägt ein Kleid, dessen Farbe unmöglich zu erkennen ist, und hält die Hände im Schoß gefaltet. Ich bleibe in der Stille stehen, die in meinen Ohren rauscht, und schaue einfach nur dorthin, als würde ich durch eine Scheibe auf ein Bild starren, das mich gleichermaßen fesselt und mit Abscheu und Faszination erfüllt.

Als es erneut an der Außentür klopft, zucke ich zusammen. Ich wende meinen Blick von der Leiche auf dem Sofa ab, gehe vorsichtig zwischen der Sitzgruppe und der Teeküche zur Tür und taste mich mit den Händen die Wand entlang, bis ich das Schloss finde und die Tür öffnen kann.

«Seid vorsichtig», sage ich zu Gunnar und Johanne, als ich sie hereinlasse. Beide rümpfen die Nasen und halten die Luft an, bevor sie eintreten. Sie bleiben in der Türöffnung stehen und starren auf den Hinterkopf der Frau auf dem Sofa. Während wir dort stehen, schwingt die Eingangstür ganz auf, und Licht strömt in das Zimmer.

«Sind es zwei?», fragt Johanne, als wir alle gleichzeitig den anderen Körper entdecken, der eingesunken im Sessel direkt gegenüber der Leiche auf dem Sofa sitzt. Ich gehe wieder hinüber. Der Mann im Sessel ist in eine Decke gewickelt, sein Kopf hängt so weit nach vorne, dass nur der Scheitel zu sehen ist. Mitten auf dem Schädel bemerke ich einen länglichen Krater, umgeben von Büscheln spröder, weißer Haare.

«Ich nehme an, das ist der vermisste Rektor», sage ich.

«Du hattest also recht», stellt Gunnar fest und kommt einen Schritt näher. «Er hat sie ausgegraben.» Vom Licht erhellt, hat der Frauenkörper auf dem Sofa all seine Aura und Mystik verloren. Er ist nur noch trockene Haut, knorpeliges Gewebe und Knochen, die in Kleider gehüllt sind.

«Wir müssen Verstärkung rufen.» Johanne schüttelt den Kopf und schlägt die Hand vor den Mund.

«Bevor er kommt», ergänze ich.

Johanne starrt die Leichen vor uns entgeistert an. «Glaubst du wirklich, dass der Kerl auf dem Weg hierher ist?»

«Ja.» Ich zeige auf die beiden Leichen. «Sie warten doch auf ihn, siehst du das nicht?»

«Thorkild», sagt Gunnar. «Nicht ...»

«Nein», unterbreche ich ihn und zeige auf den Tisch zwischen dem Sofa und dem Sessel. «Schau doch hin, verdammt.» Mitten auf dem Tisch, unter einer dünnen Staubschicht, liegt ein Kartenstapel. Die Karten sind bereits ausgeteilt, drei vor der Frauenleiche auf dem Sofa, drei vor dem Mann im Sessel und drei vor dem leeren Sessel daneben. «Er hat sogar schon eine neue Runde gegeben», stelle ich fest. «Damit sie sofort anfangen können zu spielen, wenn er zurückkommt.»

«Wir müssen unbedingt Verstärkung rufen», wiederholt Johanne.

«Johanne hat recht», befindet Gunnar, während wir auf der Außentreppe stehen und durchatmen. «Das könnte ziemlich heftig werden, wenn wir nicht noch ein paar Kollegen vor Ort haben.» Er blickt in den Himmel, der Nebel hängt noch tiefer über dem Boden.

«Wenn sie überhaupt herfinden», sage ich. Der halbe Berg ist in grauweißen Wolkenschichten verschwunden.

«Wir könnten eventuell einen Helikopter anfordern», schlägt Johanne vor.

«Einen Helikopter?», frage ich resigniert. «Wo soll denn hier ein Helikopter landen? Ich meine, seht euch doch einmal um. In diesem Nebel …»

Gunnar kneift die Lippen zusammen und richtet sich an Johanne. «Kannst du dich von hier aus bis zur Straße durchschlagen?»

«Ja», antwortet sie. «Ich muss nur den Hang hier auf der Nordseite hinuntersteigen und dem Meer folgen, bis ich zur Straße komme.»

«Okay. Ruf die Kollegen, und dann begibst du dich nach unten und kommst ihnen an einer geeigneten Stelle entgegen. Sorg dafür, dass ihr einen Weg zurück findet, notfalls auch zu Fuß, wenn das Wetter nicht umschlägt. Thorkild und ich bleiben hier.»

«Sicher?» Johanne umklammert ihr Handy, bevor sie eine Nummer wählt und es ans Ohr hält.

Gunnar nickt und wendet sich an mich. «Ich habe es mir anders überlegt, Thorkild», sagt er grimmig, während Johanne telefoniert. «Ich habe doch keine Lust darauf, Svein Borg allein hier oben im Gebirge zu begegnen.» Anschließend spricht er wieder mit Johanne. «Sie sollen eine Streife losschicken, sofort. Und sag ihnen, dass sie Waffengenehmigungen brauchen. Für alle Einsatzkräfte.»

Kapitel 101

«Wir können nicht hier draußen warten, bis sie kommen», sagt Gunnar, nachdem Johanne auf der Nordseite zwischen den Fichten verschwunden ist. «Falls du nicht auf dem Plumpsklo sitzen und erfrieren willst.»

«Wir gehen rein», sage ich widerwillig.

«Hast du irgendwo eine Stromleitung gesehen oder einen Generator?», fragt Gunnar, als wir die Tür hinter uns geschlossen haben. Er zieht die Vorhänge zur Seite, um ein wenig Licht hereinzulassen.

Ich schüttele den Kopf.

«Sieh nach, ob irgendeiner der Schalter hier funktioniert, auch wenn wir die Heizung nicht anschalten können, ehe die Spurensicherung hier ist.» Gunnar wirft einen Blick auf Solveig Borgs Hinterkopf und erschaudert. «Ich habe kein großes Bedürfnis danach, den Rest des Tages hier mit dir und diesen beiden zu verbringen.»

Ich gehe in die Küche, wo ein kleiner Herd vom selben Typ steht, wie ich ihn auch in meiner Wohnung zu Hause in Stavanger habe. Er hat zwei Kochplatten. Auf der Arbeitsfläche daneben stehen ein Wasserkessel und einige ungeöffnete Packungen mit gemahlenem Kaffee. Ich beuge mich über das Kochfeld, bis ich einen Stecker finde, den ich einstecke, und eine der Platten anschalte.

«Hast du einen Schalter gefunden?» Gunnar kommt zu mir und leuchtet mit seiner Taschenlampe auf den Herd.

«Ja, es gibt auf jeden Fall Strom hier», antworte ich und zeige auf das rote Licht an der Herdplatte.

«Können wir dann wenigstens Kaffee kochen?» Gunnar lässt den Strahl der Taschenlampe über die Wände gleiten.

«Wenn du am See Wasser holst», erwidere ich und reiche ihm den Wasserkessel.

Gunnar grunzt mürrisch, bevor er sich den Kessel schnappt und zur Vordertür hinaus verschwindet.

Ich folge ihm und warte in der Türöffnung, wo ich hinter den Gardinen des einen Fensters zwei Lichtschalter entdecke. Ich drücke darauf, und kurz danach beginnt eine Leuchtröhre über mir zu flackern.

Während ich auf Gunnars Rückkehr warte, sehe ich mich im Zimmer um. An der Wand gegenüber der Sitzgruppe steht ein Regal, dessen Fächer mit alten Schallplatten und Kreuzworträtselheften gefüllt sind. Ganz oben steht ein Plattenspieler mit einem einzelnen Lautsprecher an der Seite. Weiter hinten im Raum gibt es einen Holzofen, und hinter der Teeküche befindet sich eine Tür. Ich öffne sie und blicke in ein winziges Schlafzimmer mit einem Doppelbett, das den ganzen Raum ausfüllt. Die roten Gardinen vor dem Fenster sind zugezogen. Das Bett ist nicht gemacht, als hätte der Letzte, der hier war, es einfach so zurückgelassen, weil er nicht lange wegbleiben wollte. Im Raum riecht es stickig und säuerlich.

An der Tür höre ich Gunnar, und ich kehre zurück zum Regal mit dem Plattenspieler, während er den Kaffee aufsetzt.

Ich gehe in die Hocke und stöpsele den Stecker in eine Steckdose unten am Boden. Aus dem Lautsprecher ertönt ein leises Knacken, als die Anlage losläuft. Ich hebe die Nadel an und setze sie auf die Platte, die auf dem Spieler liegt.

«Was zur Hölle treibst du da?», fragt mich Gunnar, als es erneut im Lautsprecher knistert. Im nächsten Moment erklingt eine helle Frauenstimme, gefolgt von gedämpften Flöten- und Gitarrenklängen.

«Das ist sie», flüstere ich, während ich die leere Hülle in der Hand halte und die kindliche Zeichnung auf der Vorderseite betrachte. «Solveig Borg. Sie singt.»

Wir bleiben andächtig stehen und lauschen der Musik und ihrer Stimme, ehe ich im Augenwinkel plötzlich wieder die Haare der

Frauengestalt auf dem Sofa hinter mir sehe. «Wir sollten vielleicht nicht ...», sage ich und hebe den Tonabnehmer an.

«Nein.» Gunnar wirkt fast verlegen, wie er da steht, den Kopf von den Toten abgewandt. «Sollten wir nicht.»

«Ich brauche frische Luft», sage ich und lege das Plattencover zurück. Gunnar holt den Kessel vom Herd.

«Gute Idee», stimmt er mir zu.

Wir nehmen den Kaffee und zwei Tassen mit nach draußen und setzen uns auf die Treppe. Es schneit jetzt stärker, der Berg hinter der Hütte ist in grauen Nebel gehüllt, und auf dem Boden um den See liegt eine dünne Schicht Neuschnee.

«Wenigstens hat sich der Wind beruhigt», sagt Gunnar.

«Wie spät ist es?» Ich puste in meinen Kaffee, sodass mir der Wasserdampf ins Gesicht steigt. Ich habe schon fast vergessen, wie kalt mir ist.

«Bald zehn», antwortet Gunnar.

«Sollten wir sie vielleicht anrufen? Um zu hören, ob sie unten angekommen ist?»

«Zu früh», findet Gunnar.

Ich lasse meinen Blick über den Vorplatz schweifen und betrachte die schwarze Oberfläche des Sees zwischen der Hütte und dem Fuß des Bergs. Es ist, als würde das Seewasser die wenigen anderen Farben verschlucken, sodass der gesamte Ort, die Hütte, der Berg, die Bäume, der Schnee und der Nebel in seiner unendlichen Dunkelheit verblassen. «Selbst wenn», sage ich und umklammere die Tasse. «Es wäre schön, das zu wissen.»

Gunnar stellt die Tasse auf der Treppe ab und zieht sein Handy aus der Jackentasche. «Mailbox», sagt er schließlich und legt auf. «Weiter unten am Hang ist der Empfang bestimmt schlecht. Ich bin ganz überrascht, dass wir vorhin überhaupt telefonieren konnten.»

«Ja.» Ich schiele auf den schneebedeckten Boden und zum See hinüber. «Sicher.»

«Was ist los?»

«Ich friere», antworte ich.

«Sollen wir nach drinnen gehen?»

«Nein, ich friere nicht auf die Art.» Ich stehe auf, gehe ein paar Schritte von der Treppe weg und schaue zu der schweren Wolkendecke hinauf.

«Ach so? Gibt es denn noch eine andere Art, zu frieren?»

«Ja», murmele ich und stampfe mit den Beinen auf, um sie warm zu halten. «Es gibt auch eine andere Art.»

Gunnar lächelt kurz und wenig überzeugt, ehe er wieder still wird. «Erzähl», sagt er schließlich.

«Das ist schwer zu erklären.»

«Versuch es», fordert Gunnar mich auf. «Wir haben mehr als genug Zeit.»

«Es ist eher so, als würde dein Körper versuchen, dich zu wecken, dich auf etwas vorzubereiten. Ich hatte das gleiche Gefühl am letzten Abend mit Frei, vor dem Unfall, und das letzte Mal, als ich hier in Nordnorwegen war. Als wäre ich kurz davor, blind in irgendetwas hineinzustolpern und ...»

In der Nähe ist ein schwaches Dröhnen zu hören, ein leises, metallisches Geräusch, das nicht hier ins Gebirge gehört. Ich stelle mich hin und versuche, das Geräusch zu lokalisieren.

«Willst du nicht rangehen?»

«Was meinst du?», frage ich.

«Dein Handy», antwortet er. «Es klingelt. Willst du nicht rangehen?»

Ich greife in meine Jackentasche und sehe nach. «Mein Handy klingelt nicht», stelle ich fest.

«Bist du sicher?»

«Ja, verdammt, guck doch!», sage ich und zeige ihm das schwarze Display.

Wir starren uns einige Sekunden lang an, dann blicken wir beide zur halb geöffneten Hüttentür.

Kapitel 102

Wir beeilen uns, in die Hütte zu kommen. Mitten im Zimmer bleiben wir stehen, um zu hören, woher das Geräusch kommt.

«Wo ist es?»

«Scheint so, als käme es vom Sofa», sage ich.

«Such», befiehlt Gunnar und tritt einen Schritt zurück.

Ich beuge mich über das Sofa und Solveig Borgs Leiche. Dort entdecke ich ein schwarzes Ladekabel, das zwischen ihren Fingern steckt und an ihrem Kleid entlang bis zum Boden und unter den Vorhang führt. Der monotone und metallische Klingelton sticht in den Ohren.

«Das ist er», sagt Gunnar. «Geh ran.»

Behutsam ergreife ich das Ladekabel zwischen den toten Fingerknochen und ziehe leicht daran, ohne es befreien zu können. Stattdessen bewegt sich der Körper mit dem Kabel auf mich zu und kippt ein wenig zur Seite, als wäre die Leiche aus Pappe. Ich halte das Kabel mit einer Hand fest, während ich mit der anderen versuche, die Finger der Leiche zu bewegen. Die Hand ist kalt und hart, als würde man draußen im Wald um einen Ast greifen. Während ich mich von dem vertrockneten Gesicht abwende, drehe ich mein Handgelenk so vorsichtig wie möglich und ziehe mit der anderen Hand behutsam am Kabel, um das Handy zu befreien.

Ein hohles Knacken erklingt, als ich den Griff der Finger endlich gelockert habe. Im gleichen Moment verstummt das Klingeln, und Stille legt sich über uns. Im Schoß der Leiche erkenne ich ein Seniorenhandy, das von einer dünnen Schicht Staub bedeckt ist. Schließlich kann ich das Handy ganz vom Kabel lösen und bewege mich mit dem Telefon in der Hand rückwärts.

Es zeigt über vierzig eingegangene Anrufe an. Die ersten reichen bis in den Sommer des letzten Jahres zurück, ab Oktober hören sie dann auf, bis sie vor ein paar Tagen wieder anfangen.

«Es ist Borg», sage ich. «Die letzten drei sind von derselben Nummer. *ET nach Hause telefonieren.*»

«Was tust du?», fragt Gunnar, als ich auf die Anruftaste drücken will.

«Ich mache nur einen Anruf», erkläre ich und halte das Handy zwischen uns. Ich bewege meinen Daumen in die Richtung des grünen Hörers und grinse schief. «Dann sehen wir, wie lange er es aushält, bevor er zurückruft.»

«Darauf fällt er nicht herein.»

«Wenn du wüsstest», fahre ich fort, «wie sehr ein Mensch sich manchmal wünscht, etwas zu glauben. Wie stark solche Wahnvorstellungen sein können, und wie bereitwillig man sie zum Leben erwecken will. Frei ist tot, und trotzdem vergeht kein Tag, an dem ich nicht mit der Hoffnung aufwache, dass wir uns wiedersehen. Die Menschen wollen glauben.»

Der Wind ist wieder stärker geworden, und wir hören, wie die Bäume knacken, wenn er an den Ästen rüttelt und ihre Spitzen an der Außenseite der Hütte kratzen. «Okay, dann tu es.»

Unsere Blicke sind auf das Handydisplay geheftet. Ich drücke auf die Anruftaste. Kurz darauf leuchtet das Display auf und zeigt an, dass das Handy nach dem Empfänger sucht. Eine halbe Sekunde später ertönt ein langes Wartesignal.

Gunnar seufzt erleichtert, als ich auflege. «Oh Gott», stöhnt er, nimmt mir das Handy aus der Hand und legt es auf den Tisch. «Das war heftig.» Er lächelt kurz und mechanisch. «Ich hätte nur zu gern Borgs Gesicht gesehen, als es geklingelt hat.» Er lächelt wieder, dieses Mal breiter und überzeugender. «Der Kerl muss ja …»

Er hält abrupt inne und weicht Richtung Wand zurück, während er auf das Handy blickt, das auf dem Tisch zu läuten begonnen hat.

Kapitel 103

«Geh nicht ran», sagt Gunnar. «Ich ... ich habe es mir anders überlegt. Geh nicht ran.»

«Beruhige dich», flüstere ich. «Wir wollten, dass er zurückruft. Lauf ein bisschen hier drinnen herum, aber sag nichts, einfach nur laufen. Wir brauchen die Akustik, verstehst du?»

Gunnar nickt.

«Ach, und», ergänze ich, «schalte den Plattenspieler ein.»

«Was?» Gunnar sieht mich verwundert an.

«Schalte ihn ein», wiederhole ich und zeige auf den Schallplattenspieler. «Akustik, Gunnar, Akustik.» Dann nehme ich das Handy und drücke auf die grüne Taste. Im Augenwinkel sehe ich, wie Gunnar langsam zum Plattenspieler geht.

«Mama?»

Ich halte das Handy an mein Ohr, während ich auf Solveig Borgs Hinterkopf starre. Im Halbdunkel ähnelt sie einer schlecht platzierten Schaufensterpuppe, die den Schein der Leuchtstoffröhren an der Decke auf sich zieht. Im nächsten Augenblick hören wir Solveig Borgs Stimme aus dem Lautsprecher des Plattenspielers strömen: *Müde Knochen auf nackten Böden. Rastlose Schritte bis zur innersten Tür. Ich bin so lang gegangen, bin erschöpft, will heim.*

«Mama?» Seine Stimme bebt, er klingt tränenerstickt, eine Mischung aus kurz bevorstehender Euphorie und Erleichterung zur gleichen Zeit. «Mama. Ich habe etwas Schreckliches getan.»

Orgel-, Flöten- und Celloklänge bauen sich zum Refrain auf: *Triff mich im Paradies. Wo keine Tränen fallen und die Sehnsucht erfriert ...*

«Mama», wispert Svein Borg zum dritten Mal. «Bitte.»

Das Orgelspiel und Solveig Borgs Gesang verstummen langsam, nur das Cello und das Flötenspiel halten die Melodie noch am Leben, ehe es schließlich ganz still wird. Im Hintergrund atmet Svein Borg schwer.

Dann legt er auf.

Kapitel 104

«Hat er etwas gesagt?», fragt Gunnar. Ich sehe mich in der Hütte um, lasse den Blick über die Wände schweifen, in jede Ecke und jeden Winkel, während ich versuche, mein Telefonat mit Svein Borg zu analysieren.

«Meine Güte», sage ich zitternd und lege das Handy wieder auf den Tisch. «Wegen dieses Kerls habe ich Schüttelfrost.»

«Was glaubst du, wie lange er mit ihnen hier war, bevor er gegangen ist?», fragt mich Gunnar. «Hier liegen ja Essen, Müll und leere Verpackungen herum, das deutet darauf hin, dass er möglicherweise ...»

«Es ist nicht nur das», entgegne ich. «Hast du das Bett da drinnen gesehen? Es ist für zwei bezogen. Ich glaube, sie haben zusammen hier oben ‹gewohnt›.»

«Um Himmels willen.» Gunnar schüttelt fassungslos den Kopf. «Wie kann man nur mit der Leiche seiner eigenen Mutter zusammenleben?»

«Sie waren wieder zusammen», antworte ich ruhig. «So, wie es immer war. Auf dem Boden liegt übrigens ein Haufen mit leeren Infusionsbeuteln und benutzten und unbenutzten Spritzen mit Kaliumchlorid B. Ich glaube, er hat einfach damit weitergemacht, sich um sie zu kümmern und sie zu pflegen, während sie hier gewohnt haben. Er hat sie also ausgegraben, um sie hier bei sich zu haben. Genauso, wie er losgezogen ist, um seinen Vater zu finden.

Er braucht etwas, woran er sich festklammern kann, jemanden, mit dem er das Elend des Lebens teilen kann.»

«Aber warum hat er all die anderen unschuldigen Menschen umgebracht?»

«Vielleicht hat er sie angerufen und darauf gehofft, dass sie ans Telefon gehen und ihm die Antwort geben würden, auf die er gewartet hat?»

«Die Antwort auf welche Frage soll das sein?»

«Ob es wirklich ein Paradies gibt, und ob seine Mutter dort ist. Ich glaube, Borg hat Panik bekommen, als sie krank wurde und seine Tante und sein Onkel einen Pfarrer zu ihr schicken wollten, damit sie den Heiligen Geist und die Erlösung Christi empfangen sollte. Als er klein war, hat Borgs Tante ihm weisgemacht, dass Kinder wie er nicht in den Himmel kämen. Er wollte nicht, dass seine Mutter in den Himmel kommt, denn dann hätte er sie nicht im Paradies treffen können. Deshalb hat er sie mit einer Überdosis Kaliumchlorid B getötet, bevor sie erlöst werden konnte. Danach wollte er ihre Asche hier oben verstreuen lassen, und als das nicht erlaubt wurde, hat er ihre Leiche einfach ausgegraben und sie hergebracht, damit er sichergehen konnte, dass sie für immer zusammen sein würden.»

«Und der Alte im Sessel? Olaf Lund? Was ist mit ihm?»

«Ich glaube, das könnte sein Vater sein.»

«Oh Gott», stöhnt Gunnar. «Aber wonach hat er die anderen Opfer ausgewählt?»

«Vielleicht hat er etwas in ihnen gesehen, möglicherweise seine eigene Trauer, und geglaubt, er könnte ihnen auch ins Paradies hinüberhelfen, wie im Lied seiner Mutter: *Paradies ... wo keine Tränen fallen und die Sehnsucht erfriert.*»

Gunnar betrachtet mich eingehend und grinst. «Singt sie das? *Wo keine Tränen fallen und die Sehnsucht erfriert?*»

«Ja», antworte ich. «Wir haben das Lied doch schon zweimal gehört, seit wir hier sind.»

Gunnar sieht mich weiter an und kneift wieder seine Lippen zusammen, aber nicht so verbissen wie sonst, es wirkt eher so, als müsste er sich zurückhalten, nicht laut loszuprusten.

«Was ist?», frage ich. «Glaubst du mir nicht? Soll ich es nochmal anschalten?»

«Kannst du es mir nicht lieber vorsingen?», fragt Gunnar scherzhaft.

«Blödmann», erwidere ich.

«Komm schon, Thorkild. Sing für uns. Dieser Ort könnte ein bisschen Stimmung gut vertragen. Hier ist doch völlig tote Hose.» Er deutet auf die beiden drüben auf der Sitzgruppe. «Guck doch mal, die Leute schlafen ja gleich ein.»

Ich schüttele resigniert den Kopf und drehe mich zu ihnen.

«Ja», sage ich schließlich. «Eine richtige Begräbnisstimmung.»

Endlich prusten wir beide los. Wir lachen, bis uns die Tränen kommen und die Wangen schmerzen. All die Angst und Unruhe darüber, hier in diesem offenen Sarg am Berg zu sein, meine Sehnsucht nach Tabletten und Ruhe, all das findet endlich ein Ventil.

Wir taumeln zur Außentür, krümmen uns vor Lachen wie zwei betrunkene Teenager und laufen in die kalte Abendluft hinaus.

«Oh Gott», ächzt Gunnar. Er steht vornübergebeugt vor der Hütte, die Hände auf die Knie gestützt, und japst nach Luft. «Was zur Hölle machen wir hier eigentlich? Was?» Er richtet sich auf und schaut in den Himmel. «Das ist Wahnsinn, Thorkild. Wir können nicht länger hierbleiben, dieser Ort tut uns nicht gut.»

«Das weiß ich», antworte ich, nachdem ich mir die Tränen abgewischt habe. Vereinzelte Schneeflocken fallen herab.

«Überleg dir das mal, hier mit seiner toten Mutter zu leben.» Gunnar steht immer noch da und betrachtet den Himmel über uns. Er atmet schwer. «Was das mit einem anstellen muss, mit den eigenen Gedanken?»

«Nach allem, was wir wissen, war das der beste Monat, den er seit langem hatte», erwidere ich. «Borg ist ein Parasit, Gunnar, und er hat nicht vor, auf seine Mutter zu verzichten, weder in diesem Leben noch im nächsten.»

«Ich brauche eine Pause.» Seine Stimme ist jetzt sanfter und tiefer. «Wenn das hier vorbei ist.»

«Ja», flüstere ich und schließe die Augen. Ich sehe wieder hinauf in den Himmel und spüre, wie die weichen Schneeflocken meine Wangen, die Stirn und die Lippen treffen. Ich presse die Augen fester zusammen und versuche mir einzubilden, dass die Schneeflocken kalte Berührungen sind, Zärtlichkeiten eines Gespensts.

«Endlich», höre ich Gunnar außerhalb der Welt sagen, die ich gerade um mich herum aufbaue.

«Was ist?», frage ich, ohne die Augen zu öffnen.

«Hörst du das nicht?»

«Was denn?»

Noch bevor er antworten kann, höre ich es auch. Ein leichtes Dröhnen weiter unten am Hang. Das Geräusch eines motorisierten Fahrzeugs, dem das schwierige Gelände alles abverlangt. Im nächsten Moment klingelt ein Handy. Ich schlage die Augen auf und sehe, wie Gunnar sein Telefon hervorzieht.

«Es ist Johanne», sagt er und hält sich das Handy ans Ohr. «Da bist du ja», begrüßt Gunnar sie. «Wir hatten schon befürchtet, du hättest dich verlaufen. Aber ich dachte, ihr würdet hier oben keine Quads benutzen, die zerstören doch die Kulturlandsch...?» Dann verwandelt sich sein Lächeln in einen stummen Strich, und seine Miene verdunkelt sich, während er das Handy ans Ohr presst und ins Nichts starrt.

«Was ist los?», flüstere ich.

«Aber...? Wo bist du denn dann?»

Ich komme einen Schritt näher. «Gunnar?»

«Und wie lange dauert das?» Gunnar wirft einen besorgten Blick nach unten zum Fichtenwald, wo die Motorengeräusche immer lauter werden.

«Was ist los?» Ich stelle mich direkt vor Gunnar.

«Okay, beeil dich.» Er legt auf. «Thorkild», sagt er heiser. «Ich glaube, wir bekommen gleich Besuch …»

Kapitel 105

Das Fahrzeug hat irgendwo unterhalb des Fichtenwalds angehalten, der Motor ist ausgeschaltet. Mit einem Mal ist es vollkommen still draußen, selbst der Wind scheint den Atem anzuhalten. Gunnar und ich stehen immer noch vor der Hütte und lauschen.

Er steckt das Handy in seine Jackentasche. Ich sehe, wie angespannt er ist, jeder Muskel scheint in Bereitschaft. «In die Hütte», befiehlt er und trabt los.

Ich folge ihm.

«Schließ die Tür ab», kommandiert er, als wir drinnen sind. Er zieht die Jacke aus und krempelt seine Ärmel hoch, während er in die Küche geht. Dort öffnet er die Schubladen und wühlt darin herum, bis er findet, wonach er gesucht hat. «Nimm das», sagt er und gibt mir ein kleines Filetiermesser.

«Was ist mit dir?»

Er beißt die Zähne zusammen. «Ich komme schon klar.»

Anschließend zieht er die Vorhänge zu und schaltet die Deckenlampe aus. «Es gibt nur zwei Zugänge zum Haus», erklärt er, während wir im Dunkeln stehen. «Die Eingangstür, die Fenster und das Loch im Dach. Egal wie, wir werden ihn vorher schon hören. Denk daran, Thorkild. Wir haben hier die Oberhand. Er muss sich vor uns fürchten, nicht umgekehrt.»

«Verstanden», sage ich ohne Überzeugung. «Wir haben die Oberhand.»

«Du übernimmst die Tür, ich das Loch im Dach, okay?»
Ich schlucke und nicke.

«Und kein Wort, bevor er nicht im Zimmer ist. Setz das Messer ein, wenn nötig, okay?»

«Ja», flüstere ich. Dann strecke ich eine Hand aus, taste mich bis zur Tür und stelle mich mit dem Rücken zur Wand daneben.

Zuerst hören wir nur den Wind, der draußen zwischen den Bäumen rauscht, und die Äste, die an der Dachpappe kratzen. Die eisige Bergluft kriecht durch das Loch zu uns herab, und meine Hände und mein Gesicht werden genauso kalt, wie ich mich innerlich fühle. Nach einer Weile ist ein neues Geräusch zu hören, vorsichtige Schritte, die über die dünne Schneeschicht auf dem Vorplatz auf die Hütte zukommen.

Das Geräusch wird lauter, dann tritt er auf die Plattform vor der Tür, und die Bretter knarren schwach unter dem Druck des schweren Körpers, ehe sie ganz verstummen. Ich habe das Gefühl, dass ich ihn durch die Wand atmen hören kann, als stünde er direkt davor, um die Tür einzutreten und mich gleich in den Nebel hinauszuzerren, aber ich bewahre die Ruhe und schlucke meine Angst hinunter.

Er bleibt eine gefühlte Ewigkeit stehen. Inzwischen haben sich meine Augen an das schummerige Licht gewöhnt, sodass ich die Türklinke vor mir und die Umrisse der beiden Toten auf dem Sofa und dem Sessel gut erkennen kann. Ich will nicht in ihre Richtung sehen, aber mein Blick wird gegen meinen Willen immer wieder von ihnen angezogen. Manchmal scheint es, als bewegten sie sich, drehten ihre Köpfe zur Seite oder wollten den, der draußen steht, mit einer Geste davor warnen, was ihn hier drinnen erwartet. Dann blinzele ich schnell, wieder und wieder, bis die Illusion verschwunden ist, und versuche mich wieder auf den Türgriff zu konzentrieren.

Gunnar steht nur wenige Meter von mir entfernt an der Tür zum Schlafzimmer, einen halben Meter neben dem Loch im Dach.

Plötzlich höre ich ein schwaches Geräusch neben mir und sehe, wie sich der Türgriff langsam bewegt. Ich greife das Messer fester. Als die Klinke beinahe ganz unten ist, stockt sie und bewegt sich dann wieder, diesmal nach oben. Kurz darauf meine ich zu hören, wie sich die Schritte vorsichtig vom Eingang entfernen und zurück auf den Vorplatz bewegen.

Ich würde gerne zu Gunnar gehen und mit ihm das Wissen darüber teilen, dass Borg gerade an der Tür war, fürchte jedoch, ein verräterisches Geräusch zu machen und bleibe lieber stehen. Ein paar Minuten verstreichen, ehe wir ihn wieder hören. Dieses Mal ist er am Fenster direkt vor der Sitzgruppe. Ein dunkler Schatten legt sich auf die Scheibe, als würde er sein Gesicht gegen das Fenster pressen, um einen Blick hineinzuwerfen.

Ich sehe, wie Gunnar auf allen vieren zu dem Regal krabbelt, auf dem der Plattenspieler steht, um nicht gesehen zu werden, falls man durch die dicken Gardinen doch etwas erkennen kann.

Wieder scheint es, als würde der Wind dort draußen zunehmen. Die kalte Luft in der Hütte wird plötzlich noch rauer, und wir können Regen oder Schnee auf das Dach über uns prasseln hören. Der Schatten am Fenster ist verschwunden, die Schritte sind verstummt, als gäbe es nur uns, den Wind und das Wetter. Dennoch spüre ich, dass er da ist, irgendwo ganz nah dort draußen. Vielleicht weiß er, dass wir hier sind, vielleicht hat er unsere Spuren gesehen und ist unsicher und vorsichtig. Dass er nicht mit einer Axt oder Sense durch die Tür hereinstürmt, sondern erst alles untersucht und kalkuliert, zeigt mir, dass Borg viel gründlicher ist, als ich zunächst geglaubt hatte.

Eine Berührung lässt mich zusammenzucken, und plötzlich sehe ich Gunnar dicht neben mir auf dem Boden hocken. Sein Gesicht ist kaum zu erkennen, nur die Augen funkeln in der Dunkelheit.

«Wo ist er?», flüstert Gunnar. «Ich kann ihn nicht mehr hören.»

«Ich auch nicht.»

«Ist er wieder gegangen?»

«Hätten wir dann nicht den Motor gehört?»

«Stimmt.» Gunnar dreht sich um und kriecht vorsichtig wieder an seinen Platz zurück.

Als er gerade dort angekommen ist und sich wieder aufrichtet, nehme ich direkt neben ihm eine Bewegung wahr. Zuerst glaube ich, es wäre Borg, der durch das Loch im Dach herabklettert, doch dann sehe ich, dass es die Schlafzimmertür ist, die sich öffnet.

«Gunnar!», rufe ich, doch im nächsten Moment wird die Tür ruckartig aufgestoßen und trifft ihn mit voller Wucht.

Er schlägt mit dem Kopf gegen die Wand, ehe sein Körper zu Boden sackt und regungslos liegen bleibt. Dann erscheint eine riesige Gestalt in der Türöffnung. Sie zögert eine Sekunde, ehe sie direkt auf mich zukommt. Noch bevor ich etwas sagen kann, hat Svein Borg mich am Hals gepackt und an die Wand gedrückt. Im nächsten Moment verpasst er mir einen brutalen Kopfstoß, und ich spüre, wie mein Gesicht nachgibt und taub wird und sich mein Mund mit Blut füllt. Kurz darauf trifft Borgs Stirn erneut mein Gesicht. Diesmal fühle ich nichts, sehe nur ein starkes Licht, das in den Augen sticht, bevor ich das Bewusstsein verliere.

Kapitel 106

Ich erwache langsam, nicht ruckartig, sondern schrittweise, durch kleine Zuckungen im ganzen Körper, die nach und nach stärker werden, bis sie mich schließlich aus dem komatösen Zustand zwingen, in dem ich mich gerade noch befunden habe, zurück in die Kälte und den Todesgestank.

Ich liege mit dem Gesicht auf dem Boden und atme flach durch den Mund. Meine Nase fühlt sich blockiert an, oder aus ihrer ursprünglichen Position gebracht, und ich verspüre einen starken Brechreiz.

Ich bleibe ruhig liegen, während ich warte, und prüfe vorsichtig, ob ich meine Finger, die Zehen und den Hals bewegen kann. Alles tut weh, doch irgendetwas sagt mir, dass das ein gutes Zeichen ist. Schließlich öffne ich die Augen und sehe mich um. In der Hütte ist es noch hell, es ist offenbar immer noch Tag. Die Eingangstür steht weit offen, draußen schneit es, und der Nebel hängt jetzt direkt über dem Boden, als wären Himmel und Erde zusammengepresst worden.

Um mich herum ist es ruhig. Auf einmal erinnere ich mich wieder daran, was passiert ist, bevor ich bewusstlos geschlagen wurde, und recke hastig den Kopf, um nach Gunnar Ausschau zu halten. Er ist nicht da. Ich hebe meinen Kopf weiter an und entdecke das Filetiermesser vor mir auf dem Boden. Ich beiße die Zähne zusammen und versuche mich dorthin zu schieben, als ich draußen Schritte höre.

Ich lasse mich wieder auf den Boden fallen und versuche leise und unauffällig zu atmen. Borg bleibt stehen und klopft sich den Schnee von den Schuhen, ehe er in die Hütte kommt und sich direkt neben mich stellt. Ich höre seinen schweren Atem, spüre seine Anwesenheit, seinen Schatten über mir.

Er verharrt lange so, ohne ein anderes Geräusch als ein Keuchen von sich zu geben. Mit einem Mal merke ich etwas Feuchtes und Hartes an meinem Nacken, bevor mein Kopf nach unten und auf die Seite gedrückt wird. Borg hat seinen einen Fuß auf meinen Hinterkopf gestellt und tritt zu, langsam, aber immer fester.

Meine Zähne schmerzen so sehr, als würde mein Kiefer gleich explodieren, je härter Borg mich auf den Boden presst. Trotzdem gebe ich keinen einzigen Laut von mir. Stattdessen überlasse ich dem Schmerz die Kontrolle über meinen Körper. Es tut so weh, dass ich glaube, meine Zähne würden sich lösen und in den Kieferknochen hineingetrieben und mein Schädel würde jeden Moment bersten. Ich weiß, dass ich das nicht mehr lange ertragen kann, mein ganzer Körper schreit danach, aus diesem Schraubstock zu entkommen.

In dem Moment, als ich losbrüllen will, vermindert Borg den Druck und hebt den Fuß von meinem Kopf. Er verharrt über mir, lange, immer noch vollkommen stumm. Dann spüre ich, wie er sich endlich von mir abwendet. Ich wage es, die Augen einen Spaltbreit zu öffnen, und sehe, dass er ein Stück entfernt stehen bleibt. Kurz darauf knackt es im Lautsprecher, und Solveig Borgs Stimme erfüllt den Raum. Zu den ersten Takten des Liedes lässt sich Borg mit dem Rücken zu mir auf dem für ihn bestimmten Sessel nieder.

Völlig reglos bleibe ich am Boden liegen, während ich darum kämpfe, meinen Puls zu beruhigen. Dann versuche ich erneut, meine Fingerspitzen, die Zehen und den Hals zu bewegen, um zu prüfen, ob alles noch funktioniert.

Ich höre, wie Borg die Karten vom Tisch nimmt, neu mischt und anschließend austeilt. Als eine neue Kältewelle zur Eingangstür hereinweht, beschließe ich, die Augen etwas weiter zu öffnen. Das Messer ist verschwunden. Borg beugt sich in seinem Sessel vor und hält sich einen Kartenfächer vors Gesicht. Er scheint zu grübeln, ehe er schließlich eine Karte ablegt und eine neue vom Stapel zieht.

«Du bist dran, Mama», sagt Svein Borg ruhig. Dann lehnt er sich über den Tisch zur Leiche seiner Mutter und nimmt ihre Karten.

Ich führe langsam eine Hand zu meinem Gesicht, ohne die Kartenrunde aus dem Blick zu lassen. Vorsichtig reibe ich mir das Blut aus den Augen, ehe ich auch die andere Hand hebe und neben meinem Gesicht ablege.

Ich sehe, wie Borg wieder eine Karte spielt und sich im Sessel zurücklehnt.

Als der Refrain des Liedes erklingt, presse ich beide Handflächen fest auf den Fußboden und schiebe meinen Körper vorsichtig ein Stück zur Seite, auf die offene Außentür zu. Dann bleibe ich wieder völlig bewegungslos liegen.

«Du musst mischen, Olaf», höre ich Borg murmeln. Er beugt sich wieder über den Tisch und schiebt die Karten vor den eingesunkenen Körper zu seiner Rechten. Während er mit Olaf und den Karten beschäftigt ist, rolle ich mich ein Stück weiter, sodass ich jetzt mit dem Kopf direkt zur Türöffnung liege.

Als Borg wieder mit den Karten seiner Mutter beschäftigt ist, ziehe ich mich mit einer langen Armbewegung noch näher zum Ausgang. Falls er sich jetzt umdreht, bemerkt er sofort, dass ich mich bewegt habe.

Ich kann ihn nicht mehr sehen, weil die Sofalehne im Weg ist, trotzdem warte ich, bis das nächste Lied angefangen hat. Sobald das Lied lauter wird, ziehe ich mich das letzte Stück bis hin zum Türrahmen. Ich gehe auf die Knie und strecke meinen Kopf in die frische, kalte Luft, ehe ich auf allen vieren über die Türschwelle und hinaus in den Schnee krabble.

Kapitel 107

Draußen ist alles grau. Selbst die Bäume und die Berge sind wie vom Nebel verschluckt. Ich sehe Borgs Fußstapfen im Schnee unterhalb der Treppe. Neben den Abdrücken verläuft eine tiefe Schleifspur, die von der Hütte wegführt.

Sobald ich am letzten Fenster vorbei bin, richte ich mich auf, muss jedoch wieder in die Hocke gehen, als mir vor Schmerz schwarz vor Augen wird. Ich reiße mich mit aller Kraft zusammen, richte mich wieder auf und folge den Spuren im Neuschnee.

Als ich die Hütte ein Stück hinter mir gelassen habe, entdecke ich plötzlich etwas, das mir den Atem stocken lässt und mich schneller vorantreibt.

Gunnar steht in der Mitte des Sees, nur sein Kopf und der halbe Oberkörper ragen aus dem Wasser. Es hat den Anschein, als würde er von irgendetwas unter der Wasseroberfläche in die Tiefe gezogen, die Muskeln in seinem Gesicht und am Hals sind geschwollen, und er ist blau vor Kälte.

«Hilf mir», keucht er panisch, als er mich entdeckt. Sein Blick ist schwarz, und aus seinem Mund strömt Eisnebel. «Ich kann nicht mehr.»

«Woran hängst du fest?» Ich reiße mir die Jacke herunter, werfe sie ins Gebüsch und wate in das eiskalte Wasser hinaus. Die Kälte brennt auf der Haut.

«Ich w-weiß es nicht», stottert er zähneklappernd, «b-bin aufgew-wacht, als ich ins Wasser gefallen bin. Beeil dich.» Gunnar starrt in den Nebel zwischen dem See und der Hütte. «Um Gottes willen, beeil dich.»

Ich zittere schon jetzt am ganzen Körper, und auch meine Zähne klappern. Als ich Gunnar erreicht habe, hole ich tief Luft und umfasse ihn mit beiden Händen, sein Körper ist so kalt, dass es sich anfühlt, als würde ich einen Eisblock umarmen, während ich mich unter Wasser bis zu seinen Händen taste. Sie sind auf dem Rücken mit einem Seil gefesselt, das weiter in die Tiefe ragt und an dessen anderem Ende etwas Schweres befestigt zu sein scheint.

«Wie zur Hölle schaffst du es, dich oben zu halten?», stöhne ich, während ich an dem Knoten herumfummele.

«Ich schaffe es nicht», ächzt Gunnar. «Mach mich los, verdammt.»

«Es sitzt zu stramm, ich ...» Wieder hole ich Luft, dann tauche ich unter Wasser, greife das Seil und hangele mich daran entlang. Nach ein paar Metern erreiche ich einen Felsen oder besser gesagt eine Felskante unter Wasser. Das Seil führt über die Kante nach unten, wo das Wasser ganz schwarz und undurchsichtig ist. Ich halte mich am Seil fest und ziehe mich bis zur Kante vor. Direkt darunter stoße ich auf etwas, das sich wie ein Metallrahmen anfühlt. Ich versuche, den Rahmen über die Kante zu ziehen, muss jedoch bald aufgeben. Er ist einfach zu schwer.

«Das ist irgendein Metallrahmen, der über einem Abgrund hängt», erkläre ich, als ich an die Wasseroberfläche komme. «Ich schaffe es niemals, ihn nach oben zu ziehen.»

«Scheiße», zischt Gunnar, während er seinen Körper nach vorne lehnt. «Ich kann nicht mehr, ich ...»

«Ich probiere mal, den Knoten am Rahmen zu lösen», sage ich, während ich weiter am Seil ziehe. «Gib ein bisschen Seil, wenn du merkst, dass ich daran ziehe, aber nur ein bisschen.»

«Ich werde ertrinken», japst er.

«Wirst du nicht, verflucht», erwidere ich und tauche ab. Ich finde das Seil, taste mich bis zum Knoten nach unten und fange an, ihn zu bearbeiten. Meine Lungen fühlen sich an, als würden sie gleich explodieren, mein Gesicht ist taub vor Kälte, doch am Ende schaffe ich es tatsächlich, den ersten Knoten aufzuknüpfen. Dann mache ich mich an den nächsten. Sobald auch der offen ist, spüre ich, wie das Seil endlich nachgibt und der Rahmen in der Tiefe verschwindet. Ich schwimme zurück zu Gunnar, packe seinen Arm und bringe uns beide zurück an Land, wo wir in den Schnee fallen.

Ich muss mich zwingen, wieder aufzustehen, und sehe erst jetzt, dass Gunnar splitternackt ist, seine Kleider treiben ein Stück weiter im Schilf. Ich entferne das restliche Seil, bevor ich Gunnar in eine sitzende Position bringe und ihm meine trockene Jacke überziehe. Anschließend greife ich unter seine Arme und beginne, ihn in Richtung der Bäume zu schleifen.

Sobald wir die Fichten erreicht haben, halte ich inne und lasse Gunnar auf den Boden sinken. Hier liegt kein Schnee, und der Boden ist mit Tannennadeln und gefrorenem Matsch bedeckt. Ich blinzele und schaue zum See und zur Hütte hinüber, die im dichten Nebel gerade noch zu erkennen ist. Im selben Moment sehe ich eine hochgewachsene, sperrige Gestalt aus dem Nebel auftauchen, die Kurs auf den See nimmt.

Kapitel 108

Svein Borg ist keine dreißig Meter mehr von uns entfernt. Er bleibt am Ufer stehen, sinkt zu Boden und starrt auf das Wasser, als würde er versuchen, etwas unter der Oberfläche zu erkennen. Gunnar liegt mit dem Gesicht nach unten und atmet unrhythmisch und rasselnd, als stünde sein Kreislauf nach der Zeit im kalten Wasser immer noch unter Schock. Vorsichtig lege ich meine Hand auf seinen Mund, als sein Atem zu laut wird.

Dann steht Borg wieder auf. Er dreht sich um, sein Blick ist immer noch auf den Boden gerichtet.

«Scheiße», fluche ich, als sich meine Befürchtung bewahrheitet. «Der Schnee. Er folgt unseren Spuren.» Im nächsten Moment sieht Svein Borg vom Boden auf, genau dorthin, wo wir sitzen.

Ich ziehe Gunnar auf die Beine, packe ihn und zerre ihn weiter in den Wald hinein. Das Gelände ist leicht abschüssig, was es mir leichter macht, ihn zu ziehen.

Wir setzen unseren Weg den Abhang hinab fort und bewegen uns auf eine graue Öffnung vor uns zu, wo der Nebel besonders dicht ist. Hinter uns höre ich es im Unterholz rascheln. Ich will mich gerade umdrehen, als ich auf dem abschüssigen Boden ausrutsche. Gunnar stöhnt, als unsere Körper auf der Erde aufschlagen. Ich klammere mich an ihn, und wir überschlagen uns und rollen gemeinsam den Hang hinunter, ehe wir an einem großen Felsen voller Moos und Neuschnee hängenbleiben und zum Stillstand kommen.

Ich richte Gunnars Oberkörper auf und lehne ihn gegen den Felsen. Wir sind nicht mehr im Wald, und der Wind pfeift am Nebelfeld vorbei die Gebirgswand herab. Vor mir liegt eine breite Senke voller Felsbrocken.

Ich schaffe es nicht, Gunnar weiter das Geröllfeld hinunterzuschleifen, aber es gibt auch keinen Weg zurück. Stattdessen bewege ich mich weg von dem Felsen, weg von Gunnar, zwischen die Steine, wo der Nebel am dichtesten ist.

«Ihr Vater war gar kein Russe, nicht wahr?», rufe ich. «Olaf Lund ist Ihr Vater, stimmt's?»

«Das hat er mir gesagt», Svein Borgs Stimme erklingt hohl aus dem Wald ein Stück oberhalb von mir. «An dem Tag, als er mit mir zur Hütte kam. Ich habe ihn auf dem Weg getroffen und ihn mit nach oben genommen. Er dachte, ich wäre immer noch ein Kind, und hat mir von damals erzählt, als wir hier wohnten, als ich noch klein war. Er sagte, wir müssten es geheim halten, weil er schon eine andere Ehefrau hätte.»

«Ich habe mit Ihrer Tante und Ihrem Onkel gesprochen.» Ich stolpere weiter durch die Felsen, weiter weg von Gunnar. «Sie können Sie nicht ausstehen.»

«Haben Sie Ihren Freund vergessen?», fragt Borg.

Ich höre, dass er den Abhang hinabgestiegen ist, der Klang seiner Stimme ist jetzt stärker. Er nähert sich.

«Nein. Er ist hier, bei mir», antworte ich, während ich mich durch die Steine dorthin schlängele, wo der Wind am stärksten ist, an den Fuß des Bergs. «Wir spielen Karten. Ich habe gerade eine neue Runde gegeben. Spiel mit, Kumpel.»

«Ich glaube nicht, dass ihm noch viel Zeit bleibt», sagt Svein Borg. «Vielleicht sollten wir einen Arzt rufen?»

«Ist schon unterwegs», erwidere ich. «Rettungshubschrauber und alles. Das ganze Programm.»

«Bei dem Wetter?» Er lacht. «Nein, das glaube ich kaum.»

«Na ja, dann sind wir eben nur zu dritt.»

«Sie wollen ihm also wirklich nicht helfen?», ruft Borg von der gleichen Stelle wie zuvor.

«Nein. Eigentlich kann ich den Typen nicht ausstehen. Er war mal mein Chef.»

«Ha-ha. Dann können wir ja zusammen zählen? Eins, zwei, drei, und dann schlage ich ihm mit einem Stein den Schädel ein?»

Das Spiel ist aus. Er wird mir nicht weiter durch das Geröllfeld folgen. «Nein», sage ich schließlich, als ich zwischen zwei großen Felsen stehe und lausche. «Ich komme.»

«Braver Junge.»

«Sie werden sie auf den Friedhof zurückbringen, wo sie auch hingehört», rufe ich, während ich dorthin zurückstolpere, wo ich hergekommen bin. «Ohne Umwege in das Gelobte Land ohne Wolken. Niemand wird sie als etwas anderes in Erinnerung behalten als die Leiche, die ihr geisteskranker Sohn aus ihrer endgültigen Ruhestätte ausgegraben hat, als die Mumie, die man in einer Hütte im Gebirge gefunden hat. Ihre Lieder, ihre Stimme, alles wird vergessen sein.»

«Das werden sie nicht tun.»

«Doch, ich kenne die Menschen.»

«Das können sie nicht machen.»

Ich komme näher. Gleich stehen wir uns wieder von Angesicht zu Angesicht gegenüber. Ich bezweifle, dass mein Schädel eine weitere Kopfnuss übersteht.

«Das ist ihnen egal.»

Zwischen den Nebelschwaden vor mir ist der Stein aufgetaucht, an dem ich Gunnar zurückgelassen habe. «Gehen Sie einfach, lassen Sie meinen Freund schlafen, er braucht Ruhe. Gehen Sie. Ich werde Sie nicht verfolgen.»

«Sie haben sie gesehen, Sie hätten sie nicht ...»

«Ich werde nichts verraten», sage ich und halte inne, halte Ausschau nach Bewegungen im Nebelmeer. «Gehen Sie», rufe ich, so laut ich kann. «Verschwinden Sie, retten Sie Ihre Mutter, bevor es zu spät ist.»

Niemand antwortet. Ich bleibe stehen und warte, lausche mehrere Minuten, bis ich die letzten Meter nach vorne schleiche.

Gunnar liegt immer noch da, wo ich ihn verlassen habe. Sein Körper ist ganz weiß vor Schnee, seine Haut eiskalt. Er liegt reglos an den Stein gelehnt, das Gesicht nach unten gewandt. «Gunnar, hörst du mich?»

Er antwortet nicht. Ich fege den Schnee von einem Handgelenk und lege zwei Finger auf seine Pulsader. Die Haut ist so kalt, dass ich nichts spüren kann. Ich kippe ihn auf die Seite und halte mein Ohr über seinen Mund. Ein schwacher, feuchter Lufthauch streift meine Wange. Als ich meinen Kopf gegen seine Brust presse, wird mir innerlich warm, weil ich sein Herz schlagen höre, langsam und gedämpft, aber es schlägt.

Ich gehe um den Felsen herum und untersuche die andere Seite. «Svein!», rufe ich heiser, aber nur der Wind, der die Felswand herabfegt, antwortet mir. Ich reiße ein paar Äste von den Fichten, ziehe lange Moosstreifen von den Steinen und bedecke Gunnars Körper damit. «Wir müssen hier warten», flüstere ich, ehe ich seine Hand ergreife und drücke. «Halte noch ein bisschen durch. Nur so lange, bis ich mich ein wenig ausgeruht habe. Dann gehen wir weiter, sobald sich der Nebel gelichtet hat. Okay?»

Gunnar bewegt seinen Kopf ein kleines bisschen, als wollte er etwas sagen, bevor er wieder schwer auf die Seite fällt. Im nächsten Augenblick ertönt ein leises Knacken vom trockenen Moos auf der Rückseite des Felsens. Als ich aufstehe, sehe ich Svein Borg, der aus dem Nebel tritt und sich von mir aufbaut.

Kapitel 109

«Hier seid ihr also», sagt Svein Borg vergnügt, als er uns entdeckt. Er scheint seit dem letzten Mal noch einen ganzen Kopf gewachsen zu sein.

«Sie konnten nicht einfach so gehen», seufze ich und schüttele den Kopf.

«Nein.»

«Also gut.» Ich klopfe Gunnar auf die Schulter und lehne mich mit dem Rücken an den Felsen. «Ich muss einräumen», sage ich, «dass ich bei einer Sache falschgelegen habe.» Ich bürste Moos, Schnee und vertrocknetes Gras von meinen nassen Klamotten.

«Und bei welcher Sache?» Svein Borg steht nur wenige Schritte von mir entfernt, und seine Arme hängen schwer an den Seiten herab.

«Ich habe gesagt, Sie wären ein Schwächling, nicht unbedingt körperlich, sondern eher, was Ihre Art zu morden betrifft. Sie sind wirklich gewachsen. In jeder Hinsicht.»

«Tja», seine Mundwinkel bewegen sich leicht nach oben. «In einem russischen Arbeitslager muss man gut auf sich aufpassen. Die anderen glauben, mit einem Norweger könnten sie machen, was sie wollen.»

«Ich muss Sie warnen. Ich kann ziemlich fest zuschlagen», sage ich.

Svein Borg kommt noch näher. «Sie hätten nicht herkommen sollen.»

«Wir haben Fotos gemacht», behaupte ich, als er noch weiter auf mich zugehen will.

«Was?» Er hält inne, sein Blick verdunkelt sich und funkelt im feuchten Nebel. «Was, sagen Sie, haben Sie getan?»

«Bilder. Für die Ermittlungen. Für die Zeitungen. Das ganze Paket. Sie sind doch ein Serienmörder, Svein. Ein Verrückter mit einem Schädel voller Krebsgeschwulste, der unschuldige Menschen überfällt und ermordet. Von der Sorte gibt es hierzulande nicht viele. Wer weiß, vielleicht wird Milla Lind ein Buch über Sie schreiben, wenn Sie tot sind? Wobei, nein, nicht über Sie, sondern über mich. Den Helden, der Norwegens gefährlichsten Verbrecher auf einem Berg auf den Lofoten gestellt und seine arme Mutter wieder zurück in die christliche Erde gebracht hat, wo sie zu Hause ist. Wir könnten es *Die Türen zum Paradies* nennen. Was halten Sie davon?»

Svein Borg atmet schwerer, sein gesamter Körper hebt und senkt sich, während er dort steht und seine Kräfte für den bevorstehenden Angriff sammelt. Er will gerade den letzten Schritt nach vorne gehen, um mir mit bloßen Fäusten den Schädel zu zertrümmern, doch bevor er ansetzen kann, trete ich mit aller Kraft gegen das Knie, auf dem er mit seinem ganzen Gewicht steht.

Ein hässliches Knacken ist zu hören. Borg streckt seine Arme aus, um mich zu packen, und sein Blick ist schwarz wie Teer, doch ich ducke mich weg und bringe mich außer Reichweite. Er versucht, sein Gleichgewicht wiederzuerlangen, schwankt aber noch immer, und sein Fuß ist seltsam verdreht, als wären die Sehnen in seinem Knie gerissen. Ich stütze mich am Felsen ab, ehe ich noch einmal mit aller Kraft gegen die gleiche Stelle trete. Diesmal treffe ich ihn ordentlich, das ganze Knie biegt sich unnatürlich nach hinten und zur Seite durch, während Borg mit den Armen um sich schlägt, als wolle er sich am Nebel festhalten, der uns einhüllt.

«Sie hätten nicht kommen sollen», sage ich, bevor ich ein drittes Mal zutrete, dieses Mal in die Bauchgegend. Svein Borg stöhnt, als er getroffen wird. Wieder stoße ich mich ab, um Schwung zu holen, und werfe ihn mit aller Wucht um, sodass er nach hinten fällt, wild mit den Armen rudert und zwischen die Felsen kippt. Er dreht sich zur Seite und versucht, den Sturz mit seinem verletzten Fuß abzufangen, doch der knickt nach hinten weg, sodass er nur noch schneller fällt. Er schreit, dann verschwindet er im Nebel.

Ich höre seinen Körper unter mir auf dem Boden aufschlagen und trete einen Schritt nach hinten, wo ich mich wieder gegen den Felsen lehne.

So bleibe ich stehen, während ich nach Luft schnappe und spüre, wie mein Körper schmerzt und das Adrenalin darin wütet. Ich traue mich nicht, den Felsen und Gunnar zu verlassen. Ich stehe einfach nur da, lausche und atme, lausche und warte.

Nach einer Weile gewinne ich die Kontrolle über meinen Körper wieder. Mein Atem ist ruhiger, auch wenn ich es nicht wage, mich zu setzen oder von der Stelle zu rühren. Im Geröllfeld ist es still geworden. Nur der Wind und Gunnars unruhige Atemzüge zu meinen Füßen sind zu hören. Schließlich frischt es auf, die Böen reißen den dichten Nebel auf und sorgen für kurze Unterbrechungen in all dem Grau, sodass Bruchstücke des Geländes zum Vorschein kommen. Bald sehe ich auch das Meer und die obersten Berggipfel auf der anderen Seite. Allmählich lichtet sich der Nebel.

Ich warte, bis es so weit aufgeklart ist, dass ich in alle Richtungen sehen kann. Vorsichtig gehe ich ein Stück auf das Geröllfeld zu. Nach jeder Bewegung bleibe ich stehen, lausche und sehe mich um. Noch ein Schritt, dann bin ich an der Stelle, wo Svein Borg aufgekommen sein muss. Ich stelle mich auf den größten Stein und blicke über die Kante.

Niemand zu sehen.

Ich robbe bis ganz nach vorne, schaue hinter jeden einzelnen Felsen und Vorsprung, ohne etwas zu entdecken. Ich klettere weiter hinab, gehe mehrere Meter in jede Richtung, nichts.

Svein Borg ist verschwunden.

Mitten zwischen den Felsen bleibe ich stehen, bis ich schließlich umdrehe und zurück zu Gunnar hinaufsteige und mich neben ihn setze. «Halt noch ein bisschen durch, Gunnar», flüstere ich. «Sie sind bald da.»

Kapitel 110

Ein Geräusch lässt mich zusammenzucken, dann sehe ich, dass Gunnar endlich seine Augen öffnet. «Hörst du das?», wispere ich, als sich unsere Blicke treffen.

Gunnar nickt schwach und bewegt behutsam seinen Unterkiefer hin und her, dann führt er seine Hand zum Gesicht und streicht mit den Fingerspitzen darüber. Bei der Beule an seiner Schläfe hält er inne. «Wo sind wir?», fragt er heiser, während er vorsichtig die Schwellung betastet.

«Unterhalb von Svein Borgs Hütte», antworte ich, ehe ich aufstehe und mich umsehe.

«Und Borg?»

«Keine Ahnung.»

«Was ist eigentlich passiert?»

«Borg kam aus dem Schlafzimmer, hat dir die Tür in die Fresse gerammt und mir seinen Schädel ins Gesicht gestoßen.»

«Wie sind wir entkommen?»

«Wir sind gelaufen.» Als ich wieder dasselbe Geräusch höre, stehe ich auf. Es kommt aus dem Waldstück über uns. Ich blicke über den Felsen und entdecke drei Gestalten zwischen den Bäumen. «Hier!», rufe ich, strecke die Arme aus und winke so heftig, dass ich mich aus Versehen selbst haue. Meine Nase fühlt sich an wie eine schiefe Kartoffel, die Haut unter den Augen ist rau und klebrig. Und noch dazu stellt meine Zunge fest, dass mein einer Schneidezahn abgebrochen ist.

Eine Frauenstimme ruft den anderen beiden Gestalten etwas zu, dann nähern sie sich uns.

«Endlich», stöhne ich und halte mir dabei die Hand vors Gesicht.

«Du siehst echt beschissen aus», bemerkt Gunnar, als ich an seiner Seite herabsinke und mir ebenfalls vorsichtig mit den Fingern über mein Gesicht fahre. Gunnar ändert seine Sitzposition, als wir hören, dass die Schritte näher kommen.

Es ist zwar immer noch grau, aber der Nebel hängt jetzt höher, sodass man die Geröllhalde hinab bis nach unten zum Fjord blicken kann, wo die Wellen weiter draußen weiße Schaumkronen bilden. Der Schnee ist verschwunden, und das Sonnenlicht kämpft sich durch den abnehmenden Nebel. Es fällt auf die Felsen im Geröllfeld vor uns und bringt sie zum Glänzen.

«Oh Gott», ruft eine bekannte Stimme aus. Es ist Johanne in einem roten Anorak mit fellbesetzter Kapuze, in dem sie aussieht wie eine Skifahrerin aus einem alten Schwarz-Weiß-Film. «Ihr lebt!» Sie kommt zu uns und beugt sich herab.

«Wo ist Borg?», frage ich, während mir Johanne und ein Polizist aufhelfen.

«Er muss versucht haben, im Nebel den Berg hinunterzufahren, und hat sich verirrt. Er und das Quad lagen mitten im Geröllfeld. Wir haben vier Leute gebraucht, um die beiden nach unten zur Straße zu tragen. Er lebt, gerade so.»

«Die beiden?», fragt Gunnar, der es geschafft hat, alleine aufzustehen.

«Anscheinend hatte er ...» Johanne zögert einen Moment, ehe sie weiterspricht: «... seine Mutter bei sich auf dem Quad.»

Gunnar stöhnt auf, als er seine Arme ausstreckt und sich aufrichtet. Er lässt seinen Kopf kreisen und verzieht vor Schmerz das Gesicht. Dann schaut er sich um, blickt zuerst zu den Männern neben uns, dann zu mir und schließlich an seinem Körper und den Beinen hinab.

«Wo sind meine Schuhe?», fragt er und sieht abwechselnd mich und seine eigenen Füße an. «Und warum habe ich keine Kleider an?»

«Was im Gebirge passiert, Kumpel», raune ich ihm zu, während ich noch einmal vorsichtig meine schmerzende und schiefe Nase befühle. «Bleibt im Gebirge.»

«Ach, halt die Klappe.» Er lehnt sich wieder an den Stein und blickt hinauf zur Felswand, wo der Nebel noch immer an den höchsten Gipfeln hängt.

Kapitel 111

Die Röntgenbilder zeigen, dass Sie eine Nasalfraktur erlitten haben.»

«Eine was?» Wenn ich atme, hört es sich an, als hätte mir jemand Papier in die Nase gestopft.

«Sie ist gebrochen», erklärt mir die Hals-Nasen-Ohren-Ärztin und hält mir einen kleinen Taschenspiegel vors Gesicht.

Die Nase ist geschwollen, schief und blau. Blau gefärbt sind auch die beiden Halbkreise unter meinen Augen. Dank des neuen farblichen Anstriches und der Neumodellierung meines Erscheinungsbilds sehe ich aus wie ein tollwütiger Höhlenbewohner.

«Nehmen Sie den weg», sage ich und wende mich von meinem Spiegelbild ab.

«Wir werden eine sogenannte Septorhinoplastik durchführen müssen, das ist eine Operation, bei der wir das Nasenseptum reparieren. Diesen Eingriff können wir allerdings nicht hier durchführen. Unabhängig davon müssen Sie bis zu zehn Tage warten, bis die Schwellung abgeklungen ist, bevor Sie operiert werden können. In der Zwischenzeit setzen wir eine Schiene auf den Nasenrücken, die wir mit Mullbinden fixieren. Es ist wichtig, dass Sie sich in den kommenden Tagen möglichst viel Ruhe gönnen und dass Sie vorsichtig sind, damit die Verletzung nicht schlimmer wird. Sollten Sie zu bluten anfangen, setzen Sie sich hin und beugen sich nach vorne, atmen Sie dabei durch den Mund, damit das Blut nicht durch den Hals abläuft. Ich würde Ihnen auch empfehlen, im Lauf der nächsten Tage einen Zahnarzt aufzusuchen und Ihren abgebrochenen Schneidezahn kontrollieren zu lassen.»

«Mir tut die ganze Fresse weh», klage ich.

«Sie werden ein Rezept für Tylenol mitbekommen, wenn Sie entlassen werden», kündigt die Ärztin an, bevor sie den Spiegel zur Seite legt und wieder hinter ihrem Schreibtisch Platz nimmt. «Ich werde die Schiene gleich anbringen. Den Eingriff könnten Sie in Tromsø durchführen lassen, wenn Sie hier in der Gegend wohnen, dann bekommen Sie einen Anruf im Lauf ...»

«Nicht Tromsø», unterbreche ich sie. «Stavanger. Ich reise ab, sobald mein Freund so weit ist.»

Die Ärztin nickt und notiert etwas in ihrem Computer. «Das ist völlig in Ordnung. Sobald ich die Schiene befestigt habe, können Sie gehen. Ich möchte Sie aber trotzdem darauf hinweisen, dass sich die Schmerzen verschlimmern könnten, wenn Sie in den nächsten Tagen fliegen, und es eventuell zu Blutungen kommen kann, es kann sein ...»

«Meinetwegen, das nehme ich in Kauf. Ich bleibe keine Minute länger hier oben als nötig.»

«In Ordnung.» Sie druckt das Rezept aus und unterschreibt es hastig. «Dann werde ich jetzt eine Schiene für Sie suchen und etwas, womit wir sie fixieren können. Wenn Sie einfach so lange hier warten würden ...» Sie steht auf und geht. Während sie unterwegs ist, schnappe ich mir den Taschenspiegel und halte ihn wieder vor mein Gesicht.

«Verdammter Mist», stöhne ich und erschaudere vor dem Anblick, der sich mir bietet. Sofort lege ich den Spiegel zurück auf den Tisch. Gunnar hat recht, ich sehe wirklich beschissen aus.

«Ha-ha-ha!» Gunnar lacht und hustet gleichzeitig, als ich sein Zimmer im Krankenhaus von Svolvær betrete, wo er wegen des Verdachts auf eine Gehirnerschütterung zur Beobachtung liegt.

«Was ist das für ein Ding da?», ächzt er und hievt sich im Krankenbett nach oben.

«Eine Schiene», antworte ich gereizt und setze mich auf den Stuhl neben dem Bett. «Wann wirst du entlassen?»

«Heute, wenn in meinem Oberstübchen alles in Ordnung ist», erwidert Gunnar. Er streckt seine Hände unter der Decke hervor und hält sie vors Gesicht, dann verschränkt er sie und studiert eingehend seine Finger und Knöchel. «Johanne war hier, während dir unten deine Visage eingegipst worden ist.»

«Was hat sie gesagt?»

«Borg soll später mit einem Helikopter nach Tromsø verlegt werden. Er hat sich anscheinend das Rückgrat gebrochen und das Knie verletzt.»

«Und?»

«Sie sagte, wir könnten vorher noch mit ihm reden.»

«Wann?»

«Sie kommt und holt uns ab.»

«Dann sollen wir also einfach hier sitzen und warten?»

«Korrekt.» Gunnar wirft mir einen weiteren Blick zu, bevor er wieder anfängt zu lachen. «Hast du dich mal im Spiegel angeguckt?»

«Ja.»

«Und?», fragt er lachend.

Ich lehne mich auf dem Stuhl zurück und schließe die Augen. Im nächsten Moment taucht Johanne mit einem Kollegen in der Tür auf, beide in voller Polizeimontur. «Er ist so weit», sagt Johanne. «Du auch?»

Ich öffne die Augen und erhebe mich aus dem Stuhl. «Ja», sage ich. «Lasst es uns einfach hinter uns bringen.»

Gunnar ist schon dabei, die Decke zurückzuschlagen, doch Johanne stoppt ihn mit einer kurzen Handbewegung. «Tut mir leid, Kumpel», entschuldigt sie sich. «Du hast noch kein grünes Licht von der Ärztin bekommen.»

«Was zur …», setzt Gunnar an und versucht sich aus dem Bett zu hieven. Er schafft es beinahe, sich ganz aufzurichten, bis er plötzlich anfängt zu zittern. Dann fällt er zurück ins Bett und kippt auf die Seite. «Blöde Kuh!», faucht er in das Kopfkissen. «Verdammter Mist!»

«Ich kümmere mich darum», sage ich und gehe ans Bett, um ihm zu helfen. «Entspann dich, ich komme zurück, sobald wir fertig sind.»

Gunnar schlägt meine Hand weg und richtet sich wieder im Bett auf, ohne mich anzusehen. Dann zieht er sich die Decke bis unters Kinn und schließt die Augen. Ich wende mich Johanne und dem Beamten zu, nicke in Gunnars Richtung und folge den beiden über den Flur zum Aufzug, der uns in die Abteilung bringt, wo Svein Borg wartet.

Kapitel 112

Svein Borg liegt in einem Bett und ist von piepsenden Apparaten und Kabeln umgeben. Sein Körper ist völlig eingegipst, und sein Blick ist auf die Leuchtröhren an der Decke gerichtet. Neben der Tür sitzt ein Beamter, auch er trägt eine Waffe im Holster und ist uniformiert. Er nickt Johanne zu und lässt uns eintreten.

«Wo ist Mama?», fragt Svein Borg, als ich an sein Bett komme.

«Im Leichenkeller», antworte ich und stelle einen Stuhl neben das Bett, während Johanne und die beiden Polizisten an der Tür stehen bleiben und uns beobachten. «Man wird sie zurück auf den Friedhof bringen, wo Sie sie ausgegraben haben.»

«Sie hat diesen Ort gehasst. Gegen Ende hatte sie nur noch Angst vor dem, was kommen würde.»

«Was hatten Sie eigentlich mit ihr vor, dort oben? Die Leiche verbrennen und die Asche verstreuen?»

«Am Ende, ja», antwortet Borg, als sich unsere Blicke endlich begegnen. «Hat der andere überlebt?», fragt er. «Ihr Freund?»

«Ja.»

Svein Borg befeuchtet seine Lippen mit der Zunge, während er wieder zur Lampe hinaufschaut. «Ich hätte Sie drinnen in der Hütte umbringen sollen», sagt er.

«Ja», antworte ich.

«Sie hatten dort oben nichts zu suchen. Dieser Ort war nur für uns gedacht.»

«Für Sie, Ihre Mutter und Ihren Vater?»

«War er wirklich mein Vater?»

Ich zucke mit den Achseln. «Was glauben Sie?»

«Ich habe ihm mit der Rückseite einer Axt den Schädel eingeschlagen.»

«Söhne und Väter», sage ich.

«Sie hätte nicht lügen sollen, sie hätte es mir erzählen müssen.»

«Söhne und Mütter», sage ich.

Svein Borg bleibt liegen, ohne noch mehr zu sagen. Sein Blick irrt über die Leuchtröhren an der Decke. Er ist immer noch riesig, selbst in diesem jämmerlichen Zustand. «Sie sagen, dass ich ab der Mitte meines Rückens gelähmt bin», erklärt er. «Aber ich glaube, sie lügen. Ich kann von meinem Hals abwärts nichts mehr spüren.»

Er blinzelt heftig, als ich vom Stuhl aufstehe. Ich beuge mich über ihn, sodass wir uns gegenseitig in die Augen sehen können. «Robert Riverholt», sage ich. «Seine Exfrau, Milla Linds Tochter Olivia, ihre Freundin Siv, meine Exfrau Ann Mari. Kenneth Abrahamsen. Sie kannten diese Menschen nicht, oder?»

Er sieht mich eine lange Weile an, nicht analysierend, wie er es tat, als wir ihn im Arbeitslager in Archangelsk trafen, auch nicht finster und entschlossen wie in der Hütte und draußen im Nebel auf dem Geröllfeld. Eher wie die Glasmurmeln, auf die man Iris und Pupillen malt und sie einer Puppe ins Gesicht setzt. «Nein», antwortet Svein Borg schließlich.

«Sie wussten nicht, dass Robert Riverholt und Milla Lind angefangen hatten, alte Vermisstenfälle zu untersuchen, bevor wir Sie in Russland besucht und es Ihnen erzählt haben?»

«Nein.»

«Sie wissen nicht einmal, wer meine Exfrau ist oder woher diese schöne, neue Narbe an der Innenseite meines Unterarms stammt?»

«Nein.»

«Sie haben Ihre Morde nicht geplant, Ihre Opfer nicht im Vorhinein ausgewählt, haben keine Leute verfolgt, niemanden ausspioniert und kennengelernt, bevor Sie getötet haben, nicht wahr?»

«Ich kann Ihnen gerne von meinen Morden erzählen, wenn Sie wollen.»

«Ein andermal.» Ich wende mich von seinem Gesicht und seinem irren Blick ab, setze mich wieder auf den Stuhl und denke nach.

«Ich bin gestorben», sagt Borg, als ich gehen will. «Als ich auf dem Operationstisch lag und man den Tumor in meinem Kopf entfernen wollte. Mitten während der Operation bin ich aufgewacht und hatte das merkwürdige Gefühl, zu schweben. Ich habe alles wahrgenommen, was um meinen Körper herum passierte, habe gesehen, was die Ärzte machten. Da war kein weißes Licht, wie meine Tante erzählt hatte, keine toten Vorväter, die dort auf mich warteten, nur ein rotes Feuer, das gegen die Fenster des OP-Saals schlug. Ich erinnere mich, dass ich schrie und zornig wurde, weil mir niemand antworten oder helfen wollte.» Er sieht mich an. «Ich habe es Mama erzählt, als ich wieder aufgewacht bin. Dass ich die Flammen gesehen hatte. Mama sagte, es wäre nur ein Traum gewesen, aber ich wusste es. Und als ich dann spürte, wie der Tumor in meinem Kopf wieder wuchs, wusste ich, dass es bald so weit sein würde.»

«Haben Sie sie getötet?»

«Mama hatte Angst davor, zu sterben.»

«Und die anderen?»

«Sie hatten auch Angst. Ich habe ihnen geholfen. Habe ihnen beim schwierigsten Teil geholfen.» Seine Stimmlage wird tiefer, und seine Augen folgen meinem Blick wie zwei Magnete. «Sie wissen es, Sie wissen es auch. Das tun Sie doch?»

«Was weiß ich?»

«Dass dieses Leben nichts für Sie ist. Das sehe ich in Ihren Augen, diese Sehnsucht nach etwas anderem. Ich hätte Ihnen auch geholfen», flüstert er schließlich, als ich keine Anstalten mache, etwas zu erwidern. «Sogar nach dem, was Sie mit Mama getan haben. Sogar Ihnen.» Er blinzelt, und ein glänzender Schimmer legt sich auf seine Augen. «Glauben Sie, er hat all das gesehen, was ich für ihn getan habe, für die anderen, glauben Sie, er lässt mich hinein?»

«Er?»

«Gott. Glauben Sie wirklich, dass er alles sehen kann, auch das, was sich im Herzen verbirgt, dass er es versteht?»

Svein Borg versucht, seinen Kopf so zu drehen, dass er mich immer noch sehen kann, nachdem ich vom Stuhl aufgestanden bin und außerhalb seines Blickfeldes neben dem Bett stehe. «Nein», antworte ich schließlich. Dann wende ich mich ab und gehe.

Kapitel 113

Gunnar sitzt auf der Bettkante und zieht sich an, als ich zurück in sein Zimmer komme.

«Was hat er gesagt?»

«Er wollte reden», antworte ich und setze mich auf den Stuhl. «Ich habe beschlossen, ihn bis zu den richtigen Befragungen der echten Polizisten warten zu lassen. Trotzdem habe ich eine Verbindung zu ihm aufbauen können, die stark genug ist, falls wir noch mal mit ihm reden müssen.»

«Gut.» Gunnar verzieht sein Gesicht zu einer Grimasse, als er seinen Arm nach hinten strecken muss, um sich das Hemd überzuziehen. «Was nun?»

Ich sehe ihn an und lächle. Mein ganzes Gesicht schmerzt dabei. «Der andere Fall. Jetzt, wo wir endlich den genauen Umfang des Borg-Falls kennen, müssen wir uns endlich wieder dem zuwenden, was das Ganze ins Rollen gebracht hat. Zurück zum Anfang.»

«Und was ist der Anfang?» Gunnar schlägt die Decke zurück und lehnt sich an einen Stuhl, nimmt die Hose, die über der Lehne hängt, und zieht sie an. Als er fertig ist, stopft er das Hemd hinein, streicht es vorn und hinten mit der Handfläche glatt und strafft dann seinen Gürtel.

«Als ich mit Dr. Ohlenborg gesprochen habe», sage ich, während Gunnar sich vorsichtig nach unten beugt, um seine Schuhe zu suchen, «hat er mir seine Interpretation von Svein Borg und seinem Projekt erläutert. Dabei sind wir davon ausgegangen, dass Borg mit dem Täter zusammenarbeitet, der Robert getötet und mich angegriffen hat. Dass sie ein gemeinsames Interesse daran hatten, zusammenzuarbeiten. Aber wir haben uns geirrt. Wir sind in dieselbe Falle getappt wie Robert, wir haben den Kreis der Verdächtigen ausgeweitet und sind so schließlich auf die Spur von

Svein Borg gestoßen. Stattdessen hätten wir den Kreis einengen sollen, hätten uns genauer ansehen sollen, was wir hatten, was wir schon wussten.»

«Und das wäre?», fragt Gunnar, als er seine Schuhe endlich gefunden hat und sie anzieht.

«Dass Siv und Olivia zu jemandem ins Auto gestiegen sind, den sie gekannt haben, oder den sie zumindest zu kennen geglaubt haben. Dass Robert ermordet wurde, weil er nach Millas Tochter suchte. Dr. Ohlenborg hat gesagt, dass der Verdächtige, nach dem wir suchen, ausschließlich aus seinem Selbsterhaltungstrieb heraus handelt. Er will nicht, dass irgendjemand erfährt, was er getan hat. Ohlenborg war sich ebenfalls sicher, dass der Mord an Robert und Camilla nicht sein erster Mord war, dass es einen anderen Anfang genommen haben muss, bei dem irgendetwas schiefging, und dass er die Möglichkeit gehabt hat, darüber nachzudenken. Ich habe Iver darum gebeten, mir eine Übersicht über den Datenverkehr einer Handynummer und eines E-Mail-Kontos zu verschaffen, während wir hier oben sind. Jetzt, nachdem ich sie bekommen habe, muss ich so schnell wie möglich mit jemandem reden.»

«Warum?» Gunnar geht zum Waschbecken und stellt sich vor den Spiegel.

«Ich habe einen großen Fehler begangen, nachdem ich mit Olivia telefoniert hatte», fahre ich fort, während er sein Gesicht begutachtet. «Ich habe der ganzen Gruppe von dem Telefonat erzählt. Und ich glaube nicht, dass derjenige, nach dem wir suchen, vor diesem Anruf wusste, dass Olivia noch am Leben ist. Das wird er ändern wollen.»

Gunnar wendet sich schließlich vom Spiegel ab und sieht mich wieder an. «Wie ist das möglich? Wie konnte er das nicht wissen?»

«Das ist das, was ich denjenigen fragen werde, den ich treffen muss.»

«Also.» Er atmet tief ein und aus und ballt die Fäuste. «Wohin fahren wir denn eigentlich? Mit wem müssen wir reden?»

«Nicht wir, ich. Du fährst nach Hause und wartest dort, bis ich dich anrufe. Du musst dich bereithalten.»

«Und du?»

«Ich gehe dorthin zurück, wo alles angefangen hat.»

Kapitel 114

Ich erwache mit einem heftigen Ruck, als hätte jemand plötzlich das Licht eingeschaltet. Als ich die Augen öffne, blicke ich direkt in Sivs Gesicht. Ihr Mund steht halb offen, ihr blondes Haar liegt über ihren Lippen, doch es bewegt sich nicht. Das Atmen tut so weh, mein Hals und Nacken schmerzen, und die Luft fühlt sich wie Sand an, wenn sie durch die Luftröhre strömt.

Ich taste mit der Hand nach ihrem Gesicht, suche bei ihr nach dem gleichen Schalter, der auch mich gerade wieder eingeschaltet hat. «Siv», wispere ich. «Siv, bitte. Du musst aufwachen.»

Ich streiche weiter mit den Fingerspitzen über ihr Gesicht, bis ein Geräusch in der Nähe mich wieder innehalten und zu Eis erstarren lässt. Ich bewege mich nicht, während er gräbt, liege einfach nur da und konzentriere mich auf Sivs Augen, auf dieses kleine Schimmern dort drinnen, das der Finsternis immer noch standhält.

Hinter ihr höre ich das Meer, und durch die Bäume kann ich das Bootshaus und die Sonne erahnen. So bleibe ich liegen, in meinem eigenen Körper gefangen, bis die Spatenstiche aufhören und der Geruch von kalter, nasser Erde die Luft erfüllt.

Er sieht mich nicht einmal an, als er an unseren Füßen in die Hocke geht, tief einatmet und Sivs Beine packt. Ein kräftiger Ruck geht durch ihren Körper, als er sie wegzieht. Dann gleitet ihr Gesicht von meinem fort.

Ich bleibe einfach liegen und starre durch die Bäume auf das Meer und die Felsen, während der Wind über uns durch die Äste rauscht. Ich rühre nicht den geringsten Muskel, selbst dann nicht, als er mit Siv fertig ist und zurückkommt, um mich zu holen. Lasse mich von seinen groben Händen an den Schultern packen und mich hinab zu Siv ins Grab werfen, ohne einen Laut von mir zu geben. Presse mein Gesicht gegen Sivs Brust, als die Erde auf uns niederzuprasseln beginnt.

Kapitel 115

Karin lässt mich vor der Tür zu Andrés Zimmer stehen, nachdem wir zuerst ein wenig in ihrem Büro geredet haben. Ich habe darum gebeten, dass wir auch diesmal alleine sind, und sie ist widerwillig darauf eingegangen, mich ohne Kennys oder Ivers Segen mit ihm reden zu lassen, als ich ihr erzählt habe, worum es geht.

«Hei, André», sage ich, nachdem ich an die Tür geklopft und sie geöffnet habe.

Wie beim letzten Mal sitzt André am Schreibtisch. Er sieht mich wachsam an, dann wendet er sich wieder seinen Schulbüchern zu.

«Hei», murmelt er.

«Erinnerst du dich an mich?» Ich gehe zu seinem Bett und setze mich auf die Kante, hinter seinen Rücken.

«Was ist mit Ihrer Nase passiert?», fragt André.

Ich fahre mit den Fingern über die Schiene auf meiner Nase. «Ich habe einem Serienmörder ins Gesicht geschaut», antworte ich. «Meines hat ihm nicht gefallen, deshalb hat er beschlossen, es ein bisschen zu verschönern.»

«Ein Serienmörder?» Endlich dreht er sich um. «Wie hat er ausgesehen?»

«Groß wie ein Bär und wütend wie ein Stier. Aber ich habe auch ein paar Tricks auf Lager.»

«Was …»

«Ich kann mich ziemlich gut tot stellen. Und jemandem in die Eier treten.»

«Haben Sie ihn in-in …»

Ich nicke. «Mitten in die Kronjuwelen.»

«Warum hat er Leute getötet?»

«Er hat geglaubt, er würde ihnen helfen, und sich selbst.»

«War er auch derjenige, der …»

«Nein, André. Den einen haben wir jetzt gefasst. Aber es gibt noch einen. Deshalb bin ich hier.»

«Ich weiß nichts», sagt er und dreht sich wieder zu den Büchern auf seinem Schreibtisch.

«Wenn wir von der Polizei zum ersten Mal mit einem Zeugen reden», erkläre ich, «wollen wir erfahren, was er oder sie mit der Sache zu tun hat. Und danach überprüfen wir, ob irgendetwas an der Erklärung nicht stimmt. Wenn wir etwas finden, fragen wir uns: Warum hat der Zeuge das eine erzählt und das andere nicht? Wo liegt seine Motivation? Beim nächsten Gespräch haben wir einen Grund gefunden und können den Zeugen damit konfrontieren, ihm eine Möglichkeit geben, uns das zu erzählen, was wir schon längst wissen. Das ist das zweite Mal, dass wir uns treffen, André. Ich bin hier, weil ich weiß, warum du das letzte Mal gesagt hast, was du gesagt hast. Ich habe die Daten aus deinen Handyverbindungen und aus deinem E-Mail-Konto. Ich weiß auch, dass du ein guter Junge bist, der alles getan hat, um eine Freundin zu schützen. Jemanden, der ganz alleine ist.»

«Er hat gesagt, dass er sie mit zu ihrer Mutter nehmen wollte.»

«Er hat gelogen», sage ich. «Ich lüge nicht.»

«Er hat Siv umgebracht», flüstert André.

«Wo ist Olivia?»

Er dreht sich wieder zu mir. «Irgendwo in Oslo. Ich glaube, sie wohnt in einer Art Kommune. Wir skypen.»

«Hat sie erzählt, was an dem Tag passiert ist, als sie verschwand?»

«Ja.»

«Kannst du es mir erzählen?»

André presst seine Hände aneinander, während er seinen Blick auf den Boden richtet. «Ja.»

Kapitel 116

Noch immer spüre ich Sivs Wärme, während die kalte Erde von allen Seiten gegen uns drückt. Ich kneife die Augen zusammen und versuche, durch ihre Kleider zu atmen. Vielleicht ist es die Abwesenheit von Geräuschen, die mir letzten Endes mitteilt, dass ich bereit bin, dass ich nicht länger warten will. Oder es sind die kräftigen Zuckungen, das Kribbeln in den Füßen und die stetig wachsende Panik, die mich dazu bringen, meinen Körper zu bewegen, zuerst die Finger und dann die Beine. Sie bewirken, dass ich um mich trete, in der kalten Erde wühle und sie zwischen mich und Siv schiebe.

Ich atme durch die Nase, um mich nicht zu übergeben, um nicht zu ersticken. Zum Schluss halte ich das Gefühl nicht mehr aus, an Land zu ertrinken, und schwimme durch das kalte Erdreich hinauf an die Oberfläche, dem Licht entgegen.

Ich fühle mich, als müsste ich sofort losschreien, als ich den Boden durchbreche, als müsste ich meine Lungen leeren und neue, frische Luft einsaugen. Aber ich erstarre sofort, als ich ihn durch die Bäume hindurch oben am Haus entdecke.

Er steht auf der Terrasse und blickt zu den Verandadielen, wo vor kurzem noch Siv lag. Dann schiebt er schließlich die Glastür zur Seite und verschwindet in die Küche. Ich muss mich wieder und wieder übergeben, bis mein Magen leer ist. Dann krieche ich aus dem Grab, schaufle mit den Händen Erde über das Erbrochene und fülle das Loch, aus dem ich gekommen bin. Ich werfe einen letzten Blick auf dein Haus, bevor ich aufstehe und anfange zu laufen.

Kapitel 117

Er hat sie mit in das Haus ihrer Mutter nach Tjøme genommen. Hat gesagt, er würde ihnen zeigen, wie sie wohnt, und sie einander vorstellen. Olivia hat erzählt, dass sie gerade im Bad war, als irgendetwas mit Siv passiert ist. Als sie nach draußen kam, lag Siv auf der Terrasse auf dem Boden. Sie hat am Kopf geblutet. Er hat behauptet, es wäre ein Unfall gewesen, bevor er Olivia die Hände um den Hals gelegt und dabei geweint hat. Als sie wieder wach wurde, lag sie neben Siv auf der Erde unterhalb vom Haus im Wald, während er daneben ein Grab ausgehoben hat. Er hat sie beide hineingeworfen und es wieder zugeschaufelt. Aber Olivia ist wieder rausgekommen. Sie hat mich ein paar Tage später per Skype angerufen und gesagt, dass sie Geld und ein paar von ihren Kleidern bräuchte. Ich bin in ihr Zimmer gegangen, habe die Sachen geholt und mich mit ihr getroffen. Da hat sie erzählt, was passiert war, und dass wir niemandem vertrauen und auch nicht zur Polizei gehen könnten. Dass wir nichts tun könnten.»

«Und jetzt? Was macht sie jetzt?»

«Sie sagt, sie arbeitet, ich glaube, sie ...»

«Ich verstehe. Du machst dir Sorgen um sie, du beschützt sie. Aber ich muss sie finden, und ich brauche dabei deine Hilfe.»

«Ich habe ihr auch von Ihnen erzählt. Habe gesagt, dass Sie nach ihr suchen, dass Sie in Ordnung scheinen.»

«Ja, sie hat mich angerufen. Wann hast du zuletzt mit ihr gesprochen?»

«Gestern. Sie war so froh und hat gesagt, dass wir uns bald wiedertreffen würden.»

«Was glaubst du, hat sie damit gemeint?»

«Sie hatte gerade eine E-Mail von ihrer Mutter bekommen, sie wollten sich heute treffen.»

Kapitel 118

Die Blätter an den großen Bäumen waren orange und rot, als Siv und ich vor bald sechs Monaten hierherkamen. Dieselben Bäume haben jetzt neue Blätter bekommen, es ist Frühling geworden. Meine Kehle schnürt sich zu, als ich das Haus am Ende der Einfahrt erblicke. Siv ist immer noch hier, im Wald auf der anderen Seite deines Hauses, Mama.

Ich gehe weiter zur Steintreppe vor der Eingangstür. Es ist, als schlössen sich seine Finger wieder um meinen Hals. Aber ich bleibe nicht stehen, weil ich an dich glaube, Mama. Die letzten sechs Monate waren die schwersten, ich hatte eine solche Angst, er wäre da, wenn ich Kontakt zu dir aufnehmen würde. Vielleicht hätte er dir auch wehgetan, wenn ihm klargeworden wäre, dass ich nicht mit Siv zusammen in dem Grab liege, sondern mich retten konnte.

Ich hatte schon aufgegeben, als ich die E-Mail von dir bekam. Ich war so erschöpft davon, Angst zu haben und alleine zu sein. Aber du hast geschrieben, dass du niemals aufgeben würdest, nach mir zu suchen, bis wir wieder zusammen sind. Ich habe zurückgeschrieben, dass ich dir zeigen würde, wo er Siv versteckt hat, und du hast geantwortet, dass wir gemeinsam die Polizei rufen würden, damit auch Siv wieder nach Hause zurückkehren kann.

Auf der untersten Treppenstufe bleibe ich einen Moment lang stehen, der Wind, der vom Meer aus hereinweht, rüttelt an den Bäumen um das Haus, und mir wird plötzlich ganz schwindelig. Wieder ist es so schwer, zu atmen, wieder sind seine Finger da. Aber ich schlucke den Schmerz hinunter und zwinge mich dazu, an der Tür zu klingeln. Ich kann schon deine Schritte hinter der Tür hören, und ich sehe deinen Schatten hinter der gefärbten Glasscheibe auftauchen.

Mama, bist du genauso gespannt wie ich?

Kapitel 119

Ich steige unten an der Einfahrt aus dem Taxi und gehe zum Haus hinauf, bleibe einige Sekunden lang auf der Treppe stehen, ohne ein Geräusch zu hören. Ich sehe, dass die Tür nur angelehnt ist. Dann lege ich meine Hände auf den Türöffner und gehe hinein.

Der Flur und das Wohnzimmer sind sonnendurchflutet. Alles, was ich hören kann, ist das leise Brummen des Kühlschranks in der Küche. Mitten auf dem Wohnzimmerboden liegt eine rote Mädchenjacke.

Ich hebe sie auf und nehme sie mit in die Küche. Der Backofen ist angeschaltet, auf der Arbeitsfläche liegen ein paar Hefeteigteilchen und gehen. Ansonsten wirkt das Haus völlig verlassen.

Ich öffne die Terrassentür, gehe hinaus und schaue durch die Glastür zu Millas Schreibwerkstatt hinüber, bevor ich innehalte und meinen Blick auf den Wald richte, auf das Bootshaus und die Felsen davor, wo ich eine männliche Gestalt entdecke.

Ich renne die Terrassentreppen zum Wald hinunter. Es sieht aus, als wäre er dabei, das Boot ins Wasser zu lassen. Auf einmal verliere ich den Boden unter den Füßen, stürze und schlage mit einer solchen Wucht auf dem Boden auf, dass mir die Luft wegbleibt. Als ich die Augen öffne, sehe ich, dass ich mitten im Wald in einem frisch gegrabenen Loch im Boden gelandet bin.

Der Geruch in der Grube ist modrig und bitter, ich muss mir die Nase zuhalten, während ich versuche, herauszukommen. Erst nachdem ich mich am Rand nach oben gezogen habe, fällt mein Blick auf eine Rolle schwarzer Müllbeutel und silberfarbenes Klebeband. Als ich wieder in das Loch hinunterschaue, sehe ich die teilweise ausgegrabene Leiche eines jungen Mädchens. Sie liegt auf der Seite. Die Zeit hat ihren Teil dazu beigetragen, diejenige verschwinden zu lassen, die sie einmal war, aber trotzdem erkenne ich die Konturen von Sivs Gesicht von den Fotos wieder.

Ich stelle mich neben einen Baumstamm und spähe zum Bootshaus und den Felsen hinunter. Die Gestalt hat das Boot beinahe ganz bis zum Meer gezogen. Ein paar Meter weiter sehe ich einen Mann mit dem Gesicht auf den Ufersteinen liegen.

Ich gehe weiter bis zum Waldrand, schlage mich durch ein Gebüsch am Bootshaus vorbei und klettere an der anderen Seite auf die Felsen.

«Hallo, Kumpel», sage ich, als ich den höchsten Punkt des Felsens erreicht habe, genau über dem Bootssteg. «Willst du zum Angeln rausfahren?»

Kapitel 120

Er erstarrt und schaut zu dem Felsen, auf dem ich stehe und in den kühlen Frühlingsabend schaue. «W-was?», stottert er und geht einen Schritt zurück zum Boot, ehe er sich räuspert, seine Gedanken sammelt und die Frage wiederholt. «Was hast du gesagt?»

«Ich habe mich gefragt, ob du zum Angeln rausfahren willst», sage ich. «Oder zu den Krebsnetzen?»

«Für Taschenkrebse ist es wohl immer noch zu früh», antwortet er und spielt unruhig mit seinen Fingern an der Bootswand herum.

«Wolltest du Joachim mit auf die Angeltour nehmen?» Ich deute mit dem Kopf auf den Körper, der ein Stück entfernt auf dem Boden liegt. «Wolltest die Leichen der Mädchen bei den Krebsnetzen verschwinden lassen und auch Joachim ins Wasser werfen, damit es so aussieht, als wäre er beim Entsorgen seiner Opfer selber hineingefallen und ertrunken? Schlauer Plan und ein beinahe perfekter Sündenbock. Hat nur einen kleinen Fehler.»

«Ach ja?»

«Fähigkeit, Motiv und Gelegenheit», erwidere ich. «Das kennst du, oder? Joachim hat ein Motiv, auf jeden Fall, Gelegenheit, na ja, vielleicht. Aber die Fähigkeiten, das zu tun, was du getan hast? Ich bitte dich, Kenny. Das kauft dir niemand ab. Du kanntest Olivia schon vorher, du hattest die Mädchen ja bereits letztes Jahr getroffen, als du mit Karin nach Ibiza geflogen bist und ihr sie nach ihrer ersten Flucht zurückgeholt habt. Sie hätten dir vertraut, wenn du ihnen eines Tages erzählt hättest, dass du Olivias Mutter gefunden hast und du sie mit zu ihr nehmen willst.»

Seine Gesichtsmuskeln zucken. «Es war ein Unfall», sagt Kenny, während seine Finger das Boot umklammern. «Das sollte so nicht passieren. Siv war auf einmal betrunken, sie hatte sich eine

Flasche Wein geklaut, während ich sie im Haus herumgeführt habe, und hat sie mit nach hier unten gebracht. Ich hatte schon beschlossen, sie wann anders noch einmal mit hierherzunehmen, aber dann ist Siv gestürzt», er zeigt auf die Stelle, «dort oben an der Kante der Terrasse, während sie getanzt und herumgealbert hat. Sie ist mit dem Kopf direkt auf einen Stein geknallt. Was hätte ich denn sonst tun sollen?»

«Warum hast du die beiden überhaupt hierhergebracht? Was war der Plan?»

«Warum hätte Robert die Ehre haben sollen, sie zu Milla zurückzubringen? Ich bin schon für sie da gewesen, lange bevor er überhaupt auf der Bildfläche aufgetaucht ist. Warum hätte er ...» Er hält inne und holt Luft. «Ich habe es Iver wieder und wieder gesagt, nachdem Milla davon zu reden anfing, dass sie ihre Tochter wiederfinden wollte. Ich habe ihm gesagt, dass wir ihr sagen sollten, dass wir schon von Olivia wussten, doch er wollte nichts davon hören. Und plötzlich tauchte Milla mit Robert im Polizeipräsidium auf und sagte, sie hätte ihn darauf angesetzt, Olivia zu finden.»

«Und da war es zu spät. Deine Chance war vertan.»

«Ja.»

«Und jetzt stehen wir hier. Du und ich.»

«Du und ich.»

«Wo ist sie?»

Er wirft einen kurzen Blick in Richtung des Waldstücks und des Bootshauses. «Du hättest mir nicht vertrauen sollen, als wir vor ein paar Tagen hier saßen. Erinnerst du dich? Ich war der Einzige, dem du genug vertraut hast, um nach Nordnorwegen zu fahren, um der Spur von Svein Borg nachzugehen.»

«Nein, Kenny. Ich habe dich dorthin geschickt, um dich von den anderen fernzuhalten. Und weil ich wusste, dass du alles tun würdest, damit wir auf Borgs Fährte bleiben, wie du es schon die ganze Zeit getan hast. Aber ich muss gestehen, als du dein eigenes, mysteriöses Verschwinden in Millas Wohnung fingiert hast, ein Tatort ohne Spuren, habe ich mich gefragt, ob ich wirklich den richtigen Mann im Visier hatte oder nicht. Ich vermute, du hast Panik bekommen, als Olivia mich angerufen hat. Du hast geglaubt, dass das Spiel aus wäre und du deswegen verschwinden müsstest?»

«Ich war wirklich schockiert, als du gesagt hast, sie hätte dich angerufen. Ich hatte ja geglaubt, dass sie immer noch da lag, wo ich sie vergraben hatte, die ganze Zeit über. All die Male, die ich seitdem über das Grab gegangen bin, kein einziges Mal hat mich der Gedanke gestreift, dass sie gar nicht ... Ich musste hierherfahren, das Grab wieder öffnen und nachsehen. Und, du lieber Himmel, sie war wirklich am Leben. Wer hätte das geglaubt ...?»

«Was hat dich dazu gebracht, dich anders zu entscheiden? Deinen Plan zu ändern?»

«Olivia», antwortet er. «Du hast recht, ich habe darüber nachgedacht zu fliehen, ich habe keinen anderen Ausweg gesehen. Aber dann hat sich mein Polizistenhirn eingeschaltet: Wenn sie wirklich am Leben war, wo ist sie dann gewesen? Mir war ja klar, dass sie wusste, dass ich Polizist war, dass sie Angst und keine andere Wahl hatte, als sich zu verstecken. Aber gleichzeitig musste sie ja mit jemandem geredet und Hilfe dabei gehabt haben, sich so lange versteckt zu halten. Und da gab es nicht so viele Möglichkeiten: André, der Nerd aus ihrem Jugendheim, der nicht verbergen konnte, dass er in sie verliebt war. Genau der Typ, den ich in ihrer Situation auch angerufen hätte.»

«Also hast du Runa dazu überredet, dir seine Handy- und E-Mail-Daten zu besorgen, so wie ich.»

«Sie haben miteinander geredet. Über Skype. Ihre Mailadresse war in seinen Nachrichten leicht zu finden, er hat ja nicht gerade viele Freunde. Dann habe ich eine neue E-Mail-Adresse erstellt, millalind@hotmail.com, und ihr eine Nachricht geschickt, habe behauptet, ich hätte nach ihr gesucht, wüsste, was geschehen ist, und habe sie gebeten, zu mir nach Hause zu kommen. Dann würde ich ihr helfen, würde all das Schlimme, was ihr zugestoßen ist, ungeschehen machen und den bösen Mann ins Gefängnis stecken. Ha-ha-ha, sie hat fast sofort geantwortet.»

«Also hast du mit ihr ausgemacht, sie hier zu treffen.»

«Ich habe mich einfach in der Nähe aufgehalten, bis Milla zurück in ihre Wohnung in der Stadt gefahren ist, sie hält es nur wenige Tage zusammen mit Joachim aus, bevor sie wieder zurück in die Stadt muss. Ich habe Olivia gemailt, dass die Luft rein ist und sie so schnell wie möglich kommen soll.»

«Aber Joachim musste hier sein, damit dein Plan funktionieren konnte.»

«Er hat in der Küche gestanden und Teilchen gebacken, als ich hereinkam. Schürze mit Blümchen drauf und so. Du hättest hören sollen, wie dieser schwedische Waschlappen geheult und geschrien hat, als er verstand, was passieren würde. Ich habe ihn mit hierher geschleift, seinen Schädel gegen die Bootswand geschlagen und ...»

«Du gibst dir wirklich Mühe. Selbst diese albernen Textnachrichten, in denen du versucht hast, Borgs Rolle zu spielen. Du hast das Handy sogar in der Wohnung der Riverholts liegenlassen, um Borg auch diese Morde anzuhängen. Und trotz all dieser harten Arbeit will Milla dich immer noch nicht. Sie hätte Joachim niemals verlassen. Du, ich, Iver, sogar Robert, wir sind nur Passagiere in Millas Leben, steigen an der einen Haltestelle ein und an der nächsten wieder aus. Der einzige Mann, der einen Platz für die ganze Reise reserviert hatte, liegt da drüben. Selbst Robert hätte das nach einer Weile verstanden, wenn du ihm nicht diese Kugel in den Hinterkopf gejagt hättest.»

«Robert Riverholt», schnaubt Kenny. «Du kanntest ihn nicht. Er war wie du, er hätte niemals aufgegeben, nach den Mädchen zu suchen. Robert war ein Typ, der immer den Helden spielen musste, der darauf bestand, dass die Sonne immer auf ihn schien und nie auf jemand anderen.»

«Du hast ihn umgebracht, weil er dir die Geschichte, dass Siv und Olivia nach Spanien abgehauen sind, nicht mehr geglaubt hat. Und weil du dachtest, dass er dir Milla wegnehmen würde. Dass das Duell zwischen euch beiden stattfinden würde, nicht zwischen dir und Joachim.»

«Robert war eine Null.»

«Du hast dir Zeit genommen, warst ein fleißiger Junge und hast jeden Schritt genau geplant. Du hast dich mit Roberts Exfrau Camilla angefreundet, ihre Post geholt und sie herumgefahren, während du schon geplant hattest, wie du ihn umbringen und ihr die Schuld dafür geben würdest. Das muss schwer gewesen sein, als ihr in ihrem Auto saßt und sie endlich verstand, was du ihr antun würdest.»

Kenny schließt die Augen und schüttelt den Kopf. «Sie war todkrank», sagt er, als er sie wieder öffnet. «Ich habe ihr einen Gefallen getan.»

«So wie Borg seinen Opfern einen Gefallen getan hat?»

«Nein», zischt Kenny. «Ich bin nicht wie Svein Borg.»

«Und Ann Mari? Welchen Gefallen hast du ihr getan?»

Kenny entfährt ein kurzes Lachen. «Deiner Exfrau?»

«Ja.»

«Aske und seine Frauen», zischt Kenny plötzlich voller Verachtung und schielt zu dem Fischerwerkzeug mit einem Metallhaken hinüber, das direkt vor ihm im Boot liegt. «Wie bekommst du diese Frauen eigentlich dazu, alles für dich zu tun? Ich bin dorthin gefahren, um dich zu töten. Ich habe lange vor dem Bett gestanden und euch angeschaut, wie sie dalag und sich an dich geklammert hat. Du warst vollkommen weggetreten, hast zur Hälfte aus dem Bett gehangen, gesabbert und den Mund aufgerissen wie ein Geisteskranker. Dann ist sie aufgewacht.» Auf einmal lächelt Kenny vor sich hin und schnappt sich den Fischerhaken. «Ich habe sie am Mund gepackt und ihr zugeflüstert, dass ich da bin, um dich zu töten. Habe gesagt, entweder du oder sie. Sie hat ihre Hände nach oben gehalten, hat mich schneiden lassen, ohne einen einzigen Ton von sich zu geben. Ich habe lange überlegt, ob ich mein Versprechen halten sollte, aber letztlich war mir klar, dass das nicht gehen würde.»

Als Kenny seinen Bericht beendet hat, blicke ich auf das Meer, zu den Bojen der Krabbennetze dort draußen im Halbdunkel. «Wo ist sie?», frage ich schließlich.

Kenny deutet mit dem Kopf auf das Bootshaus. «Da drinnen», sagt er.

«Ist sie tot?»

«Du kannst selbst nachsehen», entgegnet er und lehnt sich mit dem Fischerhaken in der Hand an die Bootswand, während er mich beobachtet, abwartet, den Abstand zwischen uns misst und die Zeit für seinen nächsten Zug kalkuliert.

«Gleich», sage ich im selben Moment, in dem ich eine neue Gestalt zwischen den Bäumen hinter Kenny entdecke.

Kenny hat die Bootswand losgelassen. Er starrt mich an, während ich vom Felsen hinuntersteige und mich auf das Bootshaus zubewege. Ich bleibe ein paar Meter vor Kenny stehen, schaue ein letztes Mal aufs Meer hinaus, ehe ich mich wieder zu ihm umdrehe. «Es gibt da übrigens jemanden, den ich dir ganz gerne vorstellen würde», sage ich und deute auf die Person hinter ihm.

Kenny dreht sich ruckartig um und sieht der wuchtigen Gestalt entgegen, die aus dem Unterholz geschlichen kommt. «Das ist Gunnar Ore, mein ehemaliger Chef bei der Spezialeinheit», erkläre ich und eile in Richtung des Bootshauses an ihm vorbei. «Ann Maris Verlobter. Er würde gern ein Wörtchen mit dir reden.»

Kapitel 121

«Dreh dich um», zischt mich Gunnar an, als er an mir vorbeigeht. Ich fasse seinen Jackenärmel, um ihn zurückzuhalten. «Ich muss erst sehen, ob sie im Bootshaus ist.»

Gunnar reißt sich aus meinem Griff los und geht auf Kenny zu. Ich beeile mich, zur offen stehenden Tür des Bootshauses zu kommen. Mitten auf dem Boden liegt eine zusammengerollte Plane, die mit einem Seil umwickelt ist. Es sieht so aus, als wäre etwas darin eingepackt worden.

Ich gehe auf die Knie und reiße hektisch an den Knoten.

Aus dem Augenwinkel sehe ich, dass Kenny nun auf der anderen Seite des Bootes steht, als würden sie Fangen spielen: Gunnar ist der Jäger, Kenny der Gejagte.

Als ich die Knoten endlich gelöst habe, öffne ich die Plane und sehe ein junges Mädchen. Sie liegt auf dem Rücken, ist an den Händen gefesselt und mit Klebeband geknebelt. Olivias Augen glühen vor Angst, als ihr Blick schließlich auf meinen trifft.

Gunnar dreht sich zu mir: «Okay?», fragt er.

«Ja», antworte ich und ziehe Olivia hoch. «Sie lebt.»

Gunnar dreht seinen Kopf wieder zu Kenny, der den Rundlauf um das Boot wieder aufgenommen hat. Ich sehe, wie Kenny den Fischerhaken fester greift, ehe er ihn in Gunnars Richtung schwingt.

Gunnar beugt sich leicht zurück und fängt den Schlag mit offener Hand ab, reißt Kenny den Haken aus der Hand und wirft ihn zwischen die Ufersteine. Dann schleudert er seine Faust in Kennys Gesicht, packt seinen Arm, zerrt ihn zu sich und greift Kenny im Nacken, noch bevor dieser sich von dem Schlag ins Gesicht erholen kann. Gunnar beginnt, ihn mit sich zu schleifen.

«Nein», japst Kenny und versucht, sich mit beiden Händen an der Bootswand festzuklammern. «Nein, nein, nein.»

Ich höre seinen röchelnden Atem bis ins Bootshaus. Nach einer Weile lässt Gunnar seine Beute los und holt tief Luft, bevor er Kenny an den Füßen packt.

Kenny hängt waagerecht in der Luft, während er sich an das Boot krallt und um Hilfe schreit. Schließlich kann er sich aber nicht mehr länger festhalten, und Gunnar zerrt ihn die Anlegestelle hinab zum Wasser, während Kenny fieberhaft nach etwas Neuem sucht, an dem er sich festklammern kann.

«Gunnar», rufe ich, als er am Wasser angekommen ist. «Du kannst doch nicht ...»

«Dreht euch um!», befiehlt Gunnar, ohne seinen Blick von Kenny abzuwenden. Er bleibt am Ufer stehen, wechselt seinen Griff und stellt sich breitbeinig über Kenny, dann geht er weiter ins Wasser. Mit Kenny im Schlepptau watet er so weit hinein, bis ihm das Wasser bis zu den Knien reicht. «Dreh dich um, Thorkild», wiederholt er, als ich einen Schritt nach vorne gehe. «Das willst du nicht sehen.»

Als er weit genug draußen ist, drückt er Kennys Körper unter Wasser und setzt sich dann auf seinen Rücken.

«Hilfe», gurgelt Kenny, während er darum kämpft, seinen Kopf über Wasser zu halten.

Ich packe Olivia, ziehe ihren Kopf gegen meine Brust, halte meine Hände über ihre Ohren und zwinge mich, meinen Blick abzuwenden. Im Hintergrund höre ich Gunnar vor sich hin fluchen. «Guck bloß weg, Thorkild. Das ist nichts für dich.»

Kapitel 122

Ich öffne die Augen wieder, als er endlich seine Hände von meinem Gesicht nimmt. Er fragt, ob er mich von hier wegbringen darf. Ich nicke, und er hebt mich vorsichtig hoch, trägt mich durch den Wald, vorbei an dem Loch im Boden, hinauf zum Haus. Er geht zur Vorderseite, wo er einen Moment lang stehen bleibt, um den eintreffenden Polizisten zu zeigen, wo sie hinmüssen. Er lässt mich nicht los, nicht einmal, als wir die Einfahrt hinter uns gelassen haben. Er fragt, ob ich in einem der Polizeiautos warten möchte, doch ich schüttele den Kopf und klammere mich an ihm fest. Ich habe Angst davor, den Boden unter meinen Füßen zu spüren.

Da kommt ein weiteres Auto angefahren, das neben uns anhält. Auf dem Fahrersitz sehe ich einen Mann. Er steigt aus, redet mit jemandem, geht dann auf die andere Seite und öffnet die Beifahrertür.

Ich erkenne deine Augen sofort wieder, sie haben sich nicht verändert, seit ich dich das letzte Mal gesehen habe. Sie sind genau dieselben. Du siehst so ängstlich aus, so verloren, genau wie ich.

Ich gleite aus seinen Armen und in deine. Ich umarme dich, halte mich fest und drehe meinen Kopf so, dass ich endlich dein ganzes Gesicht sehen kann: Mama, hier bin ich. Ich bin es, Olivia.

Epilog

Ich finde Friedhöfe in der Morgendämmerung am schönsten, wenn der Nebel vom Boden aufsteigt und den Pflanzen, dem Gras und den umliegenden Wohnhäusern ihre Farbe zurückgibt. An diesem Tag ist der Asphalt sauber gefegt vom Schmutz, den der Winter hinterlassen hat, und die Blumenkübel stehen wieder vor den Häusern. Die Knospen in den Gärten kündigen den Frühling an, obwohl es regnet und das trübe Wetter nicht weichen will.

Ich bleibe vor dem provisorischen Holzkreuz stehen. Hinter mir höre ich ein Auto parken, die Tür wird geöffnet und wieder zugeschlagen, ehe sich kräftige Schritte über den Schotter zwischen der Kirche und den Gräbern nähern.

«Lange gewartet?»

«Bin gerade gekommen», sage ich. «Wann haben sie dich gehen lassen?»

«Gleich, nachdem sie mit deinen Verhören fertig waren», antwortet Gunnar Ore und stellt sich an meine Seite. «Sie können dich jedenfalls nicht besonders gut leiden. Der Vernehmungsleiter war gelinde gesagt stinksauer. Ich glaube, du hast einen neuen Feind dazugewonnen.»

«Dann soll er eine Nummer ziehen und sich hinten anstellen.»

«Danke», sagt Gunnar und legt eine seiner Pranken fest auf meine Schulter. «Dafür, dass du ihnen nichts verraten hast.»

«Warum hätte ich das tun sollen?»

Wir bleiben beide dort stehen, ohne etwas zu sagen, und starren auf den Erdhaufen vor uns.

«Sie werden den Grabstein im Laufe der Woche aufstellen», sagt Gunnar, ehe er sich hinhockt und auf dem Haufen nach einer geeigneten Stelle sucht, um die Blumen abzulegen, die er mitgebracht hat.

«Gut», antworte ich. «Wie ist es mit Iver gelaufen? Sind sie mit ihm auch fertig?»

«Iver hat sich tapfer gehalten, doch.» Gunnar nickt, während er aufsteht und sich die Knie sauber klopft. «Kommst du mit zu mir? Wir könnten einen Kaffee trinken und ...»

«Hast du sie?»

«Was?», fragt Gunnar matt.

«Du weißt, was.»

«Sicher? Ich dachte, du brauchst sie nicht mehr?»

«Nein, dachtest du nicht.»

«Na toll», seufzt Gunnar. Er wirft die Plastiktüte auf den Boden vor Ann Maris Grab. Ich bücke mich, hebe sie auf, öffne sie und sehe hinein.

«Erinnerst du dich, dass ich geglaubt habe, sie hätte es getan?», frage ich, während mein Blick über die Päckchen und Schachteln in der Tüte schweift. «Dass es Ann Mari gewesen wäre, die das Messer gegen mich und sich selbst gerichtet hat?»

«Ja.»

«In einem hatte ich trotz allem recht, Gunnar», sage ich und schließe die Tüte, bevor ich mich aufrichte, damit ich ihn wieder ansehen kann.

Gunnar faltet seine Hände auf der Brust. «Womit?», fragt er neugierig.

«Es war ein Abschied. Ann Mari wollte, dass ich dableibe, weil sie wusste, dass es das letzte Mal war. Vor eurer Hochzeit.»

Gunnar nickt heftig, während er auf seine Schuhspitzen starrt. «Was nun?»

«Zeit, nach Hause nach Stavanger zu fahren. Dort warten Leute auf mich.»

Er sieht erst zur Plastiktüte, dann zu mir. «Frei?»

«Frei ist tot.»

«Und Milla? Hast du mit ihr gesprochen, nachdem ...»

«Sie hat jetzt alles, was sie braucht.»

«Wirst du zurechtkommen?»

Ich zucke mit den Schultern. «Ich habe eine Einkaufstüte voller Medikamente und einen einnehmenden Charakter. Was soll da noch schiefgehen?»

Gunnar pustet sich in die Hände und schaut in den Himmel. «Wann fährst du?»

«Heute Nachmittag.»

«Hast du Zeit für einen Kaffee, bevor du abreist?»

«Ja», antworte ich.

Wir drehen uns um, verlassen Ann Maris Grab und gehen zu Gunnars Wagen. Über uns bricht die Sonne durch die Wolken. Sie strahlt zwischen den Häusern hindurch und auf den Friedhof hinab und taucht die Straßen der Hauptstadt in ein schönes Licht.

Weitere Titel von Heine Bakkeid

Morgen werde ich dich vermissen

Heine Bakkeid
Morgen werde ich dich vermissen

Gerade aus dem Gefängnis entlassen, steht Thorkild Aske vor dem Nichts. Früher war er interner Ermittler der norwegischen Polizei, dann lief etwas gewaltig schief. Von Schuldgefühlen geplagt, lässt er sich von seinem Psychologen Ulf überreden, einen jungen Mann zu suchen: Rasmus arbeitete auf einer verlassenen Leuchtturmwärterinsel und ist spurlos verschwunden. Ein Tauchunfall, vermutet die örtliche Polizei. Aber damit wollen sich seine Eltern nicht zufriedengeben. Thorkild macht sich auf in den Norden, und als die Herbststürme wüten, wird tatsächlich eine Leiche angeschwemmt. Nur ist es nicht Rasmus.

448 Seiten

«Ein Debüt, das sich sehenlassen kann.» *FAZ*

Weitere Informationen finden Sie unter **rowohlt.de**